Konsalik

mayday... mayday...

...eastern wings 610

BASTEI LÜBBE

BASTEI-LÜBBE-TASCHENBUCH
Band 12 330

Erstveröffentlichung

Printed in Germany, Mai 1995
Einbandgestaltung: K. K. K.
Satz: MPM, Wasserburg
Druck und Bindung: Elsnerdruck, Berlin
ISBN 3-404-12330-1

Mit diesem Roman wollte ich nicht nur eine spannende Geschichte erzählen, mir lag ebenso daran, der Öffentlichkeit bewußt zu machen, daß die bisher so hoch gehaltene Sicherheit im Luftverkehr in zunehmendem Maße durch skrupellose Geschäftemacher und gewissenloses Gewinnstreben gefährdet ist.

Selbstverständlich sind die meisten Schauplätze und die handelnden Personen fiktiv; aber alle geschilderten Fakten stimmen, und alle Ereignisse haben sich so abgespielt oder hätten in der von mir geschilderten Weise passieren können.

Daß mein Buch diese packende und damit überzeugende Realitätsnähe besitzt, verdanke ich in erster Linie der fachkundigen Beratung durch First Officer der Lufthansa Oliver Will. Er war mir aber nicht nur ein verläßlicher Experte, er hat mir auch - und das möchte ich meinen Leserinnen und Lesern weitergeben - die Gewißheit vermittelt, daß im Cockpit der großen Luftverkehrsgesellschaften Piloten sitzen, die sich ihrer Verantwortung für die Passagiere voll bewußt und auch in der Lage sind, selbst aussichtslos erscheinende Gefahrensituationen zu bewältigen.

Ein weiterer, nicht minder herzlicher Dank gilt meinem Schriftsteller-Freund Peter Heim, der aufgrund seiner Detailkenntnisse zum Thema nicht müde wurde, mich mit zusätzlichen Daten, Fakten und Materialien zu füttern, und der insbesondere zur Lebendigkeit und Wirklichkeitsnähe der Mallorca-Schilderungen wesentlich beitrug.

Bad Honnef, im April 1995

17. September

Alqueria Blanca, Mallorca

Ortszeit: 9 Uhr 30

Anja wußte es ... Sie hat es vorausgesehen, ihr war klar, was kommen würde ... Du aber? Nichts als zum Flughafen wolltest du, koste es, was es wolle.

Deine Schuld! ... Jawohl, deine verfluchte Schuld ...

Iris dachte es. Doch alles war bereits zu spät. Die Flammenschlangen krochen bereits über das nasse Gras.

Sie dachte es wenige Sekunden vor ihrem Tod ...

Als sie die Koffer in den Leih-Peugeot 204 schoben, schien auch Anja gewahr zu werden, daß sich etwas verändert hatte: Die silberfeuchten Schleier über dem Land waren verschwunden. Wolken hatten sich über das Meer gesenkt, und ein stumpfes Grau, ungreifbar und doch allgegenwärtig, nahm von der Welt Besitz und löschte selbst über dem Klosterberg der *Consolación* jede Farbe. Zwischen Meer und Berg aber verdichteten sich die Wolken zu einer hohen schwarzen, von weißen Streifen durchbrochenen Mauer.

»Was ist denn das?«

Von den Brotfruchtbäumen, die rechts und links der steinigen Zubringerstraße auf rotgebrannten Feldern standen, flogen Blätter auf, nun ganze Büschel von Zweigen – sie wirbelten durch die Luft wie schwarze, verrückt tanzende Vögel. Die Zypressen oben am Kloster schnellten peitschengleich hin und her, bis sie sich zu einer demütigen Kurve beugten.

»Los, in den Wagen!« Iris warf hinter Anja die Tür zu, rannte um die Kühlerhaube und setzte sich hinters Steuer. Den Druck des Windes spürte sie nun körperlich. Dann trommelte es wie mit Fäusten gegen die Karosserie.

Sie ließ den Motor an und rollte hinunter zur Zubringerstraße. Sie hatte alle Mühe, um den Peugeot mit Gegensteuern einigermaßen in der Spur zu halten. »Mein lieber Mann!« schrie sie. »Gibt das eine Verspätung heute! Bei dem Wetter bleiben die Flieger doch unten, oder?«

Anja nickte. In derartigen Situationen war sie die Expertin. Ihre Erfahrung hatte sie als Freundin eines Lufthansa-Piloten gesammelt – doch weder das Wort *Lufthansa* noch den Namen *Paul* wollte sie denken. Zu sehr hatte sie gehofft, während der Tage auf der Insel beides aus dem Bewußtsein streichen zu können ...

Eine breite, gerade Straße führte den Abhang hinab, schnurgerade auf Campos zu. Nun war sie verschwunden. Iris hatte die Scheinwerfer eingeschaltet. Die Scheibenwischer bewältigten die Wassermassen nicht mehr. Sie tickten sinnlos vor sich hin.

Auch die anderen Fahrzeuge hatten ihre Geschwindigkeit verlangsamt. Alle fuhren im Schrittempo mit eingeschalteten Scheinwerfern.

Iris versuchte einen Landrover zu überholen und fiel wieder zurück: »Wieso auch? Ist doch Blödsinn. Jetzt startet keiner. Das gibt ein Theater auf dem Flughafen.«

Sie hatte die Worte kaum ausgesprochen, als es wirklich losging: Ein bläuliches Funkeln erleuchtete die unheimliche Wolkenmasse von innen, ein zweiter Schein weiter rechts, nun links, und schließlich, gleich einem Sieg, ein triumphaler, gleißender, vielfach geäderter blauer Feuerstrom, der vom Himmel vor ihnen ins Feld fuhr.

Der Peugeot schleuderte. Instinktiv hatte Iris den Fuß auf die Bremse gerammt.

»Warum drehen wir denn nicht um?« rief Anja.

»Würde dir so passen, Kleines. Du kennst doch den Spruch: Was Iris Seifert im Kopf hat ...«

Ein neuer Blitz. Und noch mehr Regen. Regen? Nein, Wasser – Wasser pur ... Nie in den Jahren auf Mallorca, und das Ferienhaus bei der *Consolación* besaß die Familie Seifert seit fast einem Vierteljahrhundert, hatte Iris eine derartige Wetterentladung erlebt. Grau schien der Regen, fast ohne Struktur, schräg kam er, von Böen gepeitscht, und knallte gegen die Scheibe. An Fahren war nicht mehr zu denken. Überall aus dieser grauen, sonderbar entfremdeten Welt, die sie umschloß, leuchteten rote Kleckse – Stopplichter. Alles stand. Rechts und links der Straße zogen sich tiefe Wassergräben. Sie waren längst gefüllt. Schaumkronen und abgerissene Äste tanzten darauf, braune Wasserkatarakte schossen über die Fahrbahn.

»Herrgott, wenn das so weitergeht ...«

»Du willst es ja so!« schrie Anja.

Und wieder Donner. Er kam aus dem Nordwesten, vom Tramuntana-Gebirge. Ein wahres Gewitterkarussell mußte das sein.

Aber der Peugeot fuhr. Die alte Stadt Campos war unpassierbar. Männer in orangefarbenen Plastiküberhängen und Südwestern schickten sie in eine Seitenstraße, die der Regen in einen Fluß verwandelt hatte. Der Wagen mühte sich tapfer, dabei mußte das Wasser seinen Motor überfluten. Innen blieb's trocken – noch immer ...

Sie hatten sich beide vorne zur Frontscheibe geschoben. Sie sprachen kein Wort. Anja versuchte sich nützlich zu machen. Sie rieb die Scheiben mit einem Lappen trocken.

Nach Lluchmajor ließ der Regen weiter nach. Iris schaltete in den zweiten, schließlich todesmutig in den dritten Gang. Sie hatten die Schnellstraße nach Palma erreicht, die zur Flughafen-Autobahn führte. Rechts und links der Straße sah man Räumfahrzeuge und Männer, die mit Kellen fuchtelten. Vor einer Überführung hatte sich ein Tankwagen in den Straßengraben gelegt. Die Alarmleuchten funkelten.

Als Iris den Peugeot endlich auf den überfüllten, von kleinen Seen und Wasserlachen bedeckten Parkplatz der Autoverleihstation einschleusen konnte, zitterten ihr die Hände. Die Regenböen hatten zwar nachgelassen, doch das ständige Nieseln reichte aus, um sie auf der kurzen Strecke bis zum Eingang von Terminal A bis auf die Haut zu durchnässen.

Und hier standen sie nun.

»Sieh dir das an!« stöhnte Iris.

Nie hatte sie die gewaltige Halle so voll erlebt. Schlangen, wo man hinsah. Sie reichten fast bis zu den Eingangstüren. Vor den Glasscheiben fuhren neue Wagen und Busse vor. Unablässig drängten Menschen herein, und draußen, vor all dem Glas, schimmerten naß die Baukräne. Son Sant Juán wurde umgebaut: Die Boom-Insel legte sich einen Rekordflugplatz zu. In zwei Jahren schon sollte er fertig sein.

»Wo ist denn dieser verdammte Hapag-Lloyd-Schalter? Ich möchte bloß wissen, ob …«

Ein Stoß traf Iris' Rücken. Wütend fuhr sie herum.

»Lo siento mucho, Señorita.« Auch der Mann in der grauen Arbeitskleidung der Flughafenangestellten war naß. Wasser tropfte ihm aus den Haaren. Er hielt ein rot-weiß lackiertes Absperrgitter in den Armen. »Perdón, perdón! Aber das ist alles die verdammte ›gota fría‹.«

Iris holte tief Luft, dann nickte sie ergeben.

»Gota fría? Was soll denn das?« fragte Anja.

Iris verzog das Gesicht: »Na, ›gota‹ – der Tropfen. Und ›fría‹ heißt kalt. Das weißt selbst du. Der kalte Tropfen! Muß man sich mal vorstellen. So was, ein derartiges Gewitter, eine solche Katastrophe nennen diese Komiker einen ›kalten Tropfen‹! Wenn du da nicht verrückt wirst ... Aber wo ist die Condor?«

»La gota fría« ...

Vor fünf Jahren hatte sie auf der Insel ganze Landstriche unter Wasser gesetzt, seit Jahrzehnten ausgetrocknete Bachbetten in reißende Flüsse verwandelt, mit ihren Wassermassen Bäume entwurzelt, Brücken mit sich gerissen, Häuser und Straßen überflutet.

Auf dem Land ertranken Tausende von Schafen. Palma stand unter Wasser. In Porto Colom war es eine vierköpfige Küchencrew, die im Souterrain ertrank. In Manacor konnte man nur mit Hilfe von Schlauchbooten die Häuser erreichen. Der Strom fiel für Tage aus, und in den Hotels halfen die Touristen bei den Aufräumungsarbeiten. Die Insel wurde zum Notstandsgebiet erklärt. Königin Sophia von Spanien kam, verteilte Geld und tröstliche Worte.

Im nächsten Jahr schlug die »gota fría« in Tarragona zu, zerstörte Quadratkilometer von Obstplantagen, spülte zwei Campingplätze ins Meer – und wieder starben Menschen. Drei Monate später war Valencia an der Reihe, seit jeher das beliebteste Angriffsziel des von Gewitterstürmen und sintflutartigen Regenfällen begleiteten Wetterphänomens. Der Río Turia trat über seine Ufer. Valencias Innenstadt soff ab, Schiffe wurden vom Sturm auf die Hafenmolen gesetzt.

Die Schäden betrugen Milliarden Peseten ...

In Madrid wurde die »gota fría« zum Kabinettsthema: Ein Sonderdienst, so lautete die Entscheidung, würde in

Zukunft die gefährdete Westküste des Mittelmeers und den Archipel der Balearen rechtzeitig alarmieren. Mit der Koordinierung aller mit Wetterbeobachtung befaßten Dienststellen, des königlichen Wetteramts, der Marine, der Luftwaffe und der Handelsmarine, sowie dem Einsatz modernster Radargeräte und des Know-hows der Wetterfüchse sollte in Zukunft jede Erscheinung und jede Wetterbewegung, die auf das Entstehen einer »gota fría« hindeuten könnte, registriert und ausgewertet werden.

Die Geburt des Regensturms, der von den spanischen Meteorologen in die Kategorie *Cumulo nimbos CB-2* eingestuft worden war, hatte über Marokko, an den Hängen des Atlas-Gebirges stattgefunden. In Marsch gesetzt wurden die gewaltigen warmen Luftmassen von einem Tief über den Kanarischen Inseln. Langsam wanderten sie über den Rand des Kontinents hinaus in Richtung Balearen. Die Druckschwankungen waren zu gering, die Struktur zu diffus und unauffällig, als daß eine exakte Beobachtung möglich war. Doch dann, von dem Augenblick an, als der träge dahinfließende Luftstrom Mallorca erreichte, änderte sich die Szene mit einem Schlag. Die Thermik der sonnenspeichernden Landmasse riß ihn nach oben zu einem Gebilde dichter Wolken, das sich zunächst in eine Höhe von vier-, dann sechs- und schließlich neuntausend Meter erhob, wo es auf eine kalte Nordströmung traf, die vom Golf von Lyon nach Süden wanderte.

Dies geschah am Vormittag, kurz nach neun Uhr. Eine halbe Stunde später mußte der Flughafen Son San Juán bei Palma zum ersten Mal geschlossen werden. Zu dieser Zeit waren vierzehn Flugzeuge, ohne Ausnahme mit Touristen vollgepackte Jetliner, vom Wettergeschehen betroffen. Sie wurden in die vom Sturm nicht gefährdeten Warteräume geschickt und zogen dort ihre Schleifen. Andere wiederum steuerten, zum Teil, weil die Warteräume besetzt waren, zum Teil aus Treibstoffproblemen, die Ausweichflughäfen Ibiza, Valencia und Barcelona an. Weitere Flugzeuge, die im Auftrag der großen Reiseveranstalter die Ferieninsel im Fünfminutentakt zu bedienen hatten, verschoben vorerst den Abflug und blieben in ihren Heimatflughäfen.

Um zehn Uhr dreißig schien das ebenso elementare wie gefährliche Drama der auf- und absteigenden und aufeinanderprallenden Luftmassen nachzulassen. Es sah so aus, als stabilisiere sich die Wetterlage. Regen und Gewitter, die Berge und Küsten peitschten, wurden schwächer. Noch immer herrschte eine kräftige Windströmung, diesmal aus Süden. Die in raschen Intervallen aus den Warteräumen abgerufenen Maschinen wurden von der Luftverkehrskontrolle Palma angewiesen, die Landebahn 24 aus Nordwest anzufliegen.

Doch dann begann das Spektakel aufs neue. Der Sturm hatte sich lediglich eine Ruhepause gegönnt, eine Pause, in der er neue Reserven über dem Mittelmeer mobilisierte, um sie dann, was noch schlimmer war, in eine Drehbewegung zu versetzen, so daß die von allen Seiten kommenden Böen jede weitere Flug- und Landeberechnung unterbanden.

Erneut war die Hölle ausgebrochen. Diesmal schlimmer als zuvor.

17. September

Zürich-Kloten

Ortszeit: 10 Uhr 05

»Falcon Air 117! Freigegeben nach Palma. Abflugroute Cäsar 4. Transponder 3194.«

Mit leise summenden Triebwerken rollte das Flugzeug zum Anfang der Piste 28. Die Checkliste war gelesen, die Kabine startklar gemeldet. Flugkapitän Walter Stutz ärgerte sich ein wenig über seinen jungen Copiloten, der die Tower-Anweisungen Wort für Wort mitgeschrieben hatte. Vorschrift oder nicht – konnte Tassis sich nicht vier Ziffern und einen Route Code merken?

Er beugte sich nach vorne und stellte die Kennziffer auf dem Transponder ein. Der Copilot schrieb sie auf das Flightlog. Von nun an würde auf ihrem Kurs jeder Controller auf Knopfdruck diese Zahl auf seinem Schirm sehen und damit genau Bescheid wissen, wer da oben herumkreuzte.

Sie hatten den Haltepunkt erreicht. Die Bodenkontrolle gab die Anweisung, auf Tower-Frequenz zu wechseln.

»Falcon Air 117. Startklar«, meldete Stutz.

Die Bahn war staubtrocken. Über Kloten, der Stadt Zürich und dem See wölbte sich ein blauer Himmel. Vorsichtig schob Walter Stutz den Schubhebel auf die zuvor berechnete Leistung. Die war geringer als normal. Zum einen, weil die MD-80 statt der hundertfünfzig Passagiere, für die sie ausgelegt war, nur neunundachtzig mitnahm, zum anderen, weil die Flächentanks nur zur Hälfte gefüllt worden waren, um die Triebwerke zu schonen. Auf äußerste Schonung des Materials zu achten war nicht nur im Sinne der Gesellschaft, es entsprach auch der Pilotenphilosophie des Flugkapitäns Walter Stutz. Doch wo blieb die Starterlaubnis? – »Sorry«, kam es aus den Kopfhörern. »Wir haben ein Problem bei der Flugkontrolle.«

Der Klang der Triebwerke schwächte sich wieder ab. Gilbert Tassis drehte den Kopf und sah seinen Kapitän fragend an. Stutz zuckte mit den Schultern. Laß dich doch nicht verrückt machen, hieß das. Trotzdem, was sollte die Verzögerung? Nicht nur einer, gleich zwei Meteorologen hatten sie bei der Flugberatung erwartet. Nun, Gewitter über Mallorca kannte er doch, und vermutlich besser als all die verdammten Wetterfrösche hier in Zürich zusammen. Vor fünfzehn Jahren, als auf der Insel noch fast alles zu haben war, hatte sich Stutz am Rande des Bergdorfes Banyalbufar einen Bauernhof, eine »Finca«, als Feriensitz gekauft. Und dazu zwei »Quadradas«, fünfzehntausend Quadratmeter Land. Alles zusammen für den Preis von vierzehntausend Schweizer Franken, das Monatsgehalt eines Kapitäns! Seitdem hatte Walter Stutz zwar den allgemein bekannten Traum vom neuen, ganz anderen Leben geträumt – und es doch nie so ganz geschafft ... Aber um das Haus bei Banyalbufar war er heilfroh. Das Wetter würde nicht zumachen. Eine »gota fría« ist eine zwar sehr unangenehme, aber rasch vorübergehende Erscheinung. In vier Stunden jedenfalls würde er auf seiner Terrasse sitzen, Wein trinken und sehen, was seine Pflanzen und seine Orangen- und Mandelbäume machten, während Jan Gruber, ein anderer Falcon-Air-Kapitän, die Maschine zurückflog.

»Falcon Air 117! Starterlaubnis. Sie sind freigegeben. Wind 300. 14 Knoten.«

Kapitän Stutz löste die Bremse. Das weiße, langgezogene, pfeilförmige Flugzeug mit den beiden Turbinen am Heck, dem roten Rennstreifen auf den Seiten, der gleichfalls roten Aufschrift *Falcon Air* und dem elegant hochgezogenen Leitwerk nahm Fahrt auf, wurde schneller, während sich unter den neunzig Insassen, jenes bleierne, sonderbar gelähmte Schweigen ausbreitete, das jeden Start begleitet. Die meisten hielten die Augen geschlossen, andere ließen die Zeitungen sinken, die sie von den Stewardessen erhalten hatten, wieder andere lasen krampfhaft weiter. Und es gab auch welche, die vollkommen gelassen und sehr interessiert auf die vorüberflitzenden Gebäude und die geparkten Flugzeuge des Züricher Flughafens blickten.

Im Cockpit machte sich für Stutz der auffrischende Fahrtwind bemerkbar. Er bemühte sich, mit Hilfe des Seitenruders genau die Mittellinie einzuhalten.

»Hundert Knoten!« rief Gilbert Tassis. Hundert Knoten, das war die Geschwindigkeitsgrenze, bei der auch er als Untergebener einen Startabbruch verlangen konnte, falls eine Unregelmäßigkeit auftrat.

»V 1«, meldete Tassis. Dann »VR – Hundertsiebenunddreißig ...« Die Abhebegeschwindigkeit.

Kapitän Stutz zog sanft die Steuersäule zu sich heran. Steil, die Nase im Wind, schob sich die MD-80 in ihren Anstiegwinkel. Unter ihnen verwandelten sich Häuser und Gebäude in Dächer- und Asphaltrechtecke, gerann das vielfältige Gewirr des Flughafens Zürich-Kloten zu einem starren geometrischen Muster.

Kapitän Stutz befahl, das Fahrwerk einzufahren. Der Copilot betätigte den Griff und kontrollierte dann auf der Leuchtanzeige, ob das Fahrwerk wirklich im Schacht eingerastet hatte. Leichte Turbulenzen griffen nach der MD-80 und ließen sie tanzen.

Falcon Air 117 hatte nun eine Höhe von 3000 Fuß erreicht. Ihre Geschwindigkeit steigerte sich auf 250 Knoten. Seit dem Start waren genau 92 Sekunden vergangen.

Kapitän Walter Stutz schaltete den Autopiloten ein.

17. September

Son San Juán

Ortszeit: 11 Uhr 20

Nerven, Señores, Nerven sind gefragt. Eine Elefantenhaut. In sechs Monaten brechen zwölf Millionen Touristen auf Son San Juán ein. Dann Streiks ... Streik der französischen Fluglotsen. Streik des Reinigungspersonals. Streik des Towers. Selbst die Kofferträger streiken. Von den Taxichauffeuren gar nicht zu reden ...«

Was ist da schon eine »gota fría«?

Diesmal allerdings ...

Am Südabschnitt stand eine ganze Baugrube unter Wasser. Mitsamt Baggern und Lkws. Weiter rechts hatte die Flut einen halben Sand- und Kiesberg mitgenommen und einfach auf dem Parkplatz deponiert, so daß dort Reihen von Autos bis zur Türklinke im Dreck steckten. Und die Abfertigungshalle – sie glich nun eher einem riesigen, überdimensionalen, mit irgendwelchen Kriegs-, Hunger- oder Katastrophenflüchtlingen überfüllten Lager als dem gepflegten Zentrum eines Flughafens. Bars und Toiletten total überfüllt, Hostessen, Flughafenpersonal und Flugzeugbesatzungen, die sich mühsam Bewegungsschneisen durch die auf ihren Koffern sitzenden, am Boden kauernden oder liegenden Menschenmassen zogen. Natürlich war an den Kiosken keine einzige ausländische Zeitung mehr zu haben. Am schlimmsten aber erwies sich: Das Bier war ausgegangen. Das Gerücht lief um, die Laster, die den Nachschub bringen sollten, seien in den Fluten steckengeblieben, die Palma überschwemmten. An der Snackbar am Nordende brach darauf prompt der uralte Bürgerkrieg zwischen den Bewohnern der Ferienorte Arenal und Magalluf aus, zwischen deutschen und britischen Skinheads. Nicht um Fußball, sondern um eine Flasche Pils, die ein zwanzigjähriger Deutscher einem neunzehnjährigen Briten abgenommen hatte. Den Kriegsverlauf markierten ohrenbetäubendes Gebrüll, blutende Lippen, ausgespuckte Zähne, ein gebrochenes Schlüsselbein und schließlich das harte, rhythmische Klatschen der Schlagstöcke der spanischen Guardia Civil.

Doch das Wetter war am Aufklaren. Zwar wollten sich die Meteorologen nicht richtig festlegen. Zu widersprüchlich waren ihre Informationen. Doch es bestand Handlungsbedarf: Irgendwas mußte unternommen werden!

Schließlich, die Wolkendecke mochte zwar niedrig hängen, drei- bis vierhundert Fuß, aber die Sicht betrug doch an die zehn bis fünfzehn Kilometer. Und manchmal, wenn irgendeine dieser verdammten Böen, bei denen man nie so richtig wußte, von wo sie zu erwarten waren, die Wolken aufriß, konnte man bis zu den Bergen der Sierra de Alfabia blicken.

Gewitter und Blitze in Richtung Andraitx? Gut, aber Andraitx lag ja nicht im Abflugweg ...

Von der Flugplatzleitung bis zur An- und Abflugskontrolle war man sich einig: Die abflugbereiten Maschinen sollen raus, der Schrott muß weg, Son San Juán braucht Platz! Alle Flugsteige waren besetzt, das Vorfeld und die Parkräume standen voll mit aufgetankten Airliners, deren Kapitäne und Besatzungen zusammen mit den Dispatchern der Gesellschaften Tower und Flugleitung ständig mit der Frage bedrängten: »Wieso geht's nicht los? Wann können wir endlich ...«

Um zehn Uhr fünfunddreißig erfolgte die erste Rollfreigabe seit Gewitterbeginn.

Kurze Zeit später gab der Platz-Controller der Maschine die Starterlaubnis: Es war eine Boeing 737 der Finnair, der kurz darauf ein LTU-Lockheed-Tristar folgte ...

Anjas Nacken schmerzte vom Hinstarren.

Schwarz, reglos und tot blieben die großen Anzeigetafeln in der Halle des Terminals A. Gleich neben dem Ausgang für Inlandspassagiere hing einer der vielen Monitore, welche die letzten Veränderungen zeigten. Doch es blieb immer das gleiche: DE 320 *delayed*.

Als sie zurückging, hockte Iris wieder auf dem Gepäckkarren. Sie hatte eine Cola-Dose ergattert und ein Sandwich dazu. Anja zog sich der Magen zusammen.

»Na, wie du willst«, sagte Iris.

Gruppen von Menschen schoben sich vorbei. Anja sah einen blauen Uniformrücken. Über dem weißen Kragenrand graublondes, kurzes Haar. Ein Ärmel mit vier Goldstreifen? Ihr Herz setzte aus, um dann um so heftiger weiterzuschlagen: die Größe, die breiten Schultern? Doch Paul schlenderte, der Pilot dort drüben marschierte. Wann endlich würde sich ihr Puls normal aufführen, wenn eine blaue Uniform vorüberkam?

Sie hatte Paul Brückner vor drei Jahren bei einer Silvesterparty kennengelernt. Gastgeber war Renato Schmidt, ein kahlgeschorenes Universalgenie von Grafiker und Fotograf, der sich bei der Chemieindustrie genügend Aufträge holte, um auszuleben, was er den »natürlichen Drang eines Kreativen zur Extravaganz« nannte.

Vielleicht, daß auch sie selbst zu der natürlichen Extravaganz des Renato Schmidt zählte, jedenfalls hatte Renato sich von den Bildern und Zeichnungen der entwicklungsgestörten Kinder, mit denen Anja als Kunsttherapeutin arbeitete, derart begeistert gezeigt, daß er die Herausgabe eines Kalenders vorschlug. Der Kalender war weder ein Flop noch ein Erfolg geworden. Renatos Industriefreunde nahmen pflichtschuldigst ein paar hundert Exemplare ab, der Rest war in die Buchhandlungen gewandert, und Anja Baumann hielt seither Renato Schmidt für einen zwar anstrengenden, doch alles in allem ganz netten Kerl.

Bei seiner Silvesterparty allerdings kam sie sich ziemlich verloren vor. Was sollte sie unter all den langhaarigen, lauten Typen, die nur beweisen wollten, was für tolle Hechte sie doch seien? So war sie ziemlich dankbar um den Mann, der kurz nach Mitternacht in Renatos Villa auftauchte. Er trug weder Ohrringe noch Seidenhemden noch Ballonhosen. Seine Haare waren grau, der Pullover auch, und die Jeans waren Jeans.

Renato schien aus dem Häuschen: »Freunde! Wißt ihr, wen ihr vor euch habt? Den lieben Gott persönlich, meinen persönlichen Gott ... Wenn ich in so ein grauenhaftes Fliegerding rein muß, ist er da und hat den Finger dazwischen. Ohne Paul, meinen Lufthansa-Kapitän, mach' ich keinen Kilometer in den Wolken – oder heißt das Meilen?«

»Ein bißchen laut hier«, sagte der ›liebe Gott‹.

Er hieß Paul Brückner.

Irgendwie war es selbstverständlich, daß sie sich in einer Ecke bei einem Glas Wein zusammenfanden. Außerdem war sie froh darum, daß er nach einer Stunde schon sagte: »Das schaff' ich hier nicht. Warum verziehen wir uns nicht?«

Ja, warum nicht?

Sie sah in seine hellen Augen und in dieses klare, von Falten durchschnittene Männergesicht, in sein leichtes, etwas ironisches Lächeln. Vielleicht nicht der Kapitän aus dem Bilderbuch – er hätte auch Arzt sein können –, aber irgendwie war er sympathisch.

Vor dem Haus stand ein dunkelgrüner, reichlich abgenutzter BMW.

Er schlug eine Kneipenrunde vor, und wieder nickte sie. Bei einigen weiteren Gläsern Wein wollte er unendlich viel wissen und erzählte reichlich wenig, und als er sie schließlich im Wagen nach Heidelberg mitnahm, wo sie wohnte, und die ersten Lichter der alten Stadt auftauchten, hob er die Hand und deutete nach links: »Kennen Sie den berühmten Satz: Warum nehmen wir nicht noch einen letzten Drink bei mir?«

»Kenn' ich ... und Sie haben recht: wieso eigentlich nicht?«

Wieder wunderte sich Anja über sich selbst. Nicht daß der Mann oder der Wein oder beides zusammen ihr den Kopf verdreht hätten – was sie fühlte, war eine angenehme, wärmende Neugierde. Sie hatte einen Bungalow, vielleicht ein Penthouse, in jedem Fall etwas zu einem Lufthansapiloten Passendes erwartet, und nicht ein altes Walmdachhaus hinter einer hohen Gartenhecke, auch nicht die Holzscheite im Kamin, die er rasch und geschickt anzündete. Was sie am meisten beeindruckte, waren die vielen Bücher und all die tausend Gegenstände an den Wänden: Teller aus Arabien, Puppen aus Thailand, Totems, Schamanentrommeln ...

Das Feuer flackerte, er sprach. Vielleicht war es der Wein, vielleicht die Stimme, sie fühlte sich wie in eine sonderbare, fremde, exotische Welt versetzt. Er sei geschieden, sagte er. Er habe eine fast erwachsene Tochter, an die sie ihn irgendwie erinnere ...

Anja blieb in dieser Nacht. Und er machte es ihr leicht. Er öffnete die Tür eines hübschen, hellen Zimmers. Es gehöre seiner Tochter. Und für morgen könne er ihr ein gewaltiges Frühstück versprechen.

Drei Wochen später kam die erste Postkarte. Aus Atlanta, USA. Die nächste hatte einen Stempel aus Caracas als Absendeort. Dann Montreal. Und etwa einen Monat später kam er selbst die steile Treppe hoch, die zu ihrer Studentenwohnung in der Brunnengasse führte.

Sein Lächeln verstörte sie. Außerdem schämte sie sich für

den Verhau in ihrer Bude. Hastig räumte sie einen Stuhl frei. Doch er blieb stehen.

»Jetzt erst mal schön der Reihe nach. Zuerst der ›gesellschaftliche Anstand‹.« Er zog ein flaches Etui heraus. Das Etui war aus dunkelblauem Leder. Es enthielt eine sündteure goldene Armbanduhr.

Sie starrte ihn an.

Er legte ihr die Uhr ums Handgelenk. »Die kannst du ruhig nehmen, Anja. Es ist nun mal so: Arme Schweine wie wir werden ständig um den Erdball gejagt. Da wär's ja doch komisch, wenn wir nicht bald den Bogen heraus hätten, wo's die billigsten Einkaufsquellen, die besten Hehler und die schlimmsten Schmuggler gibt.«

»Aber das ist doch eine ...«

»Rolex? Hübsch, sicher. Aber preiswert.«

Anja schluckte. Er lächelte.

»Und da wir schon dabei sind, gleich der Trick Nummer zwei: Für sich und ihre Begleiter haben LH-Piloten das Anrecht auf Gratis- oder enorm verbilligte Flüge. Was hieltest du davon, wenn wir zum Beispiel nächsten Monat mal nach Rio de Janeiro abdampften?«

Er sagte es ganz sachlich. Und vielleicht war es gerade das, was seine Worte so unwiderstehlich machte. Sie zog zu ihm. Und die Jahre, die folgten, waren wie ein langer Traum. Wenn Anja etwas gesucht hatte, dann war es Vertrauen und Zuverlässigkeit. Sie bekam beides. Und dazu noch mit einer Stetigkeit, die sie nie für möglich gehalten hätte.

»Die Tasche auch noch? Die gehört doch Ihnen?«

Anja nickte.

»Raucher? Nichtraucher?«

»Das ist mir egal.«

Die Condor-Groundhosteß am Eincheckschalter blickte

flüchtig auf und lächelte. »Ich könnte Ihnen auch nicht versprechen, ob das was nützen würde. So verrückt, wie's heute zugeht. Hier bitte, Ihre Bordkarte.«

Anja nickte nicht, sagte auch nicht danke. Sie trat aus der Schlange der Wartenden, machte zwei Schritte nach links, drehte sich um, ging weiter, das Gesicht starr, die Lider halb gesenkt. Dann blieb sie erneut stehen.

»Na, was ist denn?« hörte sie Iris. »Nun komm doch!« Die Stimme klang wie aus weiter Ferne.

Augen starrten sie an. Auch das bemerkte Anja nicht. Alles – Geräusche, Stimmen, Dinge, Menschen – blieb verwaschen und unklar, wie durch einen Graufilter gedämpft. Was sie aufnahm, hatte nichts mit der Realität zu tun, und doch beherrschte es ihre Reaktionen. Sie wußte nur eines: Du darfst nicht weitergehen! Du kannst auch nicht ... Und spürte dabei eine fremde, bedrohliche Welle von Wärme in sich aufsteigen. Die Finger ihrer Hände krampften sich zusammen. Und nun waren Schreie in ihr, Angstschreie, Todesschreie. Sie sah ein abgerissenes Männerbein, sah zwischen all dem zersplitterten Glas, den umgekippten Vitrinen und auf den Boden verstreute Buddhafiguren und Touristenkitsch reglose Gestalten liegen. Der Fuß des Beins steckte in einem schwarzen Lackschuh. Der weiße Kniestrumpf war von keinem Spritzer Blut getroffen.

Sonst – Blut, wo sie hinblickte ... Blut auf Seidenroben und Nylonjacken. Zerrissene, gekrümmte, zerfetzte und sehr stille Leichen.

Damals war sie mit Paul, aus Djakarta kommend, kurz vor Mittag in Colombo gelandet. Die Plastikbombe irgendeiner Tamilen-Terrororganisation war kurz vor der Ankunft gezündet worden. Auch der Attentäter lag unter den Leichen – oder das, was von ihm übriggeblieben war.

Sie aber konnte sich nicht bewegen. Das war das schlimmste. In dem Horrordurcheinander aufgeregter Helfer stand sie wie aus Stein gehauen. Bis Paul Brückner sie einfach auf die Arme nahm und hinaus zu einem Taxi trug.

Seit diesem Tag war Anja nicht mehr geflogen. Sie blieb in Heidelberg. Und alle Angebote, die Paul ihr machte, so verlockend sie auch sein mochten, interessierten sie nicht. Nicht, weil sie um sich selbst Angst hatte. Aber ihrem Kind konnte etwas passieren. Anja glaubte, schwanger zu sein. Der Arzt sagte ihr, daß sie sich geirrt habe.

Erst als mit Paul alles zu Ende war, bestieg sie wieder eine Maschine. Zusammen mit Iris nahm sie den Condor-Flug nach Mallorca.

Iris zerrte an ihrer Jeansjacke. »Menschenskind, Mädel! Was ist bloß los mit dir?«

»Entschuldige ...«

»Was heißt ›entschuldige‹? – wir sind aufgerufen! Wir kommen endlich weg.«

Mit gesenktem Kopf, die Schultern eingezogen, mechanisch wie ein Automat folgte sie Iris zu der Rolltreppe, die zu den Flugsteigen führte.

17. September

Falcon-Air-Flug 117

Ortszeit: 11 Uhr 05

Der ganze verdammte Zirkus konnte die Züge eines Pokerspiels bekommen. Und Kapitän Walter Stutz haßte Poker. Mit Zufällen würde er sich nicht rumschlagen. Die wichtigste Tatsache blieb für ihn, daß Palma den Betrieb aufgenommen hatte. Allerdings nur für startende Maschinen. Aber das würde – mußte – sich ändern. Wieso denn nicht? Wieso sollte er sich verrückt machen lassen? Hatte er in den zwanzig Jahren Fliegerei nicht genug knifflige Situationen überstanden?

Chefstewardeß Lucette Bühler steckte den graumelierten Pagenkopf ins Cockpit der MD-80. Das Mittagessen in der Kabine wurde abgeräumt, Kaffee und Tee serviert.

»Wie ist das mit euch? Wollt ihr 'ne Tasse?«

Lucette Bühler konnte sich die Vertraulichkeit leisten. Sie gehörte zu jener Sorte unbeugsamer Luftladys, die sich ein Leben mit den beiden großen K's – Küche und Kinder – nicht vorstellen konnten. Als es für sie bei der Swissair aus Altersgründen vorbei war, ging sie in den Aushilfsdienst und vertrat jüngere Kolleginnen. Als auch das nicht mehr klappte, war Walter Stutz mit ihr zum Personalchef der neugegründeten Falcon Air gezogen: Eine Bessere können wir überhaupt nicht kriegen! Vielleicht hat sie ein paar graue Haare, aber unter jedem Fingernagel zehnmal mehr Erfahrung als der ganze Stall. Und das stimmte. Schon mit der alten *Coronado* war sie Langstrecken geflogen. Wie er ...

Stutz blickte nachdenklich über die sonnenbetupfte, sahneweiße Wolkendecke bis zum Horizont. Nichts Auffallendes. Gar nichts. Mein Gott, die alten Coronado-Tage ...

Und was war von den stolzen Swissair-Maschinen geblieben? Wie verendete Dinosaurier lagen sie am Flugplatzrand von Son San Juán herum. Ein Schrotthaufen von verbeultem, mit Staub, Dreck und Sand bedecktem Aluminium, ausgeschlachtete Wracks mit der überpinselten Aufschrift *Spantax*. Die Spantax hatte die Coronado-Flotte damals übernommen ...

»Du bleibst doch eine Woche auf der Insel, Walter?« hörte er Lucette. »Kannst du mir nicht eine von diesen Kitsch-Tischdecken mitbringen? Meine Schwiegermutter ist ganz verrückt danach. Sie hat am nächsten Wochenende Geburtstag.«

»Wird gemacht. Wie sieht's in der Kabine aus?«

»Na, wie schon ...«

Noch in Kloten hatte Walter Stutz einen Blick auf die Schar seiner Passagiere geworfen: Sie stellte das typische Mallorca-im-September-Publikum dar. Pensionisten, die weder auf Schulferien noch auf Arbeitszeiten zu achten hatten, Golfer in karierten Hosen, mit Messerschnitt und Sonnenbrillen. Das übliche. Mit Ausnahme des Älplervereins vielleicht. Nach den Schuhen zu urteilen, irgendwelche Kegler aus irgendeinem Urkanton.

Er drehte an der Feinkontrolle des Funkgeräts. Genf hatten sie hinter sich. Sie überflogen nun die Grenze des Kontrollbereichs Marseille.

»Good morning, Marseille. Hier ist Falcon Air 117. Unsere Höhe beträgt 33 000 Fuß, und wir schätzen, um elf Uhr fünfundzwanzig über Martigues zu sein.«

Hier in der Bereichskontrolle Marseille vereinigte sich gleich ein ganzes Bündel wichtiger Luftstraßen zu einem der heißesten Knotenpunkte des europäischen Luftverkehrs. Pro Monat wickelte Marseille Tausende von Flugzeugbewegungen ab. Jedesmal, wenn die französischen Lotsen den Daumen senkten und Streik anmeldeten, was sie oft genug taten, lief gar nichts mehr. Dann blieben nicht nur Touristen sitzen, sondern verloren auch Hoteliers, Reise- und Fluggesellschaften Millionenbeträge.

Gilbert Tassis drehte den Kopf. Die Sonnenbrille spiegelte, seine Mundwinkeln zuckte. Kein Lächeln, nein, er war schlicht und einfach nervös.

Stutz drückte die Mikrophontaste. »Marseille? Hier ist Falcon Air 117. Squaw 3194.«

»Falcon Air 117 bitte kommen.«

»Erbitte Darstellung der Landemöglichkeiten in PMI.« – PMI bedeutet: Son San Juán, Palma de Mallorca International.

»Falcon Air 117. Palma ist offen. Zur Zeit werden nur Startbewegungen abgewickelt. Erbitten Sie Bericht der Konditionen beim Bereichsleiter Palma.«

»Danke«, sagte Walter Stutz. »Verstanden.«

Er räkelte sich im Sitz. Dann wandte er den Blick nach rechts und sah, daß Gilbert Tassis schon wieder wie gebannt auf die Treibstoffanzeige starrte. Na ja, noch viereinhalb Tonnen. Der verdammte Gegenwind.

»Komm, Gilbert«, sagte Stutz, »beruhige dich.«

Tassis versuchte so etwas wie ein Grinsen und schloß die Augen. Beruhige dich? ... Er kannte Stutz doch. Gegen diesen harten Knochen war nicht anzukommen. Schon als sie in Kloten den Treibstoffbedarf errechneten und die Anweisung an den Tankdienst rausging, hätte er protestieren müssen. Bei einem Verbrauch von 2500 Kilogramm pro Stunde kostete sie allein der reine Flug 5800 Kilo Kerosin. Dazu kamen bei den Rollverzögerungen in Zürich mindestens noch mal 500 Kilogramm an reinen Bodenbewegungen. Gesetzlich vorgeschrieben und bei dieser unsicheren Wetterlage auch tatsächlich äußerst wichtig war die Reserve! Sie bestand aus mindestens dreißig Minuten für die Warteschleifen, also eins Komma zwei Tonnen, und weiteren fünfzehnhundert Kilo für den Flug zum Ausweichflughafen. Schließlich, wenn Palma zu war, konnte auf Ibiza exakt dieselbe Situation herrschen. Und damit käme nur Valencia oder Barcelona in Frage.

Neun Tonnen, dachte Tassis.

Neun Tonnen mindestens ... Er hatte es zuvor schon ausgerechnet. Und es stimmte. Und wieviel haben wir dabei? Noch nicht mal acht. Mehr als eine Tonne zuwenig ...

»Gilbert!« Stutz schüttelte den Kopf. »Jetzt denk endlich an was anderes als an die verdammten Tanks.«

»Okay, Herr Stutz. Aber schließlich ...«

»Schließlich was? Mit dem, was wir dabeihaben, können wir über Palma gurken, solange uns das Spaß macht. Meinst du, ich flieg' nach Valencia? Ich kenn' doch das Mallorca-Wetter, Tassis. Das ist gar nichts. Für ein paar Minuten ist dort der Teufel los – und dann klart es wieder auf.«

Gilbert Tassis nickte ergeben.

Das weiße Flugzeug mit den möwenartig zurückgenommenen Schwingen, dem Vogelkopf am Bug, den Triebwerken am Rumpfheck und der Aufschrift »Falcon Air« an den Seiten flog noch immer über den sonnenbeschienenen Wolken. Nun senkte es leicht die Nase. Die Flächen begannen sich unruhig zu bewegen, Turbulenzen griffen nach ihm. Es flog noch etwas tiefer, tauchte in die Wolken ein und verschwand, als habe es nie existiert.

Der Abstieg hatte begonnen.

Kapitän Walter Stutz betätigte die Mikrofontaste und schaltete auf Kabinenfunk: »Meine Damen und Herren, hier spricht Ihr Kapitän. Ich habe mich selten gemeldet, aber Sie brauchen ja nur aus dem Fenster zu gucken, um zu wissen, daß es nicht viel gebracht hätte. Wir haben Marseille überflogen und befinden uns zur Zeit über dem Meer im Anflug auf Mallorca. Wie haben gerade unsere Reiseflughöhe verlassen und mit dem Abstieg begonnen. Das Wetter draußen? Nun, ein bißchen unruhig. Aber die meisten von Ihnen sind sicher schon oft geflogen und kennen das. Trotzdem möchte ich Sie jetzt bitten, sich anzuschnallen. Danke.«

Er schaltete ab und versuchte, auf UKW die Flugverkehrskontrolle in Palma zu erreichen. Die statischen Störungen waren derartig heftig, daß er beschloß, noch ein paar Minuten zu warten. Bei dem Zweihundertfünfzigmeilensprung von der Küste zur Insel konnte es sich nur um Minuten handeln, bis bessere Empfangsbedingungen auftraten.

»Versuchen Sie es weiter mit der Barcelona-Wetterstation, Gilbert«, befahl er seinem Copiloten. »Vielleicht kriegen wir von denen Informationen. Außerdem kommen wir ohnehin in ein paar Minuten in den VHF-Bereich. Dann wird der Empfang klar.«

»Es ist der beschissene Sturm ...«

»Und wenn?« sagte Stutz. Sollte das Wetter dort bringen, was es wollte. Noch immer fühlte er sich im Pilotensitz sicher und gemütlich wie zu Hause in seiner Zürcher Wohnung im Fernsehsessel oder auf seiner Terrasse über Banyalbufar. Und das berechtigterweise. Einmal lag ihm die MD-80 mehr als jede andere Maschine, er war ein passionierter MD-80-Pilot. Ihre Schönheit, ihre Eleganz, ihre Flugeigenschaften ... Vielleicht war sie nicht die jüngste Dame, die man in die Finger bekommen kann. Sie war ein Kind der alten DC-9, die längst nicht mehr gebaut wurde. Nicht einmal Douglas existierte mehr als eigenständige Firma. Und dennoch: Allein von den DC-9 gurkten noch immer mehr als neunhundert über den Erdball. Und das Muster, das er hier flog, die MD-80, gehörte zu den zuverlässigsten Jets. Ihm hatte das nicht gereicht. Nach dem Ankauf war alles, was auszutauschen war, ausgetauscht worden. Auch die Triebwerke. Hinten am Rumpf sang das Feinste vom Feinen: zwei brandneue Pratt-and-Whitney-Turbinen. Kabine, Instrumente, Navigationselektronik – der allerletzte Stand! Selbst den Autopiloten hatten sie noch vor drei Wochen bei der Cross Air in Basel durch einen neuen ersetzt ...

Stutz tätschelte das Steuerhorn. Das war nicht zuletzt sein Verdienst: »Bei Halbheiten, meine Herren, können Sie mit mir nicht rechnen«, hatte er im Aufsichtsrat gesagt. »Entweder – oder.« Ja, er hatte sie überzeugt. Und nicht zuletzt deshalb, weil er selbst mit einer halben Million Franken eingestiegen war. Hundertfünfzig hatte er von der Bank vorgestreckt bekommen. Weitere hundertfünfzig zum Nullzins von Ruedi, seinem Schwiegervater. Der Rest – Ersparnisse.

Nicht nur der Sitz, in dem er saß, gehörte ihm. Eine ganze Menge mehr. Es war schon ein gutes Gefühl. Zumal die Falcon Air im letzten Jahr nur schwarze Zahlen geschrieben hatte.

Wieder suchte er ATC-Barcelona, die Bereichskontrolle, hereinzubekommen.

»Buenas días! Falcon Air 117. Passieren FF-210. Erbitte Abstieggenehmigung auf 7000. Geschätzte Ankunftszeit über Pollenca: elf Uhr fünfzig.«

»Falcon Air 117. Transponder 3194. Setzen Sie Kurs bis Funkfeuer POS, und gehen Sie in den Warteraum auf Flugfläche 70.«

Neben ihm nickte Gilbert Tassis, als habe er diese Worte erwartet – genau diese.

Stutz blieb ruhig. »Aber Palma ist offen?«

»Das ist richtig, Falcon Air 117. Aber wir haben zur Zeit nur Startbewegungen. Außerdem, die Wetterlage verschlechtert sich wieder. Aufkommender dichter Nebel. Wind aus wechselnden Richtungen.«

Nicht gerade erfreulich. Sein Flight-Level, die Flugfläche, betrug für ihn jetzt zweiundzwanzigtausend Fuß. Die MD-80 würde sich im Warteraum in siebentausend Meter Höhe wie in einer gewaltigen Freiluftgarage bewegen, bei der jede der auf Landeerlaubnis wartenden Maschinen in ›ihrem Stockwerk‹ Kreise ziehen konnte. Diese unsichtbaren Warteräume reichten bis zu einer Höhe von fünfundvierzigtausend Fuß. Die Flugfläche vor ihm schien frei zu sein. Doch was half das?

»Palma. Ich mache Sie darauf aufmerksam, daß ich maximal vier Warteschleifen fliegen werde.«

»Falcon Air 117! Verstanden. Was wollen Sie damit sagen?«

Die Stimme des Lotsen war kristallklar zu vernehmen. Nun wirkte sie hellwach.

»Daß ich Treibstoffprobleme habe.«

»Verstanden, Falcon Air 117. Ist dies eine Notlagemeldung?«

»Noch nicht. Aber machen Sie sich darauf gefaßt, daß ich in spätestens zwanzig Minuten Luftnotlage melden werde.«

Stutz warf einen neuen Blick auf die Treibstoffanzeige. Er mußte die Kapitulation anmelden und war sich klar, was die an Konsequenzen beinhalten würde: Meldung an das zuständige Luftamt, Untersuchungen und vor allem die hohen Kosten, die der Flugplatz in Rechnung stellen würde ...

»Ich habe jetzt noch eins Komma sechs Tonnen in den Tanks. Es bleibt mit also nichts anderes übrig. Ich muß Sie deshalb bitten, mir die entsprechenden Möglichkeiten zu schaffen.«

Ein Seufzen war in den Kopfhörern zu vernehmen. Ein langes, ergebenes Seufzen. Dann kam die Antwort: »Okay, verstanden. Wir melden uns wieder.«

17. September

Son San Juán

Ortszeit: 11 Uhr 55

Immer wieder, selbst in diesen Sekunden der Anspannung, tauchte wie von Geisterhand gezeichnet das blasse, dreieckige Gesicht Anitas vor ihm auf. Ihre Augen ... Tief lagen sie in den Höhlen. Und die Schatten schienen so dunkel wie die Iris, über der ein kranker, fiebernder Glanz lag.

Aber der kleine, trockene Mund lächelte: »Es tut ja nicht weh, Papa, kein bißchen. Mach dir doch nicht solche Sorgen.«

Pep Vidal hatte die ganze Nacht bei Anita, seiner zweiten Tochter, in der Klinik Son Dureta verbracht, in diesem gewaltigen Zweitausendbettenkrankenhaus, dessen Mauern so viel Elend und Schmerz umschlossen. Catalina, seine Frau, war nicht mehr in der Lage, ihren Dienst bei der Kleinen zu versehen. Ihre Nerven hatten versagt.

Am Morgen, nachdem der Arzt ihnen versichert hatte, daß Anita trotz des schweren Krankheitsverlaufs ihrer Bronchiektasie durchaus eine Chance habe, beging er den entscheidenden Fehler: Statt sich abzumelden, hatte er gegen jedes Gebot der Vernunft und auch gegen die Arbeitsvorschriften seinen Dienst als Schichtleiter des Kontrollzentrums von Son San Juán angetreten. Er hatte es getan, um nicht allein mit Catalina in dem großen Haus in Genova herumsitzen zu müssen. Um sich abzulenken, das auch. Aber, dios mío, konnte er wissen, welcher Wahnsinn ihn erwartete? Doch Pech, das wußte Pep Vidal schon lange, Pech kommt immer in Serie, und so gesehen war es ja schon fast normal, anzunehmen, daß Nebel – und was für ein Nebel – kurz vor Mittag über die Ebene kroch, um sich über den Flugplatz zu legen. Wenigstens hatten sich Regen und Sturm nun zum zweiten Mal beruhigt. Auch der Nebel würde bald vorübergehen. Nebel gab's auf Son San Juán äußerst selten, dafür sorgte der Wind. Aber ausgerechnet jetzt! Wie auch immer: Der Betrieb mußte weitergehen. Sobald der Nebel wieder weg war und er die Falcon Air 117 mit ihrem Treibstoffproblem am Boden hatte, konnte er die Maschinen gestaffelt starten lassen, und zwar jeweils eine vom Pistenbeginn aus, die folgende von der Intersection Charly 7. Das würde den Rollvorgang abkürzen und endlich das fatale Gedränge lösen, das den Flughafen verstopfte.

»Rollfreigabe?« hatte Toni Ferrer, der Lotse der Platzkontrolle gefragt, hinter dessen Sessel der lange, dünne Pep Vidal gerade aufgetaucht war.

Vidal fuhr sich mit allen fünf Fingern durch den schwarzen Bart und sagte: »Si.«

Toni Ferrer sah den Erkennungscode des Condor-Airbusses auf seinem Monitor aufleuchten. Dann schaltete er das Mikrophon ein. Landebahn und Rollbahn waren vom Tower derzeit kaum noch zu erkennen. Nichts sah man vor den Scheiben als ein weißgraues Gebräu, das einige Lichter erhellten.

Toni Ferrer räusperte sich, um die Stimme frei zu bekommen. Auf den Betonplatten direkt unter ihm krochen zwei Schlepper. Auch der deutsche Airbus war nichts als ein schemenhafter Schatten. Seine Positionslichter schimmerten matt. Na schön, mit den Scheinwerfern würde der sich eine Sicht von dreißig oder vierzig Metern freischaufeln. Und das reichte ja schließlich.

Wenn bloß dieser verdammte Schweizer schon unten wäre …

Toni Ferrer drückte die Mikrophontaste, um mit dem Airbus Verbindung aufzunehmen: »DE 320. Melden Sie sich bitte!«

»Hier DE 320«, kam es zurück.

»Wie ich schon sagte, können Sie jetzt zur Intersection Charly 7 aufrücken. Ich wiederhole: Rollen Sie bis Charly 7 vor … Leider haben wir ein Problem. Durch einen Wassereinbruch ist ein Teil der Beleuchtung ausgefallen. Sind die Abrollweg-Kennzeichen für Sie lesbar?«

»Affirmativ. Sie sind lesbar. Ich komme gerade an Charly 5 vorbei.«

»Sehr gut. Ich wiederhole: Sie sind freigegeben bis zur Intersection Charly 7. Dort im Intersection-Vorfeld stoppen Sie.«

»Affirmativ – verstanden.«

Die schwarzen Buchstaben auf weißem Grund dort draußen verschwanden wieder hinter fließenden Schleiern. Die Startbahnbeleuchtung war eingeschaltet, aber sie stellte nichts dar als eine undeutliche Abfolge von Lichtpfützen, sonst waren weder Begrenzungen noch Markierungen zu erkennen.

Mit leise flüsternden Turbinen suchte sich der Condor-Airbus seinen Weg. Aber so, als ob er nie ein Ende finden könne, begann wieder der Regen auf die Flugzeughaut zu schlagen. Regen? Es schüttete wie aus Kübeln!

»Hast du je einen solchen verdammten Mist erlebt?« Pit Landau, der Kapitän des Airbusses 310-A mit der Codebezeichnung 1672 schwieg auf die Frage seines Copiloten. Natürlich hatte er schon solch einen Mist erlebt, aber der junge Rainer Bode war schließlich erst seit zwei Jahren im Geschäft. Und außerdem, Kapitän Landau war jede Lust auf Gespräche vergangen.

Er beugte sich nach vorn. Die riesigen Scheibenwischer versuchten das Wasser wegzuschaufeln. Ganz schafften sie es nicht.

Landau war an diesem Morgen um vier Uhr dreißig aus seinem Haus in Dieburg bei Darmstadt aufgebrochen, um den Airbus zu übernehmen. Rainer Bode hatte es besser: Sein Appartement befand sich ganz in der Nähe des Rhein-Main-Flughafens Frankfurt. Um sechs Uhr fünfundzwanzig waren sie in Frankfurt gestartet, und seit vier Stunden wurden sie hier nun festgehalten. Fünf Stunden Verspätung bedeutete dies für die wartenden zweihundertsechzig Passagiere, die Landau beim Nachmittagsstart wieder auf die Insel bringen sollte. Wenn dieser Start überhaupt noch aufgerufen würde. Aber gut: Langsam kam hier wenigstens die Geschichte ins Rollen. Die Checklisten waren gelesen. Bloß weg!

Erneut drückte Landau die Taste des Mikrophons. Die Frequenz blieb blockiert.

Vor ihm war noch eine KLM-Boeing 737. Auch sie würde zu warten haben, bis der Nebel sich lichtete. Außerdem: Der Schweizer mußte noch rein und seine ILS-Landung hinter sich bringen. Er hatte es im Funk mitbekommen. Bei diesem Wetter mit halbleeren Tanks loszufliegen, nur um mit der Gewichtseinsparung ein paar Rappen zu verdienen? Unglaublich. Aber die Falcon Air war eine dieser neuen, schwachbrüstigen Gesellschaften, die der Mallorca-Rummel geboren hatte wie der Regen die Pilze. In dem Konkurrenzirrsinn und dem gnadenlosen Preiskrieg der Firmen, würden sie sowieso als erste dran glauben müssen. War sicher nicht die Schuld des Piloten ... Auf unseren Rücken, dachte Landau, prügeln sie ihre Kämpfe aus!

Er schob sich die Hörschalen des Kopfhörers wieder über die Ohren.

Keine Anweisungen waren zu vernehmen.

Gil reichte ihm sein Päckchen Wrigley-Kaugummi. Zwei steckten noch drin. Aber Toni Ferrers Rachen war bitter und wie gegerbt von Rauch. Mit den verdammten Pall-Malls konnte er nicht weitermachen. Er riß die Folie des Kaugummis ab und schob ihn in den Mund, drückte die Sprechtaste und erteilte der Iberia-Maschine nach Valencia die Rollfreigabe. Den Kapitän kannte er. »Schau bloß zu, daß du wegkommst, Guillermo!« rief er. Dann förmlich: »Bewegen Sie sich bis zum Haltepunkt Charly 3. Warten Sie dort auf Ihre weitere Freigabe.«

»Warten?« stöhnte es zurück. »Wie lange?«

»Kann ich im Moment leider nicht sagen.«

Er blickte zu Gil Bonnet hoch. »Los schon! Der nächste Kontrollstreifen. Willst du?«

Gil Bonnet steckte den Flugkontrollstreifen der wartenden KLM-Boeing 737 in den dafür vorgesehenen Metallschlitz in der Monitorkonsole und drückte den Abrufknopf. KLM-Flug 214. Buchstaben sprangen und Zifferncodes leuchteten als Balken auf dem Monitor. Flugziel: Amsterdam.

Er wollte sich gerade der KLM zuwenden, als über den Reihen der Anzeigen auf der Konsole ein roter Punkt zu leuchten begann. Pep Vidal, der Schichtleiter, wollte ihn sprechen. Er nahm den Hörer ab. Er fühlte sich zu schwach, um zu fluchen.

»Toni?«

»Ja.«

»Wieviel hast du in Startbereitschaft?«

»Ich? Was weiß ich? Zehntausend.«

»Keine blöden Witze! Wieviel?«

Toni Ferrer warf einen kurzen Blick auf die Flugstreifen, die sein Assistent ihm vorbereitet hatte. »Zunächst vier ...«

»D'acuerdo. Gib den vier Startunterbrechung. Paß auf: Maximalzeit acht bis fünfzehn Minuten.«

»Ja, wieso denn?«

»Weil's da so einen dämlichen Idioten von Schweizer gibt, der behauptet, er habe nicht mehr genügend Sprit im Tank und müsse landen.«

»Das auch noch«, stöhnte Toni Ferrer.

»Ja, das auch noch!« erwiderte der Schichtleiter.

Aus den Lautsprechern klangen beruhigende Geigenklänge: Montovani.

»Ich hab' so 'nen Hunger, Mutti!« maulte der kleine

Junge in der Sitzreihe vor ihnen. »Und Durst hab' ich auch.«

»Gleich, gleich, Andi. Gleich geht's los.«

Das hofften sie alle.

»Also, wenn Sie mich fragen, irgendwie hat alles ja auch sein Gutes ...« Der Mann, der neben Iris auf dem Sitz vierundzwanzig C Platz eingenommen hatte, streckte seufzend die Beine. Sie waren schwer und dick wie alles an ihm. Sie steckten in einem Paar ausgebleichter grüner Baumwollhosen. Grün war auch sein Hemd. Das bemerkenswerteste an ihm waren die rotgebrannten Fettringe unter seinem Kinn. Die Lider der hellblauen Augen, die Iris anstarrten, zitterten, aber sein Grinsen signalisierte abgeklärte Macho-Sicherheit. »Ich weiß ja nicht, wie das so bei Ihnen ist, aber ich laß mich nicht stressen. Schon lange nicht mehr. Und durch gar nichts.«

»Aha«, sagte Iris. Anja brachte noch nicht einmal ein Nicken auf.

»Streß bringt nichts. Außerdem, wenn's dicke kommt, hilft mir noch immer TM. Kennen Sie das?«

»Nein.«

»Ist so eine östliche Meditationstechnik.«

»So?«

»Ja. Hätte ich mein TM nicht, hätt' mich längst der Infarkt, sagt mein Arzt.«

»Wie schön für Sie.«

»Na sehen Sie mal: Gestern hat mich doch mein Chef angerufen. Im Hotel. Das muß man sich mal vorstellen. In der Firma haben sie da so 'nen Buchungsfehler. Und dazu brauchen sie mich so dringend, daß der Chef mir den Firmenwagen direkt an den Flugplatz schicken will. Dabei hab' ich Urlaub.«

»Wirklich?«

»Ja, aber in der Zwischenzeit hat sich das sicher von

selbst erledigt. Und die haben ihren Fehler von allein gefunden. So ist das. Ich sag' ja: Alles hat sein Gutes.«

Anja hatte ihre Umhängetasche auf dem Schoß. Sie sagte noch immer kein Wort. Ihre Finger kramten sinnlos in der Tasche. Seit drei Minuten taten sie das. Iris legte ihr die Hand auf das Gelenk. Anja sah sie an und drückte, als sei sie bei irgend etwas erwischt worden, hastig den Verschluß zu und drehte sich wieder zum Fenster: Flugzeuge, Palmen, schattenhafte Autos, Menschen, da war das Singen der Turbinen und das leise Schaukeln der Maschine, die sich über den Rollweg dem Anfang der Startbahn entgegen bewegte ...

Die Bauzäune waren jetzt im Cockpit deutlicher zu erkennen. Der Nebel wechselte an Intensität. Manchmal waren es nur Schleier, dann mußten sich die Scheinwerfer des Airbusses wieder richtige Schneisen aus dieser Waschküche herausbeißen.

»Das hier war gerade Charly 6«, meldete Rainer Bode, der Copilot.

»Deutlich lesbar?«

»Ja.«

Auch die Startbahnbeleuchtung, die wegen des Nebels eingeschaltet war, konnte man nun klar erkennen. Das breite Zementband des Runways, das dazwischen lag, die Achse des Flugverkehrs auf Son San Juán, war vor zwei Jahren von dreitausend Meter auf eine Sicherheitslänge von dreitausendfünfhundert Meter verlängert worden. Nach dem Flugplatzausbau würde sogar ein Startbahnkreuz entstehen, da eine zweite Bahn im schrägen Winkel zur ersten geplant war. Die Abrollwege der Bahn zur Rollstrecke, die »Intersections«, zeigten auf weißem Grund große, deutliche schwarze Zahlen und Buchstaben. Normalerweise waren sie beleuchtet. Doch jetzt? Irgendein blödes Kabel in irgendeiner blöden abgesoffenen Baugrube hatte wohl einen Kurzschluß verursacht. Na, es herrschte ausreichend Licht.

Landau warf einen Blick nach links. »Ich weiß nicht, das gefällt mir nicht besonders«, sagte er.

»Meinst du, mir«, antwortete Rainer Bode.

Die KLM-Maschine konnte nicht weit von ihnen sein. Die Positionslichter waren jetzt auszumachen. Aber bei Nebel, und das wußten sie beide, war die Entfernung schwer abzuschätzen. Der Regen wenigstens hatte wieder nachgelassen. Die Checklisten waren gelesen, Olaf Meinhart, der Chef-Purser, hatte auch die Kabine startbereit gemeldet.

Landau hörte, wie der Lotse dem KLM-Piloten die Anweisung gab, sich im Startbereitschaftsraum zu melden und die bevorstehende Landung der Schweizer Maschine abzuwarten.

Dann rief der Controller auch ihn auf: »DE 320. Bitte melden!«

»Hier DE 320.«

»Wie weit sind Sie vorgerückt?«

»Wir haben gerade Charly 6 passiert.«

Er konnte ihn also kaum sehen. Bodenradar gab's hier nicht. Auch diese Idee war nicht gerade angenehm.

»Wir sind gleich da.«

»Charly 7«, meldete Bode. Auch Landau hatte das viereckige Schild mit der Bezifferung ›C-7‹ gesehen. Der Condor-Airbus mit seinen vierunddreißig Metern Spannweite hielt an. Kapitän Landau hatte die Parkbremse gesetzt.

Es gibt die verschiedensten Theorien über die physischen und psychischen Reaktionen des menschlichen Körpers unter extremem Streß. Einigkeit herrscht darüber, daß äußerste Anspannung, gepaart mit Reizüberflutung und körperlicher Erschöpfung, eine Art Verteidigungsmechanismus wachruft, der die Betroffenen zum Rückzug in eine nur noch begrenzte Wahrnehmung zwingt. Ob dies in jenen Minuten bei dem verantwortlichen Lotsen der Platzverkehrskontrolle der Fall war, damit würden sich später Untersuchungsausschüsse und Gerichte beschäftigen. Doch welches Ergebnis konnten sie schon erzielen? Wie wollte man festlegen, wo bei Fluglotsen, die wohl eine der anstrengendsten, nervenanspannendsten und obendrein verantwortlichsten Tätigkeiten ausüben, die Belastungsgrenzen liegen? Zum Beispiel bei einem achtundzwanzigjährigen Mann wie Toni Ferrer?

Tonis Augen brannten. Er schob sich ein wenig aus dem Sitz hoch, sog dabei tief die Luft ein und ließ sich wieder zurücksinken, wobei er den Kopf kreisförmig bewegte. Trotz der einundzwanzig Grad, die die Klimaanlage ständig im Tower hielt, fühlte er den Schweiß am Rücken und in den Achselhöhlen. Fühlte? Eigentlich fühlte er gar nichts mehr. Irgendwie war es ihm, als sei der verdammte Nebel von dort draußen in den Tower hereingekrochen und hülle ihn langsam ein.

»He, Toni!« hörte er hinter sich die besorgte Stimme des Schichtleiters. »Ist irgend etwas?«

Toni schüttelte stumm den Kopf.

Der arme Hund hockt jetzt schon sechs Stunden vor dem Schirm, dachte Vidal. Sicher, das ist ungesetzlich, zwei Stunden Pause hätte er machen müssen. Aber woher hätte ich, nachdem Adrover wegen seines Bluthochdrucks ausgefallen ist, bei dem Sauwetter Ersatz schaffen können?

Er wandte sich wieder dem Fenster zu, in der Hoffnung, daß der verdammte Nebel endlich einen Blick auf die Rollbahn erlaubte. Er machte zwei, drei Schritte, weil er glaubte, das Seitenleitwerk des Airbusses ausgemacht zu haben. Toni Ferrer nahm in dieser Sekunde die Positionsmeldung des Condor-Fliegers entgegen: »Wir sind bei Charly 7.«

Toni Ferrer gab die nächste Anweisung. Er gab sie beinahe automatisch, wie im Schlaf. Und sie war verhängnisvoll.

»Rücken Sie in die Intersection ein«, sagte er ins Mikrophon ...

Die Bordlautsprecheranlage des Airbusses mit der Kennummer D-AIC verströmte noch immer ihre leise, angenehm beruhigende Streichermusik. In der Galley begann man sich nach stundenlanger Verzögerung auf die Verteilung der Mittagessensportionen für die zweihundertsechzig Passagiere des Hapag-Lloyd-Fluges Palma–Frankfurt vorzubereiten.

In Plastikschachteln verpackt warteten Hühnerleberpastete mit Trüffel, Waldorfsalat, Käse und zum Nachtisch eine Dose Karamelpudding auf die Kunden des Touristikunternehmens. Hübsch anzusehen, sicher auch wohlschmeckend, aber bei dem Appetit, den die Passagiere nach vierstündiger Wartezeit entwickelt hatten, mit Sicherheit nicht ausreichend.

Chef-Purser Andreas Reis, verantwortlich für die siebenköpfige Kabinencrew der Maschine, machte sich seine Sorgen. In den dreiundzwanzig Jahren seiner Berufserfahrung als Bordsteward hatte er einen untrüglichen Instinkt dafür entwickelt, wann der in einer Kabine angestaute Frust sich in Aggression zu verwandeln drohte. Charterpassagiere konnten im Gegensatz zum allgemein verbreiteten Glauben verdammt unangenehm und anspruchsvoll werden. Und dagegen half weder Streichermusik noch das freundlichste Lächeln.

Andreas Reis warf nochmals einen Blick auf die Bordshop-Bestandsliste. Gerade während des Rückflugs lief das

Geschäft, dann waren die Leute bereit, ihre Peseten oder ihr restliches Urlaubsgeld auf den Kopf zu hauen: Geschenke mußten her, die Heimat wartete. Und so gingen die Sabatini, Cacharel- oder Jil-Sander-Parfüms genauso gut wie Spielzeuge, Quarzuhren und Pierre-Cardin-Sonnenbrillen. Selbst die teuren Lederhandtaschen wurden verkauft.

Vorne im Cockpit hatte der Copilot den linken Arm über die Lehne gehängt und war am Mosern: »Ist doch wieder mal typisch. Die meinen, sie können ein paar Räppli sparen, wenn sie mit halbleerem Tank losfliegen. Dabei mußten die Brüder doch genau wissen, was sie hier für ein Scheißwetter kriegen.«

Kapitän Landau nickte und schob sich erneut seinen Kopfhörer zurecht. Der Nebel schien dichter geworden zu sein. Und da kam es auch schon: »Sicht variabel, aber sehr begrenzt. Meist zwischen hundert und fünfhundert Meter«, hörte er die angestrengte Stimme vom Tower der anfliegenden Maschine melden.

Automatischer Landeanflug.

Hände in den Schoß legen und beten ... Und damit hat sich's auch schon.

Wie alle Vollblutpiloten hatte sich Walter Stutz schwer damit abfinden können, daß Steuer und Pedale Geisterbewegungen ausführten, ohne daß er mit ihnen auch nur in Kontakt kam, daß die Turbinen aufheulten oder die Umdrehungszahl verminderten, ohne daß er es befahl.

Der große Bruder Autopilot! Ein Computer, der dich zum Zuschauer verdammt.

Aber bei dem Sauwetter dort draußen ... Für Ibiza als Ausweichflugplatz brauchte er eine Tonne Treibstoff. Für Valencia sogar eineinhalb. Und die hatte er nicht. Was sollte er also sonst tun? Ohne das ILS hätten sie nie eine Chance zu landen. Das menschliche Auge mag noch so wunderbar gebaut sein, hier hilft es nicht weiter.

Er warf einen erneuten Blick auf die Charts, seine Landekarten. Das Funkfeuer POS der Stadt Pollenca war überflogen, der Schwenk nach Muro und der zweite Bogen über Muro in die endgültige Anfluglinie vollzogen. Hier, da kam CST, Costix, der *Outer Marker,* der äußere Anflugpunkt, ja, da war das Zeichen: zwei gleichlange Töne. Stutz gab die Kommandos. »Klappen auf eins.«

»Klappen auf eins«, erwiderte Tassis.

»Klappen auf fünf.«

»Klappen auf fünf«, kam die Bestätigung.

»Klappen auf zehn.« Und dann anschließend: »Fahrwerk ausfahren.«

»Fahrwerk ist ausgefahren«, meldete Tassis zurück.

In einem Abstiegswinkel von drei Grad senkte sich die MD-80 dem *Inner Marker* entgegen ...

»Landescheinwerfer, bitte ...«

Ein starkes Gleißen brach aus den Fahrwerkscheinwerfern, aber die gebündelten Halogenstrahlen erloschen nach wenigen Metern im Dunst. Das Schütteln der Turbulenzen hatte nachgelassen. Rechts von Kapitän Stutz, auf der Mittelkonsole, befand sich das Sichtfenster des Instrumentenwarnsystems. Alles schien in bester Ordnung ...

Nicht für die Stewardeß Lucette Bühler.

Auch in der musikdurchrieselten, von angenehm gefiltertem Licht erhellten Kabine war der steile Abstieg spürbar, mit dem das Flugzeug die Landung einleitete. Die Fasten-your-seatbelt-Zeichen leuchteten. Das taten sie bereits seit über einer halben Stunde.

Lucette hatte sich gerade in der letzten Sitzreihe zur Landung festgeschnallt, als sich drei Reihen vor ihr ein junger, schlaksiger Mann aus seinem Sitz hochschob. Er war blond, fast weißblond und hatte ein schweißbedecktes, knochiges Gesicht. Er trug ein blau-weiß kariertes Flanellhemd. Offensichtlich gehörte er zu diesem Bergverein.

»Ruedi, willst aussteig'n?«

Schallendes Gelächter.

Er reagierte nicht. Unbeirrt schob er sich in Richtung Toilette. Auch Lucette stand auf.

»Bitte, wir sind ja gleich da. Schnallen Sie sich wieder an!«

Es waren nicht die Schweißperlen auf der Stirn, auch nicht die Hand, die er gegen den Leib drückte, es waren die Augen, die ihr sagten, daß er sich in Panik befand.

»Muß das denn sein?«

Der Junge nickte. »Ich halt's im Sitz nicht aus.«

In psychologischen Krisen wenig Anordnungen erteilen, die Gespräche mit einfühlsamen Fragen beginnen ... Lucettes mütterliches Lächeln verbreiterte sich zu einem Strahlen. »Wir sind gleich unten. Ein bißchen Angst, nicht?«

Der Junge nickte.

»Der erste Flug?«

Wieder ein Nicken.

»Kommen Sie! Bei mir ist ein zweiter Platz frei. Setzen Sie sich neben mich.«

Sie griff nach seiner Hand. Sie war schweißnaß. Er sprach keinen Ton. Er setzte sich neben sie und ließ sich anschnallen wie ein Kind.

Als eine der Turbulenzen die MD-80 seitlich traf, zuerst die rechte Tragfläche wie mit einer Faust hochschob und sie dann fallen ließ, reagierte das elektronische Kommandozentrum im Autopiloten sofort mit dem Spiel Leitwerk und Flächenklappen. Der Junge gab einen leisen, erschrockenen Ton von sich. Lucette legte die Hand auf die seine.

»Meinst du, ich würde da mitfliegen, wenn was passieren könnte?« sagte sie lächelnd.

Im Cockpit hatte Kapitän Stutz die Augen zu schmalen Schlitzen verengt; sein Blick versuchte, das Wettergebräu draußen zu durchdringen. Der ILS-Leitstrahl und die Höhenradar-Informationen des Autopiloten führten nun die Maschine.

Die Zahlen flossen vorüber: 800 ... 600 ...

Zu sehen war noch immer nichts. »Wolkenuntergrenze dreihundert Fuß«, war die letzte Meldung. »Wind zwischen zwölf und achtzehn Knoten aus wechselnder Richtung, vornehmlich aus Nordwest. Sichtbedingungen erschwert. Geschätzte Sicht jetzt dreihundert Meter.«

Nach seiner Schätzung lagen dort unten die Wälder zwischen Lluchmajor und Algaida. Wieder korrigierten die Turbinen, spielten die Klappen dort draußen an den Flächen.

Im Hörer knackte es. »Falcon Air. Freigegeben für Landung auf Bahn 24-R. Ich mache Sie nochmals darauf aufmerksam, daß wir im Moment Sichtweiten unter achthundert Meter haben.«

»Danke. Verstanden.«

Die Controller der Flugsicherung da unten hatten ihm die Abstiegsschneise gebahnt. Daß in den höheren Sektoren des Luftraums noch immer Jetliners ihre Warteschleifen zogen und daß Son San Juán seinen hektischen Startbetrieb nur seinetwegen unterbrochen hatte, war Stutz aus dem Mithören des Funkverkehrs bekannt. Sie hatten nun mal nur die eine Bahn. Und um die ging's. Die anderen aber, die noch herumkurvten, hatten genug Kerosin in ihren Tanks.

Er sah sich wieder bei der Aufsichtsratssitzung, damals vor zwei Monaten, als er sagte: »Meine Herren, für mich ist die Formel sehr einfach: geringere Treibstoffmengen gleich geringeres Gewicht gleich weniger Kosten ...«

Das stimmte.

Mit der Einschränkung, daß es sich dabei um eine Schönwetterformel handelte. Er hatte einen Fehler gemacht, einen verdammt teuren Fehler dazu. Aber, dachte er, wie heißt es so schön: Aus Fehlern lernt man ...

Nichts als grauer Waschküchendunst!

Er stellte die Verbindung mit der Anflugkontrolle her: »Falcon Air 117.«

»Falcon Air, Sie liegen genau auf der Anfluggrundlinie.«

Na, also! Wenn er den Kopf leicht nach links nahm, sah er das Spiel der Querruder. Es würde ein ziemlich hartes ›Blopp‹ werden, wenn die Räder Bodenkontakt bekamen. Für besonders sensibles Landen ist der Computer bei böigem Wind nicht zu haben. Ein Glück, daß die Passagiere in ihrer Kabine nicht mitbekamen, wie das hier vorne aussah. Vielleicht bekämen sie Alpträume ...

Hundertdreißig Fuß nun. Hundertzwanzig. Hundertzehn. Hundert ...

Der Höhenmesser spulte seine Zahlen ab. Die Triebwerke schnurrten. Backbord lag die Autobahn. Jetzt flogen sie sicher über die Windmühlen von San Jordi. Er kannte beinahe jede einzelne – er sah keine, aber er sah die Schweißtropfen auf Gilbert Tassis' Stirn.

»Blip-Blipp«, der *Inner Marker!* Er sandte sein Zeichen.

Gleich würden sie über der Landebahn sein. Und da, jawohl, gelbe Lichter, Reihen gelber Lichter ... Stutz hatte sich auf die Vorderkante seines Pilotensitzes vorgeschoben. Die Handflächen lagen leicht auf den Krümmungen des Steuerhorns, sein Körper fühlte jede Bewegung des Flugzeuges mit, die Augen versuchten die Mittellinie zu entdecken, ließen die Instrumente außer acht, der Jet schwebte in die Endanflugphase mit leicht erhobener Nase ein, und er mußte sich nach vorne beugen, um zu sehen.

Er spürte, wie sich die MD-80 leicht nach Steuerbord

legte. Noch immer? Wieso korrigierte der Computer nicht? Herrgott, was war mit ihm los?

Und jetzt? Warnleuchten flammten auf …

Stutz warf einen Blick auf die kleine, weiße Flugzeugsilhouette im Sichtfenster des künstlichen Horizonts. Exakt hatte sie sich entsprechend den Bewegungen der Maschine verhalten. Nun war sie erstarrt, erstarrt in einem Zehn-Grad-Winkel!

Erloschen!

Sie hing! Was sollte denn das?

Und zur selben Zeit leuchtete wie ein bösartiges rotes Auge das OFF-Licht des Autopiloten auf.

Ausgefallen?! Jetzt? Das gab's doch nicht. Das konnte es gar nicht geben.

»Herr Stutz! … Die Autos! Beide OFF.«

Tassis brüllte.

Rechts und links huschten im Nebel Lichter vorbei.

Höhe dreißig Fuß. Zehn Meter waren das …

Die Landebahnbefeuerung … Walter Stutz warf sich nach vorn. Seine beiden Fäuste umklammerten das Steuerhorn. Der rechte Daumen drückte den roten Knopf, der die Automatik ausschaltete.

»Vollschub, Gilbert!« brüllte er. »Mensch, gib Vollschub!«

Doch die Turbinen der MD-80 konnten nicht mehr auf die Kommandoimpulse reagieren. Zu spät, alles war zu spät …

Für den Bruchteil einer Sekunde erkannte Walter Stutz das weiße Band der Landebahnbegrenzung, erkannte Wasserlachen, erkannte Grasbüschel. Dann … Was war das?

Was war diese mächtige, grausilberne, nasse Form, die vor ihm aufwuchs? Das war doch …!

Er riß das Steuerhorn an sich, eine letzte, ebenso instinktive wie sinnlose Bewegung. Es gab ein metallisch singendes Geräusch, dann eine Art Glockenton, als das ausgefahrene Bugrad der MD-80 den Rumpf des Condor-Airbusses traf und dabei sofort abbrach. Durch die Gewalt des Aufpralls der beiden Maschinen wurde der um viele Tonnen schwerere Airbus zur Seite gedrückt und gleichzeitig um siebzig Grad nach Backbord gedreht, Fahrwerk und Flügel der MD-80 brachen, das Unterdeck der MD-80 drückte etwa in der Höhe der vorderen Galley die Airbus-Zelle ein, wurde jedoch von der gewaltigen Schubkraft der Geschwindigkeit weitergetragen. Ihr Heck wurde von der zerbeulten Airbus-Ruine weggerissen, die Nase bohrte sich schräg in den nassen Rasen neben dem Betonstreifen der Landebahn.

Copilot Gilbert Tassis war sofort tot. Er hatte sich das Genick gebrochen.

Kapitän Walter Stutz lebte noch. Der Sitz war aus seiner Halterung gerissen und nach oben zum Deckeninstrumentenpanel geschoben. Aus seiner Kopfwunde lief Blut. Es verklebte ihm die Augen. Blut füllte auch seinen Mund. Er spürte den süßlichen Geschmack, als er es auszuspucken versuchte, aber er spürte keinerlei Schmerz. Einer seiner Lendenwirbel war gebrochen. Er führte die Hand an die Augen, um dort das Blut wegzuwischen. Hinter sich, aus der Kabine, glaubte er, Schreie zu vernehmen. Vielleicht gab es diese Schreie nur in seinem Kopf? Er hatte jetzt die Lider offen. Doch da war nichts als Dunkelheit. Nur links unten, etwas entfernt, züngelten Flammen.

Eines dieser Feuernester vergrößerte sich, um sich jäh in einen großen grellweißen Stern zu verwandeln.

Bei der Explosion, die beide Maschinen in einem einzigen, riesigen Feuerball umschlang und vernichtete, ließen zweihunderteinundsechzig Menschen ihr Leben.

Unter ihnen auch Anja Baumann und Iris Seifert …

17. September

Dos Marias, Texas, USA

Ortszeit: 4 Uhr 50

Der Mond warf zwei transparente, breite blaue Streifen durch die gewölbten Fenster des Wohnmobils. In der Ecke neben dem eingebauten Radiogerät glimmten die Zahlen der Uhr: fünf Uhr dreißig. Er vernahm ihren leisen, regelmäßigen Atem.

Sachte, mit geradezu überirdischer Vorsicht löste Paul Brückner ihre Hand, die sich beim Einschlafen in sein Haar geschoben hatte. Er rollte sich zur Seite, holte tief Atem und lächelte: Adlerkrallen? Es gab also tatsächlich Mädchen, die Adlerkrallen um den Hals trugen. Und gleich drei. Wenn ihr Großvater und ihr Vater Häuptlinge der Komantschen waren, dann war Elena wohl so etwas wie eine Indianerprinzessin …

Nackt, wie er war, warf er sich in einen der Drehsessel. Auf der breiten Fläche des Klappbetts kroch ihr Arm suchend über das Leintuch. Der bläuliche Schimmer fing sich in den langen schwarzen Haaren.

Er lächelte. In ihm waren Wärme und Zärtlichkeit: Elena …

In all den Jahren, in denen Paul nun Amerika anflog, in allen Ruhepausen zwischen den Flügen, den erzwungenen technischen Aufenthalten, den Aufträgen der LH-Basis und den Kurzurlauben, die er in den USA verbracht hatte, war es das erste Mal, daß er Texas mit einem Auto befuhr. Und im Grunde wußte er noch immer nicht so recht, wie es eigentlich dazu gekommen war. Eine Elena Turner mußte ihn ins Indianerland führen. Dabei kannte er sie nur, wie man sich in diesem Geschäft so kennt: Begegnungen in irgendeiner Pilotenlounge oder einer Hotelbar, sie die United-Stewardeß, er der Lufthansa-Kapitän. Und dabei hatte er sie stets für eine Eurasierin gehalten. Wie auch nicht? Die breiten Backenknochen, der schwingende schwarze Haarzopf, die grünen Augen, die bemerkenswerten Beine, die natürlich besonders. Mehr als ein »Hi« oder »Hallo« war nie daraus geworden. Warum auch?

Gestern aber, als sie neben ihm an der Bar dieses Flughafenrestaurants im internationalen Airport Houston aufgetaucht war, so unversehens und plötzlich, als habe sie sich aus Luft materialisiert, genauso hinreißend anzusehen wie eh und je, war es etwas anderes, sogar etwas grundsätzlich anderes: Nachdem alles mit Anja ein Ende genommen hatte, nach all den schlaflosen Stunden, die so schön »Trennungsarbeit« genannt werden, hatte Paul Brückner beschlossen, endlich wieder nett zu sich zu sein. Und nett – hieß das nicht offen für andere? Auch für andere Damen. Ein Pflaster braucht jeder ...

»Was treiben Sie denn hier?« erkundigte sie sich lächelnd.

»Und Sie?«

»Das frage ich mich die ganze Zeit.«

Es stellte sich heraus, daß Elena Turner nach einem Flug von Boston gewaltigen Hunger hatte und daß sie als Stewardeß bei United nicht etwa aus Liebe zur Fliegerei angeheuert hatte, sondern weil ihr nichts anderes eingefallen war, um aus Houston wegzukommen. Und daß sie schließlich beileibe keine Eurasierin war, sondern Indianerhalbblut. Die grünen Augen, die langen Beine schrieb sie ihrer irischen Mutter zu. »Und mit der hatte mein Daddy nun wirklich Probleme. Er ist nämlich seriös, was man von ihr nicht sagen konnte ...« Und was ihn, Paul, übrigens nach Houston gebracht habe?

»Könnte man das nicht bei einem Abendessen klären?«

Paul schlug es etwas halbherzig vor. Sie willigte ohne Zögern ein.

Und so waren sie auf äußerst angenehme Weise bei einem Glas kalifornischen Rotwein zum interessantesten Thema gekommen: Was er mit den beiden Tagen anfangen könne, die ihm in Houston, Texas, drohten? Er hatte eine Boeing 737 überführt, um ein Problem mit ›Texas-Instruments‹ zu klären, und nun Anspruch auf zwei Tage Pause. Außerdem: Wenn ihn etwas schreckte, dann die Aussicht, sein Haus in Heidelberg-Handschuhsheim ohne Anja vorzufinden.

»Wenn Ihnen Houston nicht gefällt, wieso schauen Sie sich nicht die Gegend an, die dahinter liegt?«

»Die Prärie?«

»Oh, man redet auch von der ›großen amerikanischen Wüste‹.«

»Und wie?«

»Das überlaß mal mir«, erklärte Elena und fiel resolut ins Du.

Er hatte ihr Angebot nicht richtig ernst genommen.

Am nächsten Morgen aber klingelte das Telefon. Paul Brückner sah auf die Uhr: Zehn nach neun ...

Er hob ab.

»Verzeihung, Sir«, meldete sich der Empfang. »In der Halle wartet eine Dame.«

Tatsächlich.

Paul warf Rasierzeug und Zahnpasta in sein Necessaire, steckte Paß und Dollars dazu und rannte los.

Sie wartete nicht in der Halle, sie stand im Hoteleingang und winkte. Er ging langsamer. Sieh mal an: Lederstiefel, Jeans, T-Shirt, Wildlederjacke – Elena, die Komantschin. Toll!

»Und was ist mit meinem Frühstückskaffee?«

»Den haben wir an Bord. Und ein ganzes Frühstück

dazu. Sogar eine Espressomaschine gibt's. Falls du fahren willst, kriegst du als erstes 'nen heißen Espresso. In Ordnung?«

Das »in Ordnung« war das Understatement des Jahres.

Zum zweiten Mal verschlug es Paul Brückner den Atem. Es war die Sekunde, als er den Wagen sah, der da auf dem Parkplatz auf sie wartete. – Wagen? Ein aluminiumblitzender, mit allen Komfortschikanen ausgestatteter Luxuscontainer von Wohnmobil. Eisschrank. Küche. Stereoanlage. Als Top-Extra die schönste Indianerin – was heißt Indianerin? –, Indianerprinzessin der Gegend.

Er kletterte hinters Steuer und ließ den Diesel schnurren. Das auf einem Fordchassis rollende Gesamtkunstwerk trug auch noch die Typenbezeichnung »Colorado«. Und der Colorado wiederum war der Fluß, der hinter der texanischen Wüste in den Rocky Mountains auf sie wartete. Falls man ihn erreichen wollte. Man brauchte ja nur den Highway 290 zu nehmen. Der führte schnurgerade auf ihn zu.

»Wow!« stieß der Flugkapitän Paul Brückner aus. Ja, er fühlte sich wohl, rundum wohl, wie seit langem nicht!

»Na dann«, lächelte Elena, »nimm dort vorne die Auffahrt links ...«

Das hatte er getan. Sie hatten San Antonio umfahren, dann Fredericksburg und waren in die hitzeglühende Ebene eingetaucht. Die Bergschwünge am Horizont wirkten wie rostige Säbel, die späte Sonne ließ die bizarren Felsen und Kegel davor rot und unirdisch aufleuchten. Und seit neunzig Meilen nicht eine einzige Stadt! Die Wüste hatte sich nicht angekündigt, sie war plötzlich gekommen. So plötzlich wie jemand, der eine Tür eintritt und sagt: »Ich bin da!« Kein Übergang. Gerade gab's noch Felder und Blumen, hohe Pappeln und Eukalyptus – nun nichts als die Endlosigkeit körniger, rotfarbener Erde, rotleuchtenden Steins.

Agaven, Kakteen mit orangefarbenen Blüten, Mesquitesträucher, gelb verbranntes Gras. Ein paar Bäume – ja, die auch –, aber keiner wuchs höher als ein Mann. Wie auch? Sie hatten Mühe, mußten über Jahre ihre ganze Lebenskraft dafür verschwenden, metertiefe Wurzeln in den Boden zu treiben und nach Wasser zu suchen.

Nach Westen, dachte Paul, immer nach Westen! Wie die alten Siedler ...

Der Highway 290 führte den Rocky Mountains entgegen. Draußen über dem Land brütete dieses milchig gleißende, unglaubliche Gebilde, das sich Sonne nannte, hier drinnen im Wohnmobil, nahm die Schutzbeschichtung dem Licht die Kraft, schmetterte die Klimaanlage die kochende Hitze ab.

Elena fuhr.

Paul lag in seinem zurückgeklappten Sitz, die Beine hoch, bequem wie in einem Fernsehsessel. Die Lokalstation irgendeines Nestes, das sich allen Ernstes »Luckenbach« nannte, brachte die letzten Berichte der US-Baseball-Liga. Paul verstand kein Wort. Das Geschrei genoß er trotzdem. Es war einfach zu unglaublich ...

Elena fuhr den ganzen Vormittag. Und noch ein gutes Stück in den Nachmittag hinein! »Hab dich doch nicht so! Ich weiß doch, daß du Kapitän bist. Entspann dich mal. Hier, das ist meine Gegend. Gutes Land. *Believe it or not* – vorhin am Creek hab' ich sogar zwei Kojoten gesehen.«

Zwei Kojoten? Gutes Land? – Komantschenland, dachte er träge.

Und dann: Was für eine Frau!

Und schließlich: Heute nacht sind wir allein in diesem Ding. Kein Hotel. Nix Motel. Nur wir. Und der Texas-Himmel ...

»Das ist es.« Elena legte ihre Fingerspitzen auf seine Hand. »Dort rechts.«

Was immer dort rechts sein mochte, für ihn war alles Felsen.

»Ein schönes Land, nicht? Ich könnte sagen: Da komm' ich her. Aber das wäre Blödsinn. Trotzdem habe ich das Gefühl, irgendwo in mir bin ich noch immer Komantschin. Und dort drüben – die beiden Felsen – heißen *Dos Marias*. Frag mich nicht, wieso – den indianischen Namen kenn' ich gar nicht. Aber ich weiß, daß es für mein Volk ein heiliger Ort ist.« Sie lächelte. »Und für uns genau die richtige Ecke zum Übernachten.«

»Gibt's was zu essen? Schießt du ein Wildkaninchen? Mit dem Flitzebogen?«

»Ich mach' ein paar Dosen auf.«

Das tat sie auch. Sie aßen Bohnen mit Chilisauce. Paul Brückner war mächtig stolz, daß er mit dem bißchen Dornholz, das er eingesammelt hatte, ein so prächtiges Feuer zaubern konnte. Prächtig genug zumindest, um Brot darauf zu rösten. Dazu gab's noch die mexikanischen Pfannkuchen, die Elena unterwegs in einer Mischung aus Bretterbude und Lehmziegelruine am Straßenrand gekauft hatte.

»Weißt du, hier wohnen noch die Geister. Sogar für meinen Vater.« Sie nahm einen Schluck Wein und sah ihn über die Flammen hinweg an. »Der hat Jura studiert. Jetzt arbeitet er beim Gebiets-Commissioner für Indianerfragen. Aber für ihn sind die Geister durchaus real. Keine Sorge, Paul, gute Geister – Tiergeister ...«

Er nickte. »Du bist mein guter Geist. Was soll da schon passieren?« Und er dachte an all die weißen Siedler, die durch diese Ebene dort unten nach Westen gezogen waren. Und an die Komantschen, die hinter solchen Felsen ihre Beschwörungen getanzt hatten, um die Siedler anschließend zu überfallen und zu massakrieren.

»Tanzt du für mich einen Geistertanz? Kannst du das?«

»Später«, sagte sie. Und mit diesen grünen Augen in dem dunklen Gesicht hatte sie etwas Magisches, wie der ganze Ort. Dann war sie verschwunden.

Als er den Wagen betrat, kam sie ihm entgegen. Ihr Körper leuchtete im Licht, das durch die Fenster fiel. Und es wurde genau so, wie er es erhofft hatte. Ihre Körper sprachen. Und was sie trug, war Vertrauen.

Jetzt aber?

Es begann zu dämmern. Der Morgen nahte.

Er suchte sich einen Stein an einem der beiden Felsen, die dem Platz seinen Namen gaben. Er hielt noch immer etwas von der Wärme des Tages gefangen. Er setzte sich nieder. Der Wind, der den Hang heraufstrich, war kühl. Er trug nur Shorts und T-Shirt, und die wehende, reine Luft füllte seine Lungen.

Der Nachthimmel begann sich aufzuhellen.

Er legte den Kopf in den Nacken, und da waren die Sterne. Noch immer konnte man sie deutlich ausmachen, auch wenn sie langsam verblaßten. Er suchte die Zeichen, die er kannte – seine Freunde während der einsamen Cockpitstunden der Nachtflüge …

Das Feuer zwischen den beiden Felsen begann wieder zu knistern. Er hatte sich viel Mühe gegeben, es zu löschen. Ein bißchen orangefarbene Glut war dennoch Sieger geblieben. Sie schien heller und heller zu werden. Sie blinzelte wie ein Auge zu ihm herüber.

Paul lauschte in die Nacht. Nichts. Doch das Nichts füllte sich mit leisen Zeichen des Lebens. Ein sanftes, kaum vernehmbares Rieseln von Sand, irgendwo ein Zirpen, das sich zu einem winzigen Schrei steigerte. Bellen, ganz in der Ferne. Es mußte also doch Kojoten geben. Wie auch nicht? Dies war Komantschenland. Der Kojote, hatte Elena gesagt, ist ein heiliges Tier.

Er sah in das Feuer. Und dabei war es, als kröchen Schatten näher und näher an ihn heran, als verliere das Mondlicht seinen Glanz, als würde der Tag zurückgehalten, so daß das bißchen Glut ein intensives Goldrot annehmen konnte.

Was war mit der Glut? Was war mit ihm selbst? Was trieb sein Herz? Wieso begann es zu hämmern?

Dies war keine Glut mehr, keine Flamme. Das Licht verdichtete sich so, als fließe all seine Energie zu einer einzigen Explosion zusammen, zu einem Feuerball, der aufstieg, der nun die Form zweier Arme annahm, brennender, goldener, hochgestreckter Arme, ein schreckliches, weißgoldenes »V«.

Brückner schloß die Augen. Das V blieb auf der Netzhaut eingeätzt. Er versuchte sich hochzustemmen. Es gelang nicht. Das Feuer war stärker. Vielleicht existierte es nur in irgendeiner Kammer seines Bewußtseins, die er nicht kannte. Vielleicht war es gar kein Feuer. Vielleicht war es in ihm selbst ...

Nie hatte er Ähnliches erlebt. Merkwürdige Geschichten kannte er genug. Auch von anderen Piloten. Doch nie, nie hatte er ein derartig starkes Gefühl von Panik, Angst, Untergang empfunden.

Die Nerven? Deine Hände zittern. Adrenalinkoller. Du bist tatsächlich im Begriff, an diesem Geisterplatz der Komantschen durchzudrehen.

Er spannte die Muskeln an. Diesmal kam er hoch. Er preßte die Handflächen gegen den Stein, öffnete weit die Augen und blickte über das dunkle Land zum Horizont. Ein rosa Schein wuchs dort auf. Der Morgen? Nein, das sah wieder aus wie Feuer – das war nicht die Sonne ...

Das Licht erlosch.

Paul Brückner rieb sich die Augen. Reiß dich zusammen, Herrgott noch mal! Seine Hilflosigkeit, der dunkle, rasche

Schlag, der seine Ohren füllte, dieser elende, unbegreifliche, verdammte Zauber machte ihn wütend.

Er ging zum Feuer und kauerte sich nieder. Nichts als eine Kinderhandvoll Glut. Er warf alle Steine, die er finden konnte, darauf und schob mit einem halbverkohlten Aststück Erde und Asche nach.

Die Glut erlosch. Es war dunkel. Na also!

Irgendwo flüsterte der Wind in einem Ast. Auch das war durchaus in Ordnung. Zum Teufel mit allen Komantschen-Geistern! Elena? Sie war schuld. Hatte sie nicht gestern nach dem Essen noch einen Joint gedreht? Und du Idiot, nur um dich nicht zu blamieren, hast dir ein paar Züge reingezogen, obwohl du das Marihuanazeug doch wirklich nicht gewöhnt bist.

Als er das Wort Marihuana dachte, sprang ihn die Erkenntnis an: *Es ist etwas geschehen!* Irgend etwas Ungeheuerliches ist passiert. Und was du gesehen hast, das war nichts als ein Zeichen. Doch was? Etwas mit Feuer hat es zu tun, mit Feuerarmen, mit einem – ja – siegreichen Feuer ...

Er schüttelte den Kopf, als könne er, was auf ihn einstürmte, loswerden. Geister hin oder her, in ein paar Stunden hatten sie Dos Marias hinter sich und alles war vergessen. Was machst du dich verrückt?

Erzähl es Elena, vielleicht weiß die irgendeinen Schamanenreim darauf.

17. September

Texas Highway 290

Ortszeit: 8 Uhr

Am Morgen sprach er nicht über das Feuer. Er wollte es vergessen. Außerdem – lächerlich machen wollte er sich auch nicht.

Als sie weiterfuhren, setzte sich Elena wieder ans Steuer. Brückner war ihr dankbar. Er blickte hinaus: Blumen! Gelbleuchtende Blumen. Auch die Stengel waren gelb, die Blätter grau, aber es waren Blumen. Und sie blühten, statt schlappzumachen.

Alles, was er sah, versuchte er sich jetzt einzuprägen. Nicht, weil er sich dafür interessierte, es schien ihm die beste Art, sich abzulenken.

»Sieh mal!« Elena hob den Arm.

Ein blau-weißes Mobilzeichen erhob sich vor der frühgoldenen Vormittagssonne.

»Dein Frühstück!« sagte sie. »Tanken sollten wir auch.«

»Eier mit Speck?«

»Für dich«, erklärte sie lächelnd.

»Birdsbone«, las er. Und darunter: »2 Meilen«.

Birdsbone – Vogelknochen? Wieso eigentlich Vogelknochen?

»Sag mal ...«

»Ja?«

Sie wandte ihm die grünen Augen zu. »Dir geht's wohl nicht so gut?«

»Wieso?«

»Weil die Worte ›Eier mit Speck‹ die ersten Worte sind, die du seit einer Stunde zustande gebracht hast. Und willst du noch was wissen? Du machst mir nicht den

Eindruck, als wärst du unheimlich scharf auf Eier mit Speck.«

»Ich habe schlecht geträumt. Und dann bin ich einmal aus dem Wagen gekrochen, und danach wollte es mit dem Schlafen überhaupt nicht mehr klappen.«

Er zögerte, schwieg dann doch, was sollte er ihr erklären? Hat nachher noch Zeit, dachte er. Wenn wir weiterfahren. Aber wie soll sie dich begreifen?

Er griff nach ihrer Hand, zog sie vom Steuer weg und küßte sie zärtlich.

»So ist's schon besser.«

Sie steuerte ihr Colorado-Ungetüm vom Highway herunter in die Tankstellenzufahrt hinein. Die schweren Blockreifen surrten. Die Straße war ziemlich eng, trotzdem wagte sie einen neuen Blick zu ihm. »Was ist bloß los mit dir?«

»Das hast du jetzt schon das dritte Mal gefragt. Ein bißchen Komantschenzauber, Elena. Auf deinem Geistertanzplatz dort oben.«

»Meinem Geistertanzplatz? Ich öffne dir das Herz meines Volkes – und du machst blöde Witze.«

Ich mache keine Witze ... Doch das sagte er nicht. Er lächelte. »Jetzt tanken wir erst mal auf, Elena. Dann sieht man weiter.«

Es war die Bar neben der Tankstelle, die den komischen Namen »Birdsbone« trug. Und irgendwie nach Vogelknochen sah sie auch aus. Die Wände waren weiß gestrichen, doch die Sonne hatte an vielen Stellen das Braun der Backsteine wieder herausgebrannt. Auf der einen Seite waren die Fensterrahmen blau, auf der anderen grün. Rot wiederum waren die Fliegenvorhänge. Gelbe Plastikmülleimer standen links und rechts des Eingangs. Das Dach aber war aus grauem Zement.

»Ich bestell' schon mal unseren Speck.«

Elena stieg aus und ging auf das *Café Birdsbone* zu.

Brückner winkte dem mageren mexikanischen Jungen, der ihn, die Hände in den struppigen Haaren vergraben, vom Tankstelleneingang her anstarrte. Er ließ sich den Tank des Wohnmobils füllen, gab, wie immer in solchen Situationen, ein viel zu großes Trinkgeld und ging dann langsam auf den Eingang zu.

In einem dieser Ramschläden am Highway, die von Magazinen, Bierdosen, Smith-&-Wesson-Colts bis zum Hundefutter alles führten, hatte er sich ein Paar Cowboystiefel gekauft. Original Texas-Boots. Fehlt nur der Colt, dachte er. Und daß du die Hüfte schwingst wie John Wayne.

An der Bar des »Birdsbone« hockten ein halbes Dutzend Männer. Sie drehten ihm die Gesichter zu.

Brückner hob grüßend die Hand. Keine Reaktion.

Elena saß in einer Ecke und winkte. An die Wand über ihr war eine Schlangenhaut genagelt. Sie war nicht die einzige. Es gab noch gut ein Dutzend Schlangenhäute an den Wänden. Ferner gab's einen ausgestopften Luchs zu bewundern und einen präparierten Hirschkopf. Beide reichlich staubig. Der Boden war aus Zedernbrettern und mit Sägemehl bestreut.

»Filmreif!« Brückner rückte sich einen Stuhl zurecht. »Alles, was recht ist. Wie ist das, haben sie dich auch so angestiert?«

»Die stieren nicht. Die warten darauf, daß du sie grüßt.«

»Ah, so ...«

»Ja. Und dann antworten sie nicht, um dir zu zeigen, daß du ein Fremder bist und damit keinen Anspruch darauf hast, gegrüßt zu werden.«

»Aha«, sagte er, »und jetzt überlegen sie sich wohl, zu welcher Sorte von Fremden ich gehöre. Einer, der einfach mit 'ner Halbkomantschin in ihr schickes ›Bone‹ reinlatscht.«

Ihre Augen schimmerten, und eine Flechte schwarzen Haars fiel ihr ins Gesicht. Sie war hübsch, sie war wirklich verdammt schön, wenn sie lächelte.

»Na?« sagte eine Stimme. »Was soll's denn so sein an einem Morgen wie diesem?«

Wenigstens die Kellnerin war nicht darauf versessen, den Mund zu halten. Sie war ein gewaltiges Weib, gut einsachtzig, mit Schultern wie ein Preisringer und Kurven, die in den schrägen Strahlen der Morgensonne Hügelschatten warfen. In ihrem blondgefärbten Haar steckte zu allem noch eine rot-weiß gepunktete Kinderschleife.

»Aber ich sagte doch, Eier und Speck ...«

»Das ist es ja. Was könnte es denn sonst sein?«

»Wieso?«

»Wieso? Waren mal wieder die verdammten Trucker! Langsam sind die an allem schuld, find' ich. Da war ein ganzer Haufen da, kurz bevor ihr kamt. Und die haben meinen Bacon weggefressen. Also Speck mit Ei geht nicht. Der Lieferant kommt in 'ner Stunde. Aber ich hätt' ein paar frisch gegrillte Hähnchen. Wie wär's denn damit?«

Grillhähnchen am Morgen? Auch noch! Sehnsüchtig sah er einen Teller Cornflakes mit Milch vor sich, aber das konnte er sich hier wohl nicht leisten. »Bringen Sie einfach, was Sie haben. Vielleicht ...«

Er unterbrach sich, als sich im Fernseher die laute Stimme des Nachrichtensprechers meldete. Auf dem Schirm, der direkt unter dem ausgestopften Hirschkopf stand, leuchtete das Bild auf. Es ging um irgendeinen Dammbruch in Mississippi. Die Kellnerin mit der Kinderschleife kam mit dem Besteck und der Zuckerdose.

»Und jetzt Nachrichten aus dem Ausland«, kündigte der Sprecher an, worauf Brückner den Stuhl herumrückte. Das Gerät stand in einem schrägen Winkel zu ihm. Was er nun sah, ließ ihn sich erheben, sehr langsam, so als würde er an Fäden gezogen.

Er stand erstarrt.

Da war die Sprecherstimme, da waren Worte – sein Bewußtsein nahm sie nicht auf. Sie versickerten im Nirgendwo. Er hatte viele solche Bilder gesehen. Er kannte sie von Videoaufnahmen, Fernsehreportagen wie dieser hier, von Lehrfilmen. Er kannte auch die Wirklichkeit. Die Bilder ähnelten sich stets. Aber es gab eine Trennscheide zwischen Flugzeugkatastrophen, die Geschichte geworden waren, und den anderen, die dem Jetzt, die der Gegenwart angehörten.

»Nein!« hörte er Elena.

Die Bilder waren entsetzlich.

Man erkannte ineinander verkeilte Flugzeugteile, Männer in naßglänzenden Schutzanzügen. Man sah zerfetztes, ausgeglühtes Metall, vom Löschschaum weißlich zugeschmiert.

»Das waren zwei, Paul.«

Er nickte. Ja, es waren zwei.

Auch sie hatte sich erhoben. Als sie sich neben ihn stellte, hatte sie flüchtig ihre Hand auf seine Schulter gelegt. Nun fiel diese Hand herab.

»Wo ist das passiert?« flüsterte sie.

Er hatte sich die Frage in derselben Sekunde gestellt. Nach der Form der Leitwerke mußte es sich bei einer der Maschinen um einen Airbus gehandelt haben. Von der anderen existierten nur noch Fetzen. Auf dem grotesk verschobenen Leitwerk des Airbusses hatten Flammen und Hitze den Anstrich zerstört, doch am Rumpfende war er erhalten geblieben. Das schmutzige Weiß war deutlich erkennbar und auch drei dunkelblaue Buchstaben, die daraufgemalt waren: D O R.

Nur eine Luftlinie hatte diese Endsilbe aufzuweisen. Eine deutsche Luftlinie ...

Condor.

Während sein Gehirn dies aufnahm, glaubte er auch die Flugplatzsilhouette zu erkennen, die den Hintergrund des Dramas aus qualmenden Trümmern, zuckenden Alarmlichtern und hin und her rennenden Menschen bildete. Der Hangar? Die Baumreihe. Weiter hinten die Ebene mit ihren Windmühlenstümpfen und Wassertürmen.

Vor drei Wochen war er doch noch dort gewesen? Mein Gott!

Es waren drei Erkenntnisse, die Paul Brückner in dieser Sekunde trafen. Sie trafen ihn mit der alles ausschließenden Macht von drei Glockenschlägen.

Erstens: Das Unglück ereignete sich in Palma de Mallorca. Auf dem Flugplatz Son San Juán. Zweitens: Die eine Maschine war zweifellos ein Condor-Touristen-Airbus. Und drittens: Anja!

Anja ist mit der Condor nach Mallorca geflogen.

Sie hat für heute den Rückflug nach Frankfurt gebucht!

Kein Gedanke, keine Reaktion, nichts war in Paul als dieses vom Herzschlag angetriebene Gefühl ohnmächtigen Fließens. Er spürte, wie ihm der Schweiß ausbrach. Er zitterte.

»Komm, Paul. Setz dich.«

Er gehorchte wie ein Kind. Er hielt den Kopf schief und die Augen weit offen. Er hörte die Ansage des Sprechers: *». . . ohne Zweifel handelt es sich dabei um die größte Katastrophe der Luftfahrt in diesem Jahr. Nach den bisherigen Feststellungen sind ihr 261 Menschenleben zum Opfer gefallen. Trotz des Gewittersturms, der zur Unfallzeit auf Mallorca, dem größten europäischen Ferienzentrum, herrschte, kann die Katastrophe nicht allein auf die Wetterverhältnisse zurückgeführt werden, sondern ist vermutlich auch durch menschliches Versagen der Flugzeug- und Tower-Besatzungen bedingt ... Ladies and*

Gentlemen, dies war Jack Lester Wilson mit seinem Bericht von dem Flugzeugunglück auf Palma de Mallorca, Spanien ...«

Auf Palma de Mallorca. Spanien!

Paul würde sich nie über die folgenden Minuten klar werden. Nur, daß ihn alle anstarrten, daran erinnerte er sich später. Und daß Elena ihn zu einem Stuhl geleitete und die Kellnerin ihm ein Glas Whisky gebracht hatte.

Als er wieder atmen und denken konnte, sagte er: »Ich muß telefonieren – sofort!«

Im »Birdsbone« gab es zwar ein Telefon, einen vergammelten kleinen Kasten an der Wand, dessen Ärmlichkeit irgend jemand mit ein paar Strichen grüner Ölfarbe aufwerten wollte. Die Farbe hatte dem Ding nichts genützt. Außerdem war es nur ein »Innerstate«-Anschluß.

»Komm!« sagte Brückner.

Sie nickte. »Ich werde fahren.«

Sie zahlte, setzte sich hinters Steuer, und er fühlte sich noch immer wie von dieser Welt abgeschaltet. Anja ... In ihm war nur eine einzige Frage: Wie konnte es geschehen? – Nein, es war mehr als eine Frage: Es war wilde, zornige, verzweifelte Auflehnung. Wer hat versagt? Die Piloten? Der Tower? Wer, verdammt noch mal, war der Versager, der diesen Wahnsinn heraufbeschworen hat?

Anja!

Er biß sich die Zunge blutig, als er ihren Namen dachte.

Wieder der Highway 290. Und die Wüste, die große amerikanische Wüste. Es gab dichteren Verkehr, als am Vortag. Elena überholte, wo sie konnte.

An der Tankstelle hatte sie nochmals einen kurzen Blick auf die Karte geworfen. Fünfhundert Meilen bis Houston. Das war bis zum Abend zu schaffen.

Bei einer der großen Servicestationen an der Ortsumfahrung von San Antonio bat Brückner sie, anzuhalten. Er verschwand in einer öffentlichen Telefonzelle. Elena sah, wie er dort gestikulierte. Kurz zuvor hatte sie ihn gefragt, ob es sich bei der Toten, von der er gesprochen hatte, um seine Freundin handelte.

Er hatte sie nur angestarrt. »Freundin? Freundin oder Frau? – Wo liegt schon der Unterschied?«

Er hatte nicht weitergesprochen. Und sie wollte nicht mehr wissen.

»Paul?«

»Ja.«

»Jetzt ist die Verbindung gut. Wo steckst du eigentlich?«

»Irgendwo bei Houston.«

In der fernen Personalabteilung in Frankfurt war Flugkapitän Nick Herbert Leiter der Crew-Einsatz-Planung IV und außerdem einer der engsten Freunde, die Brückner in der Verwaltung besaß.

»Ich hab' gedacht, daß du anrufen würdest, Paul.«

»Ja«, sagte Brückner.

»Es ist schrecklich. Nicht nur für dich.«

Er versuchte zu schlucken. Es gelang ihm nicht. Sein Mund war zu trocken. Es war ja nur der Rest einer aberwitzigen Hoffnung gewesen, der ihn veranlaßt hatte, Nick anzurufen: die Hoffnung, Anja könne aus irgendwelchen Gründen auf Mallorca geblieben sein ...

»Ihr Name ist also auf der Liste?«

Wieder dieses verdammte Schweigen. Warum hängst du nicht auf? Weil dein Arm wie gelähmt ist.

In Frankfurt hatte Nick gleich Dienstschluß, er würde nach Hause fahren, zu Christa, seiner Frau, zu den beiden Zwillingen.

»Paul? Bist du noch da?«

»Ja.«

»Paul, du weißt, in solchen Situationen kann man so

wenig sagen. Da ist's so verdammt schwer, dem anderen zu helfen …«

»Ich bin schon okay.«

»Wann kommst du zurück?«

»Weiß nicht. So schnell wie irgendwie möglich. Ich muß bei Texas-Instruments noch die Reports holen.«

»Laß mich über Fax deine Ankunft wissen. Ich hol' dich dann ab.«

»Brauchst du doch nicht, Nick. Danke. Und …«

»Ja, Paul?«

»Und sag Christa und den Zwillingen einen Gruß.«

Er legte auf. Er schwitzte. Seine Augen brannten. Es war nicht allein die Luft in der Telefonzelle.

Anja … Er versuchte sich vorzustellen, wie sie starb. Er versuchte es die ganze Zeit schon. Es gelang nicht. Und er war froh darum. Er tupfte sich mit dem Taschentuch Gesicht und Augen trocken und ging zum Wagen zurück.

Bis Houston benötigten sie sechs Stunden. Das war etwas über die Hälfte der gestrigen Fahrzeit. Elena blieb am Steuer. Sie stellte keine Fragen, und seine Erklärungen zu Anja blieben bei wenigen vagen Worten. Sie klangen hilflos, nein, hölzern. Wie sollte er ihr etwas begreiflich machen, das er selbst nicht verstand?

Vor dem Hoteleingang hielt sie ihn lange fest und sah ihm in die Augen. Er ertrug den Blick nicht. Sie strich ihm flüchtig übers Haar. Dann wandte sie sich um und ging zu ihrem Wohnmobil.

Er blickte ihm nach, bis es verschwunden war …

Der Lufthansa-Flug 357 verließ Houston um neunzehn Uhr. Morgen um sechzehn Uhr fünf würde er in Frankfurt sein. Falls der Jumbo ausgebucht war, konnte er immer noch im Cockpit Platz nehmen. Er rief die Lufthansa-Niederlassung an. »No problem.« – Man wies ihm einen Flug in der Business-Klasse zu. Ein zweiter Anruf galt der Testabteilung von »Texas Instruments«. Wann er fliegen würde? Er sagte es.

»Gut. Dann kommen Sie doch bitte um achtzehn Uhr dreißig in die Piloten-Lounge des internationalen Flughafens. Dort wird Sie ein Bote mit unserem Material erwarten.«

Sie gaben sich Mühe.

Die Business-Klasse verdiente ihren Namen. In der 747 wimmelte es von Geschäftsleuten. Männer, die ihre Niederlassungen besuchten oder sich selbst seit Jahren schon niedergelassen hatten. Siegreiche Laune herrschte. In Brückners Reihe hatte eine ganze Konzernriege Platz genommen. Rotwein und Sekt wurden gleich nach dem Start geordert. »Prost! Hat ja wieder mal hingehauen!«

Der stumme, versteinerte Mann, der dazwischen saß, paßte nicht ins Bild.

Paul konnte nicht schlafen. Wie auch? Die Pest – solche Karrierefritzen! Er stand auf, verzog sich ins Cockpit, in diese Insel von Ruhe und sachlicher Arbeit.

Den Platz des Flugzeugführers hatte Walter Scheidt, einer der jüngsten Piloten, die die Erlaubnis besaßen, den Riesenvogel zu fliegen. Scheidt hob die Hand und lächelte ihm zu. Brückner gehörte zu jenen Kapitänen, die von der Gesellschaft ins Trainingszentrum abberufen wurden, um dort den Nachwuchs mit Hilfe eines Flugsimulators und eines originalgetreuen Jumbocockpits auf die Eigenheiten der großen Maschine vorzubereiten. Auch wegen seines Dienstalters und seiner verschiedenen Aufgaben zählte er im tausendköpfigen Corps der Lufthansapiloten zu den bekannten Figuren. Sie grüßten im Cockpit. Sie lächelten freundlich – und hatten alle ganz schnell furchtbar viel zu tun. Keiner, der ein Wort über die Mallorca-Katastrophe verlor. Aber Bescheid wußten sie. In den letzten vier Jahren hatten sie Anja immer wieder an seiner Seite gesehen. Anja war so gern geflogen. Und hatte sich dafür alle Zeit genommen, die sie bekommen konnte.

So saß er in seinem Sitz und blickte in die Sterne. Wie gestern. Und auch gestern nacht zwischen den Felsen von Dos Marias war er nichts gewesen als ein Schatten …

Als Brückner das Cockpit verließ, war es in der Kabine ruhig geworden. Die Helden schliefen.

18. September

Frankfurt am Main

Ortszeit: 16 Uhr 05

Die Windströmung war günstig. Die Maschine landete pünktlich. Er überlegte, ob er Nick Herbert anrufen sollte. Vielleicht hatte Nick inzwischen bereits Einzelheiten über den Hergang des Unglücks erfahren. Aber er fühlte sich zu zerschlagen, nein, zu einem vernünftigen Gespräch war er nicht fähig.

Vom ersten Zeitungsstand schon brüllten ihm die Schlagzeilen entgegen: *Das Grauen von Mallorca. Jet-Kollision – 261 Tote …*

Er kaufte keine Zeitung. Und er hatte Mühe, seinen Koffer über all die Endlosbänder und Endloskorridore zur Personalgarage zu bringen. Er setzte sich in den BMW und ließ den Motor an. Der Wagen schnurrte weich. Es war das einzige vertraute Geräusch, das er seit Ewigkeiten hörte.

Er fuhr wie in Trance. Im Grunde tat der BMW die Arbeit. Er parkte ihn vor der Garage des Hauses in der Drosselstraße in Heidelberg-Handschuhsheim. Dann stieg er aus und sah es an, als betrachte er eine Ansichtskarte. Selbst die Rosen hinter dem Staketenzaun wirkten unwirklich. Anja hatte sie gepflanzt ... Das Haus war aus rotem Sandstein gebaut und hatte ein hübsches Schieferdach. Er hatte zur Miete gewohnt, doch je länger er Anjas Gartenbegeisterung miterlebte, desto öfter hatte er daran gedacht, es zu kaufen, und so hatte er noch kurz vor Ostern mit der Bank und der LH-Personalabteilung über einen Kredit gesprochen ...

Statt ihn aufzunehmen, wirst du wohl besser ausziehen, dachte er. Hier weiterwohnen? Wie?

18. September

Heidelberg

Ortszeit: 17 Uhr 30

Ihre Bilder hingen an den Wänden. Dazu die Kinderzeichnungen ihrer Schutzbefohlenen, genauso hell und luftig. Und ihr Foto stand im Silberrahmen auf dem Sims des Kamins.

Vor vier Wochen hatte er es noch in die Hand genommen, um es zu zertrümmern.

Es war die Sekunde, als er draußen das Taxi anfahren hörte, das sie wegbrachte. Es war ja so schnell gegangen, daß er gar keine Zeit fand, nachzuvollziehen, was eigentlich geschah.

»Ich gehe, Paul.«

»Schon wieder mal?«

»Du könntest dir diese verdammte Blasiertheit, die du auch noch Selbstsicherheit nennst, endlich abschminken. Du wirst noch dran ersticken.«

Sie hatte nur einen kleinen Koffer in der Hand gehabt. Er wußte, daß sie in ihrer alten Studentenbude in der Brunnengasse nur wenige persönliche Dinge aufbewahrte. Zwei Tage später rief sie ihn an, um ihm mitzuteilen, daß sie mit dieser Psychologin, mit Iris Seifert, nach Mallorca fliegen werde, um dort ein paar Wochen bis zum 17. September zu bleiben.

»Ein Dienstag, Paul. Ich ruf' dich wieder an. Ich hol' dann den Rest der Sachen. Solange können sie ja noch bei dir bleiben, oder?«

»Red keinen Unsinn! Natürlich.«

»Also dann, bis Dienstag. Am 17. September.«

Und Dienstag war gestern gewesen ...

Die Läden hatte die Putzfrau geschlossen. Er schaltete das Licht an. Er sah sich nicht um, sondern ging zu den Fenstern und riß sie auf. Ein kühler Wind raschelte draußen in den Bäumen. Er ließ ihn ins Haus, ging zur Bar und nahm die Flasche *Four Roses*. Er goß ein halbes Glas voll, nahm jedoch nur einen kleinen Schluck. Er würde sich nicht betrinken. Er würde eine Dusche nehmen, im Eisschrank nachsehen, ob er noch ein Stück Hartwurst und ein Stück Käse auftreiben konnte. Vielleicht fand er auch ein paar Scheiben Knäckebrot. Und dann? Er hatte immer alle seine Lebenskrisen genommen wie ein Hürdenläufer die Hindernisse – diesmal war es zuviel. Er fühlte sich sterbensschwach, fürchtete sich vor der Kapitulation seiner letzten Kräfte.

Er warf sich in den Sessel und schaltete das Fernsehgerät ein. NTV brachte Börsenberichte, der amerikanische Satellitennachrichtensender CNN hatte es mit den Republikanern, die Clinton einheizten. Die übrigen Sender brachten den üblichen Schrott.

In dem Augenblick, als er abschaltete, klingelte das Telefon.

»Paul?« – Es war Nick Herbert von der Teamberatung.

»Hör zu, wieso hast du dich nicht gemeldet, wenn du schon in Frankfurt warst?«

»Mein Gott, Nick! Ich bin ziemlich fertig. Ich wollte mal ausschlafen. Und nachdenken.«

»Du, Paul, ich könnte dich für die Kommission vorschlagen. Fliegst du hin? Und noch etwas: Was ist mit Anjas Angehörigen?«

»Nick! Ich hab' Kopfschmerzen. Ich will nur unter die Dusche. Dann will ich schlafen. Frag mich bitte nicht nach ihren Angehörigen. Anja ist ... war Waise. Nein, nicht mal das – ihre Mutter hat sie einfach im Heim eingeliefert.«

»Ach deshalb –«

»Was deshalb?«

»Deshalb war sie immer so, so ... so unglaublich lieb und hingebend, wenn sie mit den Zwillingen spielte. Mein Gott, was wäre sie eine gute ...«

Er unterbrach. Paul reimte für sich den Satz zu Ende: »... gute Mutter geworden.«

Er griff nun doch zum Glas und kippte es mit einem Zug.

»Ja«, sagte er.

»Und wir wollten doch Mitte Oktober gemeinsam –«

»Nein.« Er knallte das Glas auf den Tisch zurück. »Wir wollten gar nichts.« Doch dabei fiel ihm ein, daß Nick vom Ende ihrer Beziehung vermutlich gar nichts wußte. Es sei denn, Anja hatte angerufen. Aber so enge Freunde waren sie auch nicht. Er hätte Kartenanzeigen versenden müssen: »Zu unserem Bedauern sehen wir uns gezwungen, Sie hiermit vom Ende unserer Beziehung in Kenntnis zu setzen ...«

»Paul, ich verstehe völlig, daß dich ein solches Gespräch belastet. Tut mir leid. Aber da wäre noch der andere Aspekt ...«

»Welcher?«

»Sieh mal, ich habe mit der Einsatzleitung gesprochen. Auch Pohl teilt meine Ansicht, daß es besser ist, wenn du eine Pause einlegst. Und hier ließe sich Dienstliches vielleicht noch – hm – mit Privatem verbinden.«

»Ich verstehe nicht.«

»Das wirst du gleich. Du warst doch auch damals in Straßburg bei der Kommission dabei?«

Straßburg? Pauls Hand krampfte sich um den Hörer. Wieso mußte er ausgerechnet mit der Horrornacht von Straßburg argumentieren? Als ob er sie nicht die ganze Zeit vor sich sehen würde: Der verschneite Berg. Der verkohlte Flugzeugrumpf. Die Trümmer. Die Leichen ... Aber von den sechsundachtzig an Bord hatten zehn den »Instrumenten-Landeanflug«, dieses Stück aus dem Tollhaus menschlichen und technischen Versagens, überlebt. Er würde ihre Schreie nie vergessen. Wieso kam er ihm damit?

»Die Cockpit-Leute wollen einen Vertreter nach Palma schicken. Auf eigene Faust. Oder sagen wir, was sie auf eigene Faust nennen.«

Das war es also?

Jede Flugzeugkatastrophe zog wie ein Magnet, vielleicht wie faulendes Fleisch die Fliegen, amtliche Experten und Sachverständige der Hersteller und der Fluggesellschaften an. Man wollte, man mußte wissen, wie es geschehen war. Nicht allein um die Schuldfrage zu klären, vor allem mußte man wissen, wie es zum Crash gekommen war, um künftige Fehler auszuschalten. Die Vereinigung Cockpit war die Interessenvertretung der Piloten. Als Personalvertretung lag sie zwar oft genug im Clinch mit den Gesellschaften, doch die Ursachen zu ergründen, die zum Tod von Passagieren und Piloten führten, bedeutete schließlich, das Überleben ihrer Kollegen zu sichern.

»Und Rebner? Will der mich auch in Palma haben?« Rebner war der zuständige technische Direktor.

»Ich hab's ihm vorgeschlagen. Er hat jedenfalls nicht nein gesagt. Er will es morgen entscheiden. Würdest du es machen?«

»Ich?« Brückner hob erneut das Glas, aber es war leer. »Ich werde es auch morgen entscheiden. Sag den Cockpit-Leuten, ich rufe sie an. Um zehn. In ihrem Büro.«

»Okay, Paul. Dann Ende für heute. Und Gott schütze dich ...«

Brückner ließ die Hand auf dem Hörer ruhen. Gott schütze dich? Nick war in Ordnung. Er war sogar schwer in Ordnung. Mit Gott hatte er es nie gehabt.

Noch einmal zappte er sich auf der Suche nach Informationen durch alle Satellitenstationen durch. Resultat zero. Keine neuen Bilder.

Er nahm noch ein Glas *Four Roses,* ehe er ins Bett ging, und hatte insoweit Erfolg, als der aufflammende Alptraum einer goldglühenden Flammenhölle sich bald auflöste und er in einen totenähnlichen Schlaf fiel.

19. September

Heidelberg

Ortszeit: 9 Uhr 07

Paul Brückner wachte kurz nach neun Uhr auf. Sein Schädel fühlte sich an wie Blei. Er nahm einen starken Kaffee, verzichtete auf alle Frühnachrichten und versuchte die Gedanken an Anja abzuschalten, um sich auf das zu konzentrieren, was nun anstand.

Palma de Mallorca?

Er ging in den Garten, um an der frischen Luft zu

überlegen, und besah sich dabei Anjas Kräutergarten: Lauch, Petersilie, Maggikraut und Schnittlauch. Die Pflänzchen ließen die Köpfe hängen. Im Nachbargrundstück rumorte es. Zuerst sah er einen gebückten Rücken, dann weißes Haar. Es war der alte Herr Oswald, der Nachbar.

»Hat seit Tagen nicht geregnet, Herr Brückner.«

»Ja.«

»Weiß gar nicht, was mit diesem Herbst los ist. Sie merken so was natürlich nicht, wo Sie doch immer über den Wolken sind. Aber die Anja, die war auch nicht da.«

»Ja.« Er nickte, versuchte zu lächeln und den Impuls niederzukämpfen, ins Haus zurückzurennen. Statt dessen nahm er den Schlauch und begann damit, die Pflanzen zu besprühen.

Himmelherrgott! Dabei hat Oswald die Meldungen gelesen, die Bilder gesehen. Muß er ja! Aber daß Anja dabei war …

Er weiß es nicht.

Zurück in der Küche, wollte er sich eine neue Tasse Kaffee aufbrühen.

Er überlegte es sich und ging ins Bad. Er schaltete die beiden Beckenleuchten ein, ließ das Wasser einlaufen, hielt die Hände und Handgelenke darunter und starrte erschrocken in den Spiegel. Was hatte sein Gesicht derart verändert? Es war nicht nur das Gesicht eines Fremden, sondern eines Kranken. Es sah aus, als habe sich der Maskenbildner eines Horrorfilms über ihn hergemacht: Die Haare standen in wilden Büscheln vom Kopf, die Stirne war fahlgelb und von Furchen durchschnitten, die Lider rot verschwollen, und unter den starren Augen hingen dunkle Tränensäcke. Irgend etwas, vielleicht eine Bettkante oder die eigene Hand, hatte tiefe Striemen an Hals, Kinn und Wange hinterlassen.

Er beugte sich über das Waschbecken. Unter den Händen war die Kühle des Porzellans. Er mußte sich festhalten, um die plötzliche Schwäche niederzukämpfen. Er griff nach dem Rasierapparat. Anja hatte ihn ihm zu Weihnachten geschenkt. Anja ... Er riß sich das Joggingoberteil vom Körper, zog die Hose aus, ließ beides fallen und ging zur Dusche. Rechts und links des Spiegels hingen zwei Kinderbilder. Das eine zeigte einen großen blauen Vogel mit langen rosa Schwanzfedern und dunklen Augen. Das andere ein Haus auf einem Hügel über einem blauen See. Über dem Haus lachte eine Sonne. Der blaue Vogel starrte ihn an.

Ihre Bilder und die Bilder der Kinder, an deren Fortschritten sie so viel Freude gehabt hatte! Von denen sie oft wie im Fieber erzählte, während er sich langweilte. Die Bilder waren schlimmer als all ihre Kleider, die noch in den Schränken herumhängen mochten.

Er ließ das Wasser der Dusche auf sich niederprasseln. Zuerst heiß, so heiß er es überhaupt ertragen konnte, dann kalt. Unter dem eisigen Peitschen fühlte er, wie sein Zustand sich besserte. Er stieg aus der Kabine, griff nach dem Handtuch und erstarrte.

Die Tür hatte sich geöffnet.

In ihrem Rahmen stand ein Mädchen.

Sie war groß, schlank und trug weiße Jeans zu einem dunkelblauen, leichten Baumwollpullover. Ihre hellen Augen beobachteten völlig ungerührt, wie er sich hastig das Handtuch um die Hüften schlang.

Das Mädchen war Christa, seine Tochter.

»Ich dachte nicht, daß du da bist. Aber dann habe ich dein Auto gesehen.«

Gut, es war Christa. Und er liebte sie. Aber jetzt?

»Kannst du mir bitte meinen Bademantel geben?«

Sie rührte sich nicht. Sie war groß, größer als ihre Mutter.

»Paul«, sagte sie mit leiser Stimme, »es ist alles so ...«

»Ja, ich weiß. Aber du wolltest mir meinen Bademantel geben. Bitte.«

Sie holte den Mantel aus dem Schrank und warf ihn ihrem Vater zu. Sie hatte die Zähne in die Unterlippe gegraben und sah aus wie ein verzweifeltes Kind.

»Ich kann es einfach nicht fassen«, flüsterte sie. »Mein Gott!«

»Ich fürchte, den müssen wir aus dem Spiel lassen.«

»Papa ...« Sie schluchzte leise.

»Komm«, sagte er.

Sie warf ihre Arme um seine Schultern und grub ihren Kopf in seinen Hals.

»Warum nur?« seufzte sie. »Warum?«

Ja, warum? Aber dieses ewige Warum hatte ihn nicht weitergebracht. Dabei wußte er, daß er nicht eher Ruhe finden würde, als bis er die Antwort in den Händen hielt.

Sie zitterte, und er strich über ihr Haar.

»Papa, ich wollte ihr doch noch so viel sagen. Und jetzt kann ich's nicht mehr.«

»Ich auch.« Er streichelte sie sanft. Sie tat ihm leid, er tat sich leid – half es ihnen weiter? »Bitte, Kleines, geh in die Küche.«

Wie so viele Scheidungskinder hatte auch Christa zunächst alle Verantwortung für den Zusammenbruch ihrer Welt der Nachfolgerin ihrer Mutter zugeschoben. Als er sich von Barbara trennte, war sie vierzehn. Später begann der Verstand, die Kontrolle über die Gefühle auszuüben, und sie erkannte wohl, was eine Pilotenehe in Wirklichkeit bedeutet, und daß es wenige Frauen gibt, die einer solchen Anforderung gewachsen sind.

Barbara war Zeitungsfotografin, ebenfalls ein gnadenloser Job, und so war Christa wohl zwischen die Mühlsteine geraten, hatte sich in einer Welt zu behaupten, in der

Zuwendung schon aus Zeitmangel knapp ausfiel. Vielleicht war es das, was sie schließlich Anja lieben ließ: Anjas Geduld, ihre Art, Spannungen und Mädchenkummer aufzulösen, die Tatsache, daß es einen Menschen gab, an den man sich wenden konnte. Kurz vor Beginn der Abiturklasse war Christa bei ihrer Mutter ausgezogen. Eine Wohngemeinschaft von Medizinstudentinnen hatte sie aufgenommen. Nein, heimatlos war sie nicht. Wann immer es ging, kam sie hierher ins Haus und gluckte mit Anja zusammen.

Sie war erwachsen geworden – das hatte er sich eingeredet.

Welche Idiotie! Er dachte es, als er ihren schmalen Körper fühlte, der zitterte.

»Nun geh schon ... Ich zieh' mich an, Christa. Dann bin ich bei dir.«

Als er in die Küche kam, saß sie am Tisch. Sie hatte den Kopf in beide Hände vergraben.

»Trinkst du keinen Kaffee?«

Sie schüttelte den Kopf.

»Was zu essen?«

»Wie kannst du so was fragen?« Sie warf den Kopf zurück. »Wie kannst du überhaupt so sein?«

Er gab keine Antwort. Er wußte ja, was sie meinte. Er machte sinnlos Schubladen auf und zu auf der Suche nach einer von Anjas Zigarettenpackungen. Sie hatte sie überall verteilt, und er hatte sich darüber aufgeregt. Vier Jahre hatte er nicht geraucht. Wenn er jetzt etwas brauchte, war es eine Zigarette. Er hatte Glück. Er fand ein Päckchen und zündete sich eine an.

Durch den Rauch erkannte er, daß ihre Augen spiegelten. Eine Träne löste sich und floß über ihre linke Wange herab.

»Du tust, als würde dir alles gar nichts ausmachen. Ganz cool, nicht? Wie immer.«

»Christa, was kann ich dazu sagen?«

»Eine Menge.« Ihre Stimme zitterte. Sie stand auf, ging zum Fenster, drehte sich herum und starrte ihn an. Nie hatte er ihr Gesicht so gesehen: so voller Abneigung, voller Haß – nein Verachtung. »Vielleicht könntest du erklären, wie du damit fertig wirst, daß du Anja in den Tod getrieben hast.«

Er schwieg. Es war ein Schock, ja, doch er wußte, was sie meinte. Und mehr noch: Es war die Frage, mit der er sich beschäftigt hatte, seit er im *Birdsbone,* an der texanischen Tankstelle, von dem Unglück erfahren hatte. Es war die Frage, die zu seinem Lebensproblem werden würde. Er wußte es, als er unter dem Trommeln seines Herzens in die Augen seiner Tochter blickte. Er nahm noch einen Zug aus seiner Zigarette und drückte sie aus.

»Tut mir leid, Paul«, hörte er sie, »aber ich muß es sagen: Ich konnte die ganze Nacht nicht schlafen. Ich muß doch ... es ist ja die Wahrheit, tut mir leid.«

Die Wahrheit? dachte er. Mein Gott, die Wahrheit ...

»Ich kann nicht weiterleben, wenn ich es dir nicht sage. Du hast Schuld. An allem! Zuerst hast du mich alleingelassen. Barbara hat sich völlig verändert, seit ihr auseinander seid. Das weißt du. Sie hat nichts anderes im Kopf als ihre Karriere. Nicht weil sie so ist, o nein, sie war einmal ganz anders. Erinnerst du dich, wie wir damals immer an den Baggersee fuhren,wenn du von einem Flug zurückgekommen bist? Und was für tolle Kindergeburtstage sie für mich organisiert hat? Und wie glücklich sie war? Und dann, dann kam Anja –«

»Hör auf!«

»Das würde dir so passen, ja? Aber ich hör' nicht auf. Ich kann nicht. Dann kam Anja. Und wenn du eines zugeben mußt ...«

»Hör auf!« Er fühlte sein Herz. Er fühlte die Schwäche in die Beine zurückkriechen. Er setzte sich: der Stuhl, die Anklagebank, ihre Augen – Anklägeraugen.

»Eines zumindest mußt selbst du zugeben: Niemand hat mehr Verständnis für andere aufgebracht als Anja. Und was bekam sie dafür? Was hat sie von dir bekommen? Sag's doch!«

»Ich habe sie geliebt . . .« Dachte er es? Sagte er es? Es war so sinnlos, dieser Satz.

»Geliebt, geliebt«, wiederholte seine Tochter. »Welche Form von Liebe hat sie bei dir gefunden?«

»Ich wollte sie heiraten, wenn du das meinst.«

»Genau das meine ich nicht.« Ihre Stimme wurde hell und schneidend. »Ich rede vom Verstehen, nicht vom Heiraten. Welche Ehe hättest du ihr angeboten? Sie wollte ein Kind. Und du weißt auch, warum. Sie hatte es selbst so schwer gehabt. Sie wollte dieses Kind, und es war ihr wichtiger als alles andere. Du aber hast es ihr verweigert. Was blieb ihr denn schon übrig, als zu gehen?«

»Mein Gott, was weißt du? Du bist zu jung, um das zu begreifen.«

»Zu jung? Mit achtzehn zu jung? Dir ist wirklich nicht zu helfen. Du rennst selbst jetzt noch vor der Wahrheit davon. Du willst nichts anderes als der großartige Paul Brückner bleiben, der coole Paul, der alles weiß und alles unter Kontrolle hat.«

Nun stand auch er auf. Er sah sie nicht, sie war nur ein Schatten, einer der vielen Schatten, die ihn belagerten. Er ging auf sie zu und fühlte, wie eine brennende Wärme auf seiner Stirn glühte. Er hob die Hand – ja, er glaubte, auch das getan zu haben, obwohl er nur noch eine vage Erinnerung an diese Sekunde besaß. Aber den Schrei vergaß er nicht: »Schlag doch! Genau das! Nun schlag doch. Warum schlägst du nicht? Prügel die Wahrheit weg!« Irgendwie brachte ihn dieser Satz zur Besinnung.

»Christa«, sagte er, »bitte geh jetzt! Oder geh wenigstens in dein Zimmer! Laß mich in Frieden! Laß mich allein!«

Doch sie, sie schüttelte nur den Kopf.

»Christa, was das alles für mich bedeutet, was du da gesagt hast, ist dir wohl nicht klar. Ich kann auch nicht verlangen, daß du mich verstehst. Aber eines will ich dir sagen: Kein Mensch, der ein bißchen nachdenkt, begeht freiwillig denselben Fehler ein zweites Mal. Noch ein Kind? Wieso denkst du nicht darüber nach, was ihm bevorgestanden wäre? Es hätte genau dasselbe mitmachen müssen, was du erlebt hast.«

Sie schwieg. Endlich.

Er erwischte Wilkens bei der Vormittagskonferenz. Als er der Sekretärin der »Vereinigung Cockpit« anbot, noch einmal anzurufen, wehrte sie ab: »Nein, nein, Dieter erwartet bereits Ihren Anruf. Ich stell' Sie gleich durch.«

Dieter Wilkens' Stimme wirkte sachlich und entschlossen. Er kam sofort zum Thema. Die Kommission bestehe aus Direktor Rebner, dem stellvertretenden Leiter des LH-Wartungsdienstes, zwei Vertretern des Luftfahrt-Bundesamts, deren Namen er noch nicht kenne, Professor Raab von der TH Aachen, der sich seit Jahrzehnten einen Namen als Gutachter und Luftkatastrophendetektiv gemacht habe, und ihm, als dem Vertrauensmann der »Vereinigung Cockpit«. Zwei weitere Herren, beide Techniker der LH, seien bereits vor Ort, da sie unmittelbar nach Bekanntwerden der Katastrophe von der Direktion nach Palma geschickt worden seien. Sicher seien auch Leute der Falcon Air dort. Der LH-Linienflug nach Barcelona sei bereits gestartet, deshalb würde die Gruppe Rebner mit einer Condor-Maschine um 15 Uhr 30 abfliegen. Und falls er das nicht schaffe, könne man ihm selbstverständlich einen Platz in einem späteren Condor-Flug buchen. Um 17 Uhr zum Beispiel.

Die Lufthansa sparte. In ähnlichen Fällen stand eigentlich stets eine kleine zweistrahlige Dassault zur Verfügung. Nun, das war wirklich nicht das Problem.

Paul entschied sich für den späteren Flug. Er hätte zwar Frankfurt noch rechtzeitig erreichen können, aber der Gedanke, sich zwei Stunden lang den Fachdiskussionen der Eierköpfe aus der Technik auszusetzen, schien ihm unerträglich.

Um achtzehn Uhr vierzig sah er an diesem Tag unter der linken Fläche der Condor-Maschine die dunkle Küstenlinie der Insel heranwachsen. Das Meer – nichts als eine blaue Metallscheibe. Die Felsen der Bucht von Alcudia schienen es zu umarmen. Den Himmel darüber färbte der Abend.

Vorgestern, dachte er. Vorgestern um Mittag?

Er versuchte es sich vorzustellen. Er versuchte es bereits die ganze Zeit. Sie flogen dieselbe Luftstraße *Upper Amber 7*, überquerten gerade das Funkfeuer von Pollenca. Alle Verkehrspiloten kannten diesen Streckenabschnitt im Schlaf. Nun der Schwenk in Richtung Muro. Dann der nächste, diesmal Steuerbord, zum endgültigen Landeanflug. Stutz war ILS geflogen, *Instrument Landing System.* Er sah ja nichts. Und er mußte rein. Was blieb ihm schon übrig ohne Treibstoff?

Brückner warf einen Blick aus dem Fenster. Der große Condor-Jet war trotz Saison nur zur Hälfte besetzt. Das LH-Buchungscenter hatte fürsorglich die beiden Sitze neben ihm freigelassen. Dort lagen all die Zeitungen, aus denen seine Informationen stammten. Ein ganzer Stapel. Kein Blatt in Deutschland, das sich am zweiten Tag nach Bekanntwerden der Katastrophe nicht mit ihr beschäftigte. Ellenlange Artikel: die Gefahren des Flugverkehrs während der Touristenschwemme; der unbegreifliche Leichtsinn, der es erlaubte, während eines derartigen Gewittersturms Landungen und Starts durchzuführen, und natürlich die

Frage: Wie konnte es geschehen, daß der Schweizer Pilot trotz der Instrumentenlandung von der Anfluglinie abgekommen war und in den Airbus krachte? Aber was zum Teufel hatte der Airbus in diesem Abrollweg zu suchen?

Und dann der Schweizer Pilot?

Ein Mann namens Stutz. Walter Stutz. Siebenundvierzig Jahre alt. Du bist jetzt sechsundvierzig. Zwanzig Jahre Lufterfahrung? – Du hast ein Jahr mehr. Fünfzehntausend Flugstunden, dabei schlägt er dich. Ein Ex-Swissair-Kapitän? – Wieso heuerte er dann in einem so exotischen Laden wie diesem Falcon Air an? Was bedeutet das? Wahrscheinlich gar nichts. Vielleicht war er zeitweilig aus der Fliegerei ausgestiegen, war mal krank gewesen, hatte Krach mit der Swissair-Leitung – na und? Immerhin war er Chef der Swissair-DC-9-Flotte gewesen. Ein Mann wie du also, ein Vollprofi.

Dort unten schimmerten Felder, erstreckten sich rostrote Äcker und dunkelgrüne Pinienhaine. Sah alles so friedlich aus. Nicht überall. Er sah Seen, wo er keine kannte. Große Seen – Überschwemmungen.

Der Purser betete seinen Spruch herunter von der bevorstehenden Landung und wies die Passagiere an, in den Sitzen zu bleiben, bis die Maschine ausgerollt war. In seinen Ohren knackte es. Er schloß die Augen:

Du hast sie in den Tod getrieben! Du – Du allein. Du bist schuld ...

Und es war nicht nur die Stimme Christas, es war auch die eigene, diese andere in seinem Herzen, die es immer wieder sagte. Immer wieder. Erbarmungslos.

Die Straße nach Inca. Die Windmühlen, die Autobahn, die Wohnblöcke am Stadtrand.

Er schloß die Augen. Aber das war keine Lösung. Die eine der beiden Pisten war am Unglückstag geschlossen gewesen. Die 24-R, die ohnehin fast ausschließlich gebraucht wurde, kannte er wie die auf seinem Heimatflughafen Frankfurt. Die Augen – du kannst, du darfst sie nicht geschlossen halten, auch wenn alles in dir es verlangt. Sieh hin! Zwing dich!

Ja, dort. Eine graue Fläche. Sie hatten eine Art Baugerüst um die Trümmer der beiden Maschinen errichtet, eine Sichtblende aus Rohren und grauem Segeltuch. Über den Rand des Segeltuchs ragte der gelbe Arm eines Krans.

Sein Herz krampfte sich zusammen.

Sie setzten auf.

Er ließ sich sofort ins Hotel fahren, stand lange auf dem Balkon, blickte über die Bucht von Palma und versuchte, das große graue Gerüst mit dem grauen Tuch zu vergessen und sich auf das zu konzentrieren, was ihn morgen am Flughafen erwartete. Umsonst.

19. September

Flughafen Son San Juán

Ortszeit: 10 Uhr

Der Raum befand sich am Ende der Abflughalle A. Er war spartanisch. Man konnte ihn über eine kleine Treppe erreichen, die zu einer Galerie führte. Die Galerie öffnete sich wiederum zu einem Korridor, in dem auch die Büros verschiedener Luftfahrtgesellschaften untergebracht waren. In der Mitte des Raums stand ein Tisch. Um ihn herum einfache Holzstühle. Fenster gab es nicht. Licht spendete eine Neonleuchtwaffel an der Decke. Mit der Klimaanlage schien es nicht zu klappen. Es war drückend heiß.

Schon beim Eintreten, als er die beiden Lotsen zu Gesicht bekam, wurde Brückner klar: Dies hier wird nicht viel bringen. »Informationsgespräch« stand auf der Tagesordnung. Na gut, doch die beiden einzigen Spanier, die am Tisch saßen, waren der Schichtleiter der Bodenkontrolle und daneben einer seiner Lotsen. Der Schichtleiter hieß Vidal, der Lotse Ferrer. Aber ohne einen höheren Vorgesetzten oder einen Behördenvertreter würden die beiden gegenüber den Ausländern wohl nicht viel sagen. Zumindest konnte sie niemand dazu zwingen.

Friedrich Rebner, einer der technischen Direktoren der Lufthansa, ein untersetzter, stämmiger Mann mit einem kunstvollen, leicht blaugetönten Haarschopf, hatte die Initiative an sich gerissen. Er schob den Oberkörper nach vorne und nickte bei jedem Wort, als wolle er Vidal mit seiner dicken Nase in Stücke hacken.

»Fassen wir zusammen, Herr Vidal: Sie sagten, der Ablauf sei geplant gewesen. Was heißt hier geplant? Hat es eine Konferenz oder so etwas Ähnliches gegeben?«

In seiner Erregung hatte er die Sätze auf deutsch gebracht. Nun versuchte er sie mühsam in spanische Brocken umzusetzen. Neben ihm saß ein schmaler, blasser Mann mit randloser Brille. Er hieß Faber und war der technische Direktor der Falcon Air.

Brückner zog sich einen Stuhl heran.

»Da sind Sie ja endlich!« Rebner blinzelte ihn an. »Na, Gott sei Dank, Herr Brückner! Ich komme mit den beiden Herren hier nämlich nicht so recht weiter. Ich will ja auch nicht behaupten, daß es an denen liegt, sicher ist mein Spanisch recht dürftig.«

»Könnte sein.«

Möller, der zweite LH-Mann, einer von Rebners Assistenten, grinste.

»Sehen Sie! Hier haben wir den Plan von Runway und

Rollbahn. Die zweite war ja außer Betrieb. Es geht um die 24-R.« Rebner piekte mit einem vergoldeten Kugelschreiber auf einem Stück Papier herum. »Das sind die Rollwege. Der Punkt hier wiederum, die Intersection Charly 7, der Punkt also, wo jetzt die Trümmer rumliegen. – Waren Sie übrigens schon draußen?«

Brückner schüttelte den Kopf.

Rebner warf ihm aus seinen schmalen Augen einen kurzen, erstaunten Blick zu: »So? Na ja, wie auch immer, Herr Brückner, bei Charly 7 ... ah, ich habe ja ganz vergessen, ich muß Sie ja noch mit den beiden Herren bekannt machen: Herr Vidal, Herr Ferrer.«

Brückner senkte grüßend den Kopf und versuchte den hageren, großen Mann mit dem dunklen Bart, der ihn unbewegt über den Tisch her anstarrte, einzuschätzen. In welche Situation er auch geraten sein mochte, Vidal machte den Eindruck, als nähme er nicht nur die Situation, sondern auch seinen Job sehr ernst. Der andere? Im Augenblick jedenfalls war Ferrer – das konnte jeder erkennen – nichts anderes als ein aschgraues Häufchen Elend.

»Wir verfahren bei diesem Gespräch nach der zeitlichen Abfolge«, erklärte Rebner. »Es war am Morgen des Siebzehnten, nachdem der Sturm sich mal so richtig ausgetobt hatte, zunächst eine Wetterberuhigung festzustellen. Die setzte, wie man mir sagte, gegen zehn Uhr zwanzig ein. Darauf begann man wieder mit dem Startbetrieb.« Vor Rebners Assistent Walter Stecker lag ein Block. Anscheinend war er dabei, so etwas wie ein Protokoll zu erstellen. Doch was Brückner viel mehr interessierte, war der verbeulte kleine Stahlkasten, der auf einem der Aktenschränke lag. Die Kabel, die herausführten, waren schwarzverschmort. Reste der roten Farbe, mit der man ihn gestrichen hatte, waren noch erhalten. Darüber zogen sich schwarze Öl- und Rußstreifen. Es war die *Black box*, der Flugschreiber.

Rebner war seinem Blick gefolgt. »Das ist die von der MD-80.«

»Wurde sie schon ausgewertet?«

Rebner schüttelte den Kopf. »Natürlich nicht. Sie ist noch plombiert. Wir machen das dann gemeinsam, in Anwesenheit der Herren von der Staatsanwaltschaft und der Polizei. Aber die sind ja alle noch draußen bei den Trümmern.«

Wieder nickte Brückner. Und wieder musterte er unauffällig die beiden Spanier am Tisch: Vidal, Ferrer. Selbst die Vornamen kannte er: Pep Vidal, was immer das sein mochte, eine mallorquinische Abkürzung von Joseph vielleicht, und Toni Ferrer, was zweifellos Antonio bedeutete. Er fühlte weder Haß noch Aggression. Dabei hatten, wenn man Rebners Theorie folgen wollte, die beiden zweihunderteinundsechzig Menschenleben, darunter auch den Tod von Anja und Iris Seifert, zu verantworten. Was wirst du tun, wenn es sich als wahr herausstellt? Die Frage brachte die alte Schwäche zurück. Leiste dir keine Gefühle! Gut. Nur wie?

»Also, Herr Brückner! Es ist ja schön, daß Sie mir ein wenig helfen können. Dann wollen wir doch gleich das Folgende klären: Wie ich gerade gesagt habe, nach halb elf an diesem Morgen gab es einige wenige Startfreigaben. Aber dann machte das Wetter wieder zu. Noch schlimmer, der Nebel kam. Trotzdem wurde eine Stunde später beschlossen, Rollfreigaben zu erteilen. Damit sind wir bei elf Uhr dreißig. Die Frage lautet: Was hat man sich davon versprochen? Mir bleibt es unklar. Denn wie Herr Vidal gerade sagte, herrschte wegen der Nebelverhältnisse ein fast völliger Mangel an Sichtmöglichkeit.«

Brückner übersetzte. Vidal schüttelte den Kopf. Ferrer blieb vollkommen unbeweglich wie eine Statue. Er hielt den Kopf gesenkt, die Hände verklammert, die Fingerknöchel glänzten weiß wie Elfenbein.

»Nebel«, sagte Vidal. Er sprach das Wort ruhig und gelassen aus. »Richtig. Sicht null. Aber wie wollen Sie Nebel definieren? Vor allem bei derartig unruhigen Windverhältnissen? Wir hatten noch immer mindestens vier oder fünf, manchmal bis zehn Knoten. Einmal aus Süden, dann wieder Westen. Unter solchen Bedingungen ändert sich der Nebel ständig. Einmal sehen Sie gar nichts, dann, fünf Sekunden später, macht die Waschküche wieder auf, und Sie sehen eine Menge.«

»Aber Sie haben trotzdem die Maschinen auf der Rollstrecke bewegt. Waren sie vom Tower zu erkennen?«

Vidal warf einen kurzen Blick zu Ferrer. Von ihm war keine Hilfe zu erwarten. »Die weit entfernten waren nur schwer auszumachen. Doch das bedeutete ja nichts. Die Piloten hatten die Scheinwerfer angestellt. Die Sicherheitsabstände waren immer garantiert. Und wie gesagt, solche Rollbewegungen unter erschwerten Sichtbedingungen werden an anderen Plätzen regelmäßig durchgeführt.«

»Und sie dienten dazu, wie Sie gerade sagten, den Verkehr leichter abzuwickeln? Was verstehen Sie unter leichter?«

Vidal schloß die Augen, als habe er es bei Rebner mit einem begriffsstutzigen Idioten zu tun: »Ich hab' es doch vorhin schon erklärt. In PMI haben wir sechsundfünfzig Stellplätze. Doch der Charter-Terminal und sein Vorfeld waren wegen der Erweiterungsbauten an diesem Morgen außer Betrieb. Das reduzierte die Plätze auf achtunddreißig. Sie waren alle besetzt. Überall hatten wir Maschinen stehen. Selbst auf den Verkehrswegen. Der Zustand war völlig unhaltbar. Wir brauchten Platz. Wir hatten schließlich noch immer Jets, die ihre Warteschleifen flogen.«

Brückner nickte. Wieder war es da, dieses dunkle, leise Pochen an den Schläfen. Er versuchte, sich die Situation vorzustellen. »Deshalb beschlossen wir, die Starts vorzubereiten und die in Frage kommenden Jets auf die Rollwege zu schicken«, hörte er Vidal erklären. »Charly 7 zum Beispiel verfügt über ein ziemlich großes Vorfeld. Groß genug, daß sogar zwei Maschinen darauf Platz finden.«

»Und dann fiel die Entscheidung, die Maschinen im Vierminutentakt starten zu lassen, und zwar abwechselnd von Pistenbeginn und von dem Punkt bei Charly 7 aus?«

»Sie starten zu lassen, sobald es die Sichtverhältnisse zuließen«, korrigierte Vidal. »Das würde sehr bald der Fall sein, darüber waren wir uns alle einig. Uns ging es darum, die Situation zu verbessern, indem wir möglichst viele Maschinen zum Startbahnanfang hochzogen.«

Rebner zog die rechte Braue hoch. Anscheinend kapierte er das nicht. Brückner übersetzte.

»Aha! Und wer hat diese Entscheidung getroffen?«

Die Frage kam so schneidend, als sei sie vom Staatsanwalt gestellt.

»Nun, wer schon?« erwiderte Vidal gelassen. »Die technische Direktion in Übereinstimmung mit dem Tower. Das heißt also, mit den Schichtleitern der Boden- und der Abflugkontrolle.«

»Das war«, Rebner blickte auf seine Uhr, »wenige Minuten nach elf Uhr dreißig.«

Der stöhnende Laut, mit dem Vidal die Luft einsog, sagte alles.

Einen Rebner konnte er allerdings nicht beirren. Wieder schob sich der runde, weißhaarige Kopf nach vorn. »Dann möchte ich doch jetzt endlich von Herrn Vidal wissen, wie es dazu kam, daß er den Condor-Airbus nicht hier«, der dicke Zeigefinger klopfte auf die Flugplatzkarte und machte dabei ein unangenehmes, drohendes Geräusch, »in diesem Warteraum – da gibt's ja tatsächlich ein Vorfeld bei Charly 7, wie ich sehe –, wieso er also die Maschine nicht hier festhielt, sondern sie zu einer Drehung veranlaßte und sie dann in die Intersection hineinschickte. Die Intersection gehört schließlich zur Sicherheitszone des Runways.«

Rebner hat recht, dachte Brückner. Dies war der springende Punkt. Er übersetzte.

»Was immer die Ursache dafür sein mag, daß die MD-80 von ihrem Kurs abkam«, fuhr Rebner fort, »hätte man den Airbus nicht einrücken lassen, wäre die MD-80 noch an ihm vorbeigekommen. Das ist eindeutig. Sie hätte ihn nicht touchiert. Das beweist auch die Lage der Trümmer.«

Vidal schwieg: Die Anklage. Er wußte es. Er hatte sich weit zurückgelehnt. Die Hände blieben ruhig nebeneinander auf dem Tisch.

Es war sehr still geworden. Er hat sich vorher die Situation wohl schon tausendmal überlegt, dachte Brückner. Und er muß sie auch mit seinem Lotsen durchgesprochen haben. Wieso sagt er nichts? Oder hat er sich auf diese Frage tatsächlich nicht vorbereitet? Eigentlich undenkbar.

»Toni.« Es klang wie eine Frage – oder wie eine Aufforderung. Und der Name wurde sehr leise ausgesprochen.

Von Toni Ferrer war nichts zu hören als der rasche Atem und das Knacken seiner Fingergelenke.

»Sie können sich eine solche Situation nicht vorstellen, meine Herren.« Vidal sprach noch immer sehr leise. »Und schon gar nicht nachvollziehen. Sie alle haben keine Tower-Erfahrung.«

»Was hat das damit zu tun?« unterbrach Rebner grob.

Brückner verzichtete darauf, den Satz zu übersetzen. Doch Vidal hatte verstanden. Anscheinend sprach er doch Deutsch, zumindest so viel, um auf Rebner einzugehen.

»Sie haben natürlich recht, Señor. Ich wollte Sie nur daran erinnern, daß es nicht so einfach ist, sich die Ereignisse alle wieder ins Gedächtnis zu rufen. Der Streß war unglaublich. Und was meinen Kollegen Ferrer angeht – er saß bereits sechs Stunden auf seinem Platz.«

Rebner richtete sich steil auf.

»Moment«, kam ihm Vidal zuvor, »es ist mir vollkommen bewußt, daß das gegen die Bestimmungen verstößt. Ich muß die Verantwortung dafür übernehmen. Aber wir hatten keine andere Wahl. Einer unserer Leute war bereits wegen Überforderung ausgefallen und eine andere Ablösung heranzuschaffen war unmöglich, denn die Straßen und die ganze Stadt standen ja unter Wasser.«

»Und?«

»Und unter solchen Bedingungen kann eine Fehlentscheidung erfolgen. Ich sage kann.«

»Wollen Sie dazu nicht einmal Herrn Ferrer seine Meinung äußern lassen?«

»Toni, wie war das? Erkläre es.« Vidals Satz fiel auf spanisch. Er war aufgestanden und hinter Toni Ferrers Stuhl getreten. So wie damals, dachte Vidal plötzlich. Genauso. Wie war das? Hast du den Satz gehört, mit dem Toni den Airbus in die Intersection schickte?

Nein, dachte Vidal. Du hast nicht. Du hast ihm die Rollfreigabe gegeben, damit die Maschinen bis zum Pistenanfang aufrücken konnten. Und dann – Herrgott, was war dann? Ich werde Gil Bonet fragen, Tonis Assistenten. Aber Toni?

»Toni ...«

Toni drehte ihm das Gesicht zu. Es wirkte bleich, eingefallen, über den Lippen lag ein bläulicher Schimmer. Er muß zum Arzt, dachte Vidal, das hier steht er nicht durch.

Tonis Lippen bewegten sich. »Ich weiß doch nicht ... Ich, ich, ich ..., ich kann nicht mehr.« Seine Wimpern zitterten. Die Stirn wurde fahl.

»Toni, geh nach Hause. Bitte! Leg dich hin. Ich ruf' dich an. Geh jetzt!«

Toni Ferrer stand auf. Vidal nahm das Päckchen Pall Mall,

das vor ihm gelegen hatte, und steckte es ihm in die Tasche. Die Packung war nicht angebrochen.

»Was soll denn das jetzt wieder?«

Pep Vidal funkelte Rebner mit seinen tiefschwarzen Augen an. »Das heißt, daß mein Kollege im Moment nicht vernehmungsfähig ist. So heißt es doch, nicht wahr? So heißt es bei Polizeivernehmungen. Aber das ist ja schließlich keine. Oder täusche ich mich da?«

Rebner schwieg. Vielleicht hatte er den Satz auch gar nicht verstanden. Eines aber begriff er: Hier war nichts zu machen.

Vidal begleitete seinen Untergebenen zur Tür. Und auf dem ganzen Weg hatte er die Hand auf seine Schulter gelegt.

Brückner beobachtete es. Er wartete, bis Vidal wieder Platz genommen hatte. Dann sagte er: »Was immer auch geschehen ist und Kapitän Landau an Anweisungen bekam, wir werden es erfahren, wenn der Flugschreiber des Airbusses geborgen ist.«

Der Bau war gewaltig. Seine Dimensionen reichten aus, um zwei Linienjets unterzubringen. Und er war so häßlich wie alle Hangars dieser Welt. Eine weißgraue Schuhschachtel. Grau die Wellblechrolltüren, weiß oder ehemals weiß der Anstrich.

Brückner ging langsam. Ihm war, als würden sich seine Beine gegen jeden weiteren Schritt wehren.

Die eine der beiden Hangartüren war geschlossen, die andere stand einen Spalt offen. Davor gruppierten sich Fahrzeuge, Landrover, Lkws und Krankenwagen. Sehr viele Krankenwagen. Und diese schwarzen chromfunkelnden Bestatterlimousinen, die selbst wie Särge aussahen.

»Den Papierkrieg, den wir hier führen müssen, diesen ganzen spanischen Formalitätenkram können Sie sich gar nicht vorstellen«, sagte der junge Mann an Brückners Seite. Er hieß Petersen. Fred Petersen. Rönig, der Leiter der Lufthansa-Vertretung, hatte ihn Brückner als Begleiter mitgegeben. Petersen war blond, blauäugig, braungebrannt. Er sah aus wie das blühende Leben. »Dann das Identifizierungsproblem. Dafür haben sie sogar Ärzte aus Barcelona geholt. Die Pathologen auf der Insel reichen für so was ja nicht aus. Na ja, und der Rücktransport! Wir sind immer noch am Rechnen. Die Särge nehmen 'ne Menge Platz ein. Keiner konnte mir bisher sagen, ob eine 747 für so viele Tote reicht.«

Wann hört der bloß auf? Was willst du hier? Brückner beschleunigte seinen Schritt. Die Stimme des jungen Petersen wurde er nicht los.

»Vielleicht ist die Frage geschmacklos, Herr Brückner, ich meine angesichts der Tragödie. Aber sie stellt sich nun mal. Ich meine, was wollen die denn hier noch identifizieren? Sie können sich ja gar nicht vorstellen, was so ein Feuer anstellt.«

Es reichte. Brückner blieb stehen. »Ich kann es mir vorstellen. Ich habe es schon gesehen. Und jetzt, Herr Petersen, wäre ich Ihnen außerordentlich dankbar, wenn Sie endlich Ihre Klappe halten würden.«

Der Junge fuhr zusammen. »Entschuldigen Sie bitte ...«

»Ist schon gut.«

Nichts war gut. Außerdem, hatte Petersen nicht recht? Wieso also machst du ihn fertig? Weil du mit deinen eigenen Problemen nicht zu Rande kommst, und schon gar nicht mit deinen Gefühlen. Und weil du dir alles ziemlich anders vorgestellt hast. Nicht so banal. Nicht unter einem so unbekümmerten, lächerlich blauen Himmel. Nicht mit diesen verdammten Touristenbombern im Rücken, die so ungerührt ihren Alltagsplan abwickelten, als sei nichts, aber auch gar nichts, geschehen.

»Wie ist das? Es sollte doch eine Trauerfeier stattfinden.« Er sagte es, um irgend etwas zu sagen.

»Ja«, nickte Petersen. »Der Sekretär des Erzbischofs war vorhin schon bei uns. Auch der Innenminister wird eine Rede halten. Königin Sophia wird kommen. So habe ich wenigstens gehört. Es war sogar die Rede, daß Gonzales selbst erscheint. Aber Sie wissen ja, wie das ist mit diesen Politikern. Wer aus Deutschland da sein wird, weiß ich nicht. Sicher auch so ein Oberbonze.«

Brückner blieb stehen. Ein Offizier der Guardia Civil kam ihnen entgegen. Im selben Augenblick erkannte Brückner, daß hinter der Wagenreihe Absperrgitter aufgestellt waren. Die graue Ölfarbe hatte verhindert, daß er sie früher ausmachen konnte. Und noch etwas sah er: rechts, neben zwei Flughafenbussen, eine Ansammlung von Menschen. Es war eine ziemlich große Gruppe, und alle trugen sie schwarze Kleidung. So eng aneinandergedrückt, wirkten sie in der tristen Umgebung verloren wie eine Herde dunkler Schafe.

Der Offizier hob die Hand an die Mütze. »Darf ich fragen, was Sie wünschen?«

»Herr Brückner!« stellte Petersen vor. »Flugkapitän Brückner ist Mitglied der Untersuchungskommission.«

»Ah so?« Der Leutnant nahm zum zweiten Mal die Hand hoch. »Ja dann, ich dachte schon, es handelt sich um einen Angehörigen. Wenn ich bitten darf.«

Brückner machte keinen Schritt mehr.

Der Leutnant sah ihn an. Er hatte freundliche, wache, junge Augen. Brückner fühlte, wie ihm das Blut in die Stirn stieg. War es Panik? War es wirklich Feigheit?

Er blickte auf seine Uhr, tat, als lese er die Zeit ab. »Tut mir leid, wenn ich Sie belästigt habe. Aber ich habe gerade festgestellt, daß ich noch wegen einer dringenden Angelegenheit verabredet bin. Vielen Dank. Buenas días.«

»Buenas días, Señor.«

Er drehte sich um und ging zurück. Petersen folgte ihm. Er wandte den Blick zum Himmel und dachte: Anja, was haben wir beide dort zu tun? Nichts. Und dann: Anja, ich brauche meine Kraft. Ich brauche noch viel Kraft. Ich muß das durchstehen.

Als ob der Charter- und Touristentrubel nicht schon reichte, wimmelte es selbst in der Piloten-Lounge von Nachrichten-, Zeitungs- und Fernsehreportern. Sie waren aus allen Teilen der Welt herbeigeeilt, um ein Stück aus dem großen Katastrophenkuchen zu erhaschen. Brückner erkannte Gesichter, ARD-, ZDF-, RTL-Leute drängten sich an ihn heran. Vielflieger, was sonst?

Er war froh, als er in dem Kleinbus der Flughafenverwaltung saß, der ihn zur Unfallzone bringen würde. Draußen brannte die Sonne auf den Beton. Sonnenbrillenbewehrte Urlauber, darunter viele mit diesen lächerlichen Hüten auf dem Kopf, sammelten sich vor den Einstiegtreppen, um ihre Bordkarten vorzuzeigen.

Sie schrien, sie lachten, sie winkten.

Er schloß die Augen. Wenn er sich die Hölle ausdenken müßte – wäre es das hier ...

Der Bus fuhr an. Wieder hörte er in sich die Frage: Anja, wie war das? Hast du gelitten?

Es war wie ein Zwang. Ständig umkreiste seine Phantasie ihre letzten, die allerletzten Sekunden: Was bedeuteten sie – Schmerzen, Grauen, Schreck? Oder nur diese eine einzige Vision eines grellen Lichtblitzes?

Anja konnte keine Antwort darauf geben.

In seinem Bewußtsein erwachte ein anderes Gesicht: das Gesicht einer Frau, einer sehr jungen Frau. Dreiundzwanzig, fünfundzwanzig vielleicht. Ihr Oberkörper lehnte gegen einen schneeverwehten Baumstamm. Doch der Baum war nur noch ein Stumpf, der Aufprall der verunglückten Maschine hatte ihn glatt abgeschnitten. Es war eine Tanne. Eine von vielen Tannen. Den Odilienberg bedeckte ein Wald ...

Nach dem Anruf der »Vereinigung Cockpit« hatte Brückner trotz eisbedeckter Straßen die Strecke von Frankfurt in diese verlassene Vogesengegend bei Straßburg in weniger als drei Stunden zurückgelegt. Und es waren auch nicht die Rettungsmannschaften der Präfektur gewesen, die ihm den Weg zum Katastrophenort zeigten, sondern eine Gruppe von Ärzten und Helfern, die er zufällig getroffen hatte und die von ihrem Krankenhaus auf eigene Faust aufgebrochen waren.

Die Aufschlagstelle des Airbusses A-320 der Air Inter, der in dieser Januarnacht beim Instrumentenanflug auf Straßburg plötzlich von den Schirmen der Flugkontrolle verschwunden war, war zwar bereits seit neunzehn Uhr dreißig bekannt, doch als Brückner gegen zweiundzwanzig Uhr in der Gegend eintraf, herrschte nichts als ein Chaos von resignierten Soldaten und widersprüchlichen Einsatzbefehlen.

Sie arbeiteten sich den Berg hoch. Irgend jemand hatte Brückner einen tragbaren Handscheinwerfer gegeben. Seine Beine versanken fast bis zu den Knien im Schnee. Die Schuhe waren längst durchnäßt, und er hatte Mühe mit dem Atmen. Vom Wald hörte man Stöhnen und Schreie. Er blieb stehen. Der Airbus war nicht explodiert, und doch erschien ihm alles unbegreiflich: Wie konnten in diesem Horror von zerfetztem Metall, verkeilten Trümmern, geknickten Bäumen und ölgeschwärztem, eisigem Schnee noch Menschen leben? Was hatten sie in diesen Stunden der Einsamkeit und der Schmerzen alles durchgestanden?

Und da sah er sie ...

Er wußte, daß sie nicht mehr litt. Niemand brauchte sich um sie zu kümmern. Vielleicht war sie herausgeschleudert worden, vielleicht war sie auch noch bis zu diesem Baum gekrochen. Wie? Auch das war unerklärlich. Denn dort, wo einst ihre Beine waren, gab es nur noch eine Masse blutbesudelten Fleisches.

Aber ihre Augen! Sie blickten, als wollten sie noch etwas unendlich Wichtiges mitteilen. Die Botschaft schien noch zu leben. Nur – er konnte sie nicht deuten.

Er beugte sich zu ihr und fühlte mit seinen Händen den kalten Schnee in ihren Haaren.

Er drückte ihr die Augen zu.

Der Bus stoppte.

Brückner stand auf und zwängte sich durch die Tür. Vor ihm das graue Gerüst mit der Segeltuchsichtblende, in ihm das Klopfen seines Herzens. Vor der Öffnung stand ein Guardia in dunkelblauer Einsatzuniform und verlangte Papiere.

»Den Herrn schickt die Direktion«, erklärte der Chauffeur, der ihn hergebracht hatte.

Der Polizist gab den Weg frei.

Brückner holte Atem. In seinem Leben hatte er vielleicht ein Dutzend Unfallstellen gesehen, Berufsroutine könnte man sagen, doch nie waren ihm die Schritte so schwer gefallen wie jetzt.

Er schob den Stoff zur Seite – und da war er, dieser unverkennbare Geruch, der keine Ähnlichkeit mit anderen Gerüchen hat: Geruch nach verdunstetem Kerosin, verglühtem Aluminium, verkohltem Öl, Gummi und verbranntem Plastik.

Und da waren sie: Eine MD-80, ein Airbus, oder das, was bleibt, wenn eine MD-80 mit einem Fluggewicht von fünfundvierzig Tonnen mit einer Landegeschwindigkeit von hundertsiebzig Knoten auf einen einhundertfünfzig Tonnen schweren Airbus auftrifft.

Spanische Arbeiter in blauen und gelben Overalls zerrten Blechteile und Trümmer auseinander, irgendwelche »Capos« mit roten Schutzhelmen auf dem Kopf und Mobiltelefonen in der Hand, dirigierten.

An der von der Rollbahn abgewandten Seite hatten sie Baubretter auf Böcke gelegt. Darauf lagen irgendwelche wichtige, bereits geborgene Wrackteile. Der von der Hitze zerbröselte Beton knirschte unter Brückners Füßen. Schwarzverbrannt war auch das Gras.

Die ausgeglühten Fensteröffnungen starrten ihn an. So hoch mußten die Temperaturen gewesen sein, daß sie den mächtigen Kreuzholm der MD-80 zu einer Kurve verbiegen konnten.

Verwüstung, wo er hinblickte! Vor allem im Heck des Airbusses. Die Nase der MD-80 war schräg in den Boden gerammt wie eine Axt. Es gab so viel zu sehen – und er, er schloß wieder die Augen. Er wollte sich nicht vorstellen, was dort zwischen dem Spantengerippe geschah, als das Feuer kam.

»He, Brückner!«

An den Tischen dort drüben winkte einer.

Es war Raab, der Professor aus Aachen. Er kam ihm entgegen, klopfte ihm auf die Schulter, als würden sie gleich zu einem der Test- oder Abnahmeflüge starten, die Raab so liebte. Raab hatte graues, schütteres Haar, jede Menge Falten im Gesicht und brachte es trotzdem fertig, wie ein kleiner Junge zu grinsen.

Angst schien der Professor nicht zu kennen. Bei den Probeflügen, die er mit Brückner unternommen hatte, bestand er ständig auf Extremsituationen: »Mensch, Brückner! Was wir rausfinden müssen, ist die Grenze! Nur wenn die Leistungsgrenze des Geräts bekannt ist, hat das einen Sinn.«

Hier hatte Raab sie vor sich! Auch das schien aufregend für ihn zu sein. Die Toten im Hangar? – Na gut, wo gehobelt wird, fallen Späne. Hier, das war für ihn Technologie auf dem Prüfstand: Herauszufinden, wo der Fehler lag. Wenn es gelang, würde es in Zukunft auch weniger Tote geben.

So einfach war die Rechnung für den Professor Raab. Daß der Unfall Brückner persönlich betraf, davon hatte er keine Ahnung.

»Schöne Sauerei, was? Und diese Spanier, die haben vielleicht ein Arbeitstempo drauf. Die nehmen's gemütlich!«

Raab trug eine dieser lächerlichen Golfmützen, ein Augenschild ohne Kopfteil. Er wühlte kräftig mit den Fingern in seinen dünnen Haarbüscheln. Dabei starrte er Brückner mit gerunzelter Stirn an: »Wie kam's? Wie kam es bloß? Was denken Sie?«

Brückner schwieg.

»Der Computer hat versagt, was?«

»Es ist die einzige Erklärung«, sagte Brückner.

»Ausgerechnet beim Landeanflug? So etwas hat's doch noch nie gegeben.«

»Autopiloten, die nicht mehr mitspielen, gibt's häufig.«

»Aber in dieser Situation? Dann hätte man auch was davon erfahren.«

»In der Fliegerei passiert so viel, Professor, wovon niemand etwas erfährt. Wäre die Sicht nur ein bißchen besser gewesen, hätte Stutz ein *Overshooting* ohne weiteres durchziehen können.«

Raab nickte. »Und dazu noch der Airbus in der Intersection! Und ziemlich weit vorne dazu. Ich kann's Ihnen ja nachher mal zeigen. Trotzdem, von der Grundlinie des Runways war er noch gute dreißig Meter entfernt. Eine MD-80 hat eine Spannweite von fünfunddreißig Metern.

Es muß ihn also mindestens fünfzehn Meter von der Grundlinie nach Backbord getragen haben. Wie bloß, Brückner? Das ist die Frage. Eine Böe? Scherwinde?«

»Da sind wir uns doch einig?«

»Gut. Aber die Automatik muß doch einwandfrei funktioniert haben. Er schwebte genau auf der Mittellinie ein. Das beweist auch die Radarbeobachtung. Und dann dieses Ausscheren. Wenn der Airbus nicht in dieser blödsinnigen Intersection gestanden hätte, wäre Stutz noch vorbeigekommen. Vielleicht hätte er Bruch gemacht, allein. Aber so ...«

Aber so? dachte Brückner. Das ist es.

»Wir haben gerade die zweite *Black box* gefunden, die des Airbusses. Die Sitzung findet in einer halben Stunde statt. Diesmal ist auch die Polizei dabei.«

Eine Angestellte in einem gelb-weiß gestreiften Kleid hatte Gemüsepizza gebracht und schnitt sie in quadratische kleine Häppchen. Kaffee und Bier standen bereit. Das Mädchen war ausnehmend hübsch mit ihren tiefschwarzen Mandelaugen und dem fülligen, in einem Zopf gebändigten Haar. Die Männer im Konferenzraum betrachteten sie mit einer Art lächelnder Andacht, als wäre ihr Anblick ein Rezept gegen die Schatten von Tod und Zerstörung, mit denen sie sich zu beschäftigen hatten.

»Gracias«, sagte Ramón Gutierrez, der auf der spanischen Seite so etwas wie einen Delegationsleiter spielte. Er war groß, fast glatzköpfig und wirkte in seinem schwarzen Anzug beeindruckend wuchtig. Er gehörte zur Kriminalabteilung der spanischen *Guardia Civil,* die in Fällen wie diesen, wo es darum ging, übernationale Aufgaben zu lösen, die Zuständigkeit hatte. Der zweite Spanier, feingliedrig, blaß und nervös, hieß Bernardo Oliver und kam vom spanischen Verkehrsministerium, dem auch das Königliche Luftfahrtamt unterstand. Die beiden Vertreter des deutschen LBA hatten bereits am Tisch Platz genommen.

Das Mädchen ging, und so, als habe ihm ihre Anwesenheit Hemmungen bereitet, marschierte Professor Raab sofort zu der Pizzaplatte, um sich auf einen Hieb gleich vier der kleinen Stücke in den Mund zu schieben. Dazu trank er ein Glas Bier.

»Mein Gott, tut das vielleicht gut. Jetzt geht's mir schon besser.« Er stöhnte dankbar.

Rebner, der LH-Direktor, zeigte sein blasses, diskretes Grinsen. Er zog Kaffee vor.

»Wo steckt überhaupt Brückner? Er sollte doch auch dabeisein?« Raab blickte sich um.

»Weiß nicht. Und da wir schon von ihm reden, Professor, ich bin mir nicht so im klaren, ob man mit Brückner für diese Arbeit die richtige Wahl getroffen hat.«

Raabs Blick wurde aufmerksam. »Was wollen Sie denn damit sagen?«

»Nun, der Mann wirkt vollkommen weggetreten. Ich selbst konnte mit ihm bis jetzt weder ein persönliches noch ein sachliches Wort wechseln.«

»Wir haben alle so unsere Augenblicke, nicht wahr, Herr Rebner?«

»Bei ihm ist es leider mehr. Und deshalb frag' ich mich ja, ob er für uns irgendeinen vernünftigen Beitrag leisten kann. Ich habe schon daran gedacht, einen anderen Piloten hinzuzuziehen.«

Raab stellte entschlossen sein Bierglas auf den Tisch zurück. »Ich verstehe Sie noch immer nicht, Herr Rebner. Eigentlich müßten Sie es doch am besten wissen, daß wir mit Paul Brückner einen der erfahrensten Leute dabeihaben, die sich finden lassen. Was mich angeht: Wir haben bei so vielen Flügen in so vielen schwierigen Situationen zusammengearbeitet – für mich ist er einer der besten Profis, die der LH zur Verfügung stehen.«

Raab warf einen kurzen Blick zu dem Stahltisch in der Mitte des Raumes, auf dem die beiden *Black boxes,* die Flugschreiber der verunglückten Maschinen, lagen. Daneben war ein Verstärkergerät und ein Lautsprecher aufgebaut. Beide Boxen besaßen zwar Lautsprecher, aber die Zusatzgeräte sollten Störungen ausfiltern und die Bandaufzeichnungen des Recorders für alle klar und deutlich machen.

»Wenn es jemand gibt, der nachvollziehen und auswerten kann, was da im Cockpit passiert ist, dann er.«

»Normalerweise schon, Herr Professor Raab.«

»Normalerweise? Wieso normalerweise?«

»Ja, wissen Sie es denn nicht?«

»Was soll ich wissen?«

»Seine Verlobte, Freundin – oder wie nennt man das, Lebensgefährtin? – war dabei ...«

»Wo war sie dabei?«

»Sie ist unter den Toten. Sie wollte mit der Condor-Maschine zurückfliegen.«

Die Falten auf Raabs Gesicht vertieften sich. Der Blick verriet nichts als erschrockenes Staunen. »Das ist, das ist ja entsetzlich!«

»Sicher ist es das. Deshalb dachte ich ja ...«

Rebner stockte mitten im Satz. Die Tür war aufgegangen. Im Rahmen stand Brückner. Unter dem starken, kalten Licht der Deckenbeleuchtung kniff er die Lider zusammen. Die Augen, das starre Gesicht, die tiefen Schatten unter den Backenknochen – er sah krank aus.

So, als habe er das Thema des Gesprächs erahnt, kam er direkt auf sie zu.

»Ein Bier, Herr Brückner?«

Raab gab sich tapfer Mühe, seine Gefühle zu überspielen. Er kannte Brückner gut genug, um zu wissen, daß er jede Sentimentalitätsfloskel ablehnte. Und daß er Mitleid haßte.

»Danke. Habt ihr schon angefangen?« Brückner sah Rebner an. »Übrigens, Herr Rebner, ich hätte bei dieser Gelegenheit gern ein kleines, persönliches Statement abgegeben. Es könnte sein, daß sich irgend jemandem der Eindruck aufdrängt, ich wäre mit dieser Geschichte überfordert.«

Rebner lächelte verkrampft. »Wie kommen Sie auf die Idee?«

»Ich sagte: könnte ja sein. Ich möchte Ihnen deshalb versichern: Für mich war noch nie ein Fall so wichtig wie dieser. Und ich habe mir vorgenommen, ihn zu klären. Falls ich die dafür erforderliche Einsatzfreistellung nicht erreiche, werde ich um Urlaub eingeben. Deshalb wäre ich Ihnen sehr dankbar, Herr Rebner, wenn Sie mich in diesem Bemühen unterstützen würden.«

Unversehens war es im Raum still geworden. Sehr still.

»Aber selbstverständlich, Herr Brückner. Sicher. Zerbrechen Sie sich darüber nicht den Kopf.«

Einer der beiden Uniformierten, die der Polizeioberst mitgebracht hatte, war an den Tisch getreten und hatte an dem Tonverstärker die Betriebsanzeige aufleuchten lassen. Neben den Lautsprechern, über die die Cockpitgespräche geleitet werden würden, gab es noch zwei Kopfhörer.

Der Polizist musterte fragend die Gruppe von Männern, die sich jetzt auf ihre Stühle niederließen.

Professor Raab warf einen kurzen Blick in die Runde: »Ich finde, Herr Brückner sollte die Kopfhörer nehmen. Vielleicht schnappt er als Pilot ein wichtiges Detail auf, das uns entgeht. Jedenfalls kann er von uns allen wohl am ehesten nachvollziehen, was sich abgespielt hat.«

Ob die anderen damit einverstanden waren oder nicht, Brückner griff sich ein Kopfhörerpaar.

»An sich hätte ich es ja eigentlich für vernünftig gehalten«, fuhr Raab fort, »wenn wir uns zuerst die Höhen- und Kursangaben auf dem Flugschreiberstreifen ansehen würden, damit wir eine Vorstellung vom Anflugprofil gewinnen können. Aber bitte, das geht ja auch anschließend.«

Raabs Stimme wirkte gelassen wie stets, nur der Gesichtsausdruck hatte sich verändert. Nun wirkte selbst Raab angespannt. Jedem im Raum war klar, was bevorstand: Sie würden den Stimmen und Dialogen zweier todgeweihter Männer lauschen, die verzweifelt gegen ein unabwendbares Schicksal ankämpften und sich dabei noch klarzuwerden versuchten, warum es ihnen zuteil wurde.

»Wir fangen mit der MD-80 an, nicht wahr? Die Airbusbesatzung kann uns sehr wenig Aufschluß geben.«

Brückner nickte und übersetzte Raabs Satz. Der Mann am Gerät nickte gleichfalls.

Neben Brückner hatte, aus welchen Gründen auch immer, der schwergewichtige Guardia-Civil-Oberst Platz genommen. Auch der Oberst schob sich den Hörerbügel auf den kahlen Schädel. Was er sich dabei erhoffte, blieb den meisten unklar. Die Meldungen und Dialoge der Besatzungen hatten schließlich auf deutsch stattgefunden. Aber vielleicht verstand er Deutsch? Vielleicht wollte er auch nichts anderes als demonstrieren, wer hier die Staatsmacht verkörperte und das Sagen hatte.

»Zehn Uhr fünf«, sang der spanische Polizist am Apparat die Zeit aus.

Startfreigabe. Start. Die übliche Routine.

In den weichen Plastikmuscheln vernahm Brückner ein Knacken. Dann das charakteristische, manchmal von einem leisen Knistern begleitete, rauschende Geräusch eines eingeschalteten Cockpit-Recorders, der das leise, singende Summen der Turbinen einfing.

Der Polizist schaltete das Gerät auf Vorlauf.

»Zehn Uhr fünfundvierzig.«

Jetzt!

Eine Frauenstimme und die eines Mannes. Es war Stutz. Und was folgte, war eine übliche Cockpit-Unterhaltung, dann üblich, wenn sich ein Kapitän mit einer Stewardeß seit Jahren verstand, und das schien der Fall zu sein. Wieder Pause. Nun die Anmeldung an die Gebietskontrolle Marseille.

Die Männer am Tisch saßen zurückgelehnt, Schreibgeräte in den Händen, oder sie hielten einfach die Augen geschlossen und lauschten. Es wurde interessant. Wieder erklang die Stimme des Kapitäns. Stutz meldete sich bei der Bereichskontrolle Marseille und äußerte zum ersten Mal Wettersorgen. »Erbitte Darstellung der Landemöglichkeiten in PMI.«

»Falcon Air 117. Palma ist offen. Zur Zeit werden nur Startbewegungen abgewickelt. Erbitten Sie Bericht der Konditionen beim Bereichsleiter Barcelona.«

»Danke. Verstanden.«

Wieder Pause. Und darauf eine kurze Frage. Sie war an den Copiloten Gilbert Tassis gerichtet.

»Wieviel hatten wir beim Überfliegen von Martigues noch im Tank, Gilbert? Das waren doch zwei Komma drei Tonnen, nicht?«

»Zwei Komma drei Tonnen«, war die Antwort.

Zwei Komma drei Tonnen? Und das beim Überfliegen von Martigues, der Bereichszone? Brückner versuchte zu werten. Die erste Antwort, die sich ihm aufdrängte, lautete: Wahnsinn! Von Faber, dem blassen, jungen Mann dort am Kopfende, dem technischen Direktor der Falcon Air, hatte er bereits einige Informationen erhalten. Bei der Falcon Air war es die Regel, möglichst wenig Treibstoff mitzuschleppen. Aber zwei Komma drei Tonnen! Wenn er die über Martigues noch im Tank hatte, mit wieviel war er dann losgeflogen? Brückners Pilotenverstand spulte Zahlen herunter. Eine MD-80, gut. Nur zur Hälfte besetzt. Vermutliches Startgewicht, Strecke, Geschwindigkeit – zweiunddreißig Tonnen schätzte er.

Siebeneinhalb Tonnen, Herrgott noch mal!

Allein um Ibiza anzufliegen, falls die Wetterverhältnisse in Palma eine Landung nicht zuließen, brauchte ein Brummer wie die MD-80 mindestens eine dreiviertel Tonne, die Sicherheitsreserve des *Holdings,* der eventuellen Warteschleifen, noch gar nicht eingerechnet. Hätte man Stutz als Ausweichflughafen Barcelona oder gar Valencia angewiesen, wäre er mit seinen Passagieren ...

Raab sah ihn an. Und dann sah er auf die Zahlen, die Brückners Hand auf den Notizblock kritzelte.

»Was schreiben Sie da?«

»Treibstoffmengen.«

Der Mann in der blauen Uniform vorne am Tisch ließ erneut die Zeit schmelzen.

»Elf Uhr fünfundfünfzig.« Stutz meldet Notlandung an. Und dann kam sie wieder, die Stimme des Kapitäns.

»Landescheinwerfer bitte!«

Auch Raab richtete sich jetzt auf. Jeder im Raum, mit Ausnahme vielleicht des Polizeivertreters, wußte genau, was das bedeutete: Die Landekonfiguration wurde gesetzt. Der Blindanflug näherte sich seinem Ende. Die Maschine war vielleicht noch viertausendfünfhundert Meter, nein weniger, von der Piste entfernt.

»Falcon Air! Freigegeben für Landebahn 24-R. Sie liegen genau auf der Mittellinie. Ich mache Sie noch mal darauf aufmerksam, daß wir starke Nebelbildung mit Sichtweite unter vierhundert Meter haben.«

Der Tower.

»Danke. Verstanden.«

Die beiden hellen Pfeiftöne, das Zeichen des Inner Markers. Und nun, nun mußten sie über der Piste sein. Wieviel Nebel auch geherrscht haben mochte, die Lichter waren für sie erkennbar. Schnüre weißer und roter Lichter.

Die Endanflugphase.

Brückner erlebte sie mit.

Und dann ein entsetztes Stöhnen. Nun ein Schrei. Der Copilot: »Sie hängt, Stutz! Die ›Autos‹. Beide off!«

Die Autos – die Autopiloten. Und Off? Das rote Warnlicht. Die Anzeige: Der Computer fällt aus! Beide Computer! Und draußen Nebel. Null Sicht …

Brückner spürte sein Herz.

Da war die Stimme des Kapitäns. Er schrie. Es war kein Angstschrei. Es war das Brüllen eines Kommandos: »Vollschub, Gilbert! Mensch, gib Vollschub!«

Die Aufzeichnung brach ab.

Nichts war zu hören als ein feines Knistern.

Paul Brückner schob sich die Hörer vom Kopf und stand auf. Dem Impuls, einfach aus dem Raum zu laufen, vermochte er kaum zu unterdrücken. Er ging zu einem der Fenster, um es aufzureißen. Doch als er die Blicke der anderen auf sich wahrnahm, ließ er auch das sein. Er drehte sich wieder um, lehnte sich an die Wand und verschränkte die Arme. Dabei spürte er, wie seine Fingerspitzen zitterten.

Der erste, der seine Stimme wiederfand, war Professor Raab.

»Das war wohl ziemlich eindeutig.«

Brückner nickte.

»Aber was hat den Jet hinausgetragen?« beharrte Raab. »Es läuft doch immer auf dieselbe Frage hinaus: Wie konnte die MD-80 so weit von der Bahn abkommen? Von Seitenwinden hat Stutz jedenfalls nichts gesagt.«

»Darüber wird in solchen Situationen auch nicht gesprochen.« Brückner hatte Mühe mit den Worten. Trotzdem, er hatte sich wieder im Griff. Er war vollkommen ruhig. Nur daß sein Herz noch immer wie wild pochte.

»Und was tut man?«

Alle sahen ihn an.

»Man reagiert. Er versuchte ja nochmals durchzustarten. Ergab sich ganz klar aus dem Kommando. Außerdem ...«

»Bitte, Herr Brückner.« Rebner sah ihn an.

»Die Kursabweichung durch Windeinwirkung zu melden wäre ohnehin ein Problem der Anflugkontrolle. Aber es ging ja um Sekundenbruchteile. Da blieb überhaupt keine Zeit. Für nichts blieb Zeit.«

Anja ... Immer wieder ihr Name, die gleichen Gedanken.

Brückner räusperte sich. »Er hat sein Ausscheren natürlich festgestellt. Er mußte es. Auch an der Kette der Lichter, die er in dieser Sekunde bereits gesehen hatte. Deshalb die Frage: Was soll denn das, Herrgott? Auch im Sichtfenster des Autopiloten konnte er es feststellen. Sie hängt. Erinnern Sie sich? Sie hängt. Die Meldung kam vom Copiloten. Kurz darauf sein ›die Autos. Beide ... off‹.« Er unterbrach sich.

»Das heißt also ...«

»Das heißt«, Brückner hob resigniert die Hände, »daß kurz vor dem Aufsetzen beide Autopiloten ausfielen.«

Und dann in das lähmende Schweigen hinein: »Ich wiederhole – beide. Die Frage lautet: Warum?«

Das Hotel lag auf einem pinienbestandenen, sandigen Hügel, etwas abgesetzt von dem täglichen bierseligen Fließbandwahnsinn, der sich unten am Strand von Arenal abspielte.

Marivent stand über dem Eingang. Ein hübscher Bau, nicht allzu groß und um vieles näher am Flughafen als das *Victoria* am Paseo Maritimo, wo die Lufthansa-Delegation untergebracht war.

Brückner zahlte sein Taxi und stieg aus.

Hinter dem Empfangstresen langweilte sich ein junger, schlanker Südspanier mit einer Zeitung, und zwischen einem riesigen Gummibaum und der Kopie einer römischen Amphore, saß ein junges Pärchen und hielt Händchen.

»Buenas días! Kann ich bitte Herrn Faber sprechen?« Der Mann faltete seufzend sein Blatt zusammen und hob mühsam den schmalen Schädel. Er hatte die langen schwarzen Wimpern eines Fotomodells. Vielleicht bürstete er sie jeden Tag.

»Fa-ber«, wiederholte Brückner.

Er zuckte mit der Schulter.

Na gut. Das war hier auf Mallorca nun mal so: Gäste kommen, Gäste gehen – Gäste, deren Namen man sich nicht merkt, weil's sich nicht lohnt.

»Herr Reinhard Faber aus Zürich.«

»Und wann gekommen?«

»Gestern oder vorgestern.«

Er tippte an seinem Computer herum, starrte auf den Schirm und nickte. »Ja, Reinhard Faber, Zürich. Moment, einen Moment.«

»Mein Name ist Brückner.«

Er warf einen kurzen Blick auf den Zettel, der in einem der Schlüsselfächer steckte.

»Tut mir leid, Señor. Aber Herr Faber will nicht gestört werden.«

»So?« Er ließ ihn stehen. Die Schlüsselfachnummer war die zweihundertfünfunddreißig gewesen. Der Lift lohnte sich nicht.

Er ging die Treppe hoch, kam in einen langen Korridor

und prallte beinahe mit einer dicken Blondine zusammen, die gerade aus einer der vielen Zimmertüren herausgeschossen kam. Sie nahm ihn nicht zur Kenntnis. Ihr Gesicht war knallrot, sie wirbelte herum und brüllte in die noch geöffnete Tür: »Das kann ich dir sagen, Achim: Ich laß' mir das nicht länger bieten! Ich laß' mir von der Happkes nicht jeden Nachmittag den Liegestuhl klauen! Und wenn du ein zu großer Schlappschwanz bist, um das abzustellen, übernehm' halt ich das. Und zwar total.«

»Verzeihung!«

Er schob sie zur Seite.

Am Ende des Korridors, nach einem Rechtsknick, gab es noch drei Türen. Die mittlere war die zweihundertfünfunddreißig.

Er klopfte.

Nichts.

Er klopfte energisch.

Da drinnen blieb es still wie in einer Gruft.

»Herr Faber!« Während er den Namen rief, versuchte Brückner sich vorzustellen, was Faber veranlaßt haben könnte, sich einzusperren. Sich in andere Leute hineinzuversetzen war bisher nicht gerade sein Job gewesen. Das schien sich zu ändern: Seit Stunden hatte er das bei einem Piloten namens Walter Stutz versucht, nun war der Mann für die Hardware dran, der technische Direktor der Falcon Air. Und der spielte noch immer tote Maus.

Er versuchte es mit dem dämlichsten Trick, der ihm einfiel: »Herr Faber! Tut mir leid, aber hier ist ein Telegramm für Sie gekommen!«

Und es klappte. Im Zimmer wurden Geräusche laut. Dann öffnete sich die Tür: Faber. Er trug einen dieser kurzen schwarzen Judomäntel um den Oberkörper. Er war blaß, hatte wilde Haare und starrte ihn aus rotumränderten Augen an.

»Sie?«
»Ja, ich.«
Faber war etwas größer als Brückner, sehr schlank und hatte am Morgen bei der Sitzung auf ihn den Eindruck des typischen karrierebewußten, effizienten Angestellten gemacht. Dies hatte sich geändert. Da war etwas in seinem Blick, das krank wirkte, geradezu ansteckend krank.
Er schob ihn beiseite und trat ein. Sturzbesoffen! Wie sonst hätte er unter der Wirkung der eher sanften Berührung zu taumeln begonnen? Auf dem Nachttisch neben dem zerwühlten Bett stand eine Flasche Whisky. Anscheinend hatte er doch nicht genug davon abgekriegt, denn plötzlich duckte er sich ab, holte aus, um einen Schwinger in Brückners Richtung sausen zu lassen. Der Schlag ging ins Leere. Brückner schnappte sich Fabers anderes Handgelenk, riß ihn herum und warf ihn aufs Bett.
Da saß er nun, die Hände in seine dunkelblonde Lockenwirrnis vergraben.
»Was soll das, Faber?«
Keine Antwort kam. Nur leise, stöhnende Laute. Dann griff er nach dem Glas. Brückner war schneller. Er entzog es ihm, füllte es im Bad mit Wasser, ging zurück, bog Faber den Kopf zur Seite und schüttete ihm den Inhalt des Glases ins Gesicht.
Faber versuchte hochzukommen – und sank wieder zusammen. Ein feines Rinnsal rann auf seine nackte Brust. Auf dem schicken Kimono erschienen Wasserflecken.
»Sie sind ja verrückt ...«
»Und Sie? Sie doch auch.«
»Hauen Sie ab«
»Was ich nicht kapieren kann, Herr Faber: Warum wollten Sie mich mit Prügeln empfangen?«
»Sie kommen einfach rein ...«
»Ich wollte Sie besuchen.«

»Ich will niemand sehen. Ich kann, kann niemand sehen. Und was soll der Scheiß mit dem Telegramm?«

Er sagte nicht »Scheiß«, er sagte irgend etwas Schwyzerdütsches wie »Schiess«.

»Geht Ihnen also nicht besonders gut. Ist das der Grund für Ihre Schau?«

Faber schwieg und starrte vor sich hin. Brückner überlegte. Er brauchte ihn. Und er brauchte ihn nüchtern.

»Paß auf, Faber, ich kann mir ja vorstellen, daß es nicht einfach ist, den Rest des Lebens mit der Vorstellung zu verbringen, zweihunderteinundsechzig Leute auf dem Gewissen zu haben.«

Das riß ihm den Kopf zurück. Sein Gesicht hatte sich verändert. Mit dem spitzen Kinn, dem aufgerissenen Mund, den fiebernden Augen wirkte es wie eine Tragödienmaske aus dem Theaterfundus.

»Das hab' ich nicht! Das, das ist gemein! Ich, ich habe damit nichts zu tun.«

»Nein? Wirklich nicht? Darüber möchte ich mit Ihnen reden.«

»Scheren Sie sich zum Teufel!«

»Das ist nicht nett von Ihnen. Außerdem, ich denke nicht daran, das muß Ihnen doch klar sein.«

»Nein.«

»Na, dann muß ich es Ihnen beweisen.«

Brückner griff zu. Er schob Faber beide Hände unter die Achseln und stellte ihn erst mal auf die Beine. Da war zunächst nichts als Fassungslosigkeit in Fabers Blick, dann versuchte er mit der Stirn nach ihm zu stoßen. Aber Brückner drehte ihm das Kinn mit so viel Kraft schräg nach oben, daß es knackte.

Gott sei Dank, die Duschkabine war nicht weit!

Er stieß Faber hinein, stellte das Wasser auf heiß und drehte den Hahn auf. Faber brüllte los und wollte aus der

Kabine flüchten. Brückner stieß ihn zurück. Wasserschwaden vernebelten die Sicht, Brückner schaltete voll auf kalt. Faber sackte zusammen und heulte wie ein Kind.

Brückner drehte das Wasser ab, ging zum Telefon und bestellte beim Service Espresso.

»Eine Kanne. Eine ganze Kanne. Und habt ihr ›Alka Seltzer‹?«

»Ja.«

»Na, um so besser, das auch. Zimmer zweihundertfünfunddreißig.«

Es dauerte nicht lange, vier Minuten vielleicht hing Faber unter der Dusche, weit weniger, als Brückner angenommen hatte. Und da stand er nun, prustete, drückte Wasser aus den Haaren. Brückner warf ihm ein Handtuch zu. Er trocknete sich ab und schlang es um seine Hüften. Dann versuchte er etwas wie ein Grinsen. Die Augen waren immer noch rotgerändert, aber er sah lebendiger aus.

»Kaffee habe ich auch.« Brückner schenkte ihm eine Tasse voll. »Zucker?«

Er schüttelte den Kopf und trank das schwarze Gebräu in einem Zug, hockte sich wieder auf das Bett und starrte Brückner an. »Mag ja sein, daß ich mich nicht gerade korrekt aufgeführt habe ...«

»Korrekt ist gut.«

»Aber was Sie da abziehen! Ich habe Gründe. Die können Sie sich an den Fingern ablesen. Ich bin sowieso schon ziemlich fertig, Brückner, da brauchen Sie mir nicht auch noch mit den Toten zu kommen.«

»Gründe hat jeder.«

Faber schwieg. Er atmete ziemlich mühsam. Dann begann er damit, sich die Haare hinter die Ohren zurückzuschieben.

»Also? Was wollen Sie von mir?«

»Das ist ziemlich einfach. Ein paar Informationen über die Autopiloten.«

»Die Autopiloten? Die Untersuchung ist noch nicht abgeschlossen. Die beginnt ja erst gerade.«

»Es waren die Autopiloten.«

»Ja, ich glaub' das auch. Kommen Sie, gehen wir raus!«

Er stand auf, schwankte, so daß Brückner bereits versucht war, ihn zu stützen, schüttelte dann aber den Kopf wie ein angeschlagener Boxer, warf sich einen Bademantel über und steuerte zielgerade auf die Balkontür zu.

Draußen saß es sich in den beiden Korbsesseln tatsächlich besser. Ein angenehmer Wind blies über die Baumwipfel und trug den zarten Pinienduft mit sich. Jenseits des kleinen Wäldchens sah man die Punta und das Meer. Die Pinien brachten es sogar fertig, die anderen Hotels und die vielen Bierstraßen von Arenal vergessen zu lassen.

Eine Maschine stieg von dem nahegelegenen Flugplatz auf. Brückner drehte den Kopf: Eine Caravelle irgendeiner unbekannten Fluggesellschaft. Auch die alten Caravellen flogen noch.

»Hören Sie, Herr Faber. Ich will Ihren strapazierten Kopf nicht allzusehr beanspruchen. Deshalb stelle ich Ihnen meine Sicht der Dinge dar. Sie hören sich das an. Und dann können Sie mich ja korrigieren.«

»Okay.«

»Schön! Auf der Kommissionssitzung hatte dieser Herr, der sich Ihr Chef nennt – wie war noch der Name? Stauder, nicht wahr?«

»Ja. Er ist einer der Hauptanteilseigner.«

»Nach der Sitzung hat Herr Stauder den Mund ziemlich weit aufgemacht mit dem Tenor: Wir sind's nicht. Warum nicht? Weil unsere Wartungsstandards dieselben sind wie bei Swissair. An uns kann's also nicht gelegen haben. Das ist das eine.«

»Und das andere?«

Brückner legte Faber die Hand leicht auf den Unterarm. »Die Wahrheit. Kommen Sie, Faber! Wir beide brauchen uns doch nichts vorzumachen. Nirgends ist der Preiskampf der Gesellschaften so beinhart wie im Flugverkehr. Das wissen wir beide. Und wir wissen auch, daß niemand, weder die Regierungen, die Aufsichtsbehörden noch die privaten wie die staatlichen Betriebe daran denken, endlich den Finger dazwischenzuhalten, damit dieser sicherheitsgefährdende Wahnsinn aufhört. Und weil keine Konsequenzen gezogen werden, werden auch noch die Großen daran glauben müssen. Ist ja schon passiert. Aber zunächst trifft's die Kleinen. Und die vernichtend.«

»Wir gehören nicht dazu.«

»Wirklich nicht?«

»Wir verfügen zwar nur über die stolze Flotte von sechs Flugzeugen, trotzdem ...«

»Die drei MD-80 für den Touristen-Shuttle, eine Fokker und zwei Saabs für eure innerschweizer Kurzstrecken«, sagte Brückner. »Es stimmt ja, daß ihr für die großen Tour-Operators wie Kuoni und Migros arbeitet. Ihr schreibt sogar in letzter Zeit schwarze Zahlen. Auch das weiß ich.«

»Sie sind ja toll informiert.« Es sollte ironisch klingen.

»Ich weiß auch, daß Ihr Stammkapital ganze acht Millionen Franken beträgt. So gesund Ihre Gesellschaft auch sein mag, das ist nun doch absurd wenig, finden Sie nicht?«

»Nein. Bei uns handelt es sich um persönlich haftende Gesellschafter. Wenn es erforderlich wird, können die jeweils aus ihrem Privatvermögen nachschießen.«

Faber warf einen sehnsüchtigen Blick zum Zimmer. Brückner verstand: »Dann trinken Sie halt noch einen Schluck, Mann. Haben Sie Mineralwasser im Zimmer?«

»Ich glaube schon.« Faber versuchte sich zu erheben.

Brückner drückte ihn in den Sessel zurück: »Lassen Sie mal. Ich besorg' das schon.«

Im Zimmer maß er den Whisky ab wie ein Arzt. Kein Tropfen zuviel, aber auch keinen zu wenig. Das Rezept wirkte. Faber bekam wieder Farbe im Gesicht.

»Stutz war einer der Gesellschafter«, sagte er.

»Stutz?«

»Ja. Allerdings hat er, im Gegensatz zu den anderen, so ziemlich alles in den Betrieb gesteckt, was er besaß. Und Stutz war es auch, der mir ständig im Nacken saß. Praktisch spielte er bei der Falcon Air den technischen Direktor. Da hat der Stauder schon recht: Wenn man uns mit den anderen Kleinen vergleicht, haben wir einen extrem hohen Wartungsstand aufzuweisen. Und nicht nur das: Stutz sorgte auch dafür, daß die Maschinen von Grund auf überholt wurden. Neue Triebwerke, Instrumentenaustausch.«

»Aber das kostet doch ein Heidengeld?«

»Richtig. Aber er behauptete, es gäbe tausend Möglichkeiten und Tricks, durch Sparen Ausgaben reinzuholen, der technische Standard aber müsse ›first class‹ sein.«

Brückner sah über die Bäume zum Meer hinaus, Walter Stutz? Nun, eine Philosophie, die ihm verdammt gut gefiel.

»Wie konnte er sich damit bei den Geldgebern durchsetzen?«

»Er konnte. Ich weiß nicht, wie. Vielleicht lag's an ihm. Viele Worte machte der nicht. Er war ein fanatischer Techniker. Die anderen verstanden nicht allzuviel von dem Geschäft. Jedenfalls ließen sie ihm in dieser Hinsicht freie Hand.«

»Die Tricks, von denen Sie zuvor gesprochen haben?«

»Einen hat er ja angewandt.« Faber griff wieder nach dem Glas. Noch war die Hälfte drin. Als er es absetzte, war es leer, und er hustete. »Wissen Sie, ich bin kein Whiskytrinker. Mich hauen schon ein paar Drinks um. Ich trinke überhaupt nichts. Ein bißchen Rotwein ab und zu zum Essen. Es war einfach zuviel. Verstehen Sie?«

»Der Trick, Faber?«

»Der, den er bei diesem Flug angewandt hat, war sein letzter. Er endete tödlich.«

Faber starrte in sein Glas.

»Nun reden Sie schon!«

»Treibstoffersparnis. Sein großes Hobby. Er war verrückt. Irgendwo muß er verrückt gewesen sein. Gibt ein Vermögen an Ersatzteilen und Wartung aus, und dann das ... Glaubte, mit ein paar tausend Franken gespartem Flugbenzin hole er alles wieder rein.«

»Also, reden Sie endlich!«

»Vor dem Start wurde anhand des Gewichts und der sonstigen Konditionen der voraussichtliche Treibstoffverbrauch errechnet und dann losgeflogen. Geringeres Gewicht gleich geringerer Treibstoffverbrauch gleich geringere Kosten. Sie kennen das doch?«

»Ja«, sagte Brückner trocken, »aber in dem Ausmaß nur bei der Aeroflot. Unter das gesetzliche Minimum geht doch keiner.«

Er überlegte. Bei einem Transatlantikflug zum Beispiel bedeutete die Mitnahme von tausend Kilogramm Kerosin zum Zielort beinahe vierhundert Kilo verbrauchten Treibstoff. Außerdem setzten die großen Liniengesellschaften ihre Rechencomputer auch bei Mallorca-Flügen in Marsch. Doch was sich hier langsam herausschälte, hatte mit Kalkulation nichts mehr zu tun. Es war – wie nannte es Faber – schon eher Fanatismus.

»Und die Sicherheitsreserve?«

»Auch die wurde so gering wie möglich angesetzt.«

»Gering? Und was heißt das?«

Faber richtete sich auf. »Hören Sie mal, Brückner! Was

soll das alles, verdammt noch mal? Wollen Sie mich fertigmachen? Sie spielen sich hier auf, als seien Sie der Detektiv. Ich hab' jetzt langsam genug, also wirklich. Schließlich sind Sie LH-Mann.«

»Und gehören damit zur Konkurrenz, wollten Sie doch sagen? Die Antwort kennen Sie bereits, Herr Faber. Ich will die Wahrheit. Und auch ich habe einen Grund. Und ich will annehmen, daß Sie den begreifen.«

»Was für einen Grund?«

»Meine Frau war unter den Toten ...«

Faber riß die Augen weit auf. Sein Gesicht war jetzt weiß wie die Wand, vor der er saß. Unter den Backenknochen erschienen zwei abgezirkelte rote Flecken.

»Nein.«

Brückner gab keine Antwort auf dieses »Nein«, und Faber brauchte ihm nur in die Augen zu sehen, um zu wissen, warum.

Wieder, wie in so vielen Augenblicken zuvor, überkam Paul Brückner das klare, präzise Gefühl von Anjas Gegenwart.

»Die Wahrheit«, wiederholte Brückner langsam, »und es geht jetzt nicht um Treibstoffverbrauch, es geht auch nicht um die Besonderheiten des Kapitän Stutz. Es geht um die beiden Autopiloten.«

Faber starrte noch immer. Er zweifelte, ob er überhaupt verstand, was er da sagte. Brückner griff zur Whiskyflasche und schenkte nochmals ein. Diesmal verzichtete er auf das Mineralwasser.

»Für die Autopiloten sind Sie als technischer Direktor ja schließlich zuständig gewesen. Oder täusche ich mich?«

Faber schüttelte stumm den Kopf. Seine Stimme kam von weit, weit her: »Ihre Frau?«

»Wir reden jetzt nicht von ihr. Und wir reden auch nicht von Gefühlen. Trinken Sie!«

Er trank.

»Die Autopiloten, Faber?«

»Es ist noch immer nicht erwiesen –«

»Reden Sie keinen Quatsch! Sie haben doch gesagt, die waren neu. Von wo kamen sie?«

»Was soll das heißen, von wo kamen sie? Vom Hersteller natürlich. Aus Long Beach.«

Long Beach bei Los Angeles war der Sitz der McDonnell-Douglas Corporation ...

»Wann wurden sie eingebaut?«

Er massierte sich mit den Fingerspitzen die Schläfen. »Vor acht Monaten – oder so.«

»Wo? Von wem?«

»Das wissen Sie doch. Oder hat Stauder Ihnen das nicht gesagt? Unsere Werft- und Wartungsarbeiten besorgt die Crossair.«

»Und die Crossair ist eine Swissair-Tochter. Und die Swissair hat mindestens den gleichen technischen Standard wie die Lufthansa – das wollen Sie doch sagen?«

Er schloß die Augen. »Ich? Ich will überhaupt nichts sagen.«

Er hat recht, dachte Brückner, ich rede zuviel. Außerdem war klar: Faber war an seine Grenze gestoßen. Er konnte nicht mehr. Doch dabei durfte er es nicht belassen. Es gab noch zuviel zu erledigen.

»Passen Sie auf, Faber! Mir ist klar, daß ich Ihnen einiges zumute. Glauben Sie mir eines: Ich werde diesen Raum trotzdem nicht verlassen, ehe Sie erzählt haben, was ich brauche.«

Wieder kam der Kopf hoch. Und wieder sah er Brückner nur an. Wieder zitterte der Mund.

»Wie heißt der zuständige Werft-Chef bei der Crossair? Mit dem arbeiten Sie ja schließlich eng zusammen. Wie heißt der!«

»Baumann«, keuchte Faber, »Reto Baumann. Warum?«

»Weil Sie den jetzt anrufen, Herr Faber. Sie werden ihn anrufen und ihm sagen, daß Ihr Freund, der Flugkapitän Paul Brückner, morgen bei ihm in – wo ist die Werft, in Basel, nicht wahr?«

»Ja.«

». . . in Basel erscheinen wird. Sie werden ihm sagen, daß ich zur Untersuchungskommission gehöre und Sie mich autorisiert haben, alles anzusehen, was ich will, und mit allen Leuten zu sprechen, die etwas mit dieser Autopilot-Geschichte zu tun haben könnten.«

»Sie sind ja verrückt!«

»Vielleicht. Wahrscheinlich sogar, das ändert aber nichts daran, daß Sie jetzt meiner Bitte entsprechen werden.«

»Ich kann das doch nicht, ohne mit der Geschäftsleitung . . .«

»Oh doch! Sie können. Natürlich können Sie! Kommen Sie!«

Faber sah Brückner hilflos an.

Brückner erwiderte den Blick. Lange, sehr lange.

Dann sagte er: »Faber! Das geht mir alles viel zu langsam. Ich kann vielleicht begreifen, daß Sie Whisky reinschütten, um zu vergessen. Aber der hilft nicht. Und was die anderen da drüben am Flugplatz angeht, die sich noch immer mit ihrem Flugschreiberstreifen und ihren Wind- und Sichtverhältnissen herumstreiten – die bringen auch nichts. Ich will wissen, was wirklich passiert ist! Und Sie werden mich dabei unterstützen. Denn ich spreche jetzt nicht nur für einen Menschen, den ich sehr, sehr geliebt habe, ich spreche für all die anderen – für zweihunderteinundsechzig Tote, Faber!«

Er versuchte Brückners Blick standzuhalten. Und es war, als habe sich etwas wie ein Schleier, ein milchiger Glanz über seine Augen gelegt.

Der kippt dir hoffentlich nicht weg, dachte Brückner.

Nein, er stand auf, ziemlich mühsam, aber er ging, ging ins Zimmer zurück, auf das Telefon zu, das auf dem Nachttisch neben der Whiskyflasche stand. Brückner hörte ihn sprechen. Er blieb auf der Terrasse. Er wollte nicht den Eindruck erwecken, daß er Fabers Worte kontrollierte. Faber würde schon sagen, was er von ihm verlangt hatte. Das wußte er jetzt.

Als er zurückkam, hielt er ein Notizbuch und einen Kugelschreiber in der Hand.

»Der Mann heißt, wie gesagt, Baumann. Reto Baumann. Er ist meist draußen auf der Werft. Aber er hat auch ein Büro in der Verwaltung. Ich habe Ihnen beide Nummern aufgeschrieben. Und meine in Klammern dazu. Er sagte, Sie können kommen. Er würde sein Möglichstes tun.«

Er reichte Brückner den Zettel, der ihn zusammengefaltet in seine Brieftasche steckte.

»Ich hab' mein Möglichstes getan, Brückner, und mehr, als ich tun durfte. Deshalb bitte ich Sie: Hauen Sie bloß ab! So schnell wie möglich.«

Brückner tat ihm den Gefallen.

Es gab keinen Direktflug nach Basel.

Die Crossair schaffte ihre Touristen nur zweimal die Woche auf die Insel, und auch die Condor, die wegen der Mallorca-Schwemme eine Verbindung nach Friedrichshafen aufgebaut hatte, ließ die nächste 727 erst am Freitag abfliegen.

Brückner fand einen Iberia-Flug: Madrid–Barcelona–Zürich–Rom. Wenn er sich beeilte, konnte er die Anschlußmaschine von Palma nach Barcelona noch erwischen. An sich hätte er sich gern noch von Raab verabschiedet. Raab war der einzige in der Kommission, von dem er etwas hielt. Aber dann hätte er rundum Hände schütteln müssen, und

das wollte er vermeiden, obwohl es
unklug war, einen Mann wie Rebner z
Auf einem Hotelbriefbogen schrieb er
ze, ziemlich nichtssagende Entschuldigu
sie dem Portier. Sollte Rebner sich aufregen,
Na und?

Beim Zwischenstopp in Barcelona, in de gen, traumhaft schönen Halle des neuen Flughafens, wurde ihm klar, daß er in den letzten Stunden Fehler begangen hatte. Schlimme Fehler. Zu sehr hatte er sich von Emotionen leiten lassen. Naiv war es, anzunehmen, daß Fabers Anruf bei dem Crossair-Chef viel erreichen konnte. Kannte er solche Situationen nicht zur Genüge? Und was Rebner anging? – Was er vorhatte, »die Wahrheit herausfinden«, konnte in einen ziemlich mühsamen, kostspieligen und langwierigen Prozeß ausarten. Sich darüber Illusionen zu machen hatte nicht viel Sinn. Wenn er sich mit Rebner aber dabei anlegte, würde dieser in der Chefetage gegen ihn schießen. Und das konnte er ... Die »Vereinigung Cockpit« mochte ihn als Vertrauensmann bei der Untersuchung des Unfalls hundertmal nominieren, die Hilfe der LH war genauso wichtig, mehr noch, sie war von unschätzbarem Wert.

Und überdies, dachte er, wenn du so weitermachst, steht dein Job auf dem Spiel!

19. September

Zürich

Ortszeit: 18.00 Uhr

Er landete um sechs Uhr in Zürich. Es regnete in Strömen. So sehr regnete es, daß auch der Kapitän seinen Airbus nur mit ILS heruntergebracht haben mußte.

Aus der Halle des »Hotel du Théâtre« rief er sofort die Nummer an, die Faber ihm gegeben hatte.

»Baumann«, meldete sich eine Stimme. »Wie? Wer bitte? Herr Faber von der Falcon Air? Ach ja, stimmt, er hat mich angerufen.«

Die Stimme war nicht sehr sympathisch und freundlich klang sie schon gar nicht. »Herr Brückner, Sie sind der Mann, den er angekündigt hat.«

»Richtig.«

»Ein Lufthansa-Pilot?«

»Richtig. Ein Lufthansa-Pilot. Aber was hat das mit unserem Thema zu tun?«

»Hören Sie! Faber sagte, ich soll Ihnen alles erklären und zeigen, was mit dem Einbau der beiden Autopiloten zusammenhängt. Wieso eigentlich? Sie sagen, Sie seien von der Kommission? Habt ihr schon einwandfrei festgestellt, daß der Unfall auf das Versagen der Autopiloten zurückzuführen ist?«

»Ja, das steht mit ziemlicher Sicherheit fest.«

»Mit ziemlicher Sicherheit«, hakte Baumann sofort ein. Dazu, mit einer Bierruhe, als handle es sich um einen kleinen unwesentlichen Unfall: »Sehen Sie mal, Herr, Herr ...«

»Brückner.«

»Ich fürchte, ich kann Ihnen nicht viel helfen. Ich fürchte

außerdem, ich kann auch nicht dem Wunsch von Herrn Faber entsprechen. Ich kann Ihnen doch nicht alle unsere Bücher öffnen. Bestellisten, Ersatzteillieferungen und Wartungsaufwand. Ja, wie stellen Sie sich das eigentlich vor? Schließlich sind Sie von der Konkurrenz.«

Dies alles sagte er im gleichen monotonen, desinteressierten Tonfall.

Brückner platzte der Kragen. »Was können Sie dann? Einen Unfall wie den einfach wegstecken? Glauben Sie mir, Herr Baumann, käme in einem ähnlich gelagerten Fall einer von euch mit solchen Problemen zu uns nach Frankfurt, ihm stünden Türen und Tore offen. Das kann ich Ihnen versichern! Und noch etwas garantiere ich Ihnen: Falls Sie weiter bei dieser Position bleiben, werde ich dafür sorgen, daß die Swissair-Spitze über Ihr Verhalten informiert wird. Nicht von mir, Herr Baumann. Von unserem Vorstand! Außerdem, auch darauf können Sie Gift nehmen, wird dieser Fall publizistisch breitgetreten werden. Und das nicht nur in unseren Verbandsblättern.«

Schnaufen. Dann: »Moment mal ...«

»Was heißt hier Moment mal?«

»Moment mal bedeutet, daß Sie mich anscheinend völlig falsch verstanden haben ...« Nun kam ein wenig Leben in Baumanns Stimme. »Natürlich stehe ich Ihnen zur Verfügung. Nur heute ist es leider schon ein bißchen spät. Außerdem, Peter Bernier hat Urlaub. Der ist heute gar nicht auf der Werft.«

»Wer ist denn wieder Peter Bernier?«

»Unser Chefmechaniker. Der Spezialist für den elektronischen Bereich. Also der Mann, der die Autopiloten der Falcon-Air-Maschine eingebaut hat.«

Brückner ließ Luft ab. Anscheinend hatte Baumann begriffen.

»Wie lange dauert der Urlaub?«

»Bis Wochenende. Aber Sie können ihn in Zürich erwischen.«

»Warum in Zürich?«

»Weil er dort wohnt. In Basel hat er nur ein Zimmer.«

Baumann gab eine Adresse und eine Telefonnummer durch und sagte: »Das ist Berniers Privatwohnung. Falls Sie ihn dort nicht antreffen, ist er wahrscheinlich in der Kiste.«

»In der Kiste?!«

»Das ist so ein Lokal im Zürcher Niederdorf. Ich weiß noch nicht mal die Straße. Aber es ist ziemlich bekannt. Jeder kennt es.«

Brückner ließ den Taxifahrer am Limmatkai anhalten und bezahlte eine jener Irrsinnssummen, die in Zürich für die kürzeste Strecke verlangt werden.

Die Geschäfte hatten noch offen. Doch auf dem nassen Asphalt tanzten bereits die Farben der Neon-Reklamen. Unter der Telefonnummer, die Baumann ihm gegeben hatte, hatte er nur ein Freizeichen erreicht. Ein Chefmechaniker, der seine Freizeit als Aushilfe im Lokal seiner Frau verbringt? – Komische Vorstellung ...

Das Zürcher Niederdorf besteht im wesentlichen aus uralten Fachwerkhäusern, einer Unmenge kleiner Gassen und ebenso engen Einbahnstraßen. Dort spielt sich ab, was man das Zürcher Nachtleben nennt, falls man nicht die gehobene Art, sondern das Bodenständige sucht.

Brückner verließ den Limmatkai mit seinen teuren Arkadengeschäften und bog nach links ab. Sofort wurde es dunkel, dunkel und menschlich. Altmodische Straßenlaternen verteilten ein grünlich-romantisches Licht über die Damen, die unter solchen Laternen zu stehen pflegen. Die beiden waren jung, die eine blond, die andere dunkel. Zweimal Mini, zweimal hochhackige Stulpenstiefel.

»Na, wie wär's denn, Schatzi?«

Brückner steckte die Fäuste etwas tiefer in die Taschen seines Trenchcoats. Er grinste, zumindest machte er den Versuch. »Danke.«

»Danke sagt der auch noch, der Wichser«, hörte er hinter sich. »Wie gefällt dir das?«

Es wurde wieder heller. Autos fuhren. Sie hatten einige Mühe dabei. Manchmal wurde ihr Weg von Ketten grölender, angesoffener Jugendlicher blockiert. In vier Stunden drohte die Sperrstunde. Um elf Uhr gingen auch im Niederdorf die Lichter aus. Entsprechend hoch schien der Erwartungsdruck.

Brückner schlenderte weiter. Gelächter, Musikbox-Gedudel. Aus allen Fenstern und Türen Stimmen und Geschrei. Ein Restaurant, ein Café, dann wieder Kneipen.

Er hielt an und holte tief Luft.

Er fühlte, wie seine Kopfschmerzen zurück in den Schädel krochen. Immer zum selben Punkt, in die rechte Schläfe. Da war auch wieder das vertraute Klopfen. Zu wenig Schlaf. Zu wenig?! – Seit Houston hast du es auf nicht mehr als ein Dutzend Stunden gebracht. Und Houston, das war vor zwei Tagen. Was du dir besorgen mußt, ist eine Packung Dormicum. Die haben dir bei Jet-Lags und nach Nachtflügen immer geholfen. Auch das bringst du hinter dich. Und dann nichts wie ab ins Hotel!

Er hielt einen Passanten an. Der dicke Mann war zwar in Eile, aber er hatte einen unschätzbaren Vorteil: Er schien stocknüchtern zu sein.

»Verzeihung, ich suche die ›Kiste‹.«

»Ah ja, die ›Kiste‹? Gleich dort oben. Fünfzig Meter vielleicht. Auf der anderen Straßenseite. Können Sie gar nicht verfehlen.«

Man konnte es nicht. Die Eingangs-Umrahmung der uralten Haustür bestand aus groben, mächtigen Sandsteinquadern. Eine Schrift war nirgends zu lesen. Doch über der schweren, weit geöffneten Holztür hing eine große grünlackierte Kiste.

Stimmen schlugen ihm entgegen. Brückner blickte in den Raum, sah Holzbänke, Köpfe, ganze Lagen von Tabaksqualm. Von den schweren schwarzen Balken, die die Decke trugen, hingen an Ketten handgeschmiedete Lampen – weiß Gott nicht der Platz, um Kopfschmerzen loszuwerden.

Er trat ein.

Auch die Theke war belagert. Zwei Kellner rannten zwischen den Tischen hin und her. An den Zapfhähnen war ein pickliger, blasser rothaariger Junge dabei, die Gläser zu füllen.

Er versuchte, sich zu ihm durchzukämpfen. Vor ihm stand eine Frau in einem altmodischen, geradezu lächerlich auffallenden, tief ausgeschnittenen Partykleid aus stahlblauer Atlasseide. Der Kopf schnappte herum.

»He? Drücken kann jeder. Aber fein ist das nicht.«

Puder lag fingerdick auf Schultern und Gesicht. Stimme und Kehlkopf waren die eines Mannes. Ein Transvestit.

»Guck an! Sympathisch, sympathisch. Gibst du einen Schampi aus, Commendatore?«

Brückner ging weiter. Es hatte noch nicht angefangen, und es wurde ihm schon zuviel. Er hielt einen der vorbeirennenden Kellner am Arm fest.

»Entschuldigung, wo finde ich Bernier?«

»Wieso?«

»Ich hätt' ihn gern gesprochen.«

»Können Sie nicht.«

»Warum nicht?«

»Der hat zu tun.«

»Und seine Frau?«

»Die ist weg.«

»Aber wo ist er? Im Haus?«

Der Mann sah ihn nur an, schüttelte Brückners Hand ab und ging weiter. Brückner fühlte den Pulsschlag in der rechten Schläfe schneller werden. Er zwang sich zur Ruhe.

Der stahlblaue Transvestit hatte inzwischen seinen Platz aufgegeben und sich kichernd zu zwei Männern in eine Ecke gezwängt. Sein Platz war frei.

»Ein Bier?« fragte der Junge hinter der Theke.

Brückner schüttelte den Kopf. »Ich möchte Herrn Bernier sprechen.«

»Das geht jetzt nicht.« Der Junge ließ einen goldhellen Bierstrahl in die Gläser schießen.

»Das muß aber gehen. Sagen Sie ihm, es ist dringend. Ich komme von Ingenieur Baumann von der Crossair. Und es handelt sich um eine wichtige Sache.«

Das Bier schäumte über. Der Junge hatte am Hahn einen Fehler gemacht. Er ließ auch den Spatel liegen und schüttete das Bier weg.

»Baumann von der Crossair?«

»Ja. Von der Crossair. Wirklich, es ist dringend!«

»Moment ...«

Der Junge hatte graue, aufmerksame Augen. Er winkte einen der Kellner herbei, damit der seine Arbeit übernahm, kam hinter der Theke hervor und legte Brückner flüchtig die Hand auf den Ärmel. »Ich bring' Sie zu ihm. Wissen Sie, das ist heute ein total verrückter Tag.«

Nicht nur der Tag, dachte Brückner, auch die Vorstellung, daß sich ein Chefmechaniker einen derartigen Laden als Zweitjob zulegt.

»Hier. Bitte!«

Der Junge öffnete eine Tür. Sie führte in einen Korridor. Dort gab es weitere Türen. Er öffnete die zweite von rechts ohne zu klopfen, und sagte: »Da ist einer, den der Baumann von der Crossair schickt.« Er zog die Tür zu.

Brückner sah sich um. Er sah einen Fernsehschirm, auf dem ein Fußballspiel lief, und davor einen eleganten, sicher sehr, sehr teuren Fernsehsessel aus schwarzem Leder. Darin lag ein Mann. An den Wänden gab's Regale mit Büchern, in den Ecken Gummibäume und neben dem Mann und dem Fernsehsessel einen Glastisch, auf dem eine Flasche Grappa und eine halb ausgetrunkene Flasche Rotwein standen.

Der Mann im Sessel versuchte sich zu erheben. Er spannte die schmächtigen Schultern, schob das rechte Bein über die Stuhlkante und setzte den rechten Fuß auf, überlegte es sich dann wohl anders, gab die Anstrengung auf, ließ sich in den Stuhl zurücksinken und drehte Brückner lediglich den Kopf zu.

Brückner grinste. Seit Jahren hatte er mit Schweizern zu tun. Und wenn er etwas an ihnen schätzte, dann war es ihre rationale, penible Nüchternheit. In den letzten Stunden schien er nur noch durchgeknallten Besoffenen zu begegnen. Und dies in der Flugbranche!

»Baumann?« flüsterte der Mann im Sessel. »Ausgerechnet Baumann ...«

»Wieso ausgerechnet?«

»Weil ich gerade an Baumann gedacht habe.«

»Ich denke, Sie sehen Fußball?«

»Ich? Was? Ach so. Das Spiel läuft doch ohne Ton. Weißt du, wenn du zusehen kannst, wie andere rennen, hat das was unheimlich Beruhigendes.«

»Stimmt.«

»Den Baumann hat der Trick immer begeistert. Und er hat's immer gewußt. Das ist sein größtes Talent, andere rennen zu lassen. Darin ist er Weltmeister, das Arschloch. – Und der schickt dich?«

Brückner nickte. Der Mann in der Fernsehliege nahm einen zweiten Anlauf. Diesmal schaffte er es. Er stand zwar etwas schwankend, aber endlich sah Brückner sein Gesicht. Mit dem spitzen Kinn wirkte es fast dreieckig. Darauf lag ein schlaffes, nicht unfreundliches, aber fast ergebenes Grinsen.

»Ich glaub', du hast dir den falschen Tag ausgesucht«, sagte er schließlich.

»Vielleicht«, erwiderte Brückner lächelnd. Es gab keinen Grund, sich überrascht zu zeigen. Wartungsspezialisten, besonders die aus der High-tech-Klasse, gehörten nun mal einer besonderen Spezies von Menschen an. In all den Jahren hatte er die unglaublichsten Typen erlebt: Technikfreaks. Musiker, Motorradrennfahrer, sogar einen ausgewachsenen Universitäts-Professor für Physik. Der kam aus Kolumbien und war Chef der Wartungscrew der British Caledonian Airways in Hongkong.

Aber es gab noch immer Varianten. Hier zum Beispiel ...

Peter Bernier? Sein Alter war schwer zu schätzen. Fünfunddreißig, vierzig – kam wohl auf die Menge an, die er gerade intus hatte. Er war schlank, feingliedrig, hatte einen langen Hals und darauf einen Kopf, der mit den wirren, rot-grauen Haaren und der randlosen Brille auf den weit aufgerissenen Augen eher an einen Zirkusclown erinnerte, der die Konzertpianistennummer abzog. Er hatte volle rote, betrunkene und sehr feuchte Lippen, die er jetzt verächtlich verzog.

»Weißt du was?« flüsterte er. »Es gibt Sachen, die träumst du bloß. Gerade will ich mein Baumann-Problem liquidieren. Und da kommst du rein und sagst: Der Baumann schickt mich!«

Brückner schwieg.

»Und was will er?«

Brückner überdachte die Antwort. Vielleicht dauerte das Bernier zu lange. Er deutete auf die Grappaflasche, »'nen Schluck?«

Brückner schüttelte den Kopf.

»Solltest du aber. Ich sauf' sonst nicht. Ein Bier ab und zu. Aber hier vergeht dir selbst das Bier. Hier in diesem Puff vergeht dir so ziemlich alles.«

Er hatte graue Augen, die Brückner an den Jungen erinnerten, der ihn in das Zimmer gebracht hatte. Auch der Kopf, die roten Haare, die schlanken Finger. Vielleicht war der Junge Berniers Sohn?

»Ich habe eine Entdeckung gemacht«, verkündete Bernier.

»So?«

»Grappa hilft. Im Grappa liegt der Schlüssel zur Erkenntnis. – Manchmal.«

Er griff die Flasche am Hals und goß ein Glas ein. Seine Hand war überraschend sicher.

»Da. Wie heißt du?«

»Paul.«

»Peter und Paul«, kicherte Bernier. »Na prima!«

Brückner nahm einen Schluck. Schlimmer als jetzt konnte es schließlich nicht mehr kommen. Das Resultat überraschte ihn: Es wurde ihm schlagartig besser. Er hatte das Gefühl, als erweiterten sich die Gefäße in seinem Schädel, als käme etwas wie Klarheit und Kraft zurück. Der Lärm des Hammerwerkes in seiner rechten Stirnseite jedenfalls wurde leiser, um dann völlig zu erlöschen.

»Was ist denn mit Baumann? Was haben Sie eigentlich gegen Ihren Chef?«

»Was ich gegen den habe? Was kann man gegen einen Holzkopf schon haben? Ein Erbsenzähler. Aber das sind diese Ingenieure alle. Eigentlich habe ich gar nichts gegen ihn. Eigentlich hab' ich was gegen mich. Ich sag' doch: Du hast mich auf dem linken Fuß erwischt. Und dazu am falschen Tag.«

»Was ist denn passiert?«

»Willst du auch noch wissen? Du, was bist du überhaupt für ein Paul? Pilot?« Er neigte den Kopf schief.

Brückner nickte.

»Sieht man euch Typen doch gleich an, Pilot also ... Was passiert ist? Ich hab' meine Frau verloren. Guck nicht so! Passiert doch den meisten Männern mal, oder?«

Wieder nickte Brückner.

Bernier griff erneut nach der Flasche. Diesmal nahm er Wein. Und während er ihn trank, mit kurzen, kleinen, vorsichtigen Schlucken, fing er an zu reden. Brückner nahm die Geschichte nur am Rande wahr: ein Schweizer Ehedrama, eine typische Niederdorf-Story, erzählt im Suff ... Berniers Frau schien ihm den gemeinsamen Sohn Hansi und das gemeinsame Lokal »Kiste« hinterlassen zu haben, um mit irgendeinem windigen Walliser, der ihr die Finanzierung einer Luxuspension am Ufer des Genfer Sees versprochen hatte, zu verschwinden.

»Sie stand schon immer auf die verdammten Welsch-Schweizer«, sagte Bernier. »Ich hab' nur den französischen Namen. Die aber wollte einen echten. Und das Niederdorf ging ihr schon immer auf den Geist. Sagt sie. Ausgerechnet sie, die Nutte! Vielleicht war es auch, daß ich die ganze Woche in Basel hockte, um irgendwelches Blech zurechtzuschustern. Und das über Jahre. Du als Pilot mußt das ja auch kennen.«

Wieder nickte Brückner. Er setzte sich an den Glastisch.

Bernier schob ihm sein Glas zu. »Noch einen?«

»Noch einen halben.«

»Halben? Hier gibt's keine Halbheiten, Paul. Also, was will Baumann?« Er griff zum Telecomander und löschte die hin und her jagenden Fußballspieler vom Schirm. »Was will der von mir?«

»Ich will was von dir.«

Berniers Augenbrauen rutschten in die Höhe.

»So? Und was?«

Brückner erklärte.

Bernier starrte ihn an, griff sich mit beiden Händen ins Haar, als wolle er es herauszerren, stand dann wortlos auf und ging zu dem Telefon, das in der Ecke auf einem Bord stand. Er hob ab und sagte: »Kaffee! Kaffee und Mineralwasser!«

Brückner schloß die Augen.

Déjà-vu! dachte Brückner. Wann hast du die gleiche Szene erlebt? Dreißig Stunden zuvor. Auf einem Hotelbalkon über dem Strand von Arenal. Nur, daß Faber stärker angeschlagen war als dieser Peter Bernier, der gerade seine Frau verloren hatte.

»Und die Autopiloten sind ausgefallen? Beide? Ja, wann denn, verdammt noch mal?«

»Die Maschine war bereits über der Piste. Die Höhe betrug zwanzig Fuß. Wir haben die exakten Angaben aus dem Flugschreiber.«

»Ja, und?«

»Was heißt ›ja und‹?«

»Was heißt: die Autopiloten sind ausgefallen?«

»Was das halt heißt in einer solchen Situation. Null Sicht. Scherwinde. Und eine solche Böe verschob die Maschine gut dreißig Meter nach Backbord.«

»Das ist doch nicht möglich.«

»Oh doch, wenn der Computer nicht mitspielt.«

»Ausgerechnet in diesem Augenblick?« Peter Bernier schloß die Augen. Als er sie wieder öffnete, hatte er den Blick eines nüchternen Mannes. »O Scheiße – mein Gott!«

»Ja, o Scheiße und mein Gott! Du weißt ja, wie das ist, wenn ein Jet aufsetzt. Er hat die Nase leicht nach oben, genau um drei Grad. Und das bedeutet, daß der Pilot auf seinem Sitz ganz nach vorne rutscht, um nach unten auf die Piste sehen zu können.«

»Aber er muß doch trotzdem gemerkt haben, daß ...«

»Sicher. Doch wenn eine Böe zuschlägt, wenn dich ein Scherwind rausträgt, läuft alles in Sekunden ab. Der Copilot ...«

»Gilbert Tassis, nicht wahr?«

»Ja, Tassis.«

»Ich kannte ihn«, sagte Bernier. »Vielleicht kein guter Pilot, noch zu unerfahren, aber ein netter Kerl. Oh, verdammt noch mal ...«

»Auf dem Band der *Black box* kannst du noch seine Stimme hören: Die Autopiloten! Beide *Off!*«

»Die Autopiloten?« wiederholte Bernier. »Und dann knallt es ... und zweihunderteinundsechzig Menschen, ein halbes Dorf, müssen krepieren. Mensch, wie ist das bloß möglich?«

»Genau das ist die Frage«, sagte Paul Brückner.

Manchmal wehten Fetzen von Rockmusik zu ihnen hoch, leise nun, nur die Bässe waren zu hören, doch auch sie verstummten, und es wurde so still, daß sie den Klang ihrer Absätze vernahmen.

In dieser Ecke des Niederdorfs, das tatsächlich wie eine Art Dorf von der Weltstadt Zürich umschlossen wurde, gab es kleine, bucklige alte Häuser. »Sailergraben« hieß die Straße dort unten, an der sich die Kneipen aneinanderreihten. Hier stand über einem Torbogen »Sailerei«. Daneben war offensichtlich eine Schreinerei untergebracht. Die Fenster waren bereits dunkel. Ab und zu erkannte man das bläuliche Viereck eines Fernsehgerätes. Die Zürcher gingen früh ins Bett.

Bernier blieb unter einer der alten Straßenlaternen stehen, drückte beide Handflächen gegen eine Mauer und holte tief Luft. »So, jetzt geht's mir schon besser. Ein Spaziergang, das war genau das, was ich brauchte.«

Seine Brille funkelte. Das wirre Haar hatte er noch, ehe sie beinahe fluchtartig das Lokal verlassen hatten, mit Wasser an den Kopf gebürstet. Nun versuchte er ein Lächeln. Es schien ihm tatsächlich besser zu gehen.

»Na gut!« Brückner lehnte sich gegen ein Eisengeländer. »Dann fangen wir nochmals an.« Er holte die Schachtel mit den Zigaretten aus der Tasche. »Wie ist das, auch eine?«

»Ich werd' den Teufel tun. Ich hab' es mir seit zwei Jahren abgewöhnt.«

»Ich auch«, sagte Brückner, »vor vierzehn Jahren.« Und zündete sich die Zigarette an.

Er sog tief den Rauch in die Lungen, richtete den Blick hoch zu diesem bedeckten, diesigen, vom matten Abglanz der Stadt rötlich erhellten Himmel. »Du sagtest, es waren brandneue Geräte.«

»Ja. Wir haben sie über die Swissair bestellt, als wir den Falcon-Auftrag bekamen. Das war – laß mich nachdenken – ja, den Tag kann ich dir nicht genau sagen, irgendwann im Januar.«

»Der Einbau?«

»Richtig, der Einbau. Der Auftrag kam von Faber, dem technischen Direktor der Falcon-Air. Baumann hat mir noch das Fax gezeigt. Dann hat Max Enslin die Sache in der Hand gehabt. Er hat alles organisiert. Der war Stellvertreter von Baumann und sein Mann vor Ort. Aber Baumann war es, der mir sagte, ich solle diese Arbeit vorziehen, weil Stutz die Geschichte möglichst rasch erledigt haben wollte.«

»Der Pilot?«

»Ja, der Pilot. Wir kannten ihn alle auf der Werft. Ein Griffelspitzer. So wie Baumann. Einer von denen, die glauben, jedem Werkmeister und jedem Mechaniker auf die Finger sehen zu müssen, die sich einbilden, ohne sie marschiere überhaupt nichts. Aber wie ist das, Paul? Du sagst, den Vogel hat es so weit von der Grundlinie abgetrieben?

Mensch, wie muß dem Stutz zumute gewesen sein, als er merkte, daß die Autopiloten ausfielen. Vielleicht hat er uns noch verflucht, was meinst du?«

»Dazu hatte er gar keine Zeit.«

»Trotzdem. Scherwind nennt ihr das, nicht? Wie hoch war er denn da?«

»Der Flugschreiber hat die Ablage zur Seite registriert.«

»Scherwind. Seitenwind. Dann haben die Steuerungen versagt, nicht wahr?«

Er hatte recht. Mit einer Einschränkung: Die Klappen bekamen keine Kommandos ... »Stimmt. Eine solche Böensituation kannst du mit Hilfe der Querruder und des Seitenruders ausgleichen, vorausgesetzt du bist es, der die Hand am Steuer hat.«

»Wir hatten schon mal so einen Fall«, sagte Bernier nach einer Weile.

»Wirklich?«

»Ja. Im vergangenen Jahr. Damals hat der Einkäufer von Swissair für uns bei McDonnell-Douglas eine ganze Serie von Autopiloten bestellt. Mehr als wir brauchten. Aber wer kann schon sagen, wieviele man braucht? Jedenfalls, mir schien das so, daß der Hersteller die Dinger mit hohem Rabatt anbot und Swissair dann zugriff. Wieso sonst hätten wir plötzlich eine ganze Ladung bekommen?«

»Es waren Originalteile?«

»Du gefällst mir. Was denn sonst? Wir bestellen nur Originalteile. Und wir gucken darauf, daß der *Yellow Tag* in Ordnung ist. Manchmal gibt's da ja auch Fälschungen. Da kannst du die unglaublichsten Dinge erleben.«

Brückner nickte. Er holte sich mit schlechtem Gewissen seine Zigaretten hervor, brach die frische Packung auf und nahm eine heraus, sog den Rauch ein und fragte: »Und dann?«

»Sie bauten die Elektronik in eine Crossair-Maschine, und die fiel aus.«

Brückner nahm einen so tiefen Zug, daß er husten mußte. »Wirklich?«

»Es war dieselbe Geschichte: beide Geräte versagten. Zur selben Zeit. Nur, daß es keine Folgen hatte. Außer vielleicht einer geringen Kursabweichung. Die Piloten stellten auf ›Off‹ und flogen ruhig nach Hause.«

»Und die Untersuchung?«

»Die hat nichts gebracht. Wir nahmen die Autopiloten auseinander, schickten sie zum elektronischen Wartungsdienst – sie funktionierten einwandfrei.«

»Und sie stammten aus dem McDonnell-Douglas-Einkauf?«

»Sag' ich doch.«

»Warst du dabei?«

Bernier schüttelte den Kopf. »Nein. Ich war auf irgendeinem Kurs. Der Mann, der das zu verantworten hatte, hieß Enslin. Den gibt's nicht mehr bei uns.«

»Wegen der Autopiloten?«

»Nicht nur. Vielleicht kam das auch dazu. Jedenfalls schickte die Aufsichtsbehörde eine Untersuchungskommission. Enslin, er war der Stellvertreter von Baumann, sagte mir, die hätten alles noch mal auseinandergenommen. Die Geräte schienen zwar intakt, aber irgendwas stimmte nicht mit ihnen, hab' ich von einem der Elektronik-Fritzen erfahren. Schon die Gehäuse wirkten gebraucht. Und dann gab's da ein paar Relais und Sicherungen drin, die auch nicht okay waren. Es gab eine Menge Gerüchte.«

»Falschteile?«

»So ähnlich. Aber die ganze Sache wurde dann unter den Teppich gekehrt. Ich hab' mich nicht so darum gekümmert. Jedenfalls, die Dinger wurden zurück nach Long Beach, zum Hersteller, geschickt. So hab' ich wenigstens gehört.«

»Und was war mit Enslin?«

»Enslin? Der flog. Aber ob das mit diesem Fall zu tun hatte, weiß ich nicht. Da war 'ne ganze Menge zusammengekommen. Verdammt viel!«

»Was ist das für ein Typ?«

»Der Enslin? Weißt du, der Enslin, das war so ein superschlauer Aargauer. Und weil er ein superschlauer Aargauer war, wollte er natürlich schnell reich werden. Oder mindestens so tun, als wär er's schon. Brandneuer BMW auf Kredit. Immer schicke Klamotten. Und dann seine Club-Spezialkarten. Hier in diesem Sperrstundenkaff läuft doch alles über Clubs.«

Was alles über Clubs lief, wußte Brückner zwar nicht, aber er wollte sich nicht dabei aufhalten.

»Erzähl weiter.«

»Weiter? Na ja, ein heißer Vogel, der Enslin. Ein Spinner. Den Job kannte er ganz gut, aber sonst ... Erst kam er zu mir wegen einer Kapitaleinlage. Und soll ich dir sagen, wofür? Für einen Spielsalon an der Grenze, auf der deutschen Seite natürlich – mit angeschlossenem Puff. Das mußt du dir mal vorstellen!« Er kicherte. »Der Puff für die notleidenden Schwyzer!«

»Weiter!« drängte Brückner.

»Wieso bist du denn so scharf auf den Enslin?«

»Das verrate ich dir noch.« Scharf? Und ob! Vielleicht kam hier eine Spur oder zumindest das Ende eines Fädchens zutage. Vielleicht?

»Nach dem Spielsalon mit Puff ging's um eine Liegenschaft am Züriberg«, sagte Bernier. »Da wollte Enslin ein Appartementhaus hochziehen. Was ihm dazu fehlte, war nur der Kies. Und so rannte er auf der ganzen Welt herum, kam zu mir und auch zu den älteren Kollegen, die was auf der Kante hatten, und faselte von der Chance, von der ›todsicheren Chance‹. Und ein solventer Geldgeber stehe auch hinter dem Unternehmen. Ein Libyer. Mit Kies ohne

Ende. Na, kannst du dir denken, für den Enslin und seinen Libyer rückten wir nichts raus.«

»Ein Libyer?«

»Arabische Geschäftemacher laufen hier in Zürich doch dutzendweise rum. Übrigens kam der auch mal auf die Werft raus. Mit dickem Mercedes, sonst ziemlich unauffällig. Enslin hat ihn mir sogar vorgestellt. Jedenfalls, mit dem Haus am Züriberg ist es nichts geworden. Deshalb mußte es was in Italien sein. San Remo, nicht weniger. Und gleich eine ganze Urbanisation. Für die hat er sogar Prospekte drucken lassen, so richtig schicke Prospekte mit Projektzeichnungen und Steuerabzugsberechnungen. Jeder, der reinzog, war Besitzer, aber konnte sein Appartement natürlich das ganze Jahr auch an andere vermieten. Du kennst das doch.«

»Und daraus wurde wieder nichts?«

»Daraus wurde wieder nichts, wenigstens soweit ich weiß. Er hat so oft den Dienst geschwänzt, hat's so toll getrieben, daß die Crossair ihn rausschmiß. Und da hat sie weiß Gott gut daran getan!«

Bernier sah einer Katze nach, die mit einem eleganten Schwung auf der glatten Mauer neben ihm aufsetzte.

Dann schüttelte er den Kopf. »Schon ein Vogel, der Enslin ...«

Sie schwiegen.

Brückner drückte seine Zigarette aus. »Sag mal, würdest du ihm zutrauen, daß er Ersatzteile verschiebt oder sie irgendwie manipuliert, damit er sie verschieben kann? Ich meine, wenn ein Geschäft drinsteckt?«

Bernier sah ihn an und überlegte. Er nahm die Brille ab, wischte darüber, setzte sie wieder auf. »Enslin? – Eigentlich gehöre ich nicht zu denen, die jedem alles zutrauen. Noch nicht, Gott sei Dank! Aber dem Enslin schon. Bloß, wie soll er das angestellt haben?«

»Wäre das so schwierig?«

»Schwierig?« Bernier schüttelte den Kopf. »Wir haben schon unsere Kontrollen. Aber wenn einer geschickt vorgeht – warum nicht?«

Paul Brückner saß im Frühstücksraum des Hotel du Théâtre und breitete eine Karte vor sich aus. Es war eine Karte des Kantons Tessin. Aurigeno? Wo lag dieses verdammte Aurigeno?

Er wartete, bis der Kellner den Brotkorb und die Reste seiner Käseplatte abgeräumt hatte, strich die Karte erneut glatt und beugte seine Nase darüber.

SC – das bedeutete Sopraceneri. Die Gegend um Locarno also? Hier, das war der See. Ja, hier las er es: »Maggia-Tal.« Und nun konnte er auch den Ortsnamen entziffern. Der Ort lag zwischen zwölfhundert Meter hohen Bergen etwa fünfzehn Kilometer südwestlich von Locarno.

Brückner faltete die Karte zusammen, lehnte sich zurück und griff schon wieder nach seiner Zigarettenschachtel. Er schüttelte den Kopf und rührte sie nicht an. Sonst war er durchaus zufrieden mit sich. Seinen ersten Kaffee hatte er kurz nach acht draußen auf dem Bellevue-Platz genommen. Er hatte die erste Zigarette geraucht und nachgedacht. Daraufhin war er zu Fuß in die Bahnhofsstraße gegangen, um das Gebäude der Schweizerischen Volksbank zu betreten. Dort im zweiten Stock hatte er bei der Empfangssekretärin nach Fritz Rahmer gefragt.

»Sie meinen Direktor Rahmer?«

»Direktor? Vermutlich.«

Aus irgendwelchen, Brückner nicht ganz begreiflichen, Gründen stand auf dem eleganten schwarzen Marmortisch des Empfangs neben einer mit Sand gefüllten Kristallschale das Kästchen einer Gegensprechanlage, und so konnte er nach vielen Jahren wieder Rahmers polternden Baß vernehmen.

»Was? Brückner? Der LH-Kapitän? Gibt's doch nicht! Schicken Sie ihn sofort zu mir. Ja. und noch was: Fragen Sie ihn, was er haben will. Whisky, Kaffee oder Orangensaft. Fragen Sie ihn in dieser Reihenfolge.«

Das Lächeln der Rothaarigen am Empfang wurde bedeutend freundlicher. »Also?«

»Mineralwasser«, sagte Brückner.

Am Ende des langen Korridors hatte Fritz Rahmer die gepolsterte Tür seines Chefbüros bereits selbst geöffnet. Nun ruderte er heftig mit den Armen. Umarmung, Küsse – selbst das, und in Zürich. Dann das unvermeidliche Thema: die alten Zeiten ... In seinen Südamerika-Jahren hatte Brückner den schwergewichtigen Banker auf den Galapagosinseln kennengelernt. Dort hatte er etwas erlebt, was er »seinen Abenteuerurlaub« nannte. Sie hatten ziemlich viel getrunken. Daran erinnerte sich Brückner genau. Zuviel. – Auf dem Rückflug nach Quito waren sie in eine miese Wetterlage geraten und wurden heftig durchgeschüttelt. Seither behauptete Rahmer, Brückner habe ihm das Leben gerettet, und so trafen sie sich immer wieder aufs neue. Schweizer Banker sind unruhige Leute. Als Brückner dann beschlossen hatte, seinen Anteil an der Pucallpa Air zu verkaufen, die er in Peru zusammen mit Bruno Konietzka betrieb, hatte Rahmer geholfen.

Die Präliminarien waren vorüber.

Rahmer griff zu seinem Füllfederhalter. »Nochmals, der Name?«

»Enslin, Max.«

»Alter?«

»Weiß ich nicht. Ich schätze, zwischen dreißig und vierzig.«

»Wohnort?«

»Aurigeno. Kanton Tessin.«

»Hm.« Rahmer drückte seinen Füller gegen die schwere

Unterlippe. »Und warum kommst du mit dieser Geschichte zu mir?«

»Das weiß ich selbst nicht so recht, Fritz. Der Mann hatte dicke Schulden. Und dann war da noch was: Er hatte Verbindungen nach Libyen.«

»Und da du glaubst, daß Schweizer Banken in allen miesen Geschäften dieser Welt irgendwie die Finger drin haben, hast du dich an Fritz Rahmer erinnert, stimmt's?«

»Das sagst du. Aber irgendwo muß ich doch anfangen.«

»Hast du ein persönliches Interesse? Bist du geschädigt?«

»Geschädigt? Persönliches Interesse? Es geht um die Aufklärung eines Flugunfalls.«

»Na, besonders gesprächig bist du nicht, Paul. Aber ich will trotzdem mal schauen, ob ich dein grenzenloses Vertrauen in das Schweizer Bankwesen bestätigen kann.«

Rahmer griff zum Telefonhörer und gab den Namen irgendeiner Stelle durch. Brückner nippte an seinem Glas. Als er es geleert hatte, klopfte es an die Tür. Ein Bankbote händigte Rahmer ein blaues Aktendossier aus und ließ ihn eine Quittung unterschreiben. Rahmer öffnete und zog drei Blatt Computerausdrucke hervor, warf einen raschen Blick darauf und musterte Brückner erneut.

»Persönlich hast du mit diesem Enslin nichts zu tun?«

»Hab' ich doch schon mal gesagt: Nein. Wieso?«

»Weil man dich dann nur beglückwünschen kann. Hier.« Er schob ihm die Ausdruckseiten zu. »Lesen kannst du, Notizen machen auch. Aber überlassen kann ich dir das Zeug nicht.«

Brückner nickte, las konzentriert und schob die Blätter zurück.

»Danke, Fritz. Mein Kompliment!«

Was er gelesen hatte, reichte ...

Zunächst hatte Brückner daran gedacht, sich einen Mietwagen zu nehmen, ließ sich aber dann zum Hauptbahnhof chauffieren und bestieg den Gotthard-Expreß. Die Schweiz kannte er von oben. Die Schweiz bedeutete für ihn im wesentlichen Städtchen, Gletschergeglitzer und Seen.

Einmal in seinem Leben jedoch war er dieselbe Strecke gefahren. Vor zwanzig Jahren. Und nun meldete sich die Erinnerung an diesen Tag mit Macht. Damals, am Ende seiner Südamerika-Zeit, als junger Pilot, hatte er sich bei der LH-Luftfahrt-Schule in Bremen seine Lizenz erneuern lassen, dazu die Fluglizenz auf der DC-9 erworben und hatte dann mit Barbara, um seinen Erfolg zu feiern, eine Italien-Reise unternommen. In Hamburg hatten sie den Schlafwagen bestiegen, waren die Nacht durchgefahren, um an einem strahlenden Tag wie diesem durch die Schweiz zu rollen, hatten in Ascona am Lago Maggiore drei Traumtage eingeschaltet und waren dann nach mehrfachem Umsteigen im verlorenen Cinque Terre gelandet, wo Barbara mit ihrer Kamera eine wahre Bilderorgie veranstaltete und sie schließlich gemeinsam eine Tochter zeugten.

Die Häuser, die Wasserfälle, die Felsen dort draußen vor dem Fenster! Es kam ihm alles so vertraut vor. Und sicher hatten die Schweizer gar nicht so unrecht mit ihrer Behauptung, das schönste Land Europas zu bewohnen.

Brückner lehnte sich zurück.

Sein Gedächtnis rief erneut die wichtigsten Sätze des Textes ab, den er am Vormittag im zweiten Stock der Schweizerischen Volksbankzentrale gelesen hatte.

Max Enslin, geboren am 4. 3. 1957, zur Zeit wohnhaft in Aurigeno, Maggia-Tal. – Enslin besuchte nach bestandenem Abitur mit Erfolg die Ingenieurschule Winterthur, leistete ein Praktikum als Techniker bei der Swissair ab, um dann 1991 als stellvertretender Leiter des Wartungsdienstes der Gesellschaft Crossair eingestellt zu werden …

So hatte der Bericht über diese Schweizer Musterkarriere begonnen ...

1991 – schon ein Jahr später zeigte sich, was in solchen Personaldokumenten als »Auffälligkeiten im Leistungsprofil« bezeichnet wird. Diese Auffälligkeiten waren im Schweizerische-Volksbank-Bankbericht über Enslin ganz offensichtlich direkt aus dem Personalarchiv der Crossair übernommen worden.

Seit September 1993 erlaubte sich Max Enslin häufige Dienstabwesenheiten, die von ihm nur ungenügend begründet wurden.

Er leistete sich noch eine Menge mehr. Er hatte bei der Personalabteilung einen Kreditantrag in Höhe von vierhunderttausend Schweizer Franken gestellt, den er später, nach der Errichtung eines Hauses, in eine Hypothek umgewandelt haben wollte. Angesichts seines Dienstalters und seines Leistungsabfalls lehnte das Crossair-Management den Antrag ab.

Auch im Dienst verletzte Enslin die Normen, die von einer Führungskraft in seiner Position zu erwarten waren. Er war häufig abwesend, tat sich mit dicken Autos hervor und versuchte Mitarbeiter der Werft wie der Verwaltung der Crossair *für private Geschäftsprojekte zu werben. Vorhaltungen von Direktor Baumann, der in einem persönlichen Gespräch auf Enslin einzuwirken versuchte, zeigten keinen Erfolg.*

Aus diesen und »einer Reihe von anderen Gründen« beschloß die Direktion im Einvernehmen mit der Personalvertretung, Enslin auf der Stelle zu beurlauben und das Arbeitsverhältnis fristgerecht zum einunddreißigsten Dezember zu beenden.

Eine Reihe von anderen Gründen? Welche?

Von der McDonnell-Douglas-Lieferung war in dem Bericht kein Wort erwähnt. Auch nichts von dem Ausfall eines Autopiloten im Flug. Oder daß, wie Bernier erzählt hatte, die Geräte an den Hersteller zurückgesandt worden waren.

Draußen wurde es heller.

Nach dem endlosen Schlagen der Räder hatte der Expreß die Tunnelsüdausfahrt erreicht, und prompt stellte sich der Tessin–Effekt ein: ein strahlend blauer Himmel lachte den Reisenden entgegen.

Brückner schloß die Augen. Wenn er eine Eigenschaft besaß, auf die er stolz war, weil sie ihm stets und fast ohne Fehler zur Verfügung stand, dann war es sein Gedächtnis. Ob Zahlen, Formen oder Textpassagen – nichts ging ihm verloren. Und auch jetzt wieder tauchten die Computerzeilen vor ihm auf:

Am 23. November 1993 erteilte die Vereinsbank Zürich Max Enslin ein Baudarlehen in Höhe von 480 000 sFr. Dem Darlehen lag ein Eigentümernachweis im Raum Zürich zugrunde. Versuche von seiten Enslins, unter Beziehung auf ein von ihm im italienischen Ausland, in San Remo, geplantes Urbanisationsprojekt, das Kreditvolumen auf 1,2 Millionen zu erhöhen, wurden trotz der Hinweise auf einen der Bank bekannten libyschen Kapitalgeber, von der SVB abgelehnt.

Von den zehn vertraglichen Tilgungsraten des erteilten Darlehens zahlte Enslin lediglich drei. Am 4. 4. 1994 beantragte die SVB ein Beitreibungsverfahren, worauf der Schuldner den Offenbarungseid anmeldete.

Ein der Bank bekannter libyscher Kapitalgeber? dachte Brückner. Und die ganze Immobilienoper lief, während er bei der Crossair den Wartungsingenieur spielte?

Vor dem Fenster war es dunkel geworden. Pechschwarz. Ab und zu huschte ein Licht vorbei. Der Gotthardtunnel ...

Der Zug erreichte um vierzehn Uhr fünfzehn Bellinzona. Brückner stieg aus, fragte sich zu einer Leihwagenvermietung durch und mietete einen blauen Clio. Dreißig Minuten später war er in Locarno, nahm sich im Hotel

Reber ein Zimmer und zog sich Jeans, ein Flanellhemd und Turnschuhe an, um einigermaßen der Vorstellung vom Tessiner Touristenlook zu entsprechen. Dann nahm er wieder seine Karte und steuerte den Wagen in Richtung Südwesten, ins Maggia-Tal ...

20. September

Aurigeno Ti

Ortszeit: 15 Uhr 20

Das Dorf lag auf der anderen Seite des Flusses. Brückner hatte es bereits aus dem Studium der Karte entnommen. Doch als er nun den Wagen verlangsamte und hinübersah, war er beeindruckt: graue Häuser, bucklige Steindächer, die sich in die Schatten der Felswände drückten. Weiß Gott – ein uriges Versteck! Aurigeno schien aus zwei Ortsteilen zu bestehen: dem größeren, der sich um die Kirche gruppierte, und dem anderen, flußabwärts, der ärmlicher wirkte.

Er fuhr über die Brücke, stieg aus und sah sich um. Kein Mensch zu sehen.

Der Bergschatten hatte bereits die eine Hälfte des Dorfes geschluckt. Dabei war es noch ziemlich früh am Nachmittag. Die Häuser mit ihren meterdicken Mauern aus grauen Granitquadern wirkten abweisend und stumm. »Ristorante« stand über einem Eingang. Er ging darauf zu. Die Tür war verriegelt, »Oggi chiuso«, stand auf einem Schild. »Heute geschlossen.«

Auch der Krämerladen, nicht weit entfernt, hatte zu.

Brückner ging zum Wagen zurück und sah einen kleinen

Jungen auf einem Fahrrad herankommen. Er winkte. Der Junge stieg ab und beachtete ihn nicht weiter. In diesem Augenblick trat eine alte Frau aus einem der Häuser. Sie ging gebückt unter der Last einer Tragekippe, die mit Reisig beladen war.

Es schien Brückner, als habe er sich in ein anderes Jahrhundert verirrt.

»Prego, verzeihen Sie bitte, ich suche einen Herrn Enslin. Einen Herrn aus Zürich.«

Sie sah ihn nur an, murmelte irgend etwas, schüttelte den Kopf und ging weiter. Er zweifelte, ob sie ihn überhaupt verstanden hatte. Vielleicht mochte dieses Aurigeno ein ganz brauchbarer Ort sein, um sich vor Gläubigern zu verstecken. Für einen Crossair-Ingenieur allerdings, der sich in den Kopf gesetzt hatte, bei San Remo eine Urbanisation hochzuziehen und dabei auf die Nase gefallen war, wirkte es reichlich merkwürdig.

Nun war der Junge näher gekommen.

Er schob gemächlich sein Fahrrad und betrachtete neugierig den Wagen. Er war wohl nicht älter als zwölf, hatte dunkles Haar, in das sich lustige kastanienrote Strähnen mischten, und dunkle, wache Augen.

»Hör mal!«

Verdammt, sein Italienisch? Spanisch konnte er doch. Und Spanisch war schließlich so etwas wie eine Vetternsprache des Italienischen.

»Enslin, Max, Maximilian. Tu conosci?«

Der Junge nickte.

»Wo? Donde – dove?«

Der Junge nahm den Arm hoch.

»Ist es weit?«

Der Junge zögerte, hob dann unschlüssig die Achseln und grinste. Für mich schon, hieß das.

»Dann fahr mit mir!«

Sie packten das Fahrrad in den Kofferraum des Clio und fuhren los.

Die Straße führte aus dem Dorf, zwischen Wiesen hindurch, auf denen Kühe weideten. Sie erreichten den anderen Ortsteil. Auch der schien wie ausgestorben.

Der Junge stieß ihn an. »A destra – rechts!« sagte er.

Noch zwei Höfe. Brückner sah Hühner und eine Ziege. Es ging den Berg hoch. Am Hang wuchsen große Kastanien, dann Erlen und schließlich Tannen. Die Straße machte eine scharfe Kurve nach rechts. Unten glänzten die Granitdächer.

Wo, verdammt, hielt sich dieser Max Enslin nur versteckt? Und da sah er es: Die Straße endete in einem Parkplatz, gerade groß genug, um ein Auto zu wenden. Etwa zwanzig Meter entfernt und beträchtlich tiefer stand ein Haus.

»Max?« fragte er.

»Si. Max.«

Brückner griff in die Tasche, zog ein Fünffrankenstück heraus und drückte es dem Jungen in die kleine, schmutzige Faust. Dieser strahlte, zeigte dabei seine beiden Zahnlücken, hüpfte aus dem Wagen und war schon am Heck. Brückner folgte, öffnete die Kofferklappe und warf dabei einen vorsichtigen Blick den Hang hinab. Im Gegensatz zu all den Steindächern war Enslins Haus mit leuchtendroten Ziegeln gedeckt: eines dieser ländlichen, aus Betonstein errichteten Chalets, die in dieser Gegend als Ferienhäuser vermietet wurden.

»Il Signore non c'è«, sagte der Junge.

»Der Herr ist nicht da«, übersetzte Brückner für sich.

»Macht nichts.«

Der Junge hob die Hand und radelte davon.

Es machte wirklich nichts, überhaupt nichts, im Gegenteil, nur den Wagen mußte er erst einmal aus dem Weg schaffen.

Wieder blickte er zu dem Haus hinab, entdeckte eine Terrasse, auf der zwei Korbstühle und ein Tisch standen, und eine Wäscheleine, an der ein Handtuch flatterte. Was hatte das schon zu bedeuten? Die Korbstühle konnten seit Wochen dort stehen. Ein Handtuch vergißt man leicht. Allerdings, die Fensterläden waren geöffnet. Neben dem Haus gab es einen Schuppen.

Er setzte sich wieder hinter das Steuer, wendete den Wagen, fuhr langsam den Hang hinab, bis zur Abzweigung eines Feldweges, der hinter Kastanien verschwand. Er ließ den Clio so lange über Furchen und Wurzeln schaukeln, bis er sicher war, daß er von der Straße her nicht mehr zu sehen war.

Dann stieg er aus, in der Hoffnung, daß er von niemand bemerkt worden war, und ging die einsame Straße zu Enslins Haus zurück. Er ging langsam, voller Zweifel. Auf der Herfahrt war es ihm noch gelungen, den Gedanken an die Abwegigkeit seines Planes zurückzudrängen – Plan? Einen Plan nennst du das? Eine vage Hoffnung, eher eine fixe Idee. Die Vorstellung nämlich, daß einer, der sich mit krummen Geschäften derart in Schwierigkeiten brachte, verrückt genug sein konnte, auch beim Wartungsdienst kriminell vorzugehen.

Aber angenommen, Enslin wäre zwar ein mieser Spekulant, aber doch ein sauberer, verantwortungsbewußter Ingenieur – wen eigentlich sollte er sonst befragen? Es gab nur einen, unter dessen Verantwortung und Regie die Autopiloten der Falcon-Air-Maschine ausgewechselt worden waren. Enslin hatte die Anordnung entgegengenommen. Enslin hatte die Austauschgeräte bestellt, ihren Einbau angeordnet und überwacht. Ja, verdammt noch mal, an wen konnte er sich wenden? Die ganze Geschichte war von Anfang an von einem üblen Geruch begleitet. Nun hatte er sich verdichtet.

Irgend etwas stimmte hier nicht.

Es gab zwei Möglichkeiten, zum Haus hinabzukommen. Einen gewundenen Weg und eine Abkürzung: eine mit Pflöcken und Brettern befestigte Erdtreppe.

Brückner nahm die Treppe. Er stand nun vor dem kleinen Schuppen an der Nordseite. Er zögerte. Sein Blick nahm die Situation in sich auf: Der Eingang befand sich an der von der Straße abgewandten Talseite. Davor gab es eine zweite Terrasse, von der man die Sicht auf die Berge genießen konnte. Hier, das war wohl der Küchentrakt. Ein Fenster aus Drahtglas versperrte ihm die Sicht ins Haus.

Er ging zur Terrasse und rief: »Hallo!«

Keine Antwort.

Nochmals? Er wollte seine Stimme nicht allzu laut werden lassen und damit Gefahr laufen, die Aufmerksamkeit irgendeines Bauern oder Dorfbewohners auf sich zu lenken.

Die braungebeizten Klappläden an der Terrassenseite waren geschlossen. Neben der Eingangstür hatte er ein schmales, hohes Fenster entdeckt, das vermutlich zu einer Toilette führte.

Er drückte dagegen. Verriegelt. Was sonst? Er versuchte es nochmals mit aller Kraft, indem er beide Handballen auf den Rahmen preßte – wieder vergeblich.

Er ging zum Schuppen, zog den Holzriegel zurück und blickte sich in der schattenhaften Dämmerung um. Er erkannte eine Art Werkbank, auf der gegenüberliegenden Seite zwei alte Kommoden, daneben einen Haufen wild durcheinandergewürfelter Brennholzscheite.

An der Wand hing eine kleine Handaxt.

Er nahm sie, prüfte die Schneide und ging zum Haus zurück. Diesmal klappte es. Die Schneide ließ sich ohne Probleme in den Spalt zwischen Fensterrahmen und Fensterfassung einfügen. Er wuchtete leicht, das Fenster sprang auf. Er überlegte: Die Schuppentür hast du doch wieder zugesperrt? – Ja? Na, dann ...

Das Fenster war zwar schmal, doch er zwängte sich ohne große Schwierigkeiten durch. Das Beil nahm er mit. Man konnte nie wissen, wozu es gut sein konnte.

Er stand nun in einem einfachen, kleinen, sehr spartanisch eingerichteten Badezimmer. In dem Zahnputzglas am Waschbecken steckten zwei Zahnbürsten. Eine rote und eine grüne. Zur selben Zeit, als er diese Entdeckung machte, sah er auch die beiden Damenstrumpfhosen, die über der Vorhangstange der Duschkabine zum Trocknen aufgehängt waren.

»Er ist geschieden«, hatte Bernier in Zürich zu ihm gesagt. »Aber Weiber hat er immer gehabt.«

Brückner öffnete den kleinen weißen Medizinschrank neben dem Spiegel. Eine kleine Flasche Parfum, ein paar Cremes. Nichts Auffälliges, nein. Aber etwas Brauchbares: Er hatte eine Rolle mit Heftpflaster entdeckt. Fünf Zentimeter breit. Er wog sie in der Hand und legte sie zurück. Dabei streifte sein Blick flüchtig das Ebenbild im Spiegel: ein nachdenklicher, sehr entschlossen wirkender Paul Brückner. Etwas war in diesem Gesicht, das ihn an seine Südamerika-Jahre erinnerte. Damals hatte er heiße Situationen häufig genug durchgestanden und denselben Kitzel gespürt wie jetzt. War das schlimm? Kaum – eher gut.

Er öffnete die Tür zu einem großen, reichlich spießig eingerichteten Wohnzimmer: billige Möbel, kitschige Bilder. Man konnte sie Enslin nicht ankreiden. Sie waren offensichtlich mitgemietet.

An der Eingangstür gegenüberliegenden Wand stand ein Schrank. In der Ecke daneben, schräg gestellt, eine Art Schreibtisch. Beide Möbel waren naturholzfurniert.

Er interessierte sich zunächst für den Schrank und wurde enttäuscht. Eine Stereoanlage mit CD-Player. Im Fach darüber einige Compactdiscs und eine Reihe von Kassetten. Er nahm wahllos eine heraus und betrachtete sie: Auf dem Cover war ein Sänger mit Schnurrbart zu sehen und zwei Männer, die ihn mit banjoähnlichen Instrumenten begleiteten. Die Schrift darunter war arabisch.

Das war nicht uninteressant.

Das nächste Fach enthielt ein halbes Dutzend Bücher. Außer einigen Fachbänden über Flugzeugelektronik und einem Sammelband über moderne Verkehrsflugzeuge waren die Titel unerheblich. Daneben lagen die letzten Ausgaben von *Flight* und *Luftfahrt.* Ganz schien Enslin also seine Vergangenheit nicht abgestreift zu haben. San Remo hin oder her – irgendwie mußte er an seinem Job hängen.

Er verließ den Wohnraum und betrat das Schlafzimmer. Das Bett war gemacht, der Kippspiegel wiederum in eine etwas anrüchige, erotisch-strategische Stellung gebracht. Der Kleiderschrank?

Er öffnete ihn.

Irgend etwas hielt ihn davon ab, wie ein Schmierendetektiv aus dem Privatfernsehen Unterwäsche und Anzugtaschen zu durchstöbern. Was er suchte, mußte ohnehin woanders zu finden sein. Falls er überhaupt wußte, was er suchte.

Weiber hat er immer gehabt …

Brückner beugte sich über das Foto auf dem Nachttisch. Es war ein Farbbild, und es steckte in einem schmalen, hübschen grünen Lederrahmen, der irgendwie exotisch wirkte. Ganz so verhielt es sich auch mit der Szene auf der Fotografie. Den Mittelpunkt bildete ein älteres Ehepaar. Beide, Mann und Frau, mochten um die Sechzig sein. Sie standen in einem Garten. Den Hintergrund bildeten Palmen, weiße Mauern und der orientalische Spitzbogen eines Tors. Die beiden blickten starr in die Kamera. Ihre

Gesichter schienen der Gegend zu entstammen, aber sie trugen europäische Kleidung.

Er zog die Nachttischschublade auf.

Zwei Päckchen Papiertaschentücher, eine Packung mit Aspirin, eine weitere mit Tampax. Aber hier, unter dem Busfahrplan für die *Valli Onsernone e Maggia,* lag eine kleine Brieftasche. Sie war aus weichem, geprägtem rotem Ziegenleder.

Er schüttete ihren Inhalt auf die Glasplatte des Nachttisches und fand zwei abgerissene Kinokarten, einen Streifen von Vierzig-Rappen-Briefmarken, einen Parkzettel, eine Migro-Tankrechnung. Nicht sehr ergiebig.

Oder doch?

Ja, da im Seitenfach war ein schmaler weißer Kartonstreifen. Darauf stand eine Telefonnummer. Der Name dahinter war eindeutig arabisch: Ahmed Saad. Und darunter stand: »Tripolis.«

Tripolis? Libyen?

Wo denn sonst?

Er drehte den Kartonstreifen um. Derselbe Name, eine zweite Nummer. Hier schien es sich um Zürich zu handeln. Sie begann mit Null Eins. Und das war die Zürcher Vorwahl.

Einen Augenblick überlegte er, ob er sich ans Telefon hängen sollte, das drüben im Wohnzimmer auf dem Schreibtisch stand. Er ließ es dann doch sein, verstaute alles säuberlich an seinen Platz und nahm sich den zweiten Nachttisch vor. Leer. In dem Schubladenviereck aus plastikbeschichtetem Preßspan lag nichts als ein Ring mit zwei kleinen Schlüsseln.

Er ging hinüber ins Wohnzimmer.

Auch der Papierkorb unterm Schreibtisch war leer. In der einzigen Schublade fand er nichts als Schreibmaschinenpapier, Radiergummi und ein paar billige Kugelschreiber.

Enslin schien nichts von großen Geldausgaben zu halten. Oder wahrscheinlicher: Es blieb ihm nichts anderes übrig, als spartanisch zu leben. Immerhin fand er ein Blatt gebrauchtes Kohlepapier. Detektive tragen einen solchen Fund unter die Lampe und lesen vom Blatt. Er sah nichts als ein wildes Durcheinander von Buchstaben.

Er zog sich den Holzstuhl heran, auf dem Max Enslin vermutlich saß, wenn er irgendwelche Hilferufe in die Welt sandte, um irgend welches Geld für die Regelung irgendwelcher Schulden aufzutreiben, und versuchte zu überlegen: die beiden Zahnbürsten, die frischgewaschenen Strumpfhosen im Bad? – Gut, er lebte mit einer Frau zusammen. Und bei dem Pärchen auf dem Nachttisch handelte es sich vermutlich um die Eltern der Dame. Um libysche Eltern? Dann war sie selbst Araberin. Warum auch nicht? Wieso sollte sich ein Schweizer Ingenieur nicht eine arabische Freundin zulegen, wenn er schon mit Arabern Geschäfte macht? – Was weiter?

Er fühlte, wie sein Schwung ihn verließ. Außerdem war es Zeit, sich abzusetzen. Was er hier erhoffte, waren substantielle Informationen gewesen, die ihm bei seinem Gespräch mit Enslin eine Ausgangsposition verschafften. Doch so …

Er schob die billige Olivetti-Maschine vor sich ein wenig zur Seite. Unbeabsichtigt, fast spielerisch – und machte dabei eine Entdeckung: Unter der Maschine lag einer jener schmalen, flexiblen Kalender, die die Banken zum Jahreswechsel ihren Kunden zu schenken pflegen. Es war tatsächlich ein Bankkalender. »Banca Popolare Svizzera, Ascona« stand darauf. Er begann zu blättern.

»Ahmed Saad.«

Sein Blick war zufällig auf den Namen gefallen. Er stand auf der vierten Seite bei »persönlichen Angaben«. Daneben war wieder eine Telefonnummer aufgezeichnet. Und davor gleichfalls die Null-Eins. Also wieder Zürich. Aber es war nicht die Nummer, die er zuvor in der Brieftasche gefunden hatte. Dieser Saad schien die Nummern zu verstreuen wie die Brautjungfern ihre Gänseblümchen.

Brückner blätterte weiter.

Bis zum Monat Juni wies der Kalender regelmäßige Eintragungen auf. Meist bestanden sie nur aus Uhrzeiten und Treffpunkten. Wieso keine Namen? Weil der Besitzer des Kalenders wahrscheinlich Gründe hatte, sie nicht festzuhalten. Immerhin, was die Treffpunkte anging, schien Max Enslin Wert auf Stil und Niveau zu legen. Bei den Straßenadressen handelte es sich um die feinsten Gegenden Zürichs. Bei den vier Hotelnamen, auf die er beim Überfliegen stieß, ausschließlich um Fünfsterneschuppen. Sogar das *Baur au Lac* war darunter.

Grund, um nachzudenken. Nur, daß wenig Zeit dazu blieb.

Beinahe körperlich spürte Brückner die Minuten verrinnen. Vielleicht war Enslin nur ins Dorf gefahren, um etwas einzukaufen, oder hatte sonst in der Gegend etwas zu erledigen.

Aus dem Taschenkalender schrieb er sich Telefonnummern und andere Daten auf, die ihn interessierten.

Das Beil lag noch immer mitten auf dem Tisch. Seine Schneide funkelte bösartig. Er mußte es in den Schuppen zurückbringen. Und bei dem Gedanken an den Schuppen wiederum fiel ihm etwas anderes ein: die beiden Kommoden dort! Dann der Ring mit den Schlüsseln im Nachttisch. Vielleicht gab's im Schuppen noch was zu finden?

Er nahm Beil und Schlüssel, stieg wieder durch das Toilettenfenster ins Freie und sah sich um: Vögel sangen. Die Luft war rein und sauber, der Himmel von einem hellen, transparenten Grauschleier überzogen. Unten im Dorf bellte ein Hund.

Das Geräusch eines herannahenden Wagens konnte er nicht vernehmen. Alles war still.

Diesmal öffnete er die Schuppentür ganz, um Licht in den Raum zu bekommen. Er betrachtete nochmals die Schlüssel in seiner Hand. Sie schienen ihm eher für ein Sicherheitsschloß geeignet als für die wackligen Kommoden neben den Holzstapeln. Er räumte zwei verrostete Gartenliegen mit durchgerissenen Bezügen weg, die an den Kommoden lehnten, und hievte einen Karton mit alten Zeitungen, der ihm im Weg stand, auf die Reisigbündel, die hinter den Kommoden aufgeschichtet waren. Eines dieser Bündel rutschte. Er sah etwas funkeln, – ein kleiner, blitzender Metallstern. Er räumte noch zwei Bündel zur Seite und dann den ganzen Rest.

Ein graugestrichener, schmaler Aktenschrank von der Sorte, wie sie in Büros benutzt wurden, kam zum Vorschein. Welche Gründe hatte Enslin, ihn unter Reisigbündeln zu verstecken?

Er steckte einen der beiden Schlüssel ins Schloß. Schon der erste paßte. Die Tür ging auf.

Der schmale Stahlblechbehälter war etwa ein Meter zwanzig hoch. Er wies vier Fächer auf. Die beiden unteren waren leer.

Er zog die oberste Schublade auf. Darin lagen zwei jener soliden Plastikhefter, in denen Firmen ihren Kunden Angebote unterbreiten. Das Firmenlogo auf weißem Grund kannte er sofort: »McDonnell Douglas Corporation, Long Beach, California.« Und McDonnell-Douglas ließ sich nicht lumpen. Als Brückner die Sichtfolien durchblätterte, konnte er feststellen: So ziemlich alles, was es an Flugzeug-Ersatzteilen für die MD-80-Serie gab, war vorhanden. Der zweite Band enthielt Schnitt-Zeichnungen und detaillierte Montage- und Wartungsinstruktionen sowie die Listennummern der Ersatzteile.

Das war nun wirklich interessant. »Der hat gute Beziehungen zu Libyen«, hatte Peter Bernier gesagt. Interessant wurde eine solche Behauptung dann, wenn man sie mit Flugzeugen oder Flugzeugteilen in Verbindung brachte. Libyen war, was High-tech und rüstungs- oder militärverwendbare Produkte anging, auf der Embargoliste des US-Handels- und Verteidigungsministeriums, was wiederum dazu geführt hatte, daß Gaddhafi seine Luftwaffe mit russischen Tupolews ausrüsten mußte. Er wußte es. Er hatte es oft genug gelesen.

Das zweite Fach? Nichts als ein Ordner mit Geschäftsbriefen. Dazu ein braunes Kuvert.

Er nahm zuerst das Kuvert und öffnete es: keine Flugzeugteile, nein – hübsche, farbige Ferienfotos. Eine weiße Stadt. Bei dem da allerdings – nach dem Stacheldrahtzaun und den Zementbauten zu urteilen – könnte es sich um eine Art Militär- oder Luftwaffencamp handeln. Die Wellblechbaracken waren wohl Hangars für kleinere Maschinen. Auch hier Palmen. Dann wieder Strandaufnahmen, auf denen stets derselbe braungebrannte, zufrieden aussehende junge Mann zu sehen war und derselbe blaue Himmel von zuvor.

Die Sache wurde immer spannender. Vor allem: Was stand in den Briefen? – Er schob die Fotos zurück und öffnete den Ordner. Das letzte Datum: 16. Juni. Vor dreieinhalb Monaten also? Zu einer Zeit, als die Crossair sich ihres so überaus tüchtigen Mitarbeiters Max Enslin bereits entledigt hatte – trotz, vielleicht auch wegen seiner internationalen Verbindungen.

Die Briefe waren fast ausnahmslos in Französisch geschrieben. Er blätterte einige Abrechnungen durch, deren Sinn er nicht verstand, und stieß dann auf ein Schreiben, das ihm schon wegen des Briefkopfs auffiel. Sogar auf dem Briefkopf gab's Palmen. Dieses Mal schwarz und hübsch stilisiert. Darunter standen die drei Buchstaben ACP und kleingedruckt: »Agence du Commerce et Participations – Tripolis, Rue de Libération 24.« Die Telefonnummer kannte er bereits. Die Vorwahl von Tripolis: 00-218-21-7 494 01. Es war die Nummer dieses Herrn Saad, die er bereits in Enslins Bankkalender entdeckt hatte.

Er überflog den Text. Der war klar und bündig und lief darauf hinaus, daß Herr Saad und die von ihm vertretene Agentur auf weitere geschäftliche Beziehungen mit Herrn Max Enslin keinen Wert mehr legten, um so mehr, als Herr Enslin mit Ausnahme der Lieferung der acht Artikel vom Modell CTE-24 023 keine seiner Versprechungen wahrgemacht und überdies auch die fristgerechte Rückzahlung des ihm gewährten Kredits nicht eingehalten hätte.

Die acht Artikel vom Modell CTE-24 023? Moment! Er nahm die Listen aus Long Beach zur Hand: CTE-24 023 – Navigationsteil des Autopiloten!

Interessant!

Brückner setzte sich auf einen breiten Holzklotz und las nun auch die anderen Briefe noch einmal durch. Einen nach dem anderen. Sein Gedächtnis machte sich Notizen.

Er klappte den Ordner wieder zu. Das also waren sie, die berühmten Schuppen, die einem von den Augen fallen. Was jetzt? Jetzt, im Halbdunkel eines Holzschuppens, in diesem weltverlassenen Tessiner Bauernnest wurde ihm erst richtig klar, wie dilettantisch er die ganze Geschichte bisher angepackt hatte. Der Nase nach war er losgefahren, auf nichts als einen vagen Verdacht hin. Gut, er hatte Glück gehabt, war fündig geworden – aber was konnte er nun mit seinen Weisheiten anfangen? Die Briefe, die Fotos einstecken und mitnehmen? Falls er Enslin hier noch erwischte, würde der wohl nicht zuerst in den Schuppen rennen und nachprüfen, ob all die brisanten Dinge in seinem kleinen Schatzkästchen noch vorhanden waren. Aber jeder vernünftige Mensch, der einen derart mistigen Job annimmt, rüstet sich wohl wenigstens mit einer Kamera aus. Doch war er ein Schnüffler? Sein Job bestand darin, Flugzeuge zu fliegen, und nicht, in fremden Korrespondenzen herumzustöbern. Doch wie die Sache lag, würde er die Pilotenuniform noch einige Zeit im Schrank hängen lassen. Das hier mußte erledigt werden …

Brückner wollte sich gerade das Kuvert mit den Fotos schnappen, um im Licht der Eingangstür herauszufinden, ob es noch weitere interessante Dinge zu entdecken gab, als er das Knirschen eines anhaltenden Wagens vernahm. Er stand ganz ruhig. Dann legte er vorsichtig das Kuvert in den Aktenschrank und schloß ihn ab. Sein Herz klopfte.

Ein Schatten verdunkelte den Ausschnitt der Tür. Es war die Silhouette einer Frau.

Brückner hörte einen leisen, erstickten Laut. Ob es ein Wort war oder nur eine Schreckreaktion – er konnte es nicht unterscheiden. Und es kam auch nicht darauf an.

Gut, er mochte vielleicht ein Dilettant sein, aber nun handelte er rasch, instinktiv, ohne jede Überlegung und, worüber er sich später immer wieder wundern sollte, vollkommen richtig. Mit drei oder vier Schritten war er bei ihr, umschlang gleichzeitig Schultern und Hals, so daß sie unter dem Druck seines Unterarms das Kinn nach oben nehmen mußte.

Er drückte ein wenig zu. Sie stöhnte.

Zur selben Zeit entdeckte er auf einem Holzbrett neben der Tür eine kurze Feile, schnappte sie und drückte sie ihr in den Rücken.

»Hören Sie«, flüsterte er, »Sie werden jetzt still sein. Sie werden nicht schreien. Sie werden alles tun, was ich Ihnen sage. Es tut mir leid, daß ich Sie erschreckt habe, doch wenn Sie tun, was ich Ihnen sage, wird Ihnen nichts, rein gar nichts passieren. Haben Sie mich verstanden?«

Er spürte am Arm ihre krampfhaften Schluckbewegungen.

Es blieb ihm keine andere Wahl. Zumindest nicht, wenn er durchführen wollte, was ihm in der Sekunde eingefallen war, als er die Frau zur Geisel nahm. Ihr Haar duftete. Oder war es ihr Kleid? Es war ein schwerer, patschuliartiger Parfümduft, der überallhin gepaßt hätte, nur nicht hierher in diesen Schuppen, in dieses Haus, in diese Situation. Er drückte den Feilengriff noch etwas heftiger gegen ihr Schulterblatt.

»Wir verstehen uns?«

Sie nickte.

»Das war doch Enslin, der draußen aus dem Wagen stieg?«

Sie nickte wieder.

Er konnte jetzt ihr Profil erkennen und die schräg eingesetzten, mit dicken Lidstrichen betonten Augen. Sie hatte hübsche, volle Lippen, die zitterten. Sie hatte einen sehr weiblichen, beinahe üppigen Körper und eine schmale Taille, um die sich ein roter Ledergürtel spannte. Sie trug Sandalen. Das Kleid war aus blauer Baumwolle mit weißen Punkten. Sie tat ihm leid, aber der Film mußte weiterlaufen.

»Selima!« Eine Männerstimme. Enslin. Nun wieder. Diesmal ziemlich ungeduldig: »Se-li-ma!«

Er lockerte den Druck um ihren Hals. »Geben Sie Antwort. Rufen Sie: Ich komm' ja schon.«

Nun war es nicht mehr allein der orientalische Patschuli-Duft, den er roch, nun vermischte er sich mit Angstschweiß.

»Los, rufen Sie!«

»Max, ich komm' gleich ...«

»Und das werden wir auch tun«, sagte er. »Gehen wir.«

Der Wagen, der auf dem kleinen Kiesplatz am Eingang stand, war ein alter, verbeulter, silbergrauer R-18-Combi. Die Hecktür stand offen.

Sie ging unsicher. Sie stolperte, gab einen leisen, stöhnenden Laut von sich. Sie tat ihm leid.

»Was wollen Sie?« stieß sie unterdrückt hervor. »Was wollen Sie von uns?«

»Für mich gibt es hier kein ›uns‹. Für mich gibt es nur Max.«

Er schob sie weiter.

Sie ging durch die Eingangstür und sie kamen in eine winzige Garderobe. Und da stand er nun im Wohnzimmer und drehte sich langsam um. Er hatte seine Einkäufe auf den ovalen Tisch in der Mitte gelegt. Brückner sah Tüten, ein Paket, zwei Flaschen Merlot – und ihn. Er wirkte zierlicher als auf den Fotos. Sein Haar war blond und kurzgeschnitten. Unter der etwas aufgeworfenen Nase wuchs ein Schnauzer. Er trug Jeans und ein Jeanshemd. Und er hatte den halb verblüfften, halb ungläubigen Gesichtsausdruck, den wohl jeder Mann aufsetzt, der gerade erlebt, daß seine Frau von einem wildfremden Menschen ins Haus gestoßen wird.

»Er, er ... Max ... Er war im Schuppen.«

Max Enslin richtete sich auf. Er sagte nichts. Er starrte nur.

»Er hat eine Waffe, Max! Eine Pistole oder so was ...«

»Nein«, sagte Brückner, »ich hab' die Dame bloß erschreckt. Das stimmt. Dafür werde ich mich wohl entschuldigen müssen. Sehen Sie, hier ...«

Er zeigte die Feile. »Das Ding hing drüben im Schuppen am Eingang.«

Vielleicht war es ein Fehler, und sicher war mit diesem Hinweis keine Brücke zu einem gemütlich-sachlichen Gespräch zu schlagen. Aber er hatte es satt, dieses unbekannte Mädchen mit den dunklen Haaren und dem blauen Kleid länger zu ängstigen.

Enslin verzog verächtlich den Mund. Angst zumindest hatte er nicht. Die Frage, die er stellte, kam ganz sachlich: »Was wollen Sie?«

»Mich über ein paar Fragen mit Ihnen unterhalten, Enslin, auf die ich gekommen bin, als ich mich in Ihrem Schuppen umtat.«

»Im Haus waren Sie nicht?«

Brückner ließ die Frage offen. Vermutlich nahm Enslin es sowieso an.

»Und was soll das? Wer sind Sie? Kommen Sie von der Polizei?«

Er schüttelte den Kopf. »Sagen wir mal, ich bin so etwas Ähnliches wie ein Privatdetektiv.«

»Auch noch«, stöhnte Enslin, »Privatdetektiv. Und Sie schnappen sich meine Freundin wie ein Ganove. Sehen Sie nicht, wie schreckensbleich sie ist? Verdammt noch mal, wo sind wir hier eigentlich?« Er ballte die Fäuste. Sein Blick nahm Maß, doch anscheinend kam er zu dem Ergebnis, daß sich bei Brückner mit den Fäusten nicht viel ausrichten ließ. »Sind Sie verrückt?«

Er hatte diese Frage zu oft gehört, um sie noch zu beachten. »Sehen Sie, Herr Enslin, ich will ja zugeben, daß mein Verhalten nicht besonders korrekt ist. Vielleicht war es auch kein glücklicher Einfall, doch ich wollte unbedingt, daß dieses Gespräch zustande kommt. Vielleicht hätte die Dame Sie warnen können, und Sie wären abgehauen.«

»Ich? Abgehauen? Vor Ihnen? – Wie kommen Sie darauf?«

»Ich sagte ja vorhin schon: In Ihrem kleinen Stahlkasten gibt's hochinteressantes Material über Ersatzteile. Und das ist eigentlich das Thema, das mich zu Ihnen geführt hat.«

Vor einem der beiden Fenster waren die Vorhänge zugezogen. Das andere war wohl die Nordseite. Jedenfalls war es nicht allzu hell im Raum, doch Enslin war blasser geworden, fand Brückner, eindeutig blasser.

Er schwieg.

»Herr Enslin! Ein Mann, der derartige Papiere aufbewahrt und sich in einem abgelegenen Haus, in einem abgelegenen Dorf, in einem abgelegenen Bergtal versteckt ...«

»Versteckt? – Hören Sie ...«

Es blieb bei dem Anlauf. Er unterbrach sich, zog die Unterlippe zwischen die Schneidezähne, sagte noch immer nichts. Doch Brückner fühlte den Zorn wie in Wellen zu sich herüberschlagen. Zorn? Oder Angst? Das Mädchen mit dem hübschen Namen Selima hatte sich in einem Sessel zusammengekauert. Sie war nichts als ein Schatten. Nur ihr Atem war zu hören. Sie starrte vor sich hin.

»Diese ACP in Tripolis scheint ja ein interessanter Laden zu sein. Hat sie denn auch in der Schweiz eine Filiale? In Zürich zum Beispiel ...«

»Nochmals: Wer schickt Sie? Wer ist Ihr Auftraggeber?«

Eine gute Frage, dachte Brückner. Eine Frau namens Anja wäre wohl die Antwort. Aber das hätte sie nicht weitergebracht.

Max Enslin drehte sich um und blickte zum Telefon. »Was reden wir hier rum? Ich hole jetzt die Polizei.«

»Ist denn der Anschluß überhaupt bezahlt? Ich meine, Sie haben doch ziemlich Schwierigkeiten. Außerdem: Wofür brauchen Sie hier schon ein Telefon?«

Enslin warf ihm einen zornfunkelnden Blick zu und tat, als wolle er sich in Bewegung setzen.

»Rufen Sie ruhig an, Enslin. Ich hab' da überhaupt nichts dagegen. Ein Gespräch mit der Polizei steht für Sie sowieso auf dem Programm. Aber ich werde dann erzählen müssen, daß Sie über die Firma Saad und ihre Mittelsmänner versucht haben, einen Handel mit hochkarätigen Flugzeugersatzteilen einzufädeln, deren Einfuhr nach Libyen streng verboten ist. Auf so was, das wissen Sie so gut wie ich, steht Gefängnis. Und es wird auch nicht das einzige Thema sein, das dann auf's Tapet kommt.«

»Hauen Sie ab! Sie können sein, wer Sie wollen, aber Sie kotzen mich an.«

»Kann ich Ihnen nicht übelnehmen, Enslin. Nur: Den Gefallen tu' ich Ihnen nicht. Da wäre nämlich dieses zweite und für mich noch wichtigere Thema: Was haben Sie eigentlich in die MD-80 eingebaut, die vor drei Tagen beim Landeanflug in Palma de Mallorca verunglückt ist?«

»Ich? Sie spinnen wirklich! Ich bin aus der Crossair ausgeschieden. Was hab' ich damit zu tun?«

»Jetzt wird's ein bißchen einfältig, finden Sie nicht? Einbau und Tests erfolgten unter Ihrer Regie, Enslin. Sie waren in Basel bei der Crossair-Werft noch der verantwortliche Mann.«

Die junge Frau in der Ecke wollte aufstehen. Sie hatte genug, und es war ihr anzumerken.

»Bleiben Sie ruhig sitzen.«

Selima hielt sich nicht daran. Sie sprang auf und schrie: »Merde, mon Dieu. Schmeiß ihn raus!«

Er tat es nicht. Er drehte sich zum Schrank, öffnete ihn und sagte: »Das kann ich Ihnen beweisen. Ich kann Ihnen noch was zeigen, das Sie anscheinend nicht mitbekommen haben. Am Schrank waren Sie doch auch?«

Brückner hätte besser geantwortet. Vor allem hätte er aufpassen müssen. Falls er in diesem beschissenen Schnüfflerjob weiterkommen wollte, war es in Zukunft wohl wichtig, das Filzen von Räumen und Schränken ernster zu nehmen, denn als Enslin sich wieder umdrehte, waren die Karten neu gemischt. Er hielt irgend etwas Schwarzes, Mattglänzendes in der Hand. – Eine Waffe!

Er war ganz still. Er hörte sein Herz. Und auch der Druck an der rechten Schläfe war wieder da. Wo hatte er die verdammte Kanone bloß versteckt gehabt? Hinter seinen Schallplatten, dem Stereoverstärker? – Das spielte nun auch keine Rolle mehr.

Enslin hielt die Pistole in der Hand. Und der Lauf war auf Brückners Magen gerichtet.

Vielleicht war es die Bedrohung, vielleicht war es sein triumphierendes Grinsen oder das Schweigen im Raum. Was immer es war – Brückner dachte nicht daran, es zu akzeptieren. Er wollte das alles hinter sich haben. Und unter jeder Bedingung.

Brückner handelte in derselben Sekunde. Was er tat, unterlag keiner Überlegung, es geschah ohne Plan oder Absicht, war nichts als Instinkt. Der Tisch, der sie trennte, war nicht sehr groß. Und schwer war er auch nicht. Helles Kiefernholz. Darauf befanden sich noch immer die beiden grünen Plastiktüten und die beiden Flaschen Merlot.

Er griff unter den Rahmen. Enslins höhnisches Gesicht verschwand. Die Flaschen knallten zu Boden. Er hatte ihm den ganzen Tisch in einer einzigen wilden Kraftanstrengung an den Kopf gerammt.

Ein Schuß knallte. Er ging sofort zu Boden.

Er schleuderte den Tisch von sich und hatte schon beide Hände an Enslins Hals, warf ihn gegen die Tür und stieß blitzschnell mit dem Fuß die Pistole in eine Ecke. Er drückte ihm mit Daumen und Zeigefinger die Drosselader zusammen, so wie er das vor Jahren in Peru gelernt hatte. Enslin sackte zusammen. Brückner riß die Pistole an sich, im letzten Moment, denn da war sie, Selima, die Tochter der Wüste, da war sie mit krallenartig gebogenen Nägeln.

Er stieß ihr mit dem linken Fuß die Beine weg, und sie fiel um.

Es war beeindruckend. Er staunte über sich selbst. Alles

war in Blitzesschnelle abgelaufen. Alles hatte einwandfreie Resultate gebracht. Enslin war jetzt sehr blaß geworden. Sein Atem ging röchelnd. Er packte ihn trotzdem erneut am Hals. Er sah Selima an. Sie kauerte nicht weit von ihm, hatte beide Hände in ihren Haaren vergraben und wimmerte.

Er spürte Enslins Puls schwächer werden. Er schien an der Grenze der Bewußtlosigkeit. Er wollte mit ihm nicht noch mehr Probleme. Er setzte sein Knie gegen Selimas zarten Nacken, drückte sie noch weiter zusammen und riß die Vorhangschnur von der Wand. Es kam eine ganze Stoffbahn mit. Na und? Er drückte auch Enslin zu Boden und fesselte ihn.

Selima begann zu schreien.

Die Schreie brachten sein Programm durcheinander. Er legte ihr die Hand vor den Mund, und sie versuchte, ihn in den Finger zu beißen. Es gelang ihr nicht. Er stieß sie vor sich her ins Badezimmer, riß die Rolle Leukoplast, die er zuvor entdeckt hatte, aus dem Schrank, ließ sie drei, vier Schreie ausstoßen, bis er das verdammte Band von der Rolle hatte und klebte es ihr dann quer über den Mund. Er schaffte es auch noch, ihr eine solide Fessel an Händen und Füßen anzulegen.

Nun war es still.

Er stieß sie in ihren Sessel zurück und griff nach der Pistole.

Alles reichlich sonderbar, was hier abläuft, fand er. Etwa wie in einem dieser Hollywood-Horrorschinken, wo der böse Mann ins Haus einbricht, um die ganze Familie in seine Gewalt zu bringen. Er war der böse Mann. Und als der böse Mann war er noch immer dabei, seine Arbeit zu Ende zu bringen. Nur, daß das Gefühl stärker wurde, in den falschen Film geraten zu sein.

Ihre Augen waren wie zwei schwarze, funkelnde Sterne.

Es waren wirklich schöne Augen. Er hatte sein Problem gelöst. Mit Max Enslin, der da noch immer ziemlich flach atmend auf dem Boden lag, würde es keine Schwierigkeiten geben. Nur: Wie machte er ihn wieder fit? Er hatte noch einiges mit ihm vor. Und nichts davon war angenehm.

Dies waren die Tage des Grappas ...

Er hatte eine Flasche davon in Enslins Eisschrank gefunden. Gestern noch, in Peter Berniers »Kiste«, hatte das traditionsreiche Trestergesöff ihm selbst auf die Beine geholfen, nun brachte es Enslin in die Wirklichkeit zurück. Die war nicht sehr schön für ihn.

Er hatte ihn auf das Sofa geschleift.

Ein Faden von Grappa lief ihm noch aus den Mundwinkeln über das Kinn zum Hals. Seine Augen waren Schlitze. Was aus diesen Schlitzen hervorbrach war Haß und Angst. Die Angst der in die Ecke getriebenen Ratte ... Nein, er sah nicht sehr gut aus, und Brückner hatte kein Mitleid mit ihm. Er mußte weiterkommen, brauchte Fortschritte, koste es, was es wolle!

Er blickte zur Ecke hinüber. Selima blieb das, was sie schon zuvor gewesen war: ein mundtot gemachter Zeuge. Mit all dem Leukoplast über ihren Lippen wirkte ihr Gesicht nicht mehr so dekorativ wie zuvor. Sollte sie ruhig anhören, was kam. Vielleicht war das, psychologisch gesehen, ganz gut.

»Enslin! Entspannen Sie sich mal. Wahrscheinlich werden Sie Entspannung noch brauchen können. Und in der Zwischenzeit unterbreite ich Ihnen eine hübsche kleine Theorie, ja?«

Er schniefte nur, begann zu husten und wischte sich mit den gekreuzten Handrücken den Speichel von den Lippen.

»Sie sind wahnsinnig.«

»Richtig, damit sollten Sie sich jetzt trotzdem nicht aufhalten, Enslin. Hören Sie lieber zu. Die Geschichte beginnt damit, daß ein Vierunddreißigjähriger stellvertretender Wartungschef bei der Crossair wird. Nennen wir ihn mal Max, ja? Nun ist das vielleicht keine atemberaubende Karriere, aber doch ein gutbezahlter, und sehr verantwortungsvoller Job. Max' Chef zum Beispiel, der Herr Baumann, ist schließlich auch ein guter Ingenieur. Und zufrieden. Max aber reicht das alles nicht. Er strebt nach Höherem. Und dazu braucht er einen Haufen Geld. Kaum sitzt er also bei der Crossair im Sessel, was tut er da? Er kauft sich einen neuen Schlitten, nicht so 'ne Blechkiste, wie sie da draußen steht, nein, ein 700-BMW muß es sein.«

»Was soll der Quatsch?«

»Richtig. Das ist zu anekdotisch. Kommen wir zum Punkt. Max gibt 'ne Menge Geld aus in Basel. Und wenn einer eine Menge Geld ausgibt, weil er einen beeindruckenden Lebensstandard und schicke BMWs liebt – was macht er dann? Er sieht sich nach zusätzlichen Geldquellen um. Der Job, der bringt's ja nicht.«

»Ist doch alles dummes Gequatsche.«

Enslin spuckte. Er spuckte zu kurz. Der Sprühregen aus unzähligen Speicheltröpfchen verwehte weit vor Brückners Nase.

»Nicht unsachlich werden«, mahnte Brückner. »Spucken ist unsachlich. Bleiben wir bei Max. Eine zusätzliche Geldquelle wäre zum Beispiel ein kleines, hübsches Miethaus am Züriberg. Nur – mit welchen Mitteln? Die Bank springt ab. Aber Max hat ja Ideen. Viele Ideen ... Da hätten wir zum Beispiel die Idee mit der ›Holiday-Invest‹. In San Remo sind die Grundstücke billiger als am Züriberg. Bauen wir also was drauf. Oder tun zumindest so, denn die Partner, die inzwischen Geld geopfert haben, drängen.

Und da sind Leute darunter, mit denen nicht so gut Kirschen zu essen ist. Exotische Leute.«

Enslin schniefte durch die Nase. Er zerrte an seiner Vorhangschnurfessel.

»Ein Mann namens Saad zum Beispiel«, sagte Brückner. »Ahmed Saad. Das ist dann wirklich eine interessante Verbindung. Nicht nur, daß er über Kohle verfügt, er arbeitet für das libysche Verteidigungsministerium, hat überdies noch eine hübsche kleine Sekretärin mit dem genauso hübschen Namen Selima.«

Aus der Ecke kam ein muffelnder, unterdrückter Laut, die Sorte von Laut, die nur ein Mensch ausstoßen kann, dem der Mund verklebt ist.

»Mit diesem attraktiven Mädchen aus Libyen, das inzwischen in der Schweiz einen Aufenthalts-Antrag gestellt hat – ja, weiß ich aus den Akten, ist alles im Schuppen –, wird Max leichter handelseinig als mit dem Chef. Der zielt höher hinaus als auf ein paar Grundstücksanteile in San Remo. Die sind für ihn nur der Köder. Monsieur Saad hat nun mal kein Interesse an Max, dem Finanzgenie, sondern an Max, dem Wartungsingenieur.«

Enslin lehnte sich jetzt zurück. Aus den Augen war das nervöse Glitzern gewichen. Sie wirkten aufmerksam und ruhig.

»Und dann?«

»Gleich, nur keine Ungeduld. Jetzt nähern wir uns nämlich dem interessanten Teil meiner Theorie: Libyen, und nicht nur seine Luftfahrt, sondern auch seine Luftwaffe, leidet unter embargobedingtem Ersatzteilmangel. Den loszuwerden zahlt sich aus. Da arbeitet man mit jedem zusammen. Selbst mit so windigen Figuren wie Max. Unser Freund Saad, der auf diesem Gebiet tüchtig ist, macht Max ein paar Angebote. Zunächst ist man vor allem an Autopiloten interessiert. An Autopiloten der Firma McDonnell-Douglas.«

»Stuß, alles Stuß, was du da laberst!«

»Waren wir nicht beim Sie? Dabei wollen wir auch bleiben. Max besorgt sich über den Swissair-Einkauf für Crossair eine Serie von acht Geräten. Mit allem was dazugehört. Sozusagen als Visitenkarte für künftige Geschäfte.«

»Stuß!«

»Haben Sie schon mal gesagt. Ich bin auch gleich zu Ende, obwohl meine Theorie jetzt erst richtig spannend wird ... Die Geräte, alle brandneu, wandern mit der Hilfe des tüchtigen Herrn Saad nach Tripolis. Im Ersatzteillager wie auf den Wartungslisten aber müssen sie ja noch existieren. Wie kann man sie ersetzen? So lautet jetzt die Frage. Natürlich ist auch Herr Saad, der inzwischen seine Sekretärin an Max verloren hat, über diesen Teil des Deals eingeweiht. Das Problem bleibt also: Wo kriegt man Geräte her? Und die selbstredend zu einem Bruchteil des Preises, sonst ist ja das ganze Geschäft zum Teufel. Gott sei Dank gibt's dafür einen ganzen Markt. Ich bin lange genug in Südamerika herumgeflogen, um das zu wissen. Dort ist der Gebrauchtteilhandel so selbstverständlich wie ein Puff-Besuch ...«

»Quatsch, Stuß! Was heißt Südamerika? Soll ich dir mal sagen, was du bist?«

»Das weiß ich. Ich will was anderes wissen: Woher kamen die Dinger? Wer hat die Autopiloten besorgt? Das ist das eine. Das zweite wäre: Wo habt ihr sie frisiert? Es ist doch schon mal einer ausgefallen. Bei einem Crossair-Flug. Sind die anderen schon alle eingebaut? Hat niemand was gemerkt? Das sind die Fragen, die mich interessieren.«

»Leck mich doch am Arsch!«

»Das werd' ich nicht tun. Ich werd' etwas ganz anderes tun. Außerdem werden Sie gleich erleben, wie gerne und wie klar Sie auf Fragen Antworten geben können. Woher kamen die Geräte, Enslin?!«

Der schwieg. Er preßte die Lippen zusammen. Doch die Angst war nicht mehr in seine Augen zurückgekehrt. Er schwieg, als wolle er Brückner mit seinem Schweigen verspotten.

»Reden wir mal von der Crossair-Maschine, die vor drei Tagen in Palma runterging, Enslin. Die explodierte, weil die von euch eingebauten Scheißdinger nicht mitspielten. Und als sie das tat, starben zweihunderteinundsechzig Menschen. Frauen, Kinder, Alte, Junge ... Nun werden Sie natürlich sagen: Quatsch, Stuß. Was geht mich das an?«

Enslin schwieg beharrlich weiter.

»Da liegt der Unterschied zwischen uns, Enslin. Mich geht's etwas an. Und deshalb werde ich herausfinden, was da passiert ist. Für mich ist das die wichtigste Aufgabe, die ich kenne.«

»Ach nein?«

»Ja, Enslin!« Er hätte ihm die Faust in die Fresse knallen können, doch er beherrschte sich. Noch. »Unter den Toten war meine Frau ...«

Enslin schwieg weiter. Er senkte für einen Moment die Lider, aber das änderte nun auch nichts mehr.

Als Brückner den Grappa für Enslin holte, hatte er in der Küche einen Gegenstand entdeckt, der ihm sehr brauchbar schien: einen Lötkolben. Enslin hatte ihn wohl für irgendeine Do-it-your-self-Leistung gekauft und vergessen, das Gerät zurück in den Schuppen zu bringen.

Nun prüfte er die Handgelenkfessel. Enslin wollte nach ihm schlagen, aber er schaffte es nicht. Der Versuch war nicht einmal überzeugend. Er schien resigniert zu haben.

Brückner ging in die Küche und holte den Lötkolben. Er nahm auch Streichhölzer und Haushaltskerzen mit. Er stellte den Tisch wieder auf seine vier Beine und legte das

Gerät, die Kerzen, und die Streichhölzer auf die Tischplatte. Enslin folgte seinen Bewegungen mit großen Augen.

Brückner drehte sich um.

»Was Sie hier versammelt sehen, Enslin, sind Dinge, die man dazu gebrauchen kann, Hitze zu erzeugen. Haben Sie das begriffen?«

Enslin zischte durch seine Zähne und schnitt eine verächtliche Grimasse.

»In einem Flugzeug, das explodiert«, fuhr Brückner fort, »herrscht eine gewaltige Hitze. Viele Tausende von Grad sind das. Ich weiß nicht, ob Sie sich so was schon mal angesehen haben. Vermutlich interessiert Sie das auch nicht ... Ich hätte aber gerne, daß es Sie interessiert. Deshalb habe ich mich entschlossen, Ihnen davon eine Vorstellung zu vermitteln.«

Zischen und Kopfschütteln hörten plötzlich auf. Enslin wurde ruhig. Seine Beine streckten sich und wurden steif. Vielleicht hatte er begriffen.

»Am menschlichen Körper, Enslin, gibt es Stellen, die besonders empfindlich auf Wärme reagieren: Lippen, Ohrläppchen, Fingerspitzen ... Wir werden das herausfinden.«

Er hörte seiner dozierenden Stimme zu und fragte sich, ob sie noch ihm gehörte. Außerdem: die Sadistenrolle, die er sich vorgenommen hatte, würde er sie durchstehen? Das war im Augenblick nicht wichtig. Wichtig war nur eines: daß Enslin sie ihm abnahm.

Neben dem Sofa war eine Stehlampe plaziert. Brückner zog den Stecker aus der Steckdose und schloß den Lötkolben an. Er richtete sich wieder auf. Enslin hatte sich nicht bewegt. Seine hellen Augen verfolgten jede seiner Bewegungen. Die Pupillen darin waren geweitet.

Brückner wartete. Es dauerte nicht lang, und die Spitze des Gerätes färbte sich dunkelrot, hellte sich nun auf zu einem weißlichen Rosa. Er näherte sie Enslins Schädel. Der warf mit einer jähen Bewegung den Kopf zurück. Nicht weit genug ...

Es zischte.

Das Mädchen dort drüben gab erneut einen ihrer erstickten, muffelnden Laute von sich und versuchte aufzustehen. Doch Selima schaffte es nicht, sie taumelte, ging in die Knie oder brach zusammen – jedenfalls blieb sie sitzen. Den Raum erfüllte nun der unangenehme Geruch verbrannten Haares.

Enslin sagte nun nichts mehr. Sein Mut hatte sich verabschiedet. Er wimmerte vor sich hin. Zuvor noch hatte er in einer wilden Fluchtreaktion versucht, hochzukommen, doch Brückner stieß ihn zurück, hielt mit der linken Hand seine Schulter fest, während er die glühendheiße Lötkolbenspitze dicht an seinen Augen vorüberstreichen ließ.

»Nein, nein, nein«, flüsterte Enslin. »Das ist, das ist ...«

»Gemein, nicht wahr? Und nur der Anfang.«

Er tippte mit der Spitze kurz gegen Enslins linkes Ohr. Der brüllte auf. Die Stelle färbte sich blutrot, dann weiß. Brückner zog sich der Magen zusammen. Nicht nur Enslin, er selbst mußte das durchstehen. Aber er mußte nun dafür sorgen, daß er bekam, was er brauchte.

»Ich knöpf' Ihnen mal Ihr schickes Jeanshemd auf, Enslin.«

»Bitte«, brüllte Enslin, »bitte, bitte nein!«

»Okay, lassen wir's für den Moment. Versuchen wir es auf die altmodische Tour. Mit der Kerze ...«

»Bitte, das können Sie doch nicht.«

Sie waren wieder endgültig beim »Sie«.

»Woher wollen Sie das wissen? Sie kennen mich nicht. Ich kann viel mehr. Und Enslin, das garantiere ich Ihnen, Sie werden's gleich erfahren. Es sei denn, Sie sind vernünftig genug und geben auf präzise Fragen präzise Antworten. Ich sagte präzise. Präzise heißt bei mir richtig, wahrheitsgetreu, kapiert? Ich weiß genug, um Sie bei jeder faulen Ausrede und bei jeder Lüge zu erwischen. Das ist Ihnen inzwischen ja wohl klargeworden. Sind wir uns einig?«

Er sah hoch. Die Lider zitterten.

»Ob wir uns einig sind?«

Er nickte.

»Sehr gut.« Er zog den Tisch etwas näher, legte den Lötkolben in Reichweite auf den Tisch und drehte die glühende Spitze so, daß Enslin sie sehen konnte. Sie glomm wie ein bösartiges, rotes Auge.

»Passen Sie auf. Sie kennen doch das Wort Bogus-Part?«

Keine Reaktion. Nur der Blick.

»Bogus! Gefälschte Flugzeugersatzteile. Das Geschäft des Jahres. Und da wollten Sie halt auch ein bißchen daran teilnehmen. Stimmt's?«

Wieder keine Antwort. Sie waren dabei, Zeit zu verschwenden.

»Die ausgetauschten Computer, die Autopiloten, die jetzt bei Euch im Ersatzteillager liegen, woher stammen sie, Enslin?«

»Bei euch? Was heißt denn bei euch?«

Enslin schaltete wieder auf stur.

Und er, Brückner, er spielte den Sadisten. Hatte er nicht Gründe dafür? Hatte er sie nicht hinreichend erklärt? Enslin mußte wissen, was er sich einhandelte. Wieder griff er zum Lötkolben. Diesmal zog er Kreise vor Enslins Gesicht – und hatte Erfolg.

»Tun Sie das Ding weg, Herrgott! Lassen Sie doch diesen Wahnsinn.«

»Das ist kein Wahnsinn. Das ist das einzige Mittel, das mir bleibt. Und ich werde es anwenden ...«

Er schob die Spitze näher und näher an Enslins Mund. Er preßte den Oberkörper, dann den Kopf zurück, bis es nicht mehr ging. Er mußte die Hitze spüren wie einen Brandhauch.

»Also? Woher kommen die Geräte?«

»Ich hab' sie nicht besorgt.« Du hast ihn also so weit, dachte Brückner. Er gesteht.

»Wer dann? Lief das über Saad?«

Enslin nickte.

Brückner hatte Zweifel, ob es die Wahrheit war. Er zielte gegen seine Herzgegend. »Wirklich?«

»Wirklich. Glauben Sie mir doch! Tun Sie das Ding weg! Bitte, glauben Sie doch.«

Die Stimme war jetzt die eines schluchzenden Kindes. Und wie ein verzweifeltes Kind riß er die Augen auf. Tränen rannen ihm über die Backen. Der Mund zitterte. »Bitte!« Enslin war am Ende.

»Sie haben nichts zu bitten, Enslin. Meine Frau konnte auch niemand bitten, daß er sie verschont, als das Feuer kam. Sie haben nur eines zu tun: auf meine Fragen vernünftige und wahrheitsgemäße Antworten zu geben. Und noch was, Enslin ...«

Er beugte sich über ihn, den Lötkolben in der Hand, und zwang ihm seinen Blick auf: »Sie hatten recht: Ich ticke anders. Vielleicht war ich bisher ein normaler Mensch. Sicher sogar. Jetzt bin ich's nicht mehr. Auch daran haben Sie die Schuld. Wiederholen Sie: ›Auch daran habe ich Schuld.‹«

Er schluchzte. Brückner hob den heißen Stab in seiner Hand.

»Wiederholen Sie es!«

»Auch daran habe ich Schuld«, krächzte Enslin.

»Sehr gut. Noch eine Antwort! Strengen Sie Ihr Gedächtnis an. Falls Sie mich zufriedenstellen, verschwinde ich.

Wenn Sie mich ärgern, gehe ich raus in den Schuppen, hole den Kanister Benzin, der dort steht, und zünde Ihnen und Ihrer Freundin die Hütte über dem Kopf an.«

Wieder wunderte sich Brückner über sich selbst. Krimi-Killersätze? Und er brachte sie in Serie: Er? Was war es, das ihn so sprechen ließ? Er wußte es.

»Sie lügen!«

Enslin flüsterte: »Es war so. Saad hat in den USA Kontakte. Die Ware kam per Luftfracht.«

»Habt ihr keine Eingangskontrolle?«

»Doch.«

»Und?«

»Sie kamen in der Originalverpackung. Mit Begleitpapieren und dem Yellow-Tag.«

»Und die Seriennummer?«

»Die, die ...«

»Ja? Ich höre.«

»Die habe ich durchgegeben.«

»Die haben Sie zuvor nach den USA durchgegeben? Ist es das? Damit diese Ganoven von Fälschern sie auf den Geräten anbringen konnten, nicht wahr? Wie war das denn mit dem Autopiloten, der gleich beim Testflug ausfiel. Was habt ihr mit dem gemacht?«

»Weiß ich nicht. Ich gab ihn an den Swissair-Einkauf zurück.«

»Und die haben ihn dann, mit einem Beschwerdebrief versehen, nach Long Beach zu McDonnell geschickt? Na, großartig. Haben Sie nicht mit der Swissair-Technik ...«

Brückner beendete seine Frage nicht – Enslin begann schlapp zu machen. Vielleicht war es der Schlag zuvor, als er ihn am Hals erwischte, vielleicht war er dieser Art von Verhör nicht gewachsen. Sein Gesicht war kalkweiß. Dicke Schweißtropfen erschienen auf der Stirn. Iris und Pupille drehten nach oben.

Brückner schüttelte ihn. »Was ist los? Wollen Sie ein Glas Wasser?«

Enslins Lippen bewegten sich. Er murmelte irgend etwas. Brückner konnte es nicht verstehen. Er schüttelte ihn ein zweites Mal. »Es ist gleich vorbei, Enslin. Gleich sind Sie mich los. Eine letzte Frage, hören Sie!«

Wieder riß Enslin die Augen auf. Er versuchte das Zukken an seinem Mund zu beherrschen.

»Wer hat die Geräte geliefert? Wo wurde der Schrott zusammenmontiert? Wer hat das gemacht? Woher kommen die Dinger?«

»Miami«, flüsterte Enslin.

»Der Name, Enslin.«

»Global ...«

»Was Global?«

»Global Wings.« Sein Kopf sackte zur Seite. Das Kinn hing herab. Die Augen schlossen sich.

Brückner fühlte den Puls. Enslins Herz schlug zwar schwach, aber er würde wieder zu sich kommen. Bald.

Brückner legte ihm die Beine hoch, damit der Kreislauf sich stabilisieren konnte, und ging hinüber in die Ecke, in der das Mädchen am Boden saß. Er betrachtete sie, holte aus dem Bad eine Schere, und schnitt ihr die Fußfesseln durch.

Dann beugte er sich nach vorn und riß ihr mit einem Ruck das Pflaster vom Mund.

Sie stieß einen Schmerzensschrei aus und sandte ihm einen ihrer langen, rabenschwarzen Blicke zu.

»Schwein!«

Brückner lächelte sie an. Es war sicher genau das Lächeln, das sie von ihm erwartet hatte. Dann tätschelte er ihre Wangen und sagte: »Entschuldigung für alles« – und ging.

Den Clio konnte er genausogut in Mailand abgeben. Brückner bezahlte seine Rechnung im »Reber«.

Er hatte es nicht sonderlich eilig. Die Entfernung von Locarno nach Mailand betrug 130 Kilometer. Der Verkehr war ziemlich dicht. Brückner ließ den Clio gemütlich auf der rechten Spur am Luganer See entlangschnurren und sagte sich, daß dies eigentlich auch eine ganz gute Wohngegend für einen pensionierten Flugkapitän sein könnte.

Falls sich je die Chance dazu ergab.

An das Haus an der Steilwand wollte er nicht zurückdenken. Er hatte getan, was zu tun war. Vielleicht hätte man auch eine andere Methode anwenden können, gewiß sogar, aber es war nun einmal so gelaufen. Nichts als ein brutaler Theatercoup? Vielleicht. Vielleicht auch ein bißchen mehr. Was sollte er darüber nachdenken, die Welt dort draußen war zu schön. Zu hell ...

Zwei Dinge zählten: Er hatte sein Ergebnis. Und er war sich sicher, daß er in wenigen Minuten ohne Schwierigkeiten in Chiasso die italienisch-schweizerische Grenze überschreiten würde, weil Enslin es sich nicht leisten konnte, ihm die Polizei auf den Hals zu schicken.

20. September

Autobahn Locarno–Mailand

Ortszeit: 15 Uhr 20

In Chiasso stauten sich Personenwagen und Lkws. Männer der *Guardia de Finanze* gingen durch die Kolonnen, ließen sich Ladeklappen öffnen, prüften Papiere. Sie hatten Schäferhunde dabei. Wahrscheinlich ging es wieder mal um Drogen.

Brückners Reihe, die der Maut-Passage entgegenrollte,

blieb unbehelligt. So war es auch mit den Fahrzeugen neben ihm. Er warf einen kurzen Blick nach rechts: ein dunkelblaues Lancia-Sportcoupé. Zwei Männer darin. Der Fahrer sah starr geradeaus: Vogelprofil, schwarzes Bleistiftbärtchen, olivfarbener Teint. Der andere war nur ein Schatten. Süditaliener wahrscheinlich, Neapolitaner, Calabresen, Sizilianer auf dem Weg nach Hause.

Er reihte sich in die Blechschlange ein, die die Bucht von Como umrundete und den Hügel zu den beiden Tunnels hochfuhr. Unten glitzerte der See, lag die Stadt. Ein hübscher Anblick. Wieder eine Serpentine. Als er einen Blick in den Rückspiegel warf, erkannte er den blauen Lancia hinter sich. Nun eine Gerade. Die anderen, schnelleren Fahrzeuge zogen an ihm vorbei, der Lancia blieb, wo er war. Brückner dachte sich nichts. Dies änderte sich, als sie den zweiten der beiden Bergtunnel durchfuhren: Scheinwerfer rückten auf, näher, unangenehm nah – Idioten!

Brückner tippte auf die Bremse. Der Lancia fiel etwas zurück.

Nun wurde es wieder hell. »Lucino« stand auf dem Ortsschild dort draußen. Am Ende des Dorfs wartete freies Land und das Straßenschild des Autobahnzubringers nach Mailand. »Milano«. Er würde sofort ins »Hotel Milan« fahren, in sein Lieblingshotel, sich von Signore Manzotti eines der hübschen Zimmer mit Blick auf den Garten geben lassen, zum halben Preis versteht sich. Es klappte fast immer, falls in Mailand nicht zufällig Messe war. Nur leider wurden ziemlich viel Messen abgehalten. Ja, und dann würde er in der Bar des Milan einen *brunetto* trinken.

Verdammt! Da war der Lancia wieder.

Er blickte auf den Tacho. Der Clio fuhr gerade achtzig. Für einen Sportwagen mit einem Zweilitermotor wie der, der hinter ihm her gammelte, nicht gerade die ideale

Reisegeschwindigkeit. Der Abstand betrug jetzt zwanzig Meter.

Brückner behielt seine Geschwindigkeit bei. Andere Wagen zogen an ihm vorüber. Sogar ein Bus, dann ein Lkw. Der Lancia schien es noch immer nicht eilig zu haben. Überhaupt nicht.

Warum?

Brückner gab Gas.

Der kleine Clio war für sein Gewicht gut motorisiert und reagierte sofort. Auch die Straßenlage war ausgezeichnet.

Brückner knallte den Gashebel bis zum Anschlag durch. Das Ding zischte ab. Hundertdreißig, hundertvierzig! Für den Lancia kein Problem. Jetzt hatte er den Lkw wieder erreicht. Eine Kurve. Andere Wagen kamen entgegen. Der weiße Mittelstreifen war durchgezogen und verbot jedes Überholmanöver. Brückner versuchte es trotzdem. Wie im Cockpit bei kniffligen Situationen beugte er sich weit nach vorn. Der Motor des Clio heulte auf. Mehr, als er brachte, war er nicht bereit zu geben; aber er schaffte es, den großen grauen Lkw zu überholen, kurz bevor auf der Gegenfahrbahn ein heranpreschender Mercedes, dessen Lichthupen ihn wütend anfunkelten, die Lücke schloß.

Brückner sah in den Rückspiegel.

Da! Auch der Lancia hatte überholt.

Diese Typen haben es mit dir. Die wollen was. Oder irgend jemand schickt sie.

Enslin? Flüchtig wie ein Hauch strich der Name durch sein Bewußtsein. Aber Enslin? – Der Gedanke war doch absurd ...

Der Lancia jagte nun auf gleicher Höhe. Zuvor hatte er den Mann mit dem Vogelgesicht gesehen, jetzt konnte er auch seinen Beifahrer erkennen: Gleichfalls ein südlicher Typ, nicht mager, sondern fett. Der Bart am Kinn wirkte wie ein schwarzer Keil.

Brückner versuchte, die Lücke zwischen dem Lkw und dem Auto zu sperren, indem er etwas Fahrt zurücknahm. Der Lancia zog vorüber und hatte sich jetzt wohl vor den Bus gesetzt. Brückner konnte es nicht erkennen. Während des ganzen Manövers hatte weder Fahrer noch Beifahrer ihm nur einen einzigen halben Blick gewidmet.

Es blieb trotzdem klar: Sie haben's auf dich abgesehen!

Was wollen sie? Was wollen die, verdammt noch mal?

Die Straße wurde jetzt dreispurig. Unter normalen Umständen hätte der Lancia längst verschwunden sein müssen, aber dort drüben war er wieder, ging auf die Mittelspur, verlor an Fahrt, tauchte erneut neben Brückner auf, der den Kopf drehte, um irgend etwas an den Gesichtern der Typen dort drüben abzulesen.

Der Lancia verlor noch mehr Geschwindigkeit und verschwand hinter dem Lkw.

Im Rückspiegel sah Brückner, wie der Lkw-Fahrer den Kopf schüttelte. Er hatte also auch Schwierigkeiten, die Geschichte zu verdauen. Brückner beschloß, nicht darauf zu warten, bis die beiden im Lancia sich über ihr weiteres Vorgehen klar wurden. Er kannte solche Situationen, hatte Ähnliches erlebt, in Amerika oder Asien. Er hatte in genügend Krisensituationen gelernt, wie Kommandos zu handeln pflegten.

Er beschloß, ihnen zuvorzukommen.

Weiter vorne rechts zeichnete sich ein langes braunes Gebäude ab. Anscheinend eine Ziegelei. Hinter der Mauer des Fabrikareals türmten sich Ziegelsteine und Dachziegel. Nun erschien der Zementpfosten der Einfahrt. Brückner wollte das Steuer nach rechts reißen, doch erkannte im letzten Moment, daß das große Gittertor geschlossen war.

Verdammter Mist. Aber jetzt!

Er hatte das Ende der Ziegelei erreicht. Zwischen der Begrenzungsmauer und dem nächsten Gebäude, einem

Wohnhaus, tat sich ein schmaler Weg auf. Brückner trat auf die Bremsen. Die Reifen schrien, der Clio schüttelte sich, drohte unter der Einhundertachtzig-Grad-Drehung zu kippen und streifte die Hausmauer. Brückner steuerte mit aller Kraft dagegen und schaffte es. Er brachte den Wagen zum Stehen.

Er spürte den Schweiß auf seinem Rücken und versuchte Atem und Gedanken zu beruhigen: Okay, wenn du etwas in zwanzig Jahren Fliegerei gelernt hast, dann in Gefahrensituationen zu reagieren. Wer nun das Sagen hat, ist der Verstand. Die beiden Typen im Lancia? Wie soll ein Enslin sie derart rasch in Bewegung gesetzt haben? Nun, theoretisch wäre das durchaus möglich. Aber vielleicht handelte es sich um eine Verwechslung? Vielleicht. Es schien ihm sogar die wahrscheinlichste Erklärung. Solche Knallköpfe konnten nirgends rumlaufen, nicht einmal hier.

Er sah sich um. Der Wagen stand in einer schmalen Gasse, zwischen hohen Mauern, die jedes Licht ausschlossen. Armselige Brennesseln wuchsen auf ein bißchen gelbkörniger Erde. Hinter ihm war das beständige Rauschen des Verkehrs.

Wo steckten sie? Hatten sie aufgegeben?

Sie hatten nicht. Das Verkehrsgeräusch wurde durch den Aufschrei von Gummi auf Asphalt zerrissen. Raus hier! Brückner blieb keine Zeit, sich Gedanken zu machen. Es gab nur noch eines: sich wie so oft auf den Instinkt zu verlassen.

Er hatte die Wagentür aufgestoßen, warf sich hinaus und rannte.

Und zur selben Zeit schon vernahm er die Schüsse. Ein unregelmäßiges, stakendes Knattern. Nicht zu laut. Aber dies waren keine Fehlzündungen. Er sah die winzigen Staubfontänen, die die Kugeln aus dem Sand rissen. Blätter und Halme knickten. Er hatte sich in der Mitte des Weges gehalten, weil ihn in dieser Richtung der Wagen und der Motorblock schützten.

Doch nun öffnete sich auf der linken Seite die niedrige Mauer eines Gartens. Brückner hechtete hinüber, warf sich zwischen die Büsche, sackte hinter einem Stapel moosbewachsener Baubretter zusammen.

Nach einigen Sekunden nahm er den Kopf hoch.

Das Haus schien nicht bewohnt. Die Fensterläden waren alle geschlossen.

Er kroch zur Mauer, blickte die Gasse entlang. Der Clio stand noch immer wie er ihn verlassen hatte. Die Tür war geöffnet. Auf der Straße zogen die Fahrzeuge vorbei.

Er blickte in die andere Richtung. Sie konnten angehalten haben und von dort, von den verlassenen, verwahrlosten Feldern, kommen. Er ging bis zum Ende des Weges, um sich einen Überblick zu verschaffen. Er konnte keinen Wagen entdecken.

Er untersuchte den Clio: Zwei Einschüsse. Beide im Heck. Die Kugeln mußten irgendwo in den Polstern steckengeblieben sein, denn im Fahrgastraum waren keine Spuren zu entdecken. Er setzte sich wieder hinters Steuer. Der Motor sprang brav an. Den Wagenvermietern würde er einiges zu erklären haben. Nur was eigentlich?

21. September

Mailand

Ortszeit: 17 Uhr 05

Brückner schöpfte Wasser und beträufelte damit seine Haare: warmes, duftendes Wasser. Er saß in einer Badewanne im vierten Stock des Hotels »Milan« in der Via Manzoni im Zentrum Mailands und hatte beschlossen zu genießen. Was die Wanne anging, war das wirklich einfach. Ein Prachtstück. Eine jener nicht mehr auffindbaren, gußeisernen Jugendstilwannen, die jeden Warmwasser-Fetischisten verrückt machen können. Und Brückner war einer.

Er spülte sich die Seife des Duschgels aus dem Haar, zog den Duft durch die Nase und beschloß, soweit es irgendwie ging, diesen Tag aus seinem Gedächtnis zu streichen, einschließlich eines Dorfes namens Aurigeno und eines Typs namens Max. Was der wohl machte? Vielleicht kurierte Selima gerade die Brandblasen an seinem Ohr, oder er war damit beschäftigt, irgendwelche Kontaktadressen anzurufen, um neue Lancia-Schützen zu organisieren. Gut, dachte Brückner, als er aus der Wanne stieg und nach dem flauschig-weißen Bademantel griff. Gut, du hast dich benommen wie ein Psychopath. Wieso eigentlich willst du ihm dann das Recht nehmen, sich genauso aufzuführen? Vergiß alles. Streich es!

Er ging zu den beiden geschwungenen, gewaltigen Waschbecken der Marke *Roca,* öffnete einen der bronzenen Hähne und ließ warmes Wasser strömen. Er betrachtete sich selbst, betätschelte Wangen- und Gesichtshaut: leichte Tränensäcke, das schon, aber sonst, wenn man die grauen Haare mal abrechnete und die neuvertieften Mundkerben, war er ganz zufrieden. Hätte schlimmer ausgehen können. Was, du wolltest das doch abhaken, stimmt's? Brückner rasierte sich mit Genuß, massierte hoteleigenes Aftershave der Marke *Armani* in die Haut, gab Creme darauf, ging in den Salon seiner Suite – jawohl, Suite – strich über Samtvorhänge, bewunderte das Blumengesteck in einer Silberschale, las die Karte: »Mit den besten Empfehlungen der Geschäftsleitung – Sergio Manzotti« und griff zum Telefonhörer.

Ehe er wählte, zog er noch mal sein Notizbuch zu Rate. Wilkens zuerst. Wenn er das Telefonat hinter sich hatte, würde er durch Breda schlendern und anschließend gleich drüben, auf der anderen Seite der Via Manzoni, im »Bice« essen und sich zum Anlaß seines Geburtstages das Teuerste auf der Karte leisten.

Denn ein Geburtstag war das heute wohl. Die Verrückten im Lancia hätten auch besser schießen können.

Also Wilkens ...

Diesmal hatten sie im Büro der »VC« in Frankfurt einige Mühe, ihn aufzutreiben. Er schien außerdem mieser Laune. »Wilkens. Vereinigung Cockpit«, knurrte er. Und dann: »Du?«

»Ja, ich.«

»Verdammt noch mal, Paul, was ist mit Dir eigentlich los?«

»Wieso?«

»Wieso, wieso ...« tobte er. »Das ist eine der unglaublichsten Fragen, die mir in der letzten Zeit gestellt worden sind.«

»Schön, aber ...«

»Nichts schön, aber ... Hier kocht die Suppe über, und du fragst, warum? Menschenskind! Wie kamst du bloß auf die Schnapsidee, dich einfach aus Palma zu verdrücken, ohne mit irgend jemandem zu sprechen, ohne an irgendeine Adresse einen Grund abzuliefern.«

»Hatte ich, aber ...«

»Was hattest du?«

»Einen Grund. Nicht nur einen – Gründe!«

»Das kann ich dir nur wünschen, Paul. Von wo rufst du überhaupt an?«

»Milano.«

»Von wo?«

Irgend etwas knackte. Vielleicht hatte Wilkens dort im VC-Büro in Frankfurt den Bleistift abgebrochen. Oder eine seiner ewigen Sonnenbrillen ruiniert.

»Ja, was zum Teufel, suchst Du denn jetzt in Mailand? Menschenskind, Paul, wir sind doch wirklich alte Kampfgenossen. Ich hab' auch schon eine Menge auf deine Schultern gepackt. Will ich gerne zugeben. Und das heißt natürlich auch, daß du mir einiges zumuten kannst. Aber hast du nicht selbst den Eindruck, daß du im Begriff bist, den Bogen zu überspannen? Gründe? Deine Gründe? Schieß los, verdammt!«

»Tut mir leid, Dieter, wenn ich dir jetzt die ganze Story runterbeten würde, würde das zu lange dauern. Und du würdest sowieso nicht alles begreifen. Es muß dir genügen, daß ich sie habe.«

»Ach ja? Muß mir genügen? Na herrlich!«

»Nicht nur, daß ich sie habe, Dieter! Daß sie außerdem zwingend sind.«

»So?«

»Ja, und weil das so ist, brauche ich deine Hilfe.«

»Wegen dieser unbekannten, zwingenden Gründe hieltest du's für richtig, eine ganze Kommission sitzenzulassen, dich noch nicht einmal bei der Einsatzplanung zu melden, Rebner vor den Kopf zu stoßen und einfach zu verschwinden. Nenn mir einen einzigen, den ich kapier', dann können wir weiterreden.«

»Gut, die Kommission. Du weißt selber, wie ein solcher

Verein vorgeht. Wie da die Kompetenzen hin und her geschoben werden. Wie da untersucht und palavert wird. Das dauert Monate, Dieter. Das kann Jahre dauern, bis Ergebnisse vorliegen. Bei der Norwegen-Convair, die auch wegen eines Bogus-Part abstürzte, waren es dreieinhalb Jahre bis zum Abschlußbericht.«

»Und du hast nicht die Absicht ...«

»Ich hab' sie nicht.« Paul Brückners Stimme war scharf geworden. Metallscharf. Er war kurz davor zu brüllen und heilfroh darüber, daß er sich zuvor ein Glas mit »Old Kentucky« eingegossen hatte und die Hälfte des Bourbon noch drin war. Er griff nach dem Glas und kippte es.

»Du wolltest mir doch was erklären und nicht saufen«, hörte er die trockene Stimme des Cockpit-Präsidenten.

»Ich hab' Ergebnisse, Dieter. Ich hab' sie fast greifbar. Und ich werde den Teufel tun, darauf zu warten, bis dieser Haufen von Lahmärschen sich dazu durchringt, sie zu akzeptieren und zu handeln. Das ist es.«

In der Leitung herrschte Schweigen. Als Wilkens nun sprach, war seine Stimme versöhnlicher.

»Ergebnisse? Wirklich?«

»Du kennst mich, Dieter«, sagte Brückner und ließ eine Pause verstreichen. »Worum es mir geht, ist lediglich, daß du mir den Rücken freihältst.«

»Bei Rebner?«

»Der kann mich mal. Du hast bessere Beziehungen zu den Erbsenzählern, als ich sie habe. Red auch mit Rebner. Aber vor allem mit der Einsatzplanung.«

»Worüber?«

»Daß sie mich für ein paar Wochen nicht mehr sehen werden. Bezahlter oder unbezahlter Urlaub, ist mir scheißegal.«

Wieder entstand eine Pause. Und als Dieter Wilkens nun sprach, klang seine Stimme besorgt.

»Paul?«

»Ja?«

»Du verrennst dich da nicht in irgendeine Sache?«

»Nein.«

»Du riskierst eine Menge. Natürlich kann ich an jeder Strippe ziehen, die ich in die Finger kriege. Aber so viele Strippen gibt's gar nicht, so viele hab' auch ich nicht, die ein solches Verhalten rechtfertigen können. Du riskierst deinen Job. Ist dir das klar?«

»Das muß ich in Kauf nehmen.«

»Paul, ich rede nicht nur von einem Eintrag in die Personalakte. Sie können dich feuern.«

»Ich sagte dir ja, das muß ich in Kauf nehmen.«

»Dann scheint es dir wirklich ernst zu sein.«

»Ist es mir auch, Dieter.«

Er sah auf seine Uhr. Erst siebzehn Uhr fünfzig. Die Zeit stand still. Dies war der Tag der Ewigkeiten. Es war ihm, als habe er vor tausend Jahren ein Dorf namens Aurigeno im Tessin besucht. Noch waren zwei Anrufe zu erledigen. Der erste galt Frau Rauka, seiner Putzfrau in Handschuhsheim. Sie sollte lüften. Und natürlich die alte Frage nach dem Bassin im Garten. Anja hatte vor einem Jahr drei Goldfische ausgesetzt. Sie waren zu einer stattlichen Anzahl von zwanzig gewachsen. Außerdem konnte sie mit Christa reden.

»Tun Sie mir den Gefallen, Frau Rauka, wenn Christa vorbeikommt, sagen Sie ihr, ich bin für einige Tage in die USA geflogen und rufe sie sofort an, sobald ich eine feste Adresse habe. Passen Sie auf sie auf! Und außerdem: die Goldfische. Wenn ich zurückkomme, möchte ich sie nicht mit dem Bauch nach oben durch das Bassin treiben sehen.«

Frau Rauka versprach es ihm.

Die Dresdner Bank. Sein Kontostand. Wenn er seinen

Besitz an festangelegten Papieren abzog, betrug er überraschende vierundachtzigtausend Mark.

»Davon brauche ich zwanzigtausend. Und zwar sofort.«

»Und wohin?«

»American Express. Zu meiner Verfügung.«

»American Express, wo?« fragte der Kontoführer.

»Ach ja, natürlich«, erwiderte Paul Brückner, »Miami, Florida.«

Kurz vor acht durchschritt Paul Brückner die kunstvoll geschmiedete Eisenpforte, die das »Bice« von der Via Manzoni trennte. Er trug einen sehr elegant geschnittenen Anzug aus hellblauem Popelin, ein dem Blau entsprechendes grünes Hemd und dazu eine schwarze, grüngemusterte Krawatte. Die ganze Pracht hatte er bei einem Herrenausstatter am Corso erstanden, ziemlich teuer, so teuer, daß er seine Kreditkarte zücken mußte. Nun fühlte er sich einigermaßen für das »Bice«, eines der exklusiven, in den Innenhofgärten der Mailänder Palazzi versteckten Toprestaurants, gerüstet.

Nur drei Tische waren besetzt. Die Italiener essen spät zu Abend. Die drei Tische allein beschäftigten fast ein Dutzend Kellner.

Er ließ sich einen Einzeltisch unter einem Magnolienbaum in der Nähe des plätschernden Springbrunnens anweisen, bestellte einen Aperitif und die *Corriere della Sera*. Er blätterte sie durch, wie immer fixiert auf die gleichen Meldungen, fand keine einzige, die etwas mit dem Unglück auf Mallorca zu tun haben könnte, trank seinen Sherry aus und nahm die Speisekarte zur Hand.

Er entschied sich für Krebssuppe, Brokkoli-Pâté und Rebhühner in Marsala. Er aß langsam, mit Bedacht und wohl auch zum ersten Mal seit langem wieder mit Genuß – und wollte gerade den Kaffee bestellen, als jemand

»Oh, wen seh' ich da?« ausrief, »mein Freund Paul Brückner!«

Sergio Manzottis Spiegelglatze. Seine schwarze Banker-Hornbrille. Und das ewige, begeisterte, rundgesichtige Strahlen. Obwohl das Hotel »Milan« über ein ausgezeichnetes Restaurant verfügte, pflegte sein Chef Manzotti häufig im »Bice« aufzutauchen, einmal, um zu beweisen, daß er Konkurrenz nicht fürchtete, zum anderen wohl auch, weil man im »Bice« interessantere Leute traf als im Milan.

»Sergio!« Er freute sich. Er mochte den Kerl. Dessen spontane Zuvorkommenheit konnte gespielt sein, aber er war immer amüsant. »Ich wollte mich sowieso bei Ihnen melden, um mich für die Supersuite zu bedanken ...«

»Bedanken? Auch noch ... Ich hab' mich zu bedanken. Und die Suite? – Ich dachte mir, sie würde Ihrer zauberhaften Begleiterin Freude machen. Aber in diesem Punkt haben Sie mich dieses Mal enttäuscht ... Wo ist sie denn?«

Brückner brachte es fertig, sein Lächeln zu behalten. »Sie fuhr nach Mallorca ...«

»Allein? Ist das bei einer so charmanten Frau nicht riskant? Soll ich Ihnen etwas verraten? Zweimal in meinem Leben haben Freundinnen ohne mich Urlaub gemacht ... Und das Resultat? Zweimal hab' ich sie verloren ...«

»Ja nun«, sagte Brückner.

Als Sergio Manzotti gegangen war, saß er noch eine Zeitlang und blickte in den rötlichen Nachthimmel über der großen Stadt. Er ließ den Kaffee stehen und bestellte sich einen Merlot.

Er hob das Glas und grüßte ins Dunkel. Das Wasser murmelte. Anja – ich mache doch Fortschritte. Findest du nicht?

Und da sah er sie. Ihr Bild hatte sich aus dem Dunkel zwischen den Zweigen verdichtet, wie aus einer lebendigen Substanz. Er sah sie, o ja, die grünen Augen, die leichte, lebendige Haarsträhne, die ihr manchmal zwischen die Zähne geriet, wenn sie lachte. Anja ...

Doch dies war nicht Mailand. Er saß vor kubusförmigen, schneeweißen, kleinen Häusern. Die Häuser waren an einen Wüstenhang gestreut, ganz so, als habe irgendein Verrückter Eiswürfel aus einem Cocktailglas geschüttet.

Om Quadr – so hieß der Ort. Er erinnerte sich. Ihre Oman-Reise ... Es war zwar bereits November, eine angenehme Zeit für die Golfstaaten, aber sie hatte sich dann doch, um sich gegen die Hitze zu schützen, dieses lächerliche Malerschiffchen auf den Kopf gesetzt, das er ihr aus der *New York Herald Tribune* gefaltet hatte, als sie in Maskat die Maschine verließen.

Das Dörfchen schien völlig ausgestorben. Brückner versuchte sich vorzustellen, wie es hier zuging, wenn die klimatisierten Rolls-Royce, BMWs, Mercedes und Cadillacs aus Maskat anrollten, die Ränge der Rennbahn dort unten sich füllten, und die Jockeys ihre Rennkamele über die Bahn trieben.

Im Moment? Nichts. – Nicht einmal eine Katze.

Sie aber ging vor ihm, stieg eine schmale Treppe zwischen den weißgekalkten Häuserwänden hoch, ging an groben Felssteinmauern vorbei, steuerte auch die nächste Treppe an. Und er schwitzte.

»He, was ist?«

Sie drehte sich um und hob langsam den Arm.

Ein halbrunder, von braunen Quadern umschlossener Platz. Der Baum, der ihn beschattete, wölbte seine gewaltige Krone über ihn. Ein Brotfruchtbaum. Ein Baum, der aussah, als habe er seit biblischen Zeiten mit den grünen Blättern seinen Brunnen bewacht. Neben dem Brunnenrand stand eine junge Frau. Sie war schlank. Sie trug, wie die meisten jungen Frauen in Oman, keinen Schleier. Das

Gesicht schien nur aus Augen zu bestehen, ovalen, tiefschwarzen Augen. Sie lächelte, zog einen Eimer hoch und füllte den Inhalt in ein Tongefäß. Anja hob die Kamera. Das schien die junge Frau nicht zu stören. Sie lächelte wieder und setzte den Krug auf ihren Kopf.

»Mein Gott«, flüsterte Anja, »ist sie schön.«

Sie war es. Sie trug eines dieser knöchellangen farbigen Kleider aus hauchdünnem, mit blauen, grünen und violetten Mustern bedrucktem Flor. Das Licht, das durch die Zweige des Brotfruchtbaums fiel, zeichnete jede Linie ihres Körpers nach.

Sie standen wie versunken.

Die junge Araberin ging an ihnen vorüber, anmutig, langsam, Kopf und Nacken steil aufgerichtet.

Und Brückner sah, daß sie schwanger war.

Er sah ihr nach.

Wenn es je ein Bild gab, das Zeitlosigkeit verkörperte, dann war es diese Araberin mit dem Wasserkrug auf dem Kopf.

Als sie wieder im Hotel in Maskat waren, legte Anja sich schlafen. Brückner aber ließ sich vom Taxi zum Suk bringen. Er brauchte nicht lange zu suchen. Er fand bei einem der Händler ein Kleid, das selbst in den Farben völlig identisch mit dem Kleid schien, das sie am Nachmittag an der jungen Frau gesehen hatten. In das Blau, Grün und Violett mischten sich noch Goldfäden.

Er kaufte es, legte es Anja auf das Bett und ging in die Bar, um sich einen Whisky zu genehmigen.

Als er gerade wieder die Tür zur Suite öffnen wollte, kam sie ihm entgegen.

Dunkel war es geworden. Draußen funkelten die Lichter der Fischerboote. Es gab keine Sonne wie am Nachmittag. Doch die indirekte Beleuchtung übte mit ihren seidenweichen Strahlen denselben Zauber aus. Ihr Haar war gelöst.

Sie ging barfuß und hatte die Arme erhoben – so wie das Mädchen am Brunnen. Und er stand und sah ihr entgegen. Dann hob er sie in seine Arme, zart wie nie in seinem Leben, trug sie hinüber zum Bett, streifte das Kleid hoch und zeichnete mit dem Mund und den Fingerkuppen die Linie ihres Körpers nach, als erlebe er zum ersten Mal einen Frauenleib. Er küßte sie in die Kuhle ihres zurückgebogenen Halses. Küßte die steifen Warzen ihrer kleinen Brüste, strich über die Innenseite ihrer Schenkel, staunte über so viel weiche Seidenglätte, staunte vor allem über sich selbst. Mann und Frau, Frau und Mann ...

War er bisher so blind, so stumpf gewesen, daß er es so nie erlebte? Mußte er nach Oman fliegen, ein arabisches Bauerndorf besuchen, um zu erfahren, wie es ist – was es sein kann, sich zu lieben?

Dann, als sich ihre Körper verschlangen und sein Bewußtsein wegdriftete, tauchte wieder der Vorsatz in ihm auf, den er so oft gedacht und doch nie wirklich ernst genommen hatte: Laß alles hinter dir – vergiß, was bisher dein Leben war. Denn: War es ein Leben? – Fliegen ist wie eine Sucht. Nimm diese Frau, zieh irgendwohin, in den Schwarzwald oder in die Wüste. Ein Kind? Warum denn nicht ein Kind?

Anja stöhnte. Sie öffnete die Augen. Ihre Blicke verschmolzen. Nie hatte sie ihn so angesehen.

Sie hat so recht, dachte er noch.

Und: Sie ist meine Frau ...

23. September

Miami, Florida

Ortszeit: 10 Uhr 30

In Miami schien es für die 747 der »United« keine Chance zum Andocken zu geben. Die Flugsteige waren besetzt.

Brückner verließ die Maschine und verhielt einen Moment auf der Plattform der Passagiertreppe. Die feuchte Hitze nahm ihm den Atem. Hundertmal erlebt und immer wieder vergessen. Nun war sie da. Nun war es, als würde dir jemand eine Lage nassen Verbandsmull ums Gesicht klatschen und sagen: Nun atme mal schön!

Der Schweiß brach ihm aus.

Er lockerte die schicke Krawatte vom Mailänder Corso, sagte »Verzeihung« und schob eine wild mit ihrem Mann gestikulierende ältere Dame zur Seite.

Dann sah er sich noch mal um, sah all die Vögel, die hier parkten – endlose Reihen von Jets. Avianca – Domenicana – Bahamas – Mexicana – Lloyd Aero Boliviano – Braniff – Faucett – Air Jamaica – LAN-CHILE – Aero Peru – Varig.

In Miami, dachte er, findest du mehr süd- und mittelamerikanische Jets, als in Mexiko-City, Santiago, Buenos Aires und Lima zusammen. Und was für Mühlen. Die meisten Gesellschaften krebsten am Rand des Ruins herum. Wo zum Teufel denn sonst sollte der Bogushandel blühen, wenn nicht hier?

Er konnte einfach nicht abschalten. Er schaffte es nicht. Wieder produzierte sein Schädel die gleichen Ergebnisse.

Er passierte Paßkontrolle und Gepäckausgabe und kämpfte sich durch den Flughafen. Schließlich hielt er erschöpft vor einer der ungezählten neonstrahlenden Cafeterias. Nein, auf einen American Coffee in den großen Styroporbechern mit den Plastikdeckeln obendrauf hatte er keine Lust. Er entschied sich für einen Café Cubana, und der Duft begrüßte ihn wie ein alter Freund. Der Kaffee tat gut. Oh, verdammt – und wie.

Als Brückner den Taxistand erreichte, hatten seine Hosen bereits Feuchtigkeitsflecken bekommen. Und dennoch, trotz neun Stunden Flug fühlte er sich irgendwie mit Energie geladen.

Der Fahrer stieß den Schlag auf und drehte ihm das Gesicht zu. Jung. Das blonde Haar zu einem Nackenzopf zusammengebunden. Vom rechten Ohrläppchen hing ein kleiner, goldener Tennisschläger.

»Wohin?«

»Dupont Palace.«

»Miami Beach?«

»Wieso? Das ist am Biscayne.«

Der Zopfjunge schaltete den Taxameter ein und ließ den Crysler rollen.

»Das ›Dupont Palace‹ kennt doch jeder.«

»Ich nicht.«

»Ist nicht so weit von der John-F.-Kennedy-Brücke.« Brückner kurbelte das Fenster hoch. »Und wenn Sie jetzt die Klimaanlage einschalten würden, wäre ich Ihnen sehr dankbar.«

»Funktioniert nicht.«

»Was funktioniert nicht?«

»Die Klimaanlage.«

»Na ja«, sagte Brückner. »Wundert mich nicht.«

»Wer sich in Miami über etwas wundert, liegt sowieso total daneben«, sagte der Junge.

Miami. Die Wolkenkratzer schienen wie mit langen Zähnen am blauen Himmel herumzuknabbern. Sehr weißen Zähnen. Das verstand sich in Miami von selbst. Strahlend weiße Zähne.

»Ich komme aus Pahokee«, sagte der Junge. »Ich studiere am Dale College Betriebswirtschaft. Die in Pahokee sagen: Wer geht schon nach Miami. Nur ein Idiot.«

Als Brückner die mahagonifurnierte Halle des »Dupont« betrat, sah er, daß er Glück hatte. Winter stand hinter dem Tresen. Francis Winter war einer der Empfangschefs des »Dupont«. Und er kam mit ihm zurecht. Winter sagte auch sofort »Verzeihung«, ließ drei Touristen stehen und ging auf Brückner zu.

»Na, Captain! In Zivil?«

»Immer Uniform würde doch auch Sie langweilen, oder?«

»Vermutlich«, lächelte Winter. Das Vertragshotel in Miami war das »Sheraton«, doch wenn es besetzt war, kam das »Dupont« an die Reihe. Meist hingen in der Dupont-Halle Piloten oder Leute der Bordcrews herum. Außerdem verfügte es über einen sehr eleganten Pool. Für die Latin Lovers der Stadt war er besonders interessant, weil sich bei ihnen der Glaube als unausrottbar erwies, am Pool des »Dupont Palace« ließe sich am leichtesten eine der langbeinigen, blonden, nordischen Stewardessen aufreißen. Oft genug klappte das ja wohl auch.

»Wieder Zimmer dreihundertsechsundzwanzig? Wie das letzte Mal?«

»Schon, und der Preis?«

Winter runzelte erstaunt die floridabraune Stirn. »Wieso?«

»Weil ich als Privatmann hier bin, Mister Winter.«

»Ja nun. Sie kriegen natürlich Sondertarif. Obwohl, wir haben Saison. Viel können wir da nicht runtergehen.«

»Wieviel?«

»Hundertfünfundzwanzig ist offiziell. Ich streiche Ihnen fünfzehn Dollar, dann sind wir auf hundertzehn, Sir.«

»Na gut.« Brückner griff in die Brieftasche und legte fünf

Hundertdollarscheine auf den Tisch: »Wahrscheinlich bleibe ich nur drei Tage hier. Ich habe Freunde, die mit mir rauf nach Lake Worth wollen. Die haben dort ein Haus. Nehmen Sie mal die fünfhundert. Und wenn die drei Tage vorüber sind, rechnen wir ab. Okay?«

»Okay, Mr. Brückner. Schönen Aufenthalt in Miami!«

Winter winkte einem Pagen und befahl, daß man Captain Brückner den Koffer auf Zimmer 326 bringen solle. Brückner blieb stehen und sah zu, wie Page und Koffer im Lift verschwanden. Neun Stunden Flug? Na und? Er war schon sechsundzwanzig Stunden im Cockpit gehockt, um zuzusehen, wie die Welt sich veränderte. Miami mochte heiß und tödlich feucht, schwül, tropisch sein, auf ihn wirkte es wie ein Kick, wie gemahlener Chili, wie die Prise einer exotischen Droge. Dusche, Bad, frisches Hemd – gestrichen. Zuerst was tun? Irgendwas ...

Abhaken wirst du, dachte er. Nichts als abhaken.

Konietzka als ersten. Bruno Konietzka.

In Pucallpa, Peru, Provincia Amazonas, hatten sie ihn immer »Don Bruno« genannt.

»Wohin, Sir?«

Der Portier des »Dupont« hatte Brückner den Schlag aufgerissen. Hinter dem Steuer des Taxis saß diesmal kein blonder Pferdeschwanzjunge, sondern ein Kubaner. Der normale Anblick also. Und der »Marielito« hier wirkte außerdem dick, gemütlich und solide.

»Coconut Grove.«

»Und wohin da?«

»Tranquilo, tranquilo«, erwiderte Brückner. »Lassen Sie mich an der Comodore Plaza raus. Oder. Moment mal ...«

Er zog das alte, hunderttausendfach bewährte Notizbuch mit dem Straußenledereinband heraus und blätterte. »Kennen Sie die Mango Street?«

»Natürlich. Ist bei der Comodore gleich um die Ecke. Soll ich Sie vielleicht dort ...«

»Nicht nötig. Die Comodore reicht mir.«

Auch wenn ihn der Fahrer stur englisch anredete, in einem fast akzentfreien Englisch – als Miami-Kenner nahm er ihn offensichtlich für voll.

Der Wagen glitt die Auffahrt zum Biscayne Boulevard hoch und fuhr gemächlich Richtung Süden. Ab und zu, zwischen Häuserschluchten, oder bei den Brückenauffahrten war das Glitzern der Bay zu sehen. Der Kubaner hatte sich zurückgelehnt, steuerte mit den Fingerspitzen und summte irgend etwas vor sich hin. Die kleine, goldene Madonnafigur, die vom Rückspiegel herabhing, pendelte friedlich. Auf dem Armaturenbrett hatte er im silbernen Plastikrahmen die Fotos von drei Kindern und einer gleichfalls rundlichen Frau aufgereiht. Dazu lief die Klimaanlage. Brückner fühlte sich wohl.

Sie kamen an einem Park vorbei, passierten Bayshore-Drive, und da war nun die Plaza mit ihren Platanen, den tongepflasterten, breiten Bürgersteigen, über die die Skateboards-Boys jagten, mit den Gaslampen-Kopien, den bonbonfarbigen zwei- und dreistöckigen Häusern, der ganzen Atmosphäre, die sie »grovy« nannten und die auch Brückner bei seinen regelmäßigen Zwischenstopps in Miami immer dann angelockt hatte, wenn es ein paar Stunden mehr als eine dämliche Ruhepause zu absolvieren gab.

»Wie Schwabing!« hatte sich Anja begeistert, als er sie in eines der Straßencafés geführt hatte. »Mensch, Paul! Wie Schwabing, oder Chelsea ...«

»Und was für ein Jammer, daß du keinen Künstler dabei hast, was?« hatte er gespottet.

Er stieg aus, setzte sich an einen der Tische und beobachtete einen Mann, der sich als Hemdersatz jede Menge Öl auf den Oberkörper geschmiert hatte, weite Seidenhosen trug und sich um den Kopf wie ein Sikh einen Turban gebunden hatte. Bloß daß sich Sikhs keine Plastikwellensittiche an die Turbane klemmten. Niemand nahm von ihm Notiz. Nur Brückner. Aber auch für ihn waren die Mädchen in ihren kunstvoll zerschnittenen oder direkt unter dem Po abgesäbelten Jeans bald interessanter ...

Er bestellte bei der Kellnerin einen Cuba libre, trank drei Schluck und versuchte dabei, sich das Gesicht vorzustellen, das Bruno Konietzka machen würde, wenn er nach so langer Zeit bei ihm auftauchte.

Nach so langer Zeit? Wie lange eigentlich? Fünf Jahre.

Und auch damals, im Flughafen von Guayaquil, war es reiner Zufall gewesen ... Eigentlich hast du dich ziemlich übel benommen, dachte er. Du kannst hundertmal sagen, daß man Freunde nicht zu sehen braucht, daß es genügt, zu wissen, daß es sie noch gibt, aber schließlich hat er dir diese Postkarte geschickt! Auf der einen Seite ein Miami-Beach-Girl mit nacktem Superbusen, auf der anderen nichts als ein nackter, ziemlich ungelenk gezeichneter Männerhintern und der Spruch: »Kannst mich mal!«

Darunter aber stand die Adresse.

Und jetzt soll derselbe Konietzka der große Nagel werden, an dem du deine Probleme aufhängen willst? Falls er überhaupt noch hier ist. Aber, sagte sich Brückner, bisher hast du ja Glück gehabt.

Die Straße war kurz, keine zweihundert Meter lang. Sie lag im Schatten von zwei Reihen großer, alter Bäume, deren Wurzeln die Fahrbahndecke verformt hatten. Auch hier gab es Häuser in allen Pastellfarben und in jedem Erdgeschoß grellbunte Geschäftsmarkisen – nur daß alles ein bißchen schäbiger wirkte als vorne am Comodore.

Brückner hielt sich auf der Mitte der Fahrbahn, was keine Schwierigkeit bedeutete, da es keinen Verkehr gab.

Ein alter Jeep, vollgepackt mit jungen Leuten, die ihre Kofferradios durch die Luft schwangen, stellte die einzige Unterbrechung in diesem dörflichen Frieden dar. Die Nummer sechzehn der Mango Street beherbergte ein Lampengeschäft, die achtzehn eine Buchhandlung, in der esoterische Literatur und indischer Kram verkauft wurden.

Er hielt erst mal an.

Wenn er die ultramarinfarbene Tür dort aufmachte, mußte er einen guten Spruch parat haben. Er war ihm bisher nicht eingefallen. Er wollte sich auch jetzt nicht einstellen. So betrachtete er sich bei dem Esoteriker zwei chinesische Schaubilder über die Körpermeridionalen, las die Buchtitel »Zukunft aus geistiger Sicht« und »Psychoaktive Meditation« und den Aufkleber an der Schaufensterscheibe: »Auf behördliche Anweisung enthält unsere Ladenkasse lediglich den Höchstbetrag von fünfunddreißig Dollar ...«

Dann sah er eine Weile einem breitschultrigen Riesen zu, der mit einem Lächeln von geradezu überschäumender Sanftmut einem Mädchen eine Hals- und Schultermuskelentspannungsmassage verabreichte. Das Mädchen war jung, hübsch, hatte die Augen geschlossen und schien es zu genießen. Sie saß in einem Segeltuchstuhl, während der Kerl seine Finger über ihre Halsmuskeln gleiten ließ und Brückner dabei freundlich musterte.

»Zugucken ist garantiert umsonst, Mister.«

Er spürte, wie er rot wurde, und hatte nun endlich seine Hemmschwelle überwunden. »Ten miles for a dime – Travel Agency« stand über der ultramarinblauen Ladentür mit der Nummer zwanzig. Zehn Meilen für einen Groschen? Wieso auch nicht? Unter der leicht angestaubten Scheibe lagen die üblichen Reiseprospekte.

Er schob die Tür auf.

Der Raum war größer, als man von außen erwarten

konnte, und er war angenehm kühl. In der rechten Ecke stand eine Rattan-Sitzgruppe. Es gab eine Theke, Plakate an den Wänden und die üblichen Touristenprospekte in ihren Fächern. Darüber hingen Plakate: »Wieso denn dieses Jahr nicht Ceylon? – Unsere Preise für Gruppenreisen bleiben unschlagbar ...«

Die Klimaanlage summte leise. Es war angenehm kühl. Zu sehen war niemand. Und das Schild, daß Konietzka auf »behördliche Anweisung« nur fünfunddreißig Dollar in seiner Ladenkasse aufbewahren durfte, war auch nicht zu entdecken. Anscheinend hatte »Don Bruno« wenig Angst vor Ladenräubern. Brückner räusperte sich. Dann zündete er eine Zigarette an. Er hatte es sich selbst während seiner Entspannungsphase am Comodore-Platz verkniffen. Doch nun wurde er schwach.

Der Vorhang aus Muschelschnüren, der zu einem Nebenraum führte, teilte sich: »Hallo, Sir? Kann ich Ihnen irgendwie helfen?«

Die Frau war keine fünfunddreißig. Sie hatte ihre üppigen Hüften in einen Jeans-Mini gezwängt und einen roten Gürtel um die Taille gespannt. Sie hatte einen bemerkenswerten Busen unter der grünen Bluse, bemerkenswerte Beine und ein bemerkenswertes, weißleuchtendes Lachen. Sonst war sie schwarz.

»Ja.« Brückner betete: Lieber Himmel, laß Bruno den Laden nicht an irgendeinen anderen Idioten verscherbelt haben! »Ich suche Mr. Konietzka.«

»Er ist nicht hier.«

»Aber er ist in Miami?«

»Natürlich«, sagte sie verwundert und starrte ihn mit ihren runden dunklen Augen an. »Wo sonst?«

»Natürlich!« Zehn Steine fielen ihm vom Herzen. »Passen Sie auf, Miss, ich wohne im ›Dupont‹. Könnten Sie ihm sagen ...«

»Vielleicht wollen Sie's ihm selber sagen«, erwiderte sie lächelnd, »ich meine, wenn es Ihnen nicht zuviel ist, mal rüber ins ›Boatspeople‹ zu gehen. Das ist gleich vorn rechts an der Ecke. Können Sie gar nicht verfehlen. Sind nur ein paar Schritte.«

»Ja dann«, sagte Brückner und hätte ihr am liebsten einen Kuß gegeben.

»Im ›Boatspeople‹ haben die nämlich gerade Domino-Turnier.«

»Ach so? Na dann ...«

Er winkte und war wieder draußen.

Auch der Riesenkerl mit seinen sanften Mädchenmassagen winkte. Er war gebaut wie ein Boxer. Vielleicht kam er aus dem Knast. Sein muskulöser, von einem Ringer-T-Shirt bedeckter Körper war mit Tätowierungen versehen. Doch er winkte. Er schien Brückner zu lieben.

Domino? Little Havana, das Kubanerviertel, schloß sich dem Coconut-Grove-Bezirk an. Auch im Coconut schien es mehr Latinos zu geben, als fleißige, steuerzahlende weiße Amerikaner. Dieses ganze Miami war trotz seiner verspiegelten Wolkenkratzer und seiner endlosen Hotelreihen für amerikanische und kanadische Mittelklassetouristen eine Art Vorposten des südamerikanischen Kontinents mitten in Amerika. Domino hatten er und Bruno Konietzka schon in ihren Dschungelpilotentagen gespielt, wenn sie am Rande irgendeiner peruanischen Urwaldpiste darauf warten mußten, daß der Regen endlich aufhörte. Doch kein Volk spielte es so fanatisch wie die Kubaner.

Die Terrasse des »Boatspeople« an der Ecke Mango Street und Dixie Highway war randvoll mit aufgemotzten Latino-Teenies und eisbecherlöffelnden Gruppen von Señoras besetzt. Die Hitze setzte Brückner zu. Auch der hämmerschwingende, kleine Mann in der rechten Schläfe meldete sich wieder. Er fühlte sich so zerknittert wie sein Anzug.

Drinnen aber war es kühl. Eine Theke aus den zwanziger Jahren. An den Wänden Spiegel. Ein schwarz-weiß gekachelter Fußboden. Und in der Ecke Rauchschwaden und Männergruppen um Spieltische.

Er erkannte ihn sofort, obwohl er mit dem Rücken zu ihm saß. Er erkannte ihn nicht nur an der unvergleichlichen Art, wie er in seinem Stuhl hing, sondern auch an den abstehenden Ohren und dem langen, stets etwas schräg geneigten Hals. Vielleicht auch an der gelassenen Ruhe, die er unter all diesen dunkelhaarigen, wie Sprungfedern gespannten Spielern ausstrahlte.

Er machte die paar Schritte. Niemand sah hoch, keiner nahm auch nur Notiz von ihm.

Er legte ihm beide Hände auf die Schultern und spürte seine Muskeln durch den dünnen, wild gemusterten Hemdenstoff. Es dauerte länger als fünf Sekunden, bis Konietzka sich dazu bequemte, ihm das Gesicht zuzudrehen.

»Oh, nein!«

»Doch.«

»Und du traust dich hier rein? Nachdem du hundertmal in diesem Scheißnest gelandet bist? Wieso eigentlich?«

»Das ist auch so ein Kapitel.«

»Ja, Kleiner. Da gibt's viele Kapitel.«

Er sah ihn ganz ruhig an. Er lächelte ein bißchen. Er war elf Jahre älter als Brückner, und man sah's ihm kaum an. Vielleicht liegt's daran, dachte Brückner, daß er sich inzwischen dieses künstliche, schneeweiße Prachtgebiß zugelegt hat?

»Was zu trinken? Nein? Und frisch vom Flughafen? Hör mal, bist du nicht todmüde?«

»Müßte ich eigentlich sein, aber ich könnte sowieso nicht schlafen.«

Konietzka betrachtete ihn lächelnd und nickte stumm. Brückner dachte bei sich, daß der Mann vor ihm, der Mann mit dem verbrannten Indianergesicht ihm so ziemlich alles beigebracht hatte, was er übers Fliegen wußte. Und dazu auch noch die Liebe zu diesem elenden Job.

Konietzka winkte mit dem Handrücken. »Señores, puedo presentarles a Usted ...« Er unterbrach sich und sagte auf deutsch: »Das blöde Spiel hätt' ich sowieso verloren. Ich geb' mich geschlagen. Komm, laß uns abhauen!«

Dann, als sie draußen durch die Mango Street gingen, blieb er plötzlich stehen: »Hombre! Mensch, wie siehst du eigentlich aus? Was willst du in Miami? Versicherungen verkaufen?«

»Wieso Versicherungen?«

»Ja, bist du LH-Präsident geworden? Wo hast du bloß die schicken Klamotten her?«

»Aus Mailand.«

»So, aus Mailand? Und was soll Miami?«

»Das werd' ich dir erklären, Don Bruno. Aber es braucht ein bißchen Zeit.«

Es war Abend geworden. Das Glas der Sky-Crapers leuchtete rot, den Himmel färbte ein kitschiges Flamingorosa, die Schiffe, die unter den Bay-Brücken durchglitten, hatten ihre Positionslichter gesetzt.

Bruno Konietzkas verbeultes, altes Le-Mans-Cabrio summte gemütlich auf der rechten Spur der Biscayne. Neben ihnen tobte sich der Wahnsinn aus, der in Miami »Verkehr« genannt wird.

»Falschteile?«

Brunos flache Hand knallte auf die verbeulte Burgundermetallic-Karosserie. »Da kommst du zu mir rein und willst was über Bogus-Parts wissen? Konntest du dir kein besseres Thema aussuchen?«

»Das hab' ich mir nicht ausgesucht, Bruno.«

»Nee, hast du nicht. Und das mit deiner Freundin verstehe ich. Erinnerst du dich noch an Lesly? Nein, das war nach deiner Zeit. Jedenfalls für mich war sie die Frau, die ich wollte. Und da besucht sie ihre Mutter auf den Key's, fährt Wasserski und knallt mit dem Kopf gegen eine Betonmole. Das ist vier Jahre her. Ich bin heut' noch nicht drüber weg. Und werd's wohl nie schaffen. Aber daß du die Geschichte auf eigene Faust angehen willst? Das ist schon ein bißchen größenwahnsinnig.«

»Wieso?«

»Wart ab!«

»Ich hab' schon ein paar ganz gute Informationen«, rechtfertigte sich Brückner. Aber Bruno hörte nicht zu.

»Außerdem, wie finanzierst du dein Unternehmen? Kriegst du wenigstens eine Finanzspritze von diesem Pilotenclub?«

Er verneinte und gestand, daß er sein Sparkonto abgehoben habe und damit rechnen müsse, aufgrund seiner Eigenmächtigkeit von der Lufthansa-Leitung gefeuert zu werden.

»Und da wohnst du im ›Dupont‹? Auf deine Kosten?«

»Auf was sonst?«

»Warum kaufst du dir morgen nicht ein paar vernünftige Klamotten? Ich hab' da einen Freund, Kornstein, Luis Kornstein. Gleich bei mir um die Ecke. Da bekommst du das alles für ein Drittel. Und dann ziehst du zu uns.«

»Zu uns?«

»Klar, zu uns. Zu Rebekka und mir. Rebekka kennst du, oder? Die war doch im Geschäft?«

Brückner nickte. »Das dunkle Mädchen?«

»Das dunkle Mädchen«, spöttelte Konietzka. »Schwarz ist Rebekka. Was ist? Bist du Rassist geworden? Nein, du bist vermutlich schon zu lange Captain bei deiner feinen Lufthansa. Na, jedenfalls, laß dir sagen, Rebekka ist in Ordnung. Ein Kopfkissen voll Wärme ist sie. Und wenn wir schon über Kopfkissen reden, ich hab' ein hübsches Gästezimmer.«

Brückner beschloß, nicht zu widersprechen. Nicht jetzt. Vielleicht überhaupt nicht. Vielleicht war es ganz gut, mit Konietzka und seinem »Kopfkissen voll Wärme« zusammenzuleben, aber der Gedanke mißfiel ihm. Er brauchte seine Unabhängigkeit. Mehr noch: Was er brauchte, waren die Stunden, in denen er nachdenken und mit sich selbst ins Reine kommen konnte. Und ohne daß er auf jemand Rücksicht nehmen mußte.

»Hast du schon mal den Namen ›Global Wings‹ gehört, Bruno?«

»Was soll das sein?«

»Ein Ersatzteillieferant. Spezialität Elektronik.«

»Solche gibt's viele.« Der Le Mans beschleunigte, um noch durch die Ampeln am Omni-Tower zu kommen, ehe sie auf Rot schalteten. »Soll ich dir sagen, wieso ich mich über dein bescheuertes Thema so freue?«

»Sag schon.«

»Gestern abend – wie spät haben wir's, neunzehn Uhr – also gestern abend um neunzehn Uhr, vor vierundzwanzig Stunden, gerade als ich meinen Laden dichtmachen wollte, kam einer rein, um bei mir ein ganzes 737-Fahrwerk zu bestellen. Das Manual mit den Zeichnungen und Nummern brachte er gleich mit.«

»Ich denke, du hast ein Reisebüro.«

»Hab' ich. Ich hab' aber auch meine Beziehungen.«

»Und was heißt ›bestellen‹?«

Bruno Konietzka warf ihm einen kurzen Blick zu und lachte. Es war ein Lachen, bei dem der Kehlkopf mitspielte, ohne die Stimmbänder allzusehr zu strapazieren, das alte Konietzka-Lachen: »Kommst wohl ziemlich rasch auf den Punkt, Junge. Das ist ja das Interessante. Der Typ hieß Lopez.«

»Wie aufschlußreich.«

»Gibt ja auch nicht viel andere Namen als Lopez, Mendez, Sanchez, Garcia. Na, jedenfalls der Lopez ist Manager irgendeiner Interior Line in Costa Rica. Viel mehr als Luft in der Kasse haben die nicht. Deshalb heißt für sie bestellen Klauen. Verstanden?«

»Kein Wort.«

»Das ist ja dein Problem, Paul. Da kommst du bei mir an, legst mit deinen Falschteilen los und hast keine Ahnung, was das hier bedeutet. Und was hier los ist! Gestern Lopez, heute du.«

»Auf Bestellung geklaute Teile?«

»Mensch, weißt du nicht was ein Fahrwerk kostet? An die achtzigtausend Dollar! Da ist doch was drin. Hier werden auf Bestellung ganze Triebwerke ausgebaut und mit dem Pick-up davongefahren.«

»Mach doch keine Witze!«

»Ich mach' ganz gerne Witze«, sagte Bruno Konietzka. »Damit jedoch nicht.«

Etwa fünfhundert Meter vor der Flughafenauffahrt waren sie vom Airport Expreß Way in eine kleine Straße abgebogen, hatten ein Betonfeld umrundet, auf dem ein ganzer Berg verlassener Flugcontainer vor sich hingammelte, und gerieten dann auf eine gerade, schmale Straße, die wieder Richtung Flughafen führte.

Konietzkas Le Mans schüttelte in den Schlaglöchern. Brückner beobachte, wie dort drüben im Licht eine DC-9 über das Betonband zischte, Fahrt zulegte, um dann steil in den Nachthimmel zu entfliehen.

Bruno schien keine Lust zu weiteren Erklärungen zu haben. Er, Brückner, hatte keine Lust zu weiteren Fragen.

Doch dann hörte er wieder seine Stimme: »Guck dir den Zaun dort an. Guck ihn dir genau an. Soweit das jetzt noch möglich ist.«

Brückner gehorchte.

»Rohrhalterungen«, sagte Konietzka. »Maschendraht. Billigste Ware. Oben hast du noch zwei Linien Stacheldraht. Das Ganze ist genau zwei zwanzig hoch.«

»So«, sagte Brückner.

Sie fuhren jetzt parallel an dem kilometerlangen Zaun entlang, der den Flughafen Miami International umgab. Er lag im Dunkel. Die Lanzettformen von Agaven deckten ihn teilweise ab. Auch rechts des Weges wuchsen Agaven, und so fuhren sie durch ein ganzes Spalier, auf ein flaches, weißgetünchtes Ziegelgebäude zu, das, von einigen Tiefstrahlern beleuchtet, auf sie zu warten schien.

Bruno Konietzka ließ den Le Mans über den Kies des Parkplatzes knirschen, stoppte und stieg aus. Brückner sah sich um.

In Miami gab es alles, vor allem Art-déco, echt oder nachgemacht, in »Opa-Locka« fand man sogar arabische Minarette, der spanische Kolonialstil blühte sowieso an jeder Ecke. Dies hier war eine mexikanische Hacienda oder eine mexikanische Taco-Bude, aber unter dem schweren, von Holzsäulen getragenen Vordach ließ es sich abends ganz gut sitzen. Zumindest wirkte es gemütlich. Und auch die Marachi-Musik war leise genug gestellt, um nicht auf die Nerven zu gehen. Außerdem – was sollte sie gegen die Turbinen drüben auf dem Airport ausrichten?

»Na komm!« Zielbewußt steuerte Bruno voran, griff sich Brückners Oberarm und sagte: »Die machen einen prima Lammbraten. Ein ›Cordero‹ wie hier hast du noch nirgends gegessen!«

Brückner versuchte das Publikum einzuschätzen: wenig Latinos, dafür jede Menge Yuppies und andere Eierköpfe. Die Frauen waren hübsch. Wahrscheinlich Angestellte irgendwelcher Fluggesellschaften oder anderer Branchen, die dazugehörten. Die paar Latinos in der Ecke flüsterten. Wie immer waren sie in strenges Schwarz gekleidet. Und wie meist hielten sie die Köpfe zusammengesteckt.

»Don Bruno! Buenas tardes.«

Sie ließen sich von einem dürren, pferdegesichtigen Oberkellner mit schwarzglänzender Pomadefrisur und roter Schärpe einen Tisch auf dem vom Flugplatz abgewandten Terrassenteil zuweisen, bestellten zwei Sherrys, zwei Flaschen San Miguel und nahmen die Karte in Empfang.

»Onofré Sanchez?« fragte Bruno. »Ist er da?«

»Aber sicher, Don Bruno. Um diese Zeit doch immer. Wollen Sie ihn sprechen?«

»Hat Zeit. Erst mal wollen wir was essen. Mein Freund hat einen gewaltigen Hunger. Hast du doch, oder?«

»Ich glaube.«

Brückner wußte es wirklich nicht. Er wußte nur eines: er mußte seine verdammten Kopfschmerzen loswerden. Und das bald. Und möglichst für die gesamte Zeit seines Aufenthalts in Miami. Voll Sehnsucht dachte er an die Grappaflasche, die ihm damals bei dem Gespräch mit Peter Bernier so gut geholfen hatte. Was der wohl machte? Uninteressant ...

Eine Kellnerin kam und brachte einen Vorspeisenteller: Steinkrabben, Meeresfrüchte, dazu eine scharfe Chilisauce. Brückner ließ den Sherry stehen, drückte eine Krabbe in die Sauce und überlegte sich, ob es nicht gut wäre, das ganze Zeug mit einem Tequila oder irgendeinem anderen Schnaps runterzuspülen. Er ließ es dann doch sein und merkte mit Genugtuung, daß die Höllensauce half. Er sah wieder einigermaßen klar. Er folgte den Maschinen, die dort drüben landeten und starteten, und fühlte sich eigentlich ganz wohl unter all den vertrauten Flughafengeräuschen: das Dieselgetucker eines Schleppers, das Singen der Turbinen im Leerlauf, das Kreischen einer Bremse – und dann, immer wieder, das fauchende Heulen beim Start, das Donnern der Schubumkehr bei der Landung. Alles hübsch auf Abstand. Seine Welt.

»Salud!«

»Salud.«

»Irgendwie gut, dich zu sehen«, sagte Konietzka. »Da seh' ich auch 'ne Menge von dem, was mal war. Waren andere Zeiten, was?«

»Gute Zeiten«, sagte Brückner und leerte sein Bier. Er versuchte zweimal, das Gespräch auf sein Thema zu bringen, doch Konietzka zeigte keine große Lust, und so ließ er es wieder sein. Er verzehrte einen mächtigen Berg von Lammkoteletts, rieb den Mund trocken und ließ den Blick über die Terrasse und die von den Windlichtern beleuchteten Gesichter schweifen.

»Wenn du hier mal 'ne Runde machen würdest, könntest du 'ne Menge erfahren.«

»Was sind das für Leute?«

»Na ja, das übliche. Leute, die gerne Porsche fahren. Oder Volvo oder Saab – und sich überlegen, wie sie mit den Raten über die Runden kommen. Eine ganze Menge kommt von den Airlines. Da drüben, das sind alles Frachtagenturleute. Aber wo es einen schnellen Dollar zu machen gibt, sind die alle dabei.«

»Falschteileabsatz? Wäre das zum Beispiel ein schneller Dollar?«

»Sicher. Der Tisch dort drüben – das war bis vor drei Wochen Van Dells Tisch. Der war bei den British Airlines. Dann haben sie ihm sein Miami-Beach-Penthouse durchgekämmt. Agenten der TSD.«

»Was ist denn das schon wieder?«

»TSD? – Transport Security Department. Und weißt du, was sie gefunden haben? Zwei brandneue FMC's. Na, was sagst du nun?«

Brückner sagte nichts. ›FMC‹ – Flight Management Computer – der große Hit! Den genauen Preis kannte er nicht, aber so ein Ding kostete mindestens fünfzig- bis sechzigtausend Dollar.

»Autopiloten aus Miami«, sagte Konietzka, schüttelte den Kopf und winkte dem Kellner, damit er ein neues Bier brachte.

»Und die Kontrollen?«

»Die Kontrollen ...« Konietzka schüttelte den Kopf. »Meinst du Materialkontrollen? Das Zeug kommt in Kartons an. Karton ist billig. Und Drucker, die eine Originalverpackung mit Papieren und Stempeln herstellen, gibt es wie Sand am Meer.«

Brückner hatte dies alles zu verdauen. Und es war verdammt viel ... Trotz aller Probleme, die es in einem solchen Riesenland und auf einem derartigen Wahnsinnsmarkt geben mochte, es blieb die FAA. »Es gibt doch die FAA?«

Die »Federal Aviation Administration«, das amerikanische Bundesluftfahrtamt, war die erste Behörde der Welt gewesen, die genaue Kontrollen, Lizenzierungs- und Abnahmeverfahren sowohl für die Teile als auch für ihre Hersteller vorgeschrieben hatte. »Und was ist mit dieser nationalen Transportsicherheitsbehörde? Du hast doch vorhin erzählt, daß die eigene Detektive haben?«

»Haben sie auch. Soweit ich das beurteilen kann, sind das die einzigen, die versuchen, ein bißchen zwischenzuhalten. Sie und das FBI. Aber die FAA bleibt der Scheißhaufen, der sie immer gewesen war. Ein Washingtoner Beamtenstall. Nichts weiter.«

»Die TSD-Leute? Hast du zu denen irgendwelche Verbindungen?«

Bruno schüttelte den Kopf. »Und wenn – dir würde das auch nicht weiterhelfen. Das Problem ist viel zu groß geworden, um es noch in den Griff zu kriegen. Ich kann dir eines voraussagen: Wenn das so weitergeht, fällt bis zum Ende des Jahrtausends jede Woche irgendein Vogel vom Himmel. Das garantiere ich dir.«

Paul Brückner nahm sich einen Zahnstocher und entfernte sich den faserigen Fleischrest aus den Schneidezähnen.

»Was anderes, Bruno. Global Wings? Ist dir der Name schon irgendwo untergekommen? Hast du ihn irgendwo gehört?«

»Das hast du mich jetzt schon zum dritten Mal gefragt. Die Antwort wird dadurch nicht besser. Ich habe ein gutes Gedächtnis, Paul, das weißt du doch. Wirklich, ich kenn' den Namen nicht.«

»Wenn wir schon bei der Szene sind: Einer, der, sagen wir mal, mit Bremsscheiben oder Triebwerkschaufeln handelt, der führt doch keine Elektronik im Angebot?«

»Logisch wäre das schon, was du da sagst. Aber das ganze Geschäft hat mit Logik überhaupt nichts zu tun. Nur mit Nachfrage. Das Geschäft heißt Ersatzteile. Gefälscht oder nicht. Und die werden einfach besorgt. Darin ist jeder Spezialist. Ersatzteile sind dazu da, daß man sie beschafft. Und daran verdient. Natürlich gibt es ein paar Spezialisten. Das sind die Lizenzierten, die sich auf die Finger schauen lassen und an die Wartungs- oder Instandsetzungswerke vom Raum Florida bis hinüber nach Kanada liefern. Der Rest, der mischt mit, wo er nur kann.«

Am Nachbartisch erhob sich Geschrei. Dann zerstoben ganze Schwärme von Lichtpunkten: ein Flambé. Nein, eine flambierte, mit Wunderkerzen besteckte Eistorte.

»Happy birthday!«

Es gab ein paar hübsche, sehr junge Mädchen am Tisch. Sie sangen laut und schrill dazwischen. Für ihr Alter, fand Brückner, waren sie ganz schön beschickert. Eines der Mädchen, gertenschlank, die Bluse über den Brüsten zusammengebunden, ließ nach dem Rhythmus der Salsa-Musik das Becken kreisen, warf den Kopf zurück, und die anderen Gäste klatschten wie verrückt.

Aus dem Kreis löste sich ein dicker Mann und kam auf sie zu. Auch er im Guyabera-Hemd. Im Unterschied zu Bruno hatte er es fast bis zum Nabel geöffnet. Auf der braunen, schweißglänzenden Haut trug er ein dickes Goldkreuz. Das runde Latinogesicht zeigte freundliche Lachfalten. Zu seinem wilden Hemd trug er eine weiße Hose und weiße, mit Troddeln verzierte Schuhe.

Brückner fand ihn ziemlich beeindruckend. Und er fand es bemerkenswert, daß Bruno solche Freunde hatte. Überall schien er sie zu haben. An jeder Ecke.

»Don Bruno!« Er breitete die Arme aus. »Ich bin entzückt, Sie hier zu sehen. Aber das brauche ich Ihnen nicht zu sagen.«

»Ne, kannst du dir an den Hut stecken, Onofré. Und glauben tu' ich's auch nicht.«

Onofré grinste. »War wenigstens das Essen gut?« Er richtete einen kurzen, schnellen Blick auf Brückner.

»Das Essen? Na ja, das hier ist ein alter Freund von mir. Pucallpa Airlines. Weißt du überhaupt, wo Pucallpa liegt?«

»Keine Ahnung.«

»Ist ja auch egal. Für Euch Marielitos existiert ja sowieso nur Kuba und Miami. Dann hört der Horizont auf. Pucallpa, das ist Amazonas, und zwar dort, wo es am heißesten ist. Du fliegst über die Anden, und wenn du nicht rüberkommst, fliegst du die Andentäler entlang. Und dann landest du in einem Kaff namens Tingo Maria. Das heißt, du landest, wenn nicht gerade Regenzeit ist. Und wenn du dann wieder hochkommst und weiterfliegst, dann bist du bei den Krokodilen, in Pucallpa. War unser Job, einige Jährchen lang. Was, Paul?«

Brückner nickte.

»Ich hör' mir so gern seine Geschichten an, Señor. Wenn Sie ein Freund sind von ihm, sind Sie auch meiner. Wissen Sie, Brunos Geschichten sind die schärfsten rundum in der Gegend.«

»Kann ich mir vorstellen.«

»Trinkst du einen mit uns, Onofré?«

»San Miguel?« Onofré schüttelte sich.

»Paß auf« – Bruno beugte sich über den Tisch –, »das Thema heißt Ersatzteile, Elektronik, Autopiloten. Hast du da Beziehungen? Erzähl ein bißchen.«

»Díos mio, Don Bruno. Wieso denn ich?«

Konietzka grinste. »Mein armer Onofré. Du bist nun mal der, der am besten in der Szene Bescheid weiß. Aber belassen wir es dabei. Vor meinem Freund brauchst du übrigens keine Hemmungen zu haben. Er ist wie mein Bruder.«

»Ja nun ...« schnaufte Onofré.

»Was heißt ja nun?«

»Daß ich vermute, daß es da eine ganze Reihe von Leuten gibt.«

»Du vermutest?«

»Kommen Sie, Don Bruno, das ist jetzt wirklich nicht der richtige Platz. Und telefonieren wollen wir auch nicht darüber. Aber wir können uns ja vielleicht morgen vormittag sehen. Ich hab' da so ein kleines Büro ...«

»Richtig – Red Road?«

»Genau.«

Er lächelte wieder, legte Konietzka die Hand auf die Schulter, löste sie dann, um sie Brückner zu reichen. Paul berührte sie flüchtig. »Schon mal den Namen ›Global Wings‹ gehört, Mr. Sanchez?«

»Global Wings?« Er dachte nach. Es war nicht gespielt – er dachte wirklich nach. Doch dann schüttelte Onofré Sanchez den schweren Kopf.

Klatsch!

Die verdammte Stechmücke erwischte er nicht. Bruno steuerte den Wagen zu scharf in die Kurve.

»Im Handschuhfach ist Spray«, sagte Konietzka lachend. »Sich selbst k.o. zu schlagen bringt nichts. Die Scheißmoskitos sind hier nun mal zu Hause. Dort drüben liegen die Everglades.«

Brückner sah zu dem flachen, schwarzen Streifen, über dem eine verlorene Mondsichel hing. Am Rande der Straße waren nur noch Häusersilhouetten zu erkennen, kleine Urbanisationen, die meisten schienen schon im Rohbau aufgegeben worden zu sein. Rechts zog sich das glitzernde Lichtermeer der Stadt, links aber, hinter den Ruinen, begann das Sumpfgebiet: ein Gürtel aus Mangrovendschungel, Alligatoren und Moskitos. Er hielt Miami eingeschnürt. Auf der anderen Seite wartete das Meer.

Brückner öffnete die Klappe des Handschuhfachs, kramte herum, fand die Dose mit dem Insektenschutzmittel und sprühte sich eine Ladung ins Gesicht. Es roch nach Zimt.

Die Straße machte eine weitere Rechtskurve und mündete in einen Highway.

»Und wo geht's jetzt hin?« fragte er.

»Anschauungsunterricht, Paul. Das heißt, wenn du das willst. Aber ich muß Pablo Ochera erwischen. Sieh mal, es ist so: Ich habe mir da so eine Schrottmühle von ›Moth‹ angeschafft. Baujahr dreiundsechzig. Grausam sah die aus. Ich ließ sie mir wieder zusammenbasteln. Du wirst lachen, heute fliegt die ›Moth‹ besser als die ›Bücker‹, mit der ich in Lima immer meine Loopings drehte.«

»Kannst es nicht lassen?«

»Wieso auch? Kunstflug macht süchtig. Weiß jeder ... Aber flieg mal einen ›Immelmann‹ mit einer verrutschten Bandscheibe! Jedenfalls, Ochera hat irgendeinen Vetter. Und der ist tatsächlich ein wahres Wunder von Bandscheiben-Curandero. Das Problem ist: Weder Pablo noch der Bandscheibenmann hat Telefon. Das wär das eine ...«

»Und das andere?«

»Das andere ist die Gegend um die Emory Street. Dort sind sie alle versammelt, die Schrotthändler. Und ich finde, du solltest es mal gesehen haben, damit du weißt, wo du bist: am Ende der Stange nämlich.«

»Und unter den Schrotthändlern ist auch Ochera?«

»Der auch. Früher war Pablo am ›Coconut‹ ein ganz erfolgreicher Koksdealer. Dann, eines Tages, treff' ich ihn im ›Boatspeople‹ und frag' ihn: Hör mal, Pablo ich hab' gehört, du hast auf Ersatzteile umgesattelt. Stimmt das? Weißt Du, was der sagte? Klar, Don Bruno. Und ich kann Ihnen auch erklären, wieso. Einmal machst du mehr Geld damit. Und zweitens triffst du elegantere Leute ...« Konietzka lachte wieder. »Trotzdem, er läuft noch immer mit der Knarre herum wie früher.«

Brückner dachte an die Pistole, die er zuvor beim Herumkramen in Konietzkas Handschuhfach ertastet hatte. Sie hatte sich angefühlt wie eine ».32er«. Er hatte keine Lust, Bruno nach ihr zu fragen. Dies war schließlich Miami. Die Stadt mit der höchsten Mordrate der Vereinigten Staaten.

Der Le Mans schnurrte über eine Auffahrt, die in einen vierspurigen Highway mündete. »Der Le Jeune Boulevard«, erklärte Bruno, »läuft exakt Nord–Süd. Nord–Süd sind immer Boulevards, bei Ost–West hast du's mit Streets zu tun.«

Brückner schob die Hand unters Hemd, um den Schweiß an den Rippen wegzuwischen. Auch der Fahrtwind half nicht. Sein schönes Jackett lag längst als unansehnliches Häufchen auf dem Rücksitz ...

Wieder eine Ausfahrt. Kahlschlag begann. Peitschenlampen, Betonflächen. Ein Industriepark. Das bläulich-kalte

Licht lag auf verstaubten Agaven. Halb eingegangene Lorbeerbüsche, vom Staub zerfledderte Zypressen. Links erstreckte sich ein Autofriedhof.

Bruno fuhr nun sehr langsam. Er hob die Hand und deutete nach rechts. Ein niedriges aus Zementhohlblöcken zusammengekeiltes schäbiges Haus zog sich an der Straße entlang. Es sah wie eine Autoreparaturwerkstatt aus. Vielleicht waren die Garagen etwas größer als andere Garagen. Auch das Zementdach war ziemlich weit vorgezogen. An der Vorderkante hing ein von Sonne und Wind angegriffenes Reklameschild: »Aircraft Repair Shop.« Dahinter: »FAA«.

»FAA?« Die folgenden Buchstaben waren zu verdreckt, als daß er sie hätte entziffern können. Aber hieß das nicht »licenced« – zugelassen?

Eine Lizenz des Bundesluftfahrtamts? An diesem Schuppen!

Der Le Mans war in eine Seitenstraße gebogen. Konietzka zeigte nun gleich drei »Flugzeugreparaturbetriebe«. Die Werkstätten schienen moderner als der vorne an der Ecke. Doch der erste der Shops schien sich nicht nur mit Flugzeugreparaturen, sondern auch mit Wohnwagen zu beschäftigen. Dutzende von Trailern standen hinter dem verrosteten Eisenzaun. Hier wieder: »Aircraft Corporation«.

Die hatten wenigstens auf das »FAA« verzichtet: »Cessna-Spezialist«. Es nahm kein Ende. Immer wieder hob Bruno wortlos die Hand. Eine Bruchbude nach der anderen. Und alle hatten sie mit Flugzeugen, Flugzeugteilen oder Flugzeugreparaturen zu tun.

Oder taten so ...

Wirklich, das Ende der Stange, dachte Brückner. Hier endete jede Illusion. Er war an die Grenze seiner Phantasie gestoßen. Natürlich hatte Bruno recht, wenn er ihn an die

Bedingungen erinnerte, mit denen sie damals in Peru zu kämpfen hatten, an die Kämpfe und die Tricks, die sie anwenden mußten, um eine ihrer alten DC-3 wieder flottzubekommen. Doch dies war nicht der Amazonas, dies war Miami, USA, das Land des Fortschritts, die Hochburg der Technologie.

Der Le Mans nahm schnurrend eine Rechtskurve. Bruno hatte ein Eckhaus angesteuert. An der Ecke befand sich auch der Eingang, über dem in einem freundlichen Bonbonrosa der Name des Lokals hing: »El Ranchero«.

Nach Ranchero sah hier nichts aus, höchstens Bruno vielleicht, der mit einem »Moment mal, Paul« sich noch einmal über die Tür beugte, das Handschuhfach öffnete und die ».32er« herausholte. Er steckte sie sich am Rücken in den Gürtel. »Ist ja nur ein Spielzeug, aber klauen will ich sie mir auch nicht lassen.«

Brückner folgte ihm in einen großen, kühlen Raum. Er war leer – bis auf ein älteres Ehepaar, das sich am anderen Ende eine Fernsehserie anschaute. Der Boden bestand aus rotgefärbtem Zement. Die Tischplatten waren billiges Marmorimitat aus Plastik. Eine lange Glasvitrine zog sich an der Wand entlang. Darin befanden sich außer einigen Stücken Coca nichts als Bonbons, Doughnuts und Kaugummipäckchen. Sie setzten sich an eines der offenen Fenster am Eingang, von wo man den Le Mans im Blick behalten konnte.

»Verdammt noch mal, ich brauch' ein Bier.« Bruno klopfte mit dem Fingerknöchel ungeduldig auf die Tischplatte. Sehr laut war das nicht, doch aus der geöffneten Küchentür erschien sofort ein Mädchen. Sie war sehr jung, zierlich, hatte ein hübsches, herzförmiges Gesicht mit hochgekämmten schwarzen Haaren und trug zu den dünnen blauen Boxershorts ein grünes T-Shirt mit tiefem u-förmigem Ausschnitte. »Don't kiss me« stand auf dem T-Shirt.

»Also Bier«, sagte Konietzka, »oder willst du einen Whisky?«

Paul schüttelte den Kopf.

Sie brachte die Gläser und lächelte ihnen zu.

»Sagen Sie, war Pablo Ochera heute hier?«

Sie schüttelte den Kopf.

»Aber um diese Zeit taucht er doch meistens auf.«

»Pablo? Das kommt darauf an. So jeden zweiten, dritten Tag ...«

»Aber er ist hier?«

»Das weiß ich nicht, Señor.«

»Er wohnt gleich drei Häuser weiter. In einem hübschen Garten übrigens«, erklärte Bruno. »Jede Menge Bougainvilleas. Er wohnt in so einer alten Villa aus den Zwanzigern, die er sich zu einem Spottpreis unter den Nagel gerissen hat. Ich glaub', sogar auf Leibrente. Da hat er wieder mal irgendeine alte Dame reingelegt.«

Bruno griff nach dem Bier und setzte es langsam, ganz langsam wieder ab.

Auch Brückner drehte den Kopf zum Eingang.

Sie hatten fast lautlos den Raum betreten. Die gummibeschichteten Strohsohlen ihrer Alpargatas erstickten jedes Geräusch. Sie trugen schwarze Jeans, schwarze Nietengürtel und dünne Nylonjacken. Die Köpfe waren von Gesichtstüchern verhüllt. Nur die dunklen Augen blieben sichtbar. Der einzige Unterschied: Einer war beinahe einen Kopf größer.

Der Größere blieb an der Tür stehen, griff in sein Hemd und zog ein Messer heraus. Die Klinge war schmal und an die fünfzehn Zentimeter lang. Er strich sich mit der Schneide über die Handballen, als wollte er die Schärfe prüfen, und ließ dabei Konietzka und Brückner nicht aus den Augen.

Brückner hatte sich halb erhoben.

Konietzka zog ihn auf den Stuhl zurück und schüttelte den Kopf. Brückner dachte an die Pistole in Brunos Gürtel. Herrgott noch mal, warum unternahm er nichts? Das alte Ehepaar in der Ecke hatte sich steil aufgerichtet und saß starr. Beide, der Mann wie die Frau, hatten die Hände flach auf den Tisch gelegt. Die Frau trug eine hübsche erdbeerfarbene, am Hals gekräuselte, altmodische, europäische Bluse. Sie hatte die Augen fest zugepreßt, als könne sie sich damit von allem ausschließen, was geschah.

»Rosi«, sagte der Kleinere.

»Ich heiße nicht Rosi.«

»Für mich heißt du Rosi. Für mich heißen alle Rosi. Wie geht's denn so, Rosi ...«

Mit wenigen, geschmeidigen Schritten war er hinter der Kasse. Nun hatte er einen Lederriemen in der Hand und warf ihn dem Mädchen um den Hals. Sie röchelte, machte eine Abwehrbewegung und wollte sich nach vorn beugen. Er riß ihr den Kopf zurück. Wieder erhob sich Brückner, und nochmals zog ihn Bruno auf seinen Stuhl. »Laß das« zischte er.

Vielleicht war es zwecklos, aber verdammt noch mal. Der Typ an der Tür hatte aufgehört, mit seinem Messer herumzuspielen. Er hielt es jetzt in Kämpferstellung in der Hand.

»Laß mal sehen, Rosi ...«

Das Mädchen schluckte. Ihre Augen waren verdreht. Sie rührte sich nicht mehr. Der Junge in der blauen Nylonjacke ließ mit der linken Hand die Kasse aufspringen, griff hinein, stopfte Geld in die Tasche, blickte kurz und abwägend zu den beiden Alten in der Ecke, schüttelte den Kopf, dann waren sie so rasch und so lautlos verschwunden, wie sie gekommen waren.

Brückner war aufgesprungen und rannte zum Fenster.

Nur Konietzkas Wagen und der leere Platz.

Auch Bruno erhob sich jetzt. Er ging hinter die Theke. Das Mädchen saß am Boden, ihre Schultern zuckten, sie gab schluchzende, leise Laute von sich.

»Kommen Sie«, sagte Konietzka und half ihr auf die Beine. »Sie sind weg.«

Sie sah ihn nur an. Wahrscheinlich verstand sie ihn gar nicht. Ihre Zähne schlugen aufeinander. »Nun kommen Sie schon!« Er nahm ein Glas, goß Whisky ein und schob es ihr zu. Sie schüttelte den Kopf. Ihre rechte, zitternde Hand streckte sich, als sie den Knopf drückte, der unter der Ladenkasse angebracht war.

»Jetzt beruhigen Sie sich doch! War es viel?«

»Zwanzig ...«

»Jetzt kommen Sie, trinken Sie 'nen Schluck, dann wird's Ihnen besser!«

Die Küchentür flog auf. Ein dicker Mann in einem Jogginganzug, eine riesige verchromte .38er-Spezial in der Hand, stürmte herein.

Er legte die Waffe auf den Ladentisch.

»Weg? Was?«

Brückner nickte. »Sie haben sie bedroht. Aber ich glaube, sie haben nicht mehr als zwanzig Dollar gekriegt.«

»Zwanzig Dollar ...« Der Mann schüttelte den Kopf. »Komm, Polly. Komm zu mir.«

Sie legte den Kopf an seine Schulter, und er streichelte ihren Rücken. »Ich möcht' nach Hause, Onkel Arthur, ich möcht' nicht länger hierbleiben, ich will nach Hause.«

»Ist ja gut, Kleines – wissen Sie, sie kommt aus Fort Myers und ist erst drei Monate hier. Ich glaub', sie schafft das wirklich nicht. Niemand schafft's. Ich hab' auch die Schnauze voll! Letztes Jahr passierte das alle zwei Monate, aber August und September habe ich schon vier solche Überfälle gehabt. Kann mir mal einer sagen, wie das nun weitergehen soll. Ich hab' drei Kinder ... Natürlich könnte ich irgendwo kellnern gehen. Aber die ganze Kohle, die ich in den Laden gesteckt habe. Wo krieg' ich die her. Wer gibt sie mir wieder?«

Er sprach ganz ruhig, fast leise, und seine Finger streichelten dabei unablässig die zarten Schultern des Mädchens.

Brückner sah, daß seine Augen feucht waren.

Sie bezahlten und gingen hinaus. Sie setzten sich in den Wagen.

»Ich hätt' nur gern gewußt«, sagte Konietzka, »ob sie sich das auch getraut hätten, wenn Pablo hier gewesen wäre?«

»Pablo«, regte sich Brückner auf, »verdammt noch mal, warum hast du nichts unternommen? Da hast du eine Pistole im Gürtel stecken und siehst zu.«

Konietzka startete den Motor. »So kann nur einer reden, der keinen blassen Schimmer hat. Hast du nicht die Augen dieser Burschen gesehen? Die sind randvoll mit Koks oder Crack oder sonst einer Scheiße gewesen. Meinst du, die lassen sich von einer .32er einschüchtern? Das ist das eine. Und außerdem haben sie selbst Waffen. Die zeigen sie nur nicht, damit man es ihnen bei einer späteren Gerichtsverhandlung nicht vorwerfen kann. Wenn sie geschnappt werden, kriegen sie mit einer Pistole nämlich das Doppelte wie mit einer arma blanca, einem Messer, kapiert?«

Brückner lehnte den Kopf gegen das Polster und schloß die Augen. Er hatte keine Lust, noch irgend etwas zu kapieren.

In der Bar des »Dupont« hatten sie die Klimaanlage auf kühle einundzwanzig Grad heruntergefahren. Brückner genoß es. Er saß am Fenster, einen Zitronentee vor sich, blickte auf die Bay mit ihren Schiffen und Touristenbooten und rauchte eine Zigarette. Die »Chesterfields« hatte er aufgegeben, er war zu den »Kools« zurückgekehrt, seiner alten Marke. Natürlich konnte einem der Mentholgeschmack auf die Nerven gehen, aber irgendwie machte er frisch.

Die Bar war leer, mit Ausnahme des Ecktischs und eines Liebespärchens, das sich seit Minuten beim Eislöffeln schweigend anstarrte. Aus den Lautsprechern tropfte die übliche Hausfrauennachmittagsmusik, süß, kitschig und angenehm. Brückner hatte einen Hotelschreibblock und sein Notizbuch vor sich liegen. Er schrieb nicht länger, er malte Strichmännchen.

Eines der Strichmännchen hatte, wie der Junge gestern abend, ein langes Messer in der Hand. Er betrachtete das Bild.

Was war eigentlich los?

Vor einer Woche hatte er in einem Ort namens Arenal den technischen Direktor einer Fluggesellschaft vom Bett gezerrt, ihn in die Duschkabine seines Hotelzimmers gestoßen und den Heißwasserstrahl so aufgedreht, daß er vor Schmerzen brüllte. Ein paar Tage darauf war er in ein Haus in einem gottverdammten Tessiner Bergdorf eingedrungen, hatte eine Frau zu Tode geängstigt und anschließend ihrem Liebhaber mit dem Lötkolben die Ohren verbrannt. Dann? Dann war er selbst dran gewesen. An der Umfassungsmauer einer Ziegelfabrik. Dort sollte er mit ein paar Salvenstößen aus einer MP fertiggemacht werden. Gestern abend aber? Nun, der Messerjunge war keinen Gedanken wert. Reiner Zufall. Peanuts – so unerheblich wie Enslins ganze »Libyen-Connection«. Sicher, sie wollten ihn sich vom Hals schaffen, und anzunehmen war auch, daß sie selbst in Amerika Verbindungen und die Möglichkeit dazu hatten. Aber er war sie losgeworden. Daß sie ihn hier suchen würden, war ziemlich unwahrscheinlich.

Wie auch immer, dachte er, es ist ein Adrenalin-Job. Aufregender jedenfalls, Anja, als ich ihn mir erträumt habe.

Und noch eine andere Entdeckung habe ich gemacht: den alten Paul Brückner, den mit dem Vorgarten in Heidelberg, den Goldfischen, der frischgebügelten Uniform und den Bausparvertragsplänen gibt's nicht mehr. Wir können ihn auf die Stange hängen. Der andere aber, der jetzt zum Vorschein kommt – vielleicht hat er früher mal existiert, doch damals in Peru, was war er schon? Ein Junge, der nicht begriff, daß Abenteuersuche Schwachsinn ist? Wen aber haben wir dann? Besser, Anja, wir streichen das Thema …

Er winkte dem Kellner.

»Haben Sie Grappa?«

»Natürlich, Sir. Selbstverständlich.«

»Dann bringen Sie mir einen. Aber tun Sie bloß kein Eis rein.«

»Selbstredend nicht, Sir.« Der Kellner zog die Augenbraue hoch. Er machte das wirklich sehr dramatisch.

Nicht, wen wir vor uns haben, dachte Brückner, was anliegt, ist entscheidend. Und erhebend ist das bisherige Resultat bei Gott nicht.

Er war an diesem Tag um acht Uhr aufgestanden, hatte geduscht, sich eine Tasse Kaffee genommen und war anschließend zu einem Gebäude in der Flagler Straße gefahren. Er hatte sich dort im vierten Stock bei der Miami-Niederlassung der *Federal Aviation Administration* mit einem LH-Schreiben, das ihn als Mitglied der Mallorca-Untersuchungskommission auswies, vorgestellt. Auf diese etwas fragwürdige Weise war er ziemlich rasch bis zu einem Herrn mit randloser Brille vorgestoßen, der hinter seinem schäbigen Regierungsschreibtisch eine imponierende amerikanische Flagge aufgepflanzt hatte. Er hatte ihm erklärt, daß seine Behörde »Mr. Brückner« natürlich bei seiner Recherchenarbeit unterstützen werde, soweit ihr das möglich sei, daß sie sich ferner für alle Hinweise aus Europa stets dankbar gezeigt habe und daß es in Anbetracht der Umstände doch wohl am naheliegendsten wäre, wenn er zunächst einmal einen detaillierten Report über seine Vorstellungen einreiche. Denn »schließlich – nicht wahr, Sir?« – in eine laufende Untersuchung, dazu noch eine solche im Anfangsstadium, einzugreifen, bedeute doch stets eine Vorwegnahme ungeklärter Fakten und damit auch juristische Risiken.

Brückner hatte mit den Achseln gezuckt.

Auf dem Schreibtisch stand ein Namensschild. Der Herr vor der Flagge hieß Edward F. Sullivan junior.

»Mr. Sullivan! Wir Piloten der europäischen Linien betrachten die FAA im allgemeinen als eine sehr aktive Behörde.«

»Was soll das heißen, Captain? Natürlich sind wir eine sehr aktive Behörde. Und ob wir das sind! Ohne die Vorreiterrolle der FAA würden noch nicht einmal Gesetze zur Bekämpfung des Bogushandels existieren.«

Brückner dachte an die Schrottbaracken von gestern abend.

»Der Handel mit Falschteilen scheint sich hier in Miami aber ungebremst auszuweiten. Ich selbst konnte mich davon überzeugen. Auch bei den Ursachen der Mallorca-Katastrophe führen die Spuren eindeutig nach Miami. Wie ja auch im Fall der verunglückten, norwegischen Convair. Trotzdem wurde im Convair-Fall niemand zur Rechenschaft gezogen.«

»Ich weiß nicht, worauf Sie mit diesen Bemerkungen zielen, Captain. Falls sie in einem kritischen Sinn zu werten sind, kann ich Ihnen nur sagen, daß keine Behörde der Welt, auch keine deutsche und schon gar nicht das Bundesluftfahrtamt, ohne solide, vernünftige Unterlagen zum Handeln gezwungen werden kann. Im Convair-Fall zum

Beispiel war das nun mal so ... Leider gibt es auch eine andere Entwicklung. Was Miami angeht, so ist zu beachten, daß schon aus historischer Tradition heraus diese Stadt zu den Impulsgebern der amerikanischen Flugindustrie zählt. Und daß sich daher nicht nur eine entsprechende Industriekultur, sondern auch entsprechende Wirtschaftszweige eingerichtet haben. Doch davon redet heutzutage niemand. Das Thema heißt immer nur ›Falschteile‹! Soll ich Ihnen sagen, warum? – Weil die Medien es hochkochen. Eine Art Hysterie ist ausgebrochen. Wie sollen wir da auf jeden Verdacht und auf jeden Hinweis sofort reagieren? Das ist unmöglich. Was wir brauchen, ist schon handfesteres Material. Der Verdacht der Einschleusung gefälschter Autopiloten in ein Schweizer Maintenance-Lager, um Originalteile zu ersetzen, die nach Libyen gegangen sind – also entschuldigen Sie ...«

Brückner hatte sich höflich verabschiedet. Hier war nichts zu holen.

Was jetzt? Die Bronzezeiger der Chesterton-Stiluhr über der Bar standen auf elf Uhr zehn. Wilkens würde noch an seinem Schreibtisch hocken.

Er winkte dem Kellner, zahlte und ließ sich in der Zentrale mit der VC in Frankfurt verbinden.

»Was machst du, Alter?«

»Ich sitze in der Hotelbar und denke nach. Das heißt, ich saß in der Hotelbar.«

»Kein Fehler, wenn du mal nachdenkst. Übrigens, ich hab' mit Rebner gesprochen und ihn zu einer Art Stillhalteabkommen bewegt. Er will sich dafür einsetzen, daß man dir eine Narrenfrist gibt.«

»Was heißt hier Narrenfrist?«

»So nennt er das. Und die Deadline sei in zwei Wochen.«

»Okay, schön. Wenn du wüßtest, wie weit Rebner von mir weg ist. Lichtjahre!«

Wilkens lachte leise.

»Paß auf, Dieter, wir haben doch in Miami so eine Art Schwesterorganisation, einen amerikanischen Pilotenverein. Ich brauch' hier einfach Hilfe. Daß die Stadt verrückt ist, wußte ich schon immer. Aber jetzt geht's mir erst richtig auf.«

»USALPA«, kam es prompt zurück.

»Und wo?«

»Ralston Building.«

»Sehr gut.«

»Was willst du von denen?«

»Tips. Nichts als logistische Hilfe.«

Eine kurze Pause entstand. Dann hörte er Wilkens leises Stöhnen. »Mensch, nein, laß für den Moment die Jungs in Frieden. Wenn du was brauchst, kannst du dich noch immer an sie wenden. Ich weiß was Besseres: Geh erst mal zu Ted Turnbull.«

»Und wer ist das?«

»Turnbull? Ein pensionierter PanAm-Pilot. Aber was ›Bogus-Parts‹ angeht, der Fachmann! Er wird auch von den Gesellschaften herangezogen, wenn's irgendwo brenzlig wird. Den Convair-Fall zum Beispiel, den hat er durchgecheckt. Seine Artikel sind vom *Aviation Weekly* bis zum letzten Pilotenblättchen in Neuseeland abgedruckt worden. Eine Koryphäe. Ich kenne ihn nur vom Namen, aber der Mann muß toll sein.«

»Und hast du die Adresse?«

»Die lass' ich dir raussuchen. Ich schick' dir ein Fax. Darauf steht, daß du unser Mann bist und daß wir Turnbull nicht nur bitten, dir zu helfen, sondern ihm, falls er das verlangt, auch ein Honorar zahlen. Und dann kriegst du gleich auch noch die Adresse mit. In Ordnung?«

»Und ob! Schick das Fax so schnell wie möglich los. Ich hab' noch 'ne Menge zu arbeiten heute.«

»Okay, mach' ich. Verlaß dich drauf.«

24. September

Key Biscayne

Ortszeit: 16 Uhr 30

Theodor James Turnbull, Key Biscayne, Little Marina 123.« Als er die Adresse auf dem Fax las, mußte er wieder die Stadtkarte zu Rate ziehen. – Hier, Key Biscayne war die Insel, die Bruno Konietzka täglich vor der Nase hatte. Sie lag Cocos Grove gegenüber. Nur, er war nie in Key Biscayne gewesen.

Das Taxi brachte ihn über den Damm des Rickenbacker Causeways, und er hatte endlich das Meer vor Augen. Die Strände waren gerammelt voll, jede Menge Hummerrot und Floridabraun. Draußen sprenkelten die bunten Tupfer der Windsurfer das Blau und donnerten die unvermeidlichen Rennboote.

Wieder eine Brücke. Nun wurde es schon gemütlicher. Die Insel wirkte ziemlich grün. Der Wahnsinn der Bauspekulation Miamis hatte noch immer große Grundstücksflächen verschont, sicher die Filetstücke, die bebaut werden würden, wenn die Kokspreise wieder stiegen. Das taten sie im Moment nicht, hatte Bruno erzählt. Miami ertrank im »Schnee«. Ein Dealer unterbot den andern. Vielleicht kam Don Johnson bald zurück und startete eine neue Miami-Vice-Serie …

Sie fuhren durch eine breite, von mächtigen Pfefferbäumen gesäumte Allee, an kleinen Gemüsehändlern vorbei und an netten Rentnern, die aus irgendwelchen sympathischen, babyblauen oder himbeerrosa gestrichenen Drugstores herauskamen und riesige Einkaufstüten zu ihren Cabrios trugen. Dann ging's nach rechts: weiße Mauern, hübsche, etwas altmodische Häuser hinter weißen, vom ewigen Wind, der ewigen Sonne und der ewigen Feuchtigkeit angefressenen Mauern. Und wieder breitete sich vor ihm das breite ultramarinblaue Band des Meeres mit seinen Glitzersternen aus.

Das Taxi hielt. Er zahlte. – Da stand es: »Theodor James Turnbull«.

Es gab eine Sprechanlage, doch kaum hatte er den Knopf gedrückt, öffnete sich drüben in dem zweistöckigen, weißen Bau die Tür. Ein Mann kam ihm entgegen: »Sie sind Brückner, nicht wahr?«

»Ja, Sir.«

»Schenken Sie sich bloß den ›Sir‹. Sind wir nicht Kollegen? Das heißt, wir waren's. Ich hab' den verdammten Job schon vor zehn Jahren aufgeben müssen. Die blöden Ärzte wollten das so.«

Brückner bekam die Kurzbiographie im Gehen serviert. Turnbull lachte. Weißes Zähnelachen aus braungebranntem Gesicht, wie es sich hier gehört.

Sie schüttelten sich die Hände. »Kommen Sie rein! Meine Frau ist zu ihrer Schwester gefahren. Außerdem haben Sie wirklich Glück. Meist bin ich nämlich weg. Aber ich habe mir vierzehn Tage aus dem Kalender rausgeschnitten. Soll ich Ihnen was sagen. Ich langweil' mich schon jetzt! Nachher gehe ich segeln. Wenn Sie wollen, können Sie mitkommen. Aber auch das Segeln geht einem auf den Geist, finden Sie nicht?«

»Hören Sie ...«

»Ted. Sagen Sie doch Ted zu mir. Sie sind Paul, nicht?«

Brückner nickte. »Das weiß ich nicht. Ich segle eigentlich nie.«

»Man sieht, endlich ein vernünftiger Mensch.«

Er war größer als Brückner, mindestens einsfünfundachtzig. Und wie viele große Leute hielt Turnbull die Schultern eingekrümmt und ging leicht in den Knien. Sein Haar war weiß und kurzgeschnitten, und unter der gebogenen, langen Nase trug er einen dieser britisch getrimmten, altmodischen Wingcommander-Schnurrbärte, die für Gesichter wie seines erfunden worden sein mußten.

Der Mann gefiel ihm. Er hatte warme und wachsame intelligente Augen. Und seine Herzlichkeit schien echt.

»Setzen Sie sich, Paul! Hier vielleicht, am Fenster.«

Das Fenster war offen, und da war sie nun, die Seebrise, die in der Stadt erstickte, aber den Leuten an der Küste das Leben erträglich macht.

Er setzte sich in einen weichen, bequemen Ledersessel und sah sich um. Die Wände bedeckten Regale mit Akten und Büchern. An der sea-view-abgewandten Seite stand ein Schreibtisch. Über dem Kamin – nur der Teufel konnte wissen, wann Turnbull ihn anheizte – hing ein Foto. Es zeigte eine *Lookheed-L.-1011* im Anflug auf eine Stadt. Die Stadt mußte Hongkong sein. Die Gesellschaftsfarben waren grün und weiß. Und auf dem Rumpf stand »Cathay Pacific«.

»Ich weiß, das Foto ist scheußlich«, erklärte Turnbull lächelnd, »aber dieser Tristar war nun mal viele Jahre mein Vogel.«

»Man sagte mir, Sie seien bei der PanAm gewesen.«

»Auch. Bis mir der ganze PanAm-Kram auf die Nerven ging und ich drei Jahre bei den Chinesen kutschierte. War übrigens meine schönste Zeit. Nachher bin ich dann brav wieder zurückgekrochen. Wie ist das, Paul? Bier oder Gin Tonic? Was anderes habe ich nicht im Haus.«

»Ich nehm' ein Bier.«

»Ich auch.«

Er kam mit ein paar Budweiser zurück und sie prosteten sich schweigend zu. Vom Strand wehte durch das geöffnete Fenster das angenehme Geräusch der Brandung herein.

Irgendwann, dachte Brückner, irgendwann in irgendeinem Land habe ich so ein Haus am Meer.

»Also, wie ist das?« Turnbull holte sich vom Pfeifenständer auf seinem Schreibtisch eine Pfeife, füllte sie mit Tabak und zündete sie an. »Ich schlage vor, wir fangen gleich mit Ihren Fragen an. Ganz habe ich nicht begriffen, was Ihr Frankfurter Freund mir da erzählt hat. Es geht um diese Mallorca-Katastrophe, nicht wahr?«

»Ja.«

»Und Sie meinen, sie ist auf ›Bogus-Parts‹ zurückzuführen?«

»Das meine ich nicht nur, davon bin ich überzeugt. Und ich glaube auch, Beweise dafür zu haben.«

»Sie glauben.«

»Das ist eine der Schwierigkeiten«, gab er zu. »Zumindest für die FAA-Leute in der Flagler Street. Die wollten noch nicht mal zuhören. Was ist das eigentlich für ein Laden?«

»O Gott! Fangen wir nicht mit denen an – Holzköpfe, Quadratschädel, Beamte.«

»Sehr interessiert jedenfalls scheinen sie nicht zu sein.« Brückner nahm einen Schluck und erzählte von seinem Nachttörn mit Konietzka durch das heruntergewirtschaftete Industrieviertel von Northside Hialeah. »Und an einer der miesesten Buden, was steht da?« schloß er. »›FAA-lizenziert‹!«

»Ich glaube, das haben Sie falsch gelesen«, sagte Turnbull. »Das trauen sie sich dann doch noch nicht. Meist heißt es ›Certified Repair Station‹. Was immer man unter ›certified‹ verstehen will, das läßt man offen.«

»Und warum wird da nichts unternommen?«

Turnbull lehnte sich zurück. »Jesus, da müßte so viel unternommen werden ... Um daran was zu ändern, müßte man vermutlich die ganze Stadt in die Luft jagen, was wiederum – ich glaube, da sind wir uns einig – ein gewaltiger Jammer wäre. Sehen Sie, Paul, schauen Sie sich doch mal in der Brickell Avenue um, wo die ganzen Banken stehen. Jede zweite Adresse dort beweist, daß Miami von seinen karibischen und südamerikanischen Verbindungen lebt. Dazu die Marielitos, die Chicanos, die Latinos, die Leute aus Haiti oder Nicaragua. Wir haben sogar einen Bürgermeister, der in Cuba geboren wurde. Im Grunde war's hier immer so. In den dreißiger Jahren, als Al Capone noch auf der Insel wohnte – übrigens gleich um die Ecke hatte er sein Haus, wenn Sie wollen, zeige ich's Ihnen – in den dreißiger Jahren war's noch viel schlimmer. Da wurde jeder tausendste Einwohner umgelegt. Heute sind wir bei jedem dreitausendsten angelangt – Fortschritt, was?«

Brückner grinste höflich.

»Das Verbrechen gehört nun mal zu Miami wie die Touristen, der Reggae und die schwarzen Bohnen. Soll ich Ihnen sagen, was die Drogenschmuggler hier im Jahr umschlagen? – Fünfzehn Milliarden Dollar! Was glauben Sie, wieviel Kokain-Cowboys man damit finanzieren kann? Die donnern los mit ihren Rennbooten, mit ihren Beachcrafts, Learjets und Cessnas. Selbst die älteste Kiste wird da noch mal zusammengenagelt, um Schnee ins Land zu bringen. Es ist nun mal ein heißes Pflaster. Und das Verrückte ist, die Leute in Miami sind noch stolz darauf. Als ›Miami Vice‹ noch lief, was brachte der *Miami Herald?* Ellenlange Reportagen über Don Johnson und seinen roten Ferrari. Oder mit wem Don Johnson gerade ins Bett ging, welches Restaurant er bevorzugte, und so weiter und so weiter. Das war das Thema. Und die Leute sagten: Mensch, leben wir vielleicht in einer tollen Stadt!«

Brückner leistete sich eine neue »Kool«.

»Und diese ganze Geisteshaltung, dieses Laissez-faire, wie wollen Sie sie von der Luftfahrt fernhalten? Allein der

Internationale Flughafen beschäftigt an die fünfzigtausend Leute. Wenn Sie jetzt noch die ganze Ersatzteil-, die Reparatur- und die Wartungs-Szene dazuzählen, wird's wirklich unübersehbar. Alle wollen ihre Kohle verdienen. Und die krumme Tour, das ist nun mal die Mentalität, die krumme Tour ist die einfachste. Man will ja noch ein bißchen in die Sonne, oder?«

Sicher hatte Turnbull recht. Doch alles, was er erzählte, konnte einem trotz der Hitze kalte Schauer über den Rücken jagen. Vielleicht hätte er zuvor statt des Biers doch einen Gin Tonic nehmen sollen ...

Turnbull war noch nicht fertig.

»Das FBI ist endlich wach geworden. Auch die TSD hat eine Crew von siebzig Mann eingesetzt, die auf eigene Faust arbeitet. Sie starten auch Undercover-Operationen. Ein paarmal sind sie fündig geworden. Letzte Woche in einer Tiefgarage zum Beispiel haben sie gleich siebzehn von den Typen gestellt. Die hatten ein halbes Delta-Lager geplündert. Aber wollen Sie mit einer Tischgabel in einem Heuhaufen scharren?«

»Autopiloten«, sagte Brückner, »gibt es da spezialisierte Firmen, die sie liefern können?«

»Aber sicher. Schauen wir uns doch die Geschichte mal ein bißchen genauer an! Wissen Sie, grundsätzlich gibt es drei Kategorien von ›Bogus-Parts‹. Da haben Sie einmal die Falschteile, die nichts anderes sind als marktübliche Industrieprodukte, also weder, was Präzision noch Materialqualität angeht, den Standard von Flugzeugersatzteilen erfüllen. Federn, Ventile, Bremsbeläge, Ventile für Hydraulik, Bolzen, Schrauben – da wird einfach im nächsten Klempnerladen irgendwelches Zeug zusammengekauft. Sie kennen doch den Absturz des 747er-Cargo-Liners in Amsterdam? Der hat beim Landeanflug ein Triebwerk verloren und kam dadurch in eine unkontrollierbare Lage. Und der

Grund: An der Triebwerksaufhängung hat sich ein Bolzen gelöst ... Ein Falschteil. Irgendeine Scheißmutter! So ein Ding können Sie für zehn Dollar kaufen. Der richtige Bolzen aus der richtigen Metallegierung kostet einen halben Tausender. Schön, ich weiß nicht, wie weit Sie die drei großen Flugplätze hier kennen. Aber sicher haben Sie sich beim ›International‹ schon umgeschaut. Da liegt jede Menge Schrott. Wracks. Ausgeweidete Maschinen der verschiedensten Gesellschaften. Die lassen die Dinger hier liegen, weil sie weder das Geld noch die Mühe für eine richtige Entsorgung aufbringen wollen. Was dann passiert, ist eigentlich ganz logisch und führt uns zu Punkt zwei: Die Bogus-Schrotthändler weiden die Wracks aus. Sie brauchen noch nicht mal eine Genehmigung dafür. Sie steigen einfach über den Zaun, falls sie das Risiko in Kauf nehmen wollen, und in Wirklichkeit ist es nicht mal ein Risiko ... Oder die Wracks werden zum Ausschlachten verkauft und jeder, der ein paar Dollar auf den Tisch legt, nimmt das, was ihm noch brauchbar erscheint, läßt es umfrisieren, knallt 'ne passende Seriennummer drauf, läßt sich von irgendeinem Kartonage-Fritzen die Originalpackung fabrizieren, findet auch noch einen, der ihm das ›Yellow Tag‹ nebst Unterschrift und Stempel liefert – und schon geht das ›Originalersatzteil‹ an den Händler.«

»Und von dort?«

»Von dort? Das Geschäft ist worldwide. Die Bestellungen kommen von überall. Bei windigen, kapitalschwachen Gesellschaften oft mit Einwilligung des Managements. Bei anderen sind es irgendwelche Angestellte, die Originalpreise in die Bilanzen schreiben und den Differenzbetrag in die eigene Tasche stecken. Und da gibt's natürlich noch die dritte Gruppe: Kopien. Reine Kopien. Aus miesem Material ... Die kommen übrigens meist aus dem asiatischen Raum.«

»Entschuldigen Sie, Ted«, unterbrach Brückner, »bleiben wir doch mal bei diesen zusammengebauten oder aus altem Material frisierten Teilen.«

»Sie denken an Ihre Autopiloten?«

»An was sonst?«

»Natürlich gibt es eine ganze Reihe von Leuten, die sich auf Elektronik spezialisiert haben. Es sind meist größere Betriebe. Für diesen Job braucht es gute Leute. Und gute Leute sind teuer. Im Grunde wundert mich die ganze Geschichte ein bißchen, wissen Sie.«

»Warum?«

»Na ja, wenn der Mann dort in Zürich seine libyschen Verbindungen aufgebaut hätte, wäre es doch viel einfacher gewesen, sich die Teile klauen zu lassen. Das geht auf Bestellung. Da wird irgend einer der Ersatzteilpools, die sich die großen europäischen Gesellschaften hier aus Ersparnisgründen gemeinsam halten, geknackt. Wenn Sie heute zu einem Hehler gehen, können Sie zusehen, wie die Air-France- oder Lufthansa-Aufkleber weggeschmirgelt werden.«

Brückner nickte wieder. Bei dem ganzen Wahnsinn blieb wohl nur eines: zu tun, als hielte man ihn für normal.

»Das schlimme ist ...« Theodor James Turnbull erhob sich, das Glas in der Hand, und ging zu seinem Panoramafenster, das ihm die Pracht des Atlantiks lieferte, »nicht nur die Kleinen, diese armen Schweine von südamerikanischen Fluggesellschaften oder die Kokain-Cowboys mit ihren alten Mühlen, auch manche große Gesellschaften spielen mit. Weil sie nicht anders können. Nicht nur bei uns, auch in Europa sind mit dem Preiskrieg aller gegen alle die Hemmungen gefallen. Jeder will überleben. Jeder kämpft um seine Position. Wir rationalisieren uns zu Tode. Die Flotten sind überaltert, und überall fehlt das Geld für Neuanschaffungen. Und jetzt geht's schon so weit, daß an

Ersatzteilen gespart wird. Und soll ich Ihnen noch etwas sagen?«

Es war eine rhetorische Frage. Im Grunde war Brückner so weit, daß er gar nichts mehr hören wollte.

»Manchmal kommen die Anweisungen sogar von der Gesellschaftsleitung.«

»Sie meinen, Bogus-Teile zu nehmen?«

»Ja. Kein Mensch kann mehr sagen, wie viele inzwischen in den Lagern liegen. Es ist wie ein Krebsgeschwür, verstehen Sie? Wir sind überall infiltriert. Und bei manchen Gesellschaften ist das schlicht und einfach so: Wer etwas weiß und darüber spricht, der fliegt.«

Er stand da, und seine Schultern wirkten nun noch runder als zuvor.

Er stellte das Glas ab und fragte: »Nehmen wir jetzt einen Gin?«

»Ja«, sagte Brückner. »Ich glaub', ich habe ihn nötig.«

»Wissen Sie, Paul, kürzlich schrieb einer von diesen politischen Lokal-Leuchten hier im *Miami Herald:* ›Der Kapitalismus hat diese herrliche Stadt geschaffen – nun bringt er sie um ...‹ Das gleiche gilt auch, fürchte ich, für uns. Wir haben es ziemlich weit gebracht in der kommerziellen Fliegerei. Und jetzt, jetzt fürchte ich, geht es bald ganz steil abwärts.«

Brückner schwieg. Turnbull bereitete einen Gin Tonic. Er trank ihn mit einem Schlag bis zur Hälfte leer. Das Blut stieg ihm in den Kopf.

»Ted«, sagte er, »ist Ihnen schon mal der Name ›Global Wings‹ untergekommen?«

Turnbull sah ihn aus seinen blaßblauen Augen an: »Was ist das? Eine Gesellschaft?«

Brückner schüttelte den Kopf. »Ein Händler.«

»Hier in Miami?«

»Ja. Hier in Miami.«

»Moment mal ...«

Turnbull ging zum Schreibtisch, öffnete den Laptop, der dort stand, und tippte eine Weile darauf herum.

Dann schüttelte er den Kopf. »Tut mir leid. Ich hab' wirklich so ziemlich die ganze Szene gespeichert. Ich habe meine eigene Liste noch durch eine Liste vom FBI komplettiert. Aber ›Global Wings‹, nein, das hab' ich nicht ...«

Brückner sah die Erde auf sich zustürzen. Die Erde? Gerade waren es noch die Straßen und Häuser um den Sportflugplatz Opa-Locka gewesen, klein und fern, Gebäudekarrees. Nun konnte er schon Autodächer und die Transformatorenkästen der Platzbefeuerung erkennen. Er wußte, was jetzt kommen würde. Ob er es wollte oder nicht, die Hände zogen sich zu Fäusten zusammen. Dreißig Meter über dem Bauplatz neben dem Airport zog Bruno die »Moth« wieder hoch, ließ den Motor in einem nicht enden wollenden Steigflug kreischen, bis der kleine, rote Doppeldecker nicht mehr wollte, über die linke Fläche abkippte, in eine Spirale geriet, aus der ihn Konietzka mit einem Linksturn elegant befreite, um erneut mit einer Serie von Loopings zu beginnen.

Brückner hatte endgültig genug ...

Brüllen half nichts. Der uralte Sternmotor machte einen Höllenlärm. Und Bordverständigung an Bord einer Kunstflugmaschine – ja wieso denn?

Er schlug Bruno die Hand auf die Schulter. Der drehte noch nicht einmal den Kopf. Zusammengekrümmt, hingegeben, hing er über dem Knüppel, und was er jetzt einläutete, drohte eine neue Rolle zu werden. Diesmal nach rechts.

Brückner versuchte es mit der Faust, nicht auf die Schulter, in den Rücken. Und dann zeigte seine flach ausgestreckte Hand, wo ihm sein Magen stand: direkt unterm Kinn.

Bruno schüttelte den Piratenschädel. Er war von einer Lindberg-Fliegerhaube umschlossen, sein Oberkörper steckte in einer Messerschmidt-Pilotenjacke aus dem letzten Weltkrieg. Er drehte sich um, zeigte sein Grinsen, bedauernd oder empört – und hatte dann doch ein Einsehen. Noch einmal brachte er die »Moth« in Sturzflug, ließ sie dann so flach über die Hangars der Sportflugzeuge hinwegzischen, daß man jede einzelne Rille der Wellblechdächer zählen konnte, und setzte sanft auf.

»Was ist denn, Junge?«

»Nichts«, fluchte Brückner. »Überhaupt nichts, du verdammter Knallkopf! Was wolltest du mir gerade beweisen? Daß du's noch zum Kunstflug-Champion bringen wirst?«

Er kletterte aus der Maschine. Gott sei Dank, er stand. Aber was half das? Der Boden drehte sich.

Neben die Hangars hatten sie ein Clublokal gebaut. Drei verwegen aussehende Typen flüsterten in einer Ecke. An der Theke hing ein einsamer Mechaniker und träumte sich über seinem Bier irgendwohin.

Brückner bestellte Rum, änderte aber dann die Order in einen Cuba libre. Bruno blieb bei seinem ewigen San Miguel.

»Ich wollte dir überhaupt nichts beweisen, Paul. Höchstens vielleicht, was manche Leute für geschickte Händchen haben. Und was aus einer vierzigjährigen ›Moth‹ noch alles rauszuholen ist. An der Kiste sind höchstens zwanzig Prozent Original. Alles andere wurde ausgewechselt und zurechtgefeilt. Bis auf die Spanten, bis auf die letzten Verspannungen. Und vom Motor will ich schon gar nicht anfangen ...«

»Na wunderbar.«

Brückner stieß der Magensaft hoch.

»Das ist es halt.« Bruno Konietzka starrte ihn aufmerksam an. »Das ist der Jammer mit euch: Früher seid ihr mal

Flieger gewesen. Und jetzt? Was passiert denn in euren elektronik-verwanzten Cockpits? Ihr degeneriert. Jawohl! Ihr seid keine Piloten mehr. Dampferkapitäne seid ihr! Mensch, wenn ich daran denke, was du damals mit der alten ›Betty‹ so alles gebracht hast.«

»Red keinen Quatsch!«

»Der kleine Paul, das Paulchen, was hat er alles gebracht! Weißt du noch, die Landung, die du damals in Puno, am See, hingelegt hast? Die arme alte ›Betty‹ ... Drei Tage brauchten wir, um sie aus dem Zuckerrohrfeld wieder rauszuholen. Und dann das Grundstück mit der Hochspannungsleitung. Du bist der einzige, von dem ich je gehört habe, der mit 'ner vollbesetzten DC-3 unter einer Hochspannungsleitung durchpfeift. Das solltest du dir noch patentieren lassen.«

»Hochspannungsleitung?« Der Mechaniker am Bar-Ende hatte plötzlich aufmerksame Augen bekommen.

»Hochspannungsleitung«, bestätigte Konietzka. »Und du trink schön weiter, ich hab' mit dem da zu reden. Überhaupt, was heißt reden, was wir brauchen, ist was zu essen.«

»Nein.«

»Dann ich. Ich weiß da ein brasilianisches Steakhouse gleich um die Ecke. Da kriegst du die besten Steaks der Welt. Na, los schon! Oder willst du den letzten Rest Achtung in meinen Augen verlieren?«

Sie verließen das Gelände, und Brückner beobachtete die Wachen am Eingang. Der eine Wächter hing wie ein Cowboy mit einer über die Augen gezogenen, khakifarbenen Schirmmütze auf seinem Stuhl und schien zu pennen. Der andere las eine Zeitung. Bruno winkte fröhlich. Keiner der beiden beachtete ihn.

»Da siehst du's!« sagte er.

Ja, da sah er es. »Wie ist das? Hast du mit Fernandez nochmals über die Global-Wing-Sache gesprochen?«

Bruno Konietzka ließ den Wagen ohne Antwort die Straße hinabgleiten, schaltete das Radio ein, schaltete wieder aus, zündete sich eine Zigarre an, und gerade, als er auch das hinter sich gebracht hatte, erhob sich an der rechten Seite ein langes, blaßblaues, einstöckiges, holzverkleidetes Gebäude mit knallroter Aufschrift: »Pele«.

Sie stiegen aus.

Der Himmel war weißlich-grau, und die Feuchtigkeit bildete Schweißrinnsale auf seinem Rücken. Was sollte es? Er hatte sich daran gewöhnt. Dschungelklima, Vietnamklima, Indonesienklima. Er kannte es doch. Woran er sich nicht gewöhnen konnte und sich wahrscheinlich nie gewöhnen würde, war die Art von Pilotenhumor, die Bruno ihm gerade geboten hatte.

Zu den Steak-Sandwiches gab es Hot-Sauce, so scharf, daß die Kopfhaut brannte. Aber sein Magen verhielt sich ruhig, als er alles runterzwängte.

»Sanchez«, sagte er wieder, wischte sich den Mund sauber und nahm einen Schluck Mineralwasser, »Onofré Sanchez. Was ist mit ihm? Hast du mit ihm gesprochen?«

»Onofré? Da hätt' ich was für dich. Aber nicht jetzt. Zunächst eine andere Frage. Wie lange willst du noch in Miami bleiben?«

»Schwer zu sagen. Bis ich fertig bin.«

»Und das ›Dupont Palace‹?«

»Muß ich räumen. Wird viel zu teuer.«

»Genau, das ist es ja. Und zu mir und Rebekka willst du auch nicht ziehen?«

»Komm, Bruno. Das ist unheimlich nett von dir, wirklich. Aber ich würde euch doch nur auf die Nerven gehen.«

»Platz haben wir. Und Rebekka hätte überhaupt nichts dagegen. Sie ist wirklich ein feines Mädchen. Nur – es ist ein bißchen laut an unserer Ecke.«

»Na, siehst du. Ich dachte an Palm Beach.«

»Was willst du denn dort? Eine Witwe aus Atlanta aufreißen? Oder eine aus Mülheim an der Ruhr? Ich weiß was anderes für dich. Und das ist nicht nur besser und billiger, da hab' ich dich auch in meiner Nähe ...«

Als Brückner im ›Dupont Palace‹ die Rechnung bestellte, bekam er noch sechzig Dollar heraus. Aus irgendeinem nicht so ganz ersichtlichen Grund erfüllte ihn dies mit einer Art Hochgefühl. Er lud Bruno sofort zu einem Drink in die Bar ein.

»Sanchez? Du sagtest, du hättest etwas von ihm erfahren.«

»Hab' ich. Aber alles der Reihe nach, Junge.«

Sie fuhren bis zum Fairchild-Park und bogen nach Westen. Und hier begann eins der schönsten Wohnviertel von Miami: Coral Gables. Die Straßen waren schattig, über den Grünflächen vor den Villen drehten sich die Rasensprenger, und alle Bäume schienen von fixen Gärtnerbrigaden gepflegt und beschnitten. – Hier las Brückner: »Cordoba Street«.

Bruno hielt an. Das Haus stand mit der Frontseite zu ihnen. Es war mit rosagestrichenem Holz verkleidet und hatte hübsche weiße Sprossenfenster. Es ähnelte einem Haus aus einem Spielzeugkatalog. Aber das taten hier in Coral Gables die meisten Häuser.

Bruno stieg aus, ging auf die Gartentür zu und holte einen Schlüssel aus der Tasche.

»Arthur Murray« stand in Messing auf dem Backsteinpfeiler.

»Wen willst du denn hier besuchen?«

»Dich, morgen zum Beispiel, kannst mich ja einladen. Arthur ist ein alter Freund von mir, ein Makler aus New York. Ich halte ihm das Haus in Schuß, das heißt, Johnny tut das, Rebekkas Bruder. Murray kommt vielleicht einoder zweimal im Jahr. Und das immer März oder April.

Kennst doch diese Immobilienhaie, die haben nie Zeit. Weder für sich noch für andere, nur fürs Geld. Aber er ist ein netter Kerl. Und er meinte, wenn ich mal irgend jemand aus der Familie unterbringen müsse, dann stehe das Haus zur Verfügung!«

»Aha?«

»Ja, aha. Schließlich, verwandt sind wir doch?« grinste Bruno: »Irgendwie.«

»Irgendwie«, bestätigte Brückner, »über ›Betty‹.«

Sie setzten die Koffer ab, lüfteten die Zimmer und besahen sich den Garten. Auf einem künstlichen Tuffsteingebirge stand eine kleine holländische Windmühle. Die Kinderschaukel daneben war längst verrostet. Mr. Murrays Enkel schienen zu groß geworden zu sein. Brückner sah sich um. Einen Gartenzwerg konnte er nirgends entdecken.

Er setzte sich auf die grüngestrichene Gartenbank neben dem Tuffstein-Himalaya.

»Global Wings«, sagte er, »es wird langsam Zeit, Bruno.«

Bruno Konietzka nickte, setzte sich neben ihn auf die Bank und verfolgte mit den Augen ein paar Vögel, die in den Hortensienbüschen am Küchenbalkon spielten.

»Nun mach's nicht so spannend, verdammt noch mal.«

»Und du, sei nicht so nervös. Paß auf: Onofré Sanchez hat tatsächlich was herausgefunden. Und es wird nicht ganz einfach für ihn gewesen sein, das behauptet er wenigstens. Und ich nehm's ihm auch ab. Den Namen ›Global Wings‹ hattest du von diesem Zürcher, nicht wahr?«

»Enslin? Ich weiß nicht, ob er Zürcher ist. Jedenfalls hat er dort Geschäfte gemacht. Von ihm habe ich erfahren, daß Global Wings die gebrauchten Autopiloten geliefert hat.«

»Das paßt auch genau ins Bild. Global Wings handelt mit Elektronik. Und zwar nur im Ausland. Und dort wiederum, wo's heiß ist oder wo, wie nennt man das so schön in der Politik, die ›sensiblen Zonen‹ liegen. Hast du ein Verbot, hast du auch 'ne Menge Zaster, falls du weißt, wie man's umgeht.«

Brückner nickte. »Und der Chef des Ladens?«

»Ein Mann namens Lidell. Charles Lidell.«

»Gehört ihm die Firma?«

»Lidell ist wahrscheinlich Teilhaber. Teilhaber und Drahtzieher. Jedenfalls steht ziemlich viel Kapital hinter ihm. Onofrés Freund konnte das nicht genau sagen. Das Schärfste aber kommt noch: Lidells Firma ist von der FAA lizenziert. Er selbst – halt dich fest – war dort mal Abteilungsleiter.«

»Wie kam Onofrés Freund an die Informationen?«

»Ganz einfach. Er ist Einkäufer für eine karibische Gesellschaft. Und gleichzeitig ist er Vertreter für Global-Wings-Ware. Seine Kunden sind vor allem die Drogenkuriere der Kolumbianer. Und die haben Dollars wie Heu.«

Kolumbianer? Libyer? Ein Ex-FAA-Chef als Ganove? Brückner sah Mr. Edward F. Sullivan vor seiner amerikanischen Flagge sitzen, sein überlegenes Lächeln im Gesicht.

»Der Witz dabei ist, Lidell hält die Sache strikt geheim. Selbst in seiner eigenen Firma. Die Geschäfte werden im allgemeinen auf den Bahamas abgewickelt. Onofrés Kontaktmann konnte außer ihm nur einen Mann nennen, der Bescheid weiß: ein Typ namens Antonio Rosario, Lidells Mann fürs Illegale. Nach außen ist die Lidell Aircraft Corporation natürlich eine hochachtbare Firma mit einem ehemaligen FAA-Abteilungsleiter an der Spitze. Eine bessere Tarnung kann's ja gar nicht geben.«

»Also, so ist das?«

»Ja«, sagte Bruno, »so ist das. Und noch was habe ich erfahren: Sei vorsichtig! Mit Typen von dem Kaliber wie Lidell lohnen sich keine Scherze.«

Nun sah auch Brückner den Vögeln nach.

Er drehte den Kopf: »Kannst du mir den Le Mans heute nachmittag leihen, Bruno?«

»Genau so hab' ich mir das vorgestellt. Damit du zu Lidell fahren kannst, was?«

Brückner nickte.

»Kommt nicht in Frage. Da nimm mal schön ein Taxi.«

»Ich will mir den Laden ja nur mal ansehen, Bruno.«

»Na gut«, sagte Bruno, »Johnny, Rebekkas Bruder, hat einen VW Pick-up. Und der hat sowieso eine Falschnummer dran.«

Ruhe überall. Ruhe am Unicampus, selbst auf dem Dixie Highway krochen sie nur dahin. Die Leute saßen zu Hause beim Mittagessen.

Maria Rosario bog um den Park, kam am Farmers Market Drugstore vorbei und nahm die Auffahrt zur 57th, die direkt zum Firmengelände der Lidell Aircraft Corporation führte.

Sie saß entspannt in ihrem Sitz, zufrieden, nein, schon beinahe glücklich. Wie auch nicht? Die zwei Stunden Mittagspause auf dem Little-Havana-Flohmarkt – ein einziger Hit! Juanito hatte ihr erlaubt, seinen Stand mitzubenutzen. Ihre alten Collegebücher, einschließlich der Noten des Seminars für klassische Musik, waren in einer Viertelstunde weggewesen. Irgendein pickliger Studententyp, der sie die ganze Zeit anschmachtete, hatte sie ihr für dreißig Dollar abgenommen, um sie dann auch noch zu einem Bier einzuladen. Ja, und dann ihre Aquarelle! Neun hatte sie mit zum Markt genommen: Inselmotive, was sonst, die gingen hier immer, aber auch abstraktes Zeug und dann noch zwei Ansichten von Santa Clara. Die wurde sie auch sofort los. Kuba-Landschaften, bei denen die Omas nasse Augen bekamen, zogen immer. Zwanzig Dollar das Stück hatte sie verlangt, sie hatte den Preis so hoch angesetzt, weil sie eigentlich mit sich handeln lassen wollte. Der Radiowecker, ihre beiden Tennisschläger, sogar Antonios alte Bally-Slipper – alles verkauft! Einmal kommt das Glück in Serie, dachte sie, nicht wie sonst das Pech.

In genau einer Stunde und vierzig Minuten war Maria Rosario Perez auf diese Weise um zweihundertvierzig Dollar reicher geworden. Und obendrein hatte ihr noch so ein schräger Vogel etwas von einer Filmproduktion und der Teilnahme an einem Schönheitswettbewerb vorgefaselt. Sie hatte seine Visitenkarten sofort zerrissen. Man wußte doch, welche Sorte von Film das Dreckschwein meinte! Aber zweihundertvierzig Dollar! Sechshundert hatte sie bereits gespart. Und wie Maria die Lage einschätzte, würde dieses Miststück von Lidell trotz ihrer vorzeitigen Kündigung das Gehalt am Ende doch rausrücken. Würde? Mußte! Wenn er es anders haben wollte, dann war das sein Bier. Vielleicht mußte sie ihm das nur noch klarmachen ...

Maria bog nach der Ampel rechts ab. Und da stand es schon, schimmerte in großen Aluminiumbuchstaben: *Lidell Aircraft Corporation.* Das Aluminium wirkte ein bißchen matt heute. Vor seinem Wärterhäuschen an der Schranke lümmelte Walt, der Wachmann der Corporation herum.

Vor dem Gebäude gab es eine Art Platz. Und in der Mitte eine ovale, von Bordsteinen umringte Verkehrsinsel. Eine Gruppe verkümmerter, armseliger Tamarisken wuchs darauf. Und genau dort, hinter den Tamarisken, schräg gegenüber der Lidell Aircraft Corporation parkte ein blauer VW Pick-up.

Maria Rosario hatte ihn nur aus den Augenwinkeln zur Kenntnis genommen, denn in diesem Augenblick schepperte es. Die Heckstoßstange. Das auch noch! Die durchgerostete Halterung schien endgültig den Geist aufgegeben zu haben. Immer noch besser hier als auf dem Highway. Nur, dieser elende Krach!

Sie stoppte und stieg aus.

Auch Walt schien wach geworden zu sein. Bloß daß er sich keinen verfluchten Zentimeter bewegte. Konnte er auch nicht, denn Lidell hatte ihm strikt verboten, das Firmenareal zu verlassen.

Maria schob ihr T-Shirt in die Shorts und bückte sich, um den Schaden zu betrachten. Was sie brauchte, war ein Stück Draht.

Sie blickte sich suchend um. Der Pick-up? Ein Typ saß darin. Er hatte die Scheibe herabgelassen. Das Gesicht lag im Schatten, so daß sie es nicht erkennen konnte. Nun öffnete er die Tür und stieg aus.

»Haben Sie vielleicht ein Stück Draht, Mister? Eine Schnur tut's auch.«

»Mal sehen ...«

Maria Rosario ließ sich von Männern selten beeindrucken. Ein Reinfall reichte. Und der Typ hier. Vielleicht so alt wie Dad: blaue, aufmerksame Augen, stahlgraue, kurzgeschnittene Haare und ein verdammt nettes Lächeln. Er trug Khakizeug am Leib. In Fat-City, einer Stadt, in der selbst die Achtzigjährigen rumliefen wie die Kakadus, wirkte er darin ein bißchen fremd.

»Hier!« Er tauchte hinter einer der Tamarisken auf. »Das habe ich gerade am Boden gefunden. Vielleicht hat das Ding irgendein Maurer vergessen. Solche Schnüre werden zum Geraderichten von Backsteinen benutzt. Aber damit kommen wir schon mal weiter.«

Mit wenigen, geschickten Bewegungen befestigte er die Stoßstange an dem Halterungsstumpf. »Das hält bis nach Hause.«

»Nach Hause?« Sie lächelte. »Jetzt geht's erst mal dort drüben los. Jetzt muß ich ins Büro.«

Er war ihrem Blick gefolgt und nickte.

»Vielen Dank«, sagte sie und hob die Hand.

»Keine Ursache.«

Sie winkte ihm noch einmal zu. Sein Gesicht war sehr nachdenklich geworden.

Maria stieg wieder in den Wagen, fuhr durch die Schranke und parkte auf dem Personalparkplatz. Dann ging sie zum Eingang und drückte die Türsicherung. Bis vor drei Monaten hatte eine Plastikkarte genügt, doch Lidell beschloß, daß es nur der Wächter im Wachhäuschen sein durfte, der durch einen Knopfdruck den Weg ins Gebäude freigab.

Sie ging hinauf in den ersten Stock, betrat das leere Hauptbüro, verstaute Milch, Margarine, Hackfleisch und Eiscreme, die für das Abendessen der Zwillinge bestimmt waren, im Büroeisschrank und holte sich am Automaten eine Cola.

Lidell war nach Toronto geflogen. Für den Nachmittag wurde er zurückerwartet. Die anderen waren noch nicht da, und bei Gott, sie war froh darum. Sie prüfte noch einmal in Gedanken die Geldsituation. Es würde reichen, weil es reichen mußte. Die erste Monatsmiete in Sioux City hatte sie bereits überwiesen. Wie es aussah, würde die Wohnung dort noch ein paar Tage leerstehen. Na und? Mit den Kindern mußte sie nach ihrer Ankunft ohnehin zu Dad ziehen. Und wenn man von den Problemen absah, die das Geschrei der Zwillinge für Dads Cellounterricht bedeuten konnte, würde er mit seinen Enkeln glücklich sein.

Den Colabecher in der Hand, stand sie am Fenster und blickte hinüber zu den Tamarisken.

Der blaue VW war verschwunden.

Zweitausend Dollar insgesamt, dachte Maria, darauf läuft's hinaus, zweitausend sind bestimmt kein Startkapital, um ein neues Leben zu beginnen. Na und? Angst kannte sie nicht, schon gar nicht Angst um einen Job. Sie würde jede Arbeit annehmen. Selbst als Putzfrau würde sie gehen, um Miami hinter sich zu bringen. Von Dad war keine Hilfe zu erwarten. Die paar Dollar, die er als Cellolehrer durch seine Tätigkeit am Konservatorium von Sioux City verdiente, brauchte er selber. Außerdem hatte er ohnehin keine Ahnung, was Geld bedeutete, hatte er nie gehabt. Auch das kein Problem. Er war trotzdem glücklich und sie, sie sprach vier Sprachen und hatte sich noch immer in ihrem Leben durchgebissen. Angst – was war das? Maria Rosario wußte es nicht.

»Hey, Maria? Was ist? Träumst du?«

Marie Lou. Unter den drei Mädchen des Sekretariats war Marie Lou die einzige, mit der sie eine Freundschaft aufgebaut hatte. Marie Lous alles umfassende, ewig lächelnde Sahne-Mütterlichkeit war wie Medizin.

»Das Träumen hab' ich hinter mir. Rat mal, wieviel Geld ich heute auf dem Flohmarkt gemacht habe.« – Sie sagte es.

»Gibt's ja nicht!« staunte Marie Lou.

»Doch, gibt's. Und damit hab' ich mein Kapital endgültig beisammen.«

Marie Lou sah sie nachdenklich an. »Mein Bruder kommt um sechs Uhr mit dem Wagen zu dir. Er hat ihn von einem Freund bekommen, der sowieso eine Menge Krempel rauf nach Omaha schaffen muß. Nach Westpoint. Und das liegt ja gleich neben Sioux City. Viele Möbel hast du ja nicht?«

Sie schüttelte den Kopf. »Nur ein paar kleine Sachen, einen alten Sessel und eine Kommode, an der ich besonders hänge.«

»Und das Bett?«

»Das Bett? Das lasse ich Antonio.«

Wieder dieser dunkle, lange, faszinierte Blick. »Mensch, ich kann's noch immer nicht fassen. Du willst tatsächlich weg?«

»Kennst mich doch, Marie Lou. Wenn ich mir was vornehme, dann tu ich's auch.«

»Und alles wegen einem Typ?«

»Es ist nicht nur er, glaube mir. Ich habe mir das alles überlegt. Nächtelang konnte ich nicht schlafen. Und weißt du, auf was ich gekommen bin? Ein Mann, der zu einem schwulen Freund zieht, das kann anderen Frauen auch passieren. Vielen. Aber der Laden hier? Was Lidell glaubt, sich leisten zu können. Diese ganzen üblen Touren, die andere Leute den Kopf kosten können – und dazu noch einen Mann, der da mitspielt, das ist wirklich zuviel! Ganz Miami ist mir zuviel, Marie Lou. Das ist es.«

»Und was sagt dein Anwalt?«

»Interessiert mich nicht.«

»Du gefällst mir vielleicht! Bei dem Job, den Antonio hier hat, bei all seinen linken Geschäften verdient er doch, was er will. Außerdem hast du zwei Kinder. Und da willst du auf Unterhalt verzichten?«

»Man kann es auch anders nennen, Marie Lou. Ich verzichte nicht, ich streiche einfach ein Kapitel aus meinem Leben. Das tue ich für meine Gesundheit. Und die Gesundheit meiner Kinder.«

Sie warf den Coca-Cola-Becher in den Papierkorb unter ihrem Schreibtisch und blätterte in den Materiallisten, die sie in den Computer eingeben mußte. »Und außerdem, vergiß nicht: so ein armer Hund von Schwuler braucht viel Geld. Nicht nur für sich, er muß schließlich auch noch seine Jungs finanzieren.«

»So ein armer Hund?« Marie Lou schüttelte fassungslos den Kopf.

»Ist er auch. Im Grunde, weißt du, im Grunde ist Antonio nicht mal ein schlechter Kerl. Und ob er für seine Veranlagung was kann, da streiten sich selbst die Wissenschaftler. So was kann vererbt sein, hab' ich irgendwo gelesen. Aber vererbt oder erworben – mich interessiert das alles längst nicht mehr.«

»Und die Kinder?«

»Was – die Kinder?«

»Er ist schließlich auch Tonis und Conchis Vater.«

»Damit muß er selbst zurechtkommen«, sagte Maria Rosario, »womit wir das Thema nun endgültig abgeschlossen hätten, ja?«

Sie tippte noch immer an ihren Bestandslisten, als sie irgend jemand sagen hörte: »Er kommt.«

Die Tür ging auf: der Chef. Und wie immer mit diesem verklemmten, dünnen Grinsen im Gesicht.

»Maria, wie ist das? Was machen die Listen?«

»Sind gleich fertig, Mr. Lidell.«

»Gleich?«

»Gleich.« Sie sah auf ihre Uhr. »Gleich bedeutet fünfundvierzig Minuten. Und keine mehr.«

Er nickte. Es war die Sorte Antwort, auf die er Wert legte. Schweigend ging er an ihr vorüber und verschwand in seinem Büro.

Marie Lou schüttelte den Kopf.

In seinem Büro hatte Lidell gerade die Gegensprechanlage eingeschaltet, als Maria aufblickte. Draußen war ein Wagen vorgefahren. Von ihrem Platz aus konnte sie nur die rechte Hofecke erkennen, aber es war die Zone, in der das Taxi hielt.

Ein Mann stieg aus.

Sie schob sich etwas hoch. Nun wurde sie wirklich neugierig: Es war der Mann von heute mittag, der Mann im blauen VW-Bus.

Kurz nach elf hatte Brückner in der Lidell Aircraft Corporation angerufen. Mr. Lidell sei nicht im Hause, hatte eine Frauenstimme geantwortet. Wann er zurückkehre? Dies sei schwer zu sagen ...

Eine Stunde später versuchte Brückner es wieder. Noch

immer war Lidell nicht da. Er nahm den VW-Bus und besah sich das Lidell-Aircraft-Corporation-Areal in der Fort Worth Street, flickte einer Dame die Auspuff-Halterung und fuhr nach Coral Gables zurück. Er zog seinen Mailänder Anzug an – eine Reinigung hatte ihn inzwischen aufgebügelt – band sich eine Krawatte um und nahm ein Taxi.

Es war kurz vor fünfzehn Uhr, als er vor der Lidell Aircraft Corporation ausstieg. Nachdem er behauptet hatte, er sei mit Mr. Lidell verabredet und seinen Lufthansa-Ausweis gezeigt hatte, wurde ihm die himmelblau gestrichene Stahltür des Eingangs geöffnet. Schon zuvor hatte Brückner die Anlage gründlich studiert. Bei dem weißgetünchten, zweistöckigen Backsteinbau, den er nun betrat, schien es sich um die Verwaltung zu handeln. Der graue, gut vierzig Meter lange Anbau enthielt wohl das Lager. Am Ende, im rechten Winkel, gab es Garagen. Drei hohe Eukalyptusbäume warfen ihre Schatten über den maschendrahtzaunumschlossenen Vorplatz. Was immer man von der Lidell Aircraft Corporation halten mochte – eine Bruchbude schien sie nicht zu sein.

Brückner stieß die Tür auf und kam in einen Vorraum. An den Wänden hingen Fotos der verschiedensten Flugzeugtypen. Links gab es eine Tür. Sie war verschlossen. Ein Schild mit der Aufschrift »Office« wies zur Treppe.

Brückner ging hoch und kam in ein Entree, das mit einer Glasscheibe von einem großen Büro abgetrennt war. Dahinter, gleich am ersten Schreibtisch, erhob sich eine Frau. Sie trug ein knallrotes Sackkleid, das trotz seiner zeltartigen Weite nicht mit ihren Rundungen fertig wurde und strahlte ihn freundlich an. Sie war schwarz.

»Kann ich Ihnen irgendwie behilflich sein, Sir?«

»Das können Sie sicher.« Er gab ihr seine Visitenkarte, die Visitenkarte des Lufthansa-Flugkapitäns Paul Brückner. »Ich hätte gern Mr. Lidell gesprochen.«

»Natürlich. Weiß er von Ihrem Besuch?«

Diesmal beschloß er alle Lügen fallen zu lassen. »Leider nein.«

»Und darf ich fragen, worum es sich handelt?«

»Nun, um einige kleine, technische Probleme, die ich gerne persönlich mit ihm erörtert hätte.«

»Einen Augenblick, Sir.«

Sie ging zu ihrem Platz und hob das Telefon ab. Als sie zurückkam, winkte sie und begleitete ihn dann durch den Raum. Es gab noch eine zweite Sekretärin. Sie saß neben der Tür, die zum Chefbüro führte. Brückners Schritt stockte.

Das T-Shirt mit den blauen Streifen? Nun drehte sie den Kopf. Ja, er erkannte sie: das Mädchen, dem er geholfen hatte, als sich die Stoßstange von ihrer alten Karre löste. Das Klassemädchen mit dem unglaublichen Mahagonihaar und den Augen, die man gewiß nicht vergessen würde, es sei denn, man hatte in Miami etwas anderes zu tun.

Auch sie hatte ihn erkannt. Ihre Finger hakten sich in den Holzperlen ihrer Kette fest.

Er winkte ihr freundlich zu und ging schnell weiter.

Der Mann, der sich hinter seinem Schreibtisch erhob, erwies sich als das Gegenteil des Mannes, den Brückner erwartet hatte. Charles Lidell mußte eine Haarbürste in der Tasche haben, so korrekt waren die wenigen, semmelblonden Flechten um den Schädel verteilt. Das Hemd war blütenweiß und gestärkt. Vielleicht hatte er einen ganzen Stapel davon im Schrank. Er war lang, hager und hatte tiefe Falten rechts und links der Mundwinkel. Das Büro entsprach seinem Aussehen: Die Bleistifte warteten parallel in ihrer Schale. Auf der Schreibtischplatte lagen genau drei Akten, der Rest war weggeräumt. Vermutlich in die grauen Stahlkästen, die sich an der Wand reihten.

Der blasse Mund bemühte sich um ein Lächeln. Während der Begrüßung musterte Brückner verstohlen die Aktenschränke.

Falls Bruno Konietzka recht hatte, war er nun am Ziel, stand in der Höhle des Löwen. Na schön, auch wenn er sich den »Löwen« anders vorgestellt hatte, einen smarten, mit allen Wassern gewaschenen Geschäftsmann zum Beispiel, was änderte es?

»Nehmen Sie doch bitte Platz.«

»Danke.«

Auf dem Schreibtisch standen Bilder einer Familie. Eine Frau, vier Kinder, zwei Mädchen und zwei Jungen. Was noch fehlte, war die amerikanische Flagge hinter dem Stuhl, denn Lidell wirkte wie der leibliche Vetter des FAA-Mannes in der Flagler Street. Und daß dieser Eindruck durchaus zutraf, bewies er schon in der Eröffnung des Gesprächs: »Ach ja, wissen Sie, ich war ja früher Departement-Chef bei der FAA. Da hatten wir ziemlich viel mit Ihrer Airline zu tun. Bernartz zum Beispiel. Er war in der Maintenance Bremen. In der FAA haben wir oft genug mit Bernartz zusammengesessen. Gibt's ihn noch?«

Brückner konnte es nicht sagen. Lidell legte mißtrauisch den Kopf schief. Die Luft schien ohnehin raus. Aber er lächelte unentwegt weiter. Die Augen hinter der Brille hatten die silbergraue Farbe von Fischschuppen und waren ebenso kalt, prüfend und abweisend. Immerhin, den Lufthansa-Vertreter hatte er ihm abgenommen. Dies blieb vorerst die einzige Schiene, auf der er vorankommen konnte.

»Mr. Lidell, Sie vertreten auch die Firma Global Wings, nicht wahr?«

Seine Augen blieben ruhig wie zuvor. Auch das Gesicht war ruhig und glatt. Nur um den linken Mundwinkel zeigte sich ein unmerkliches, winziges Gewitter von Nervosität. Doch vielleicht hatte er sich auch getäuscht …

»Global Wings? Können Sie mir das vielleicht näher

erklären. Ich kenne keine Firma Global Wings. Beziehen Sie sich auf eine Zusammenarbeit?«

»Nein, ich beziehe mich auf eine Firma Global Wings mit Ihrer Adresse.«

»Mit unserer Adresse? Wie kann ich das denn verstehen?«

»Genauso wie ich es ausgedrückt habe, Mr. Lidell. Um es doch etwas näher zu erklären: Sehen Sie, unsere Firma bekam ein Angebot von Global Wings. Ich bin kein Techniker, man hat mich nur gebeten, einen ersten Kontakt aufzunehmen. Es handelt sich um Relais-Schaltungen für die 747. Und zwar im Bereich des INS-Systems. Ich habe die Codenummern dabei. Jedenfalls die Konditionen schienen sehr günstig zu sein, so daß man mich gebeten hat ...«

»Relais-Schaltungen?« sagte er. »An die Lufthansa?«

»Warum denn nicht? Wie ich gesehen habe, sind Sie ein von der FAA lizenzierter Zwischenhändler. Da ist das durchaus üblich.«

»Aber natürlich, Mr. Brückner. Natürlich ist das üblich. Wir arbeiten mit vielen Werften zusammen. Worldwide, wie ich sagen kann. Aber Global Wings?«

Eine Pause entstand. Etwas hatte sich zwischen ihnen geändert. Die Art, wie er die Brille abnahm, ihn kurz ansah, sie wieder aufsetzte. Nun wischte er sich mit dem Handrücken über die Stirn, brachte eine unsichtbare Haarsträhne in irgendeine unsichtbare Ordnung. »Tut mir leid.«

Er lächelte wieder. Das »Tut mir leid« war nichts als ein Flüstern. Dann, ganz plötzlich, schob er sich hinter seinem Schreibtisch hervor, lächelte noch einmal und gab Brückner die Hand. »Meine Zeit ist heute sehr begrenzt, Mr. Brückner. Außerdem, wir hatten ja keinen Termin, nicht wahr? Ich komme gerade aus Toronto zurück und habe noch eine Menge Arbeit zu erledigen, Wenn Sie also gestatten ...«

Brückner nickte.

»Sie können mir ja Ihre hiesige Telefonnummer hinterlassen. Meine Sekretärin wird Sie dann anrufen.«

Brückner tat ihm den Gefallen.

An der Tür machte Lidell noch einmal den Mund auf: »Falls Sie irgendwelche anderen Beschaffungsprobleme haben sollten, Mr. Brückner, Sie wissen ...«

Brückner zog die Tür hinter sich zu. Er wußte nichts. Doch, etwas vielleicht: Er hatte diesen Fischtyp dort drin in ziemliche Nervosität versetzt. Und was der ihm dafür geboten hatte, war ein Rausschmiß dritter Klasse.

Es war das Büro von zuvor. Mit dem einen Unterschied, daß das hübsche Mädchen mit dem Stoßstangenproblem verschwunden war. Das Büro hatte inzwischen ein neues Mitglied: einen jungen Mann, Typ Beachsurfer oder Bodybuilder. Er trug ein blaues Polohemd über den Muskelwülsten und hielt den kantigen Kopf mit dem militärisch kurz getrimmten Haar vor sein Computer-Terminal. Er drehte sich um, sah hoch, zog die Brauen zusammen und hämmerte weiter. Die nette Dicke mit der Afrofrisur stand auf und begleitete ihn zur Tür.

»Auf Wiedersehen, Sir. Den Ausgang finden Sie ja allein.«

Keine Frage. Wollte er das? Es blieb wohl keine andere Möglichkeit. Dennoch, vielleicht war es Trotz, vielleicht nur Intuition, die weiße Tür neben der Treppe übte dieselbe Faszination auf ihn aus wie zuvor. Und diesmal war sie nicht verschlossen.

Er drückte die Klinke, sie sprang auf. Eine Sekunde zögerte er. Aber verdammt noch mal, was hatte ihm der Besuch bisher gebracht? – Nichts.

Der Raum war sehr groß. Er nahm das ganze Stockwerk ein. Er bestand im wesentlichen aus Regalen. An den Decken sah er Neonleuchten. Nur eine, die am Eingang, war eingeschaltet. Regale zogen sich an der Wand entlang, andere standen quer, eines hinter das andere gestaffelt.

Die Anstandssekunde war vorüber. Bisher hätte er noch sagen können: Verzeihung, ich habe mich geirrt! Das galt nun nicht mehr. Was er sah, faszinierte ihn zu sehr, als daß er umkehren konnte.

Was Brückner sah, waren Pakete. Große, kleine. Meist ziemlich große Kartons, mit den verschiedensten Aufschriften bedruckt. Verschieden waren auch die Farben, die von Grau, Braun bis zu Orange reichten.

Auf den Zehenspitzen näherte er sich dem ersten Regal. »Intec-Elektronik«, las er. »Santa Barbara, California, USA.«

Den Namen kannte er: einer der bekanntesten Hersteller von Flugzeugelektronik. Das Intec-Regal reichte von links nach rechts und war gute acht Meter lang, vollgepackt mit Kartons.

Wieder sah er sich um. Für einen Herzschlag lang war es ihm, als hätte er ein Geräusch gehört. Vielleicht waren es weniger die Sinne als der Instinkt, der ihm die Anwesenheit eines anderen Menschen meldete. Gerade hatte er einen der Intec-Kartons in die Hand genommen, den Kopf darübergebeugt, um den kleinen Aufkleber zu lesen, der sich an der rechten, oberen Ecke befand.

Ein einziges Wort. Und eine Datumsangabe.

Das Wort lautete: »Global Wings«. Und der Tag: der 12. September.

Vielleicht war er zu neu in diesem Geschäft, vielleicht wäre es Routine gewesen, auf die es nun ankam, vielleicht hätte er die Mikrokamera zücken sollen, er aber – er stand nur da. Er hörte sie nicht. Vielleicht war es eine Ahnung, vielleicht ihr Parfum. Er ließ das Paket fallen wie ein ertappter Dieb und wirbelte herum.

Und da stand sie.

Der erste Gedanke, den er hatte: Verdammt, laß dir was

einfallen! Der zweite: Ist das ein hübsches Gesicht ... Es war das Gesicht des Mädchens, das am Vormittag noch zusah, wie er die Stoßstange an ihrem Wagen befestigte.

»Hallo!« grinste Brückner, um dann den dümmsten Satz zu sagen, den man in dieser Situation aussprechen konnte: »Ich glaube, ich habe mich in der Tür geirrt.«

»Das allerdings glaube ich auch«, erwiderte sie.

Er fühlte keinen großen Appetit an diesem Donnerstag abend. Bei Gott nicht! Doch er hatte Bruno versprochen, Rebekkas einzigartige Hasenpastete in Essig zu versuchen. Und so saß er nun auf Brunos Ledercouch am offenen Fenster, behielt mit Mühe das Thema »Lidell« für sich und trank Brunos Bier. Die Pastete war wirklich exzellent gewesen.

Er verabschiedete sich früh, obwohl Bruno darauf bestand, er müsse sich unbedingt Powells »Miami-Night-Show« ansehen. Draußen hatte der Nachtrummel eingesetzt. Horden von Touristen. Dazu der übliche laute Coconut-Auftrieb. Brückner war froh, als er den VW-Bus in Richtung Coral Gables steuern konnte.

Hier war es angenehm ruhig.

Er schloß Mr. Murrays Haus auf, versuchte sich ein bißchen wie Mr. Murray zu fühlen, indem er gemessen zum Eisschrank der großen Eckbar schritt und ihn öffnete. Johnny, Rebekkas Bruder, mochte an alles gedacht haben – die Gläser blitzten, sein Bett im Gästezimmer war frisch bezogen. Eines war ihm allerdings entgangen: außer einer Flasche Cola herrschte im Eisschrank Wüstenleere ...

Die Cola würde reichen. Er fühlte sich zerschlagen und hundemüde.

Er knipste den Sony an, um wenigstens noch das Ende von Powells »Miami-Night-Show« mitzubekommen, die Bruno ihm so schwärmerisch empfohlen hatte. Doch CBS brachte Nachrichten. Auf dem Bildschirm erschien ein erschöpfter Präsident, der mit verschwollenen Augen und müder Stimme davon sprach, daß Amerikas Mittelstand nun endlich geholfen werden müßte.

Das Telefon läutete.

Er schaltete das Fernsehgerät ab und blickte auf seine Uhr: 21 Uhr 15. Wer rief um diese Zeit an? Bruno? Vielleicht dieser Murray? Wie sollte er sich dann melden?

Zögernd hob Brückner ab.

Weder Bruno noch Murray waren am Apparat, sondern die Stimme einer Frau.

»Verzeihung. Spreche ich mit Mr. Brückner?«

»Ja.«

Er kannte die Stimme, angenehm war sie, irgendwie ruhig und doch entschlossen. Aber sicher, er hatte sie schon gehört.

»Ich hoffe, daß ich Sie nicht störe.«

»Durchaus nicht. Vielleicht könnten Sie ...«

Ein kurzes, fast unmerkliches Zögern. »Mein Name ist Mary. Er mag Ihnen ein bißchen kurz vorkommen, aber wir sollten es im Moment dabei belassen.«

»Gut. Woher haben Sie meine Nummer?«

»Von einer Kollegin. Sie war gerade dabei, sie in den Computer zu speichern. Und da habe ich nachgefragt.«

»In den Computer?«

»Lidell Aircraft Corporation«, sagte die fremde Frau am anderen Ende der Leitung.

»Ah ja?« Er erinnerte sich, wie er nach dem Gespräch mit Lidell Murrays Nummer auf seine Visitenkarte schrieb und sich noch fragte, ob er damit nicht eine Riesendummheit beging.

»Mr. Brückner, darf ich Sie fragen, was Sie heute bei der Lidell Corporation wollten?«

»Dürfen Sie. Logisch. Eine Antwort allerdings können

Sie kaum erwarten. Ist ein bißchen viel verlangt. Finden Sie nicht?«

»Mag sein«, gab sie zu. Ihre überraschende Sicherheit war nicht verschwunden. Nur die Worte klangen etwas leiser. Ganz schön taff, dachte Brückner. Leichter spanischer Akzent. Jung – eine Latina. Eine von der hellen, intelligenten Sorte. Wer also?

Und dann fiel es ihm ein.

Er hätte schon in der ersten Sekunde darauf kommen müssen: das Mädchen mit dem Stoßstangenproblem. Das Mädchen aus dem Erdgeschoßraum! Das Mädchen mit den Mahagonihaaren, dem rassigen, breitknochigen Gesicht, den Irrsinnsaugen ...

»Falls Sie nichts dagegen haben, Mr. Brückner, will ich Ihnen eine Frage stellen: Sie sind doch von der Polizei?«

»Das ist keine Frage, sondern eine Feststellung. Rufen Sie mich im Auftrag Ihrer Firma an?«

Sie lachte. Kurz war das Lachen. Kurz und böse. »Das nun wirklich nicht.«

Er sah sie wieder dort im Halbdunkel zwischen den Regalen. Dann sah er sie wieder aus ihrem alten Auto steigen, Kopf und Haare schütteln. Braungebrannt. Mit langen Beinen. Na, großartig. Und jetzt hatte er sie also am Telefon? Das Problem blieb: Wieso?

»Tut mir leid, falls ich Sie enttäusche. Ich bin nicht von der Polizei.«

»Wie war das heute mittag, als Sie in Ihrem VW saßen? Zufall, nicht wahr? Und dann später, was war denn so wichtig für Sie in unserem Elektroniklager? Fragen wir anders: Sind Sie Privatdetektiv?«

»Wieso ist das wichtig für Sie?«

Sie lachte. Irgendwie war ihm nicht wohl bei diesem Lachen. Die Sache wurde seltsam.

»Sie haben mich gefragt, ob mich mein Chef beauftragt

hat? Ich kann Ihnen die Antwort geben: Genau das Gegenteil.«

»Ah so? Ich glaube, ich fange an zu kapieren, auch wenn Sie's einem nicht ganz einfach machen. Wie wäre es denn, wenn Sie sich ein bißchen klarer ausdrückten?«

»Nicht am Telefon.«

Brückners Gehirn arbeitete nun sehr schnell. Er entschied sich für einen Schuß ins Blaue: »Kennen Sie den Namen Global Wings? Ersparen Sie's mir bitte, Sie Mary zu nennen, ein Nachname wäre mir lieber. Aber trotzdem, haben Sie das Firmenlogo ›Global Wings‹ schon mal gehört?«

Pause.

Dann: »Ja.«

Schlicht und einfach – ja.

»Wären Sie bereit, mit mir über dieses Wort zu sprechen?«

»Vielleicht. Wie gesagt, nicht am Telefon. Das geht nicht.«

»Ist mir klar.«

Wieder eine Pause. Und eine neue Frage: »Arbeiten Sie für das NTSD?«

»Auch nicht. Aber Sie haben eine gute Nase. Vielleicht könnte man sagen, daß ich tatsächlich eine Art Privatdetektiv bin. Deshalb sagen Sie mir bitte, wo und wann wir uns treffen können?«

»Heute abend«, sagte sie. »Wenn es irgendwie geht, bleiben Sie heute abend zu Hause. Ich ruf' Sie wieder an.«

»Heute abend? Das ist ein großer Begriff. Vor allem in Miami.«

»Zwischen neunzehn und zwanzig Uhr, okay?«

Ein Klicken. Sie hatte aufgehängt.

Der Block war mit einer Reihe bunter Balkone, die von Orange bis zu hellem Violett reichten, aufgewertet worden, nachdem ein privater Investor den Sozialbau der

Stadt abgekauft hatte und als Luxusobjekt vermieten wollte. Der private Investor war pleite gegangen. Präziser, man hatte seinen Partner und Geldgeber mit einer Kugel zwischen den Ohren in seinem halb im Morast versackten Cadillac in den Everglades gefunden. Da Leichen nicht erzählen können, wo man Geheimkonten unterbringt, mußte die Modernisierung aufgegeben werden.

Maria Rosario war das ziemlich gleichgültig. Sie würde, nachdem sie Antonio vor sechs Wochen aus der Wohnung geschmissen hatte, die Miete ohnehin nicht länger zahlen. In einer Woche würde sie in Sioux City sein. Mit jeder Menge Grün vor den Augen, wie ihr Vater geschrieben hatte. Sie und die Zwillinge würden nach dem ganzen Miami-Wahnsinn leben wie im Paradies.

Im Augenblick allerdings hatte sie Probleme.

»Wo soll denn die Truhe hin?« fragte Carl. Carl war Marie Lous Bruder. Ihre Gesichter ähnelten sich, nur daß bei Carl das Fleisch vernünftig in einem athletisch trainierten Körper verteilt war. Der Gemüse-Lkw, den er besorgt hatte, parkte vor der Haustür. Anna Maria, Mercedes' Mutter, hatte sich bereit erklärt, die Zwillinge für die nächsten Tage bei sich zu behalten. Carl spielte den Chauffeur für die Endlosstrecke rauf nach Omaha, und Marie Lou war bereit, alles zu tun, damit sie wegkam.

Nur das mit der Truhe schluckte sie nicht.

»Wieso, verdammt noch mal? Das Ding ist hübsch. Und wenn du's schon nicht mitnimmst, verkauf's wenigstens! Oder schenk es mir!«

»Er hing sehr an der Truhe.«

»Und an seinem alten Baseballhandschuh natürlich auch. Statt Antonio was hierzulassen, solltest du ihm die Eier abschneiden. Die Kinder im Stich lassen und sich zu seiner verdammten Tunte verziehen – mein Gott, wie konntest du nur auf so was reinfallen?«

Die alte Frage.

»Die Truhe bleibt hier. Und der Baseballhandschuh auch.«

»Soll er sie sich in den Arsch schieben!« schrie Marie Lou.

»Bei der Truhe hat er da aber Schwierigkeiten«, kicherte Carl.

»Noch so 'n Schwein.« Marie Lou schüttelte empört den Kopf. »Männer ... Scheiß-Machos.«

Mercedes wiederum legte still den Handschuh in die Truhe. Mercedes war Kubanerin und Marias Kusine zweiten Grades. Marie Lou mochte die beste Freundin der Welt sein, sie blieb nun mal Amerikanerin. Eine schwarze dazu. Was wußte sie, wie das damals war, als man den ersten Job hatte, sich seine ersten Träume erfüllte, und sei es nur ein Baseballhandschuh oder eine alte, kleine, bemalte Truhe vom Trödelmarkt. Niemand, dachte Maria, niemand, der's nicht mitgemacht hat, kann das nachfühlen. Zuerst der freie Fall! Dann der Aufschlag. Ob auf purem Beton oder im Wasser, du wußtest es ja nicht. Dann aber das Wunder der ersten Dollars ... Und was waren die schon anderes, als der Schlüssel zur Glitzerwelt des Selbstbedienungsladens USA?

Vorbei! Und zwar gründlich. Vorbei!

»Weißt du, Marie Lou«, sagte sie und beschäftigte sich weiterhin mit dem Packen, »so ein mieser Kerl, wie du sagst, ist Antonio nun auch wieder nicht.«

»Nein? Sind ja völlig neue Töne. Wenn's dich interessiert, für mich ist das ein Schwein ohne jede Moral.«

»Ach, Moral? Hör zu! Es kommt nicht darauf an, ›Moral‹ zu haben. Es kommt darauf an, daß man ein bißchen das Kreuz durchstreckt. Das ist so die Sorte von Moral, von der mein Vater immer sprach. Weißt du, was der sagt? Ich brauche Moral aus Bequemlichkeit. Ich muß mich ja schließlich jeden Morgen im Spiegel sehen. Das meine ich.«

Marie Lou nickte. »Und was ist dann mit Antonio?«

Sie schwieg. Sie hatte es für sich entschieden: Antonio interessierte sie nicht länger. Nur etwas interessierte sie noch: reinen Tisch zu machen. Mit ihm. Und mit Lidell. Und dies, ehe sie aus Miami verschwand. Antonio mußte wissen, warum sie es tat. Und was Lidell anging – auch das gehörte zum Antonio-Problem. Vielleicht hätte sie die Kraft zu einer konsequenten Trennung gar nicht gefunden, wenn sich Antonio zu allem nicht auch noch in Lidells Schweinereien verwickeln lassen hätte. Und es waren mehr als Schweinereien! Der ganze Lidell-Laden war nichts als eine mörderisch gemeine, betrügerische, tödliche Geldmaschine.

Und Antonio spielte mit. Natürlich war im Grunde Lidell schuld. Und wenn es irgendwie ging, würde sie deshalb, ehe sie hier wegkam, dafür sorgen, daß er den Schlag in die Kniekehlen bekam, den er längst verdient hatte.

Es gab nur zwei Straßen, die die Everglades durchquerten und Miami mit seinem Hinterland verbanden. Maria nahm den Tamiami Drive. Geschafft! Ihre Kisten lagen säuberlich verpackt in Carls Lkw, die Kinder waren bei Mercedes' Mutter untergebracht, sie selbst konnte bei Marie Lou schlafen. Ab morgen würde sie sich um das Flugticket kümmern – genügend Verbindungen hatte sie ja, um ein billiges zu ergattern. Jetzt gab es nur noch eines zu erledigen ... Und dabei würde sie hübsch der Reihe nach vorgehen. Zuerst also Antonio.

Der Wind hatte gedreht und kam nun vom Atlantik. Es war kühler geworden. Im Westen ein paar Wolken. Sie ließ den Wagen langsamer rollen, blickte sich um und versuchte sich zu orientieren. Richtig, die Shell-Tankstelle. Dort begann die schmale Seitenstraße zu Antonios Liebesversteck.

Überall gab es Palmito-Vorgärten und kleine, ärmliche, flache Gebäude. Antonios Bungalow war das letzte Haus auf der linken Seite. Einmal, vor sechs Wochen, war sie mit den Zwillingen hinausgefahren, um ihm seine Sachen zu bringen. Toni und Conchi hatten tapfer versucht, die Situation zu überspielen. »Papa wird wiederkommen. Eines Tages ... Und Ärger gibt's in jeder Ehe, das wißt ihr.« Sie hatte versucht, es ihnen zu erklären. Sie hatten genickt. Und geschwiegen.

Doch daß es weniger Ärger bereitet, wenn Papa in einem eigenen Haus lebt, wie sollten sie das verstehen? Und was konnte sie ihnen erklären?

Der Asphalt hörte auf. Schotter. Da war die kleine, rosa Mauer mit dem verkrüppelten Hibiskus dahinter. Und da war auch die Terrasse mit den rosa Holzsäulen, auf der zwei Schaukelstühle standen. Über dem linken hing eines von Antonios Hemden, das grün-blau gestreifte. Sie erkannte es schon von weitem. Zwischen den beiden Eukalyptusbäumen, die den Rest des Pflanzenschmucks bildeten, war eine Hängematte ausgespannt.

Sie ließ den Celica auslaufen und schaltete den Motor ab.

Maria hatte sich eine Menge Erklärungen für diese Situation ausgedacht. Plötzlich waren sie alle wie weggewischt. Wie damals, als sie ihr Buchhalterexamen machen mußte und es ihr vor lauter Prüfungsangst übel war.

Sie ließ die Wagentür offen. Sie wollte nicht, daß er durch das Geräusch aufmerksam wurde. Sie schob die wackelige Gartentür zurück und ging über die Zementplatten zum Haus. Vierhundert Dollar pro Monat kostete diese Bruchbude! Vierhundert Dollar, die er seinen Kindern wegnahm, nur um ...

Weiterzudenken, führte zu nichts.

Sie öffnete die Tür. Dann war es so, wie man es im Film

oder im Theater erleben kann: Niemand sieht dich. Und du siehst alles. – Alles? Es reichte ein einziger Blick. Die beiden Männer. Ihre Schatten. Beide in Badehosen, beide also praktisch nackt. Antonio war beinahe einen Kopf größer und viel breiter als sein Freund. Der Junge heiße Michel, hatte Antonio behauptet. Dabei war er nichts als irgendein vulgärer Mike, aber französisch klang es eben besser. Er hatte helles, fast weißblondes Haar, das er wohl fönte. »So zart wie eine Frau«, hatte Antonio gesagt.

Herrgott, wieso mußte sie sich das antun? Wieso mußte sie erleben, wie Antonio jetzt seine Schultern streichelte, den Kopf zur Seite neigte, ihn anhimmelte, als habe er in diesem hergelaufenen, mageren, weißblonden Bengel von Koch die Offenbarung seines Lebens entdeckt?

Und nun?

Daß er ihn auch noch küßte, war zuviel!

Maria riß den Schlüssel aus ihrer Hemdtasche und schleuderte ihn auf das zerwühlte Bett.

Antonio fuhr herum, der Weißblonde drehte kurz den Kopf, stöhnte angewidert, ging zum Fenster und preßte beide Handflächen auf die Fensterbank.

»Was suchst du denn hier?« fauchte Antonio.

»Endlich mal eine gute Frage.« Sie wunderte sich, daß sie die Worte überhaupt herausbrachte. Ihr Mund war trocken wie Sand.

»Entschuldigung, Maria! Aber wir hatten vereinbart, daß du erst anrufst, falls ...«

»Haben wir das? Dann tut's mir leid ...«

Auf dem Bett lag ein Plüschbär. Das sah sie noch. Es war kein Plüschbärchen der Zwillinge, das Antonio vielleicht aus Sentimentalität mitgenommen hätte. Dieses verrückte, schwarze Ding mußte Michel, dem Koch, gehören. Nicht zu fassen!

»Maria! Vielleicht solltest du besser das Zimmer verlassen. Geh raus in den Garten. Oder auf die Terrasse. Ich komm' gleich. Dann können wir reden.«

»Du kannst das ruhig erst hinter dich bringen«, sagte sie. »Bei uns gibt's nichts mehr zu reden. Und nichts mehr zu warten. Viel Vergnügen! Dein Schlüssel liegt auf dem Bett.«

»Schlüssel zu was?«

»Zur Wohnung in der Tamar Street. Ist jetzt deine Wohnung. Könnte ja sein, daß dir dein Michel auf den Geist geht. Immerhin findest du dort noch ein Bett. Das hab' ich zurückgelassen. Wir jedenfalls sind weg.«

»Weg? Und die Kinder?«

»Ach komm!« sagte sie. »Die Kinder ...«

Es war wie eine Befreiung. Die Verachtung, die sie nun fühlte, machte alles sehr einfach. Sie konnte die beiden ansehen, den Kopf schütteln und lachen. Sie drehte sich um.

»Wie gesagt, viel Spaß!«

Sie lachte noch mal und war draußen.

Mercedes wohnte mit ihrer Mutter Anna Maria am Rande von Little Havana, in einem der reichlich heruntergekommenen Apartmentblocks, die in den fünfziger Jahren im Rahmen des *Veteran Housing Programs* für die Kriegsteilnehmer des Zweiten Weltkriegs zusammengeschustert worden waren. Immerhin, die Wohnung hatte drei Zimmer. Es gab sogar einen kleinen Basketballplatz und ein paar Schaukeln für die Kinder. Der Rest – Beton!

Es wurde Abend, als Maria den Wagen im Hof abstellte. Die Straßenlampen begannen mit ihrer Arbeit, und auch im Haus leuchteten die ersten Lichter auf. Sie sah sich um. Wie sie das alles kannte! Die Abfalltonnen. Der Fahrradständer. Wenigstens die Botschaft »Feuer anmachen und kochen im Hof ist strikt untersagt« war inzwischen überpinselt worden.

Damals, nachdem Dad und ihr die Flucht gelungen war – sie war gerade elf – hatte Jorge Adrover, Mercedes' Vater, sie aufgenommen. Ihre Erinnerung hatte diese Irrsinnstage nie mehr zusammengebracht; es war einfach zuviel gewesen, war wie Achterbahnfahren oder wie eines dieser Kinderpapprohre, in denen man immer neue Formen und Farben zusammenstellen kann. Es war grausam und herrlich – und zuviel.

»Mami!«

Grausam und zuviel? Toni! Nun kam ihr Sohn über den Hof gerannt, denselben Hof, auf dem sie ihren ersten Baseballschläger schwang, den Hof, der ihre ersten Flirtversuche mitbekommen hatte. Ihr Sohn. Atemlos. Auf seinen schnellen, stämmigen Beinen.

»Mami, Mami! Ich habe 'nen Freund, der will mein Scateboard gegen ein Surfbrett tauschen.«

»Ach, nein!«

»Mami, ich hab' schon drei Freunde. Mami, wir bleiben doch hier, oder?«

»Mal sehen.«

»Mami, das sind so tolle Kerle!«

»Wirklich? Wo ist Conchi?«

»Oben bei Mercedes. Ihre Mutter kocht.«

Anna Maria Adrover stand in der Küche in einer Wolke, die im wesentlichen aus Knoblauch-, Paprika-, Schweins- und Bohnengeruch bestand.

Mercedes sah sie an. »Na, wie war's?«

»Frag mich nicht.«

»Du hast noch deinen Koffer in der Wohnung.«

»Ich weiß. Dazu ist das der Koffer mit meinem besten Fummel. Ich fahr' gleich los, ihn holen. Könnte ich mal telefonieren?«.

»Aber klar doch.«

Sie setzte sich in den Ohrenbackensessel in der Ecke und

griff zum Telefon und legte den Hörer wieder zurück, denn sie hatte vergessen, die Nummer herauszukramen. Hier – nach den beiden ersten Zahlen zu urteilen, mußte der Typ in Coral Gables wohnen.

Sie tippte die Nummer ein. Und da war er.

»Na endlich!«

»Wieso?«

»Wieso, wieso? Ich hänge hier rum wie ein Idiot und warte, daß das Telefon geht. Und das noch mit einem geradezu unmenschlichen Durst.«

»Haben Sie nichts im Haus?«

»Coca Cola.«

Sie lachte. »Mein Beileid. Sie Armer.«

»Genau. Warum kommen Sie nicht sofort hierher und bringen eine Flasche JB oder irgendeinen Wein mit, der Ihnen schmeckt? Bier tut's auch. Ich wohne ...«

»Weiß schon, Coral Gables.«

»Na, wenn Sie das auch noch wissen, müßte Ihnen ja auch klar sein, daß ich nicht nur Durst, sondern auch Hunger habe.«

»Das ist alles furchtbar traurig, aber machen wir's kurz: Ich kann nicht. Und in eine Privatwohnung gehe ich sowieso nicht! Wir müssen uns schon irgendwoanders treffen.«

»Auf neutralem Boden, was?«

»Richtig. Kennen Sie das ›Omni‹?«

»Den Supermarkt?«

»Nein, das Hotel. Es ist dasselbe Areal. Im ›Omni‹ gibt's eine Teestube. Es ist jetzt acht Uhr dreißig. Sagen wir um zehn. Vielleicht habe ich bis dahin auch Hunger. Dann können Sie mich ja einladen.«

»Okay. Abgemacht.«

»Bis später.« Sie hörte es knacken, betrachtete nachdenklich den Hörer und legte auf.

Laut wie nie zuvor klickten Marias Absätze auf dem Parkettboden. Und als sie sich eine Zigarette anzündete und dabei husten mußte, warfen die kahlen Wände ein Echo zurück. Leere Wohnungen, fand sie, sind wie tote Leute: Nichts mehr erinnert, daß sie einmal zu dir gehört haben.

Doch warmes Wasser bleibt sich immer gleich.

Sie drehte die Hähne voll auf, nahm ihren Kosmetikkoffer aus dem Einbauschrank, trug ihn ins Bad, schleppte den Koffer mit den Kleidern hinterher. Schließlich gab es hier den einzigen Spiegel. Sie riß sich die verschwitzten Kleider vom Leib und tauchte in die Wanne. Als würde das nicht reichen, duschte sie sich anschließend kalt, ließ die Strahlen peitschen. So viel war abzuwaschen: der Tag, eine ganze verfluchte Ehe ... Sie trocknete sich ab und begann sich dann mit einer geradezu entrückten Andacht einzuölen. Um den Dampfschwaden einen Abzug zu verschaffen, öffnete sie die Tür zum Schlafzimmer.

Das Bett! Auch das hatte nichts zu melden. Ein trauriger Witz von Bett – Antonios Bett ...

Sie nahm den Fön. Wie oft hatte sie sich vorgenommen, zum Friseur zu gehen und zu sagen: »Los, schneid mir den Ärger vom Kopf!« Sie hätte sogar noch Dollars rausbekommen. Was da an Haaren anfiel, würde für drei Perücken reichen. Mindestens. Aber sie brachte es nicht fertig. Und außerdem, nicht nur die Männer, sondern alle, die sie kannte, verdrehten die Augen, wenn es um ihre Haare ging. So blieben sie am Kopf. Trotz des Klimas.

Das Ding summte. Es würde mindestens zehn Minuten weitersummen.

Es summte zu laut.

Sie hatte nicht bemerkt, daß sie sich nicht länger allein in der Wohnung befand. Wie auch? Bei dem Dröhnen in ihren Ohren?

Sie hörte nicht, daß er »Maria« sagte. Antonio hatte den

Namen nur einmal ausgesprochen. Im leeren, verdunkelten Schlafzimmer. Doch er stand neben dem Bett und betrachtete sie durch die geöffnete Badezimmertür. Er betrachtete sie nicht nur, seine viel zu engen Jeans spannten sich plötzlich so sehr, daß es schmerzte. Seine Hände zogen sich zusammen.

»Wir sind weg«, hatte sie gesagt?

Von wegen. Sie war da! Mit all ihren Haaren, den festen Brüsten, dem flachen Bauch, dem auch die Geburten nichts anhaben konnten, mit dieser unglaublichen Kurve von der Taille zu ihrem Traumhintern. In den war er immer verknallt gewesen. Ehe er ihr Gesicht gesehen hatte, war ihm ihr Hintern wie ein Märchen erschienen ...

Und jetzt?

Er hatte es schwer mit dem Atmen. Er brauchte alle Kraft, um sich nicht auf sie zu stürzen. Und bei der alten Frage, wieso eigentlich Jungens, wenn ihm Frauen so gefielen, kam er auch nicht weiter. Beide waren unglaublich. Und die hier, die eigene, mit zwei Kindern und dem Körper einer Neunzehnjährigen, war ohnehin der Star von allen ...

Wir sind weg!

Wir? – sie ... Tony und Conchi auch? Kommt zu mir, zieht 'ne Schau ab und verkündet: »Wir sind weg ...«

Das zweite Mal rief er den Namen.

Auch diesmal hörte sie ihn nicht.

Doch als sie nun den linken Teil ihres Haars zurückstrich, um es hochzustecken, drehte sie den Kopf.

Sie stellte den Fön sofort ab. Im Licht, das aus dem Bad auf ihn fiel, sah sie, daß sein Mund einen Satz formte. Und noch etwas sah sie: Er hatte eine Erektion.

Für den Bruchteil einer Sekunde war sie wie gelähmt. Dann riß sie das Handtuch vom Badewannenrand, schlang es sich hastig um den Leib und wollte die Tür zuwerfen.

Zu spät. Er fing die Tür mit dem linken Knie auf, schob den rechten Fuß in den Rahmen und sagte: »Ich muß mit dir sprechen.«

»Du vielleicht. Ich nicht.«

»Dann hör wenigstens zu ...«

Sie schaltete erneut den Fön an. Diesmal auf volle Kraft. Der Lärm übertönte seine Stimme, selbst als er schrie. Er schrie nicht überzeugend, das konnte er nie, er wer immer ein verdammter Schwächling gewesen, aber sie sah sein verzerrtes Gesicht und dachte an das, was er in der Hose hatte. Ekel fuhr in ihr hoch.

»Ich laß das nie zu!« hörte sie. »Die Kinder bleiben bei mir! – Nie lasse ich das zu.«

Sie schaltete den Fön aus. »Du hast weder was zuzulassen, noch was nicht zuzulassen, Antonio. Das ist vorbei ... Erklär einem Richter, daß die Kinder bei dir aufwachsen sollen. Versuch das mal.«

Sein Gesicht verfiel. Eine Strähne hatte sich aus seinem schütteren, dunklen Haar gelöst und fiel ihm über die Ohren. Er sah erbärmlich aus.

»Ich liebe meine Familie, Maria ... Du weißt das. Ich habe auch dich immer geliebt. Ich liebe dich auch jetzt noch ... Wer sagt denn, daß man nur einen einzigen Menschen lieben kann? Das stimmt gar nicht ... Ich kann doch nichts dafür ...«

»Hör auf mit dem Geleier und verschwinde. Ich muß mich umziehen.«

Sie wollte durch die Tür gehen und versuchte, ihn wegzustoßen. Sie hätte es besser nicht getan. Er packte sie am Handgelenk, so hart, daß sie aufschrie. Er schleuderte sie herum, schleuderte sie aufs Bett.

»Laß das!«

Sie kauerte sich an das Kopfteil und versuchte, ihm mit dem Fuß ins Gesicht zu treten. Es mißlang. Das Handtuch war von ihrem Körper geglitten, und der Anblick ihrer Nacktheit schien ihm völlig den Verstand zu rauben. Er stöhnte. Er stöhnte wie ein Kind: »Ich will dich«, stöhnte er, »ich will dich, hörst du?«

Und packte sie an den Schultern, preßte sie mit dem ganzen Gewicht gegen die Matratze, versuchte, seinen Bauch zwischen ihre Beine zu schieben. Sie schlug wieder zu. Diesmal mit mehr Glück. Sie hatte seine Nase oder sein Auge getroffen.

Er fuhr stöhnend zurück. »Maria!«

»Aus ist's mit Maria.«

Sie kauerten sich gegenüber, sie starrten sich an in dem bißchen Licht, das im Raum herrschte, auf ihrem verwaisten Ehebett, nichts als Augen, und die Augen wiederum nichts als Brennpunkte von Verzweiflung und Haß.

»Geh!« sagte sie schließlich. Sie sagte es überraschend sanft.

Er schüttelte den Kopf.

»Geh!«

Er versuchte wieder nach ihr zu greifen, doch sie entwand sich. »Vielleicht kann man tatsächlich mehr Menschen lieben als einen einzigen, Antonio. Vielleicht kann ich das sogar kapieren ... Vielleicht kann man sogar verstehen, daß dein Mann dich nicht mit irgendeinem Flittchen, sondern mit Strichjungen betrügt. Und daß man, wenn man schon auf den Bahamas statt Urlaub Geschäfte machen muß, sich auch mal einen kleinen Urlaub gönnen will. Schön. Aber das ist es ja nicht ...«

»Was dann?«

»Das fragst du?«

»Was, Maria?!«

»Daß du ein solches Schwein bist ... Vielleicht nicht ein ganz so großes wie Mr. Charles Lidell, dein angebeteter Chef. Aber es reicht, bei Gott. Und daß du dich von einem derartig kriminellen Arschloch zum Handlanger für jede miese, mörderische Geschichte machen läßt, die in seinem Kopf herumtickt. Und da ticken viele Geschichten, das weißt du ...«

»Du hast davon gelebt ... und die Kinder auch.«

»Vielleicht. Aber ich wußte es nicht. Oder habe die Augen zugedrückt. Vielleicht ist es gerade das, was mich so auf die Palme bringt. Vielleicht auch, weil ich nicht weiß, wie du es schaffst, dir abends einen Jungen reinzuziehen und dann zu mir ins Bett zu kommen, dich einfach umzudrehen und zu schlafen.«

Er schwieg. Er atmete jetzt heftig. Seine Augen wirkten groß und hart.

»Peanuts?« sagte sie. »Weibergeschichten, was? Aber das andere ... Du hast es doch selbst erzählt. Die Cessna, vor drei Wochen ... Die Cessna, die in den Edwards-Bergen runterkam, weil die Instrumente versagten. Und wie war das mit dem Learjet drüben auf Jamaica? Und was ist mit der alten Transall von Bluelight-Cargo? Niemand wußte, wieso die vor Andros baden ging. Mit der ganzen Besatzung ... Nur du. Und Lidell. Und du hast es mir auch noch gesagt ...«

»Sei still.«

»Soll ich dir noch mehr aufzählen? Beruhige dich! Kann ich nicht. Für mich sind das alle ... Aber du hast bestimmt noch ein Dutzend in der Tasche. Und da fragst du mich, warum ich nichts mehr von dir wissen will! Soll ich dir ...«

»Sei still, verflucht noch mal!«

Die letzte Schranke war gefallen. Sie spürte es. Und da war er auch schon über ihr. Sie spürte seinen Atem. Schrie – nicht vor Schmerz, schrie aus Ekel, Widerwillen, Haß ... Sie spürte seine Faust, die ihren Wangenknochen streifte, den Schmerz, sie spürte, wie ihr Widerstand gegen seine

Kraft erlahmte und sich ihre Beine öffneten, sie versuchte zu kratzen, zu beißen – es gelang ihr eine halbe Drehung, sie kroch von ihm fort, spürte seine Hand zwischen ihren Schenkeln, schmerzhaft, hart – dann aber griff sie nach der Abfallschaufel, die sie zuvor auf dem Boden gesehen hatte. Es war eine solides Ding: aus Blech geschmiedet. Sie hatten sie immer für die Asche im Kamin benutzt. Sie schlug. Zuerst traf sie ihn nicht, dann hörte sie ihn aufbrüllen, einmal und wieder, er rollte vom Bett. Sie hatte nicht wenig Lust, ihm das Blech zwischen die Beine zu stoßen. Er sprang auf.

»Hau ab!«

Er starrte auf sie herunter. Sie konnte die Augen nicht erkennen. Sie sah nur, wie sich die Lippen zu einem Grinsen von den Zähnen zogen.

»Hau ab!« wiederholte sie noch einmal.

Und da benahm er sich wie der Feigling, der er immer gewesen war, drehte sich um, ging zur Tür und knallte sie hinter sich zu.

Der Lärm der zuschlagenden Tür sang in ihren Ohren.

Sie ließ sich aufs Bett zurücksinken. Sie schluchzte. Doch ihre Augen blieben trocken. Sie schluchzte lange, aus Wut, vielleicht aus Erleichterung ...

Sie ging zurück ins Bad und besah sich ihr Gesicht. Von der Stirn zu den Backenknochen zog sich ein schmaler Riß. Die Haut war gewölbt und rot an dieser Stelle.

Sie sah auf die Uhr; kurz nach sieben.

Sie mußte sich beeilen. Nicht denken. Nur nicht denken ... Darauf kam es an. Sich konzentrieren auf das, was vor ihr lag. Sie nahm die Puderdose heraus und begann ihr Gesicht einzupudern, doch als sie die Lippenkonturen nachziehen wollte, ließ sie den Stift wieder sinken. Es ging nicht. Ihre Hand zitterte zu sehr.

Sie trug eine große, schwarze Sonnenbrille im Gesicht und hatte das Kinn sehr hoch. Sie verhielt eine Sekunde am Eingang des Omni-Teesalons, sah sich um, hatte ihn schon entdeckt und ging auf ihn zu, ohne zu zögern, Haar und Hüften schwingend mit jedem ihrer Schritte. Sie trug ein kurzes, schwarzes Futteralkleid und hohe Absätze. Sie sah atemberaubend aus.

Er war aufgestanden.

»Tut mir wirklich leid«, sagte sie. »Aber es gibt so Tage, da geht alles schief. Wie ist das? Sind Sie inzwischen verhungert?«

»Ich habe mich dagegen gewehrt«, erwiderte Brückner lächelnd. »Es mag ja Männer geben, die wegen einer schönen Frau vor Hunger sterben. Ich gehöre nicht dazu.«

»Hab' ich mir gedacht.«

Er bestellte ihr den Tee, den sie verlangte, und sagte, sein Magen könne noch immer Nachschub vertragen. Und ob er sie nicht ins Restaurant ausführen könne.

»Sorry. Ich habe leider nicht lange Zeit.«

»Na schön! Sie führen hier das Kommando.«

Er betrachtete sie lächelnd. Dies war die Stunde der Psychologie. Wenn er je vorsichtig zu sein hatte, dann jetzt. Der Tee kam, und sie quetschte die Zitronenscheibe über der Tasse aus.

»Normale Leute stellen sich vor«, sagte sie. »Auch Bullen stellen sich eigentlich vor. Und Sie sind doch einer, nicht wahr?«

Er schüttelte den Kopf.

»Nein?« Sie sah ihn an, als sie mit der rechten Hand und einer sorgsam abgezirkelten Bewegung zu einem Stück Zucker griff und es in die Tasse warf. »Na, so was. Am Morgen hocken Sie in einem VW-Kombi herum, dann der Auftritt als Lufthansa-Pilot bei Lidell, anschließend stöbern

Sie in Lidells Lager. Enttäuschen Sie mich bloß nicht. Entweder sind Sie Bulle oder Detektiv.«

»Wie ist denn das mit Ihrer Vorstellung?«

»Wir waren uns doch im klaren: Ich führe hier das Kommando. Also nochmals: Bulle oder Detektiv?«

»Wollten Sie mich deshalb sprechen?«

»Vielleicht. Aber rücken Sie endlich raus damit. Woher kommen Sie? Aus Deutschland?«

Er nickte. »Und wenn Sie wollen, bin ich Detektiv oder, sagen wir mal, eine Kreuzung von Pilot und Detektiv.«

Er griff in die Tasche, zog den Pilotenausweis heraus und legte ihn ihr vor die Nase. Sie warf einen kurzen Blick darauf und schob ihn zurück, als sei das alles nicht so wichtig.

»Und? Was wollten Sie dort im Lager?«

»Das finden, was ich gefunden habe. Allerdings, viel war's nicht. Nur so ein kleiner Aufkleber. Ein Aufkleber mit einem Absendernamen. Und der lautete ›Global Wings‹.«

»Wieso interessiert es Sie, was Lidell da unten herumliegen hat?«

Das Stichwort. Er hatte es sich überlegt und war zu dem Schluß gekommen, daß der Einsatz das Risiko wert war. »Mich interessiert vor allem, was er unter dem Firmenlogo Global Wings herumliegen hat.« Er erklärte, was sie begreifen konnte. Nicht weniger und nicht mehr. »Ich gehöre zu der Kommission, die zu untersuchen hat, wie es zu der Mallorca-Katastrophe kommen konnte. Der schadhafte Rechner, der das Unglück heraufbeschworen hat, kam aus Miami. Von Global Wings.«

»Die Mallorca-Katastrophe?«

»Zweihunderteinundsechzig Tote«, sagte er.

Ihre Augen waren noch dunkler geworden. Oder größer. Das ganze Gesicht schien nur noch aus diesen Augen zu bestehen. Sie wandte den Kopf und sah hinüber zu den Fenstern, als gäbe es nichts Wichtigeres als die in Rosa und

Resedagrün abgestimmten Vorhänge. An ihrem schlanken Hals sah er unter der Haut den Puls klopfen.

»Zweihunderteinundsechzig Tote?«

»Ja.«

Sie setzte die Brille wieder auf. Sie hatte sie nur kurz abgenommen, doch lange genug, daß er die häßliche Schwellung und den kleinen Bluterguß erkennen konnte, der sich von ihrem rechten Augen zur Schläfe zog. Sie hatte sich verdammt viel Mühe gegeben, den Schaden mit Puder zu reparieren. Ganz war es ihr nicht gelungen.

»Es ist schrecklich ...« Ihre Stimme war jetzt ganz leise. »Und genauso schlimm ist, daß es schon mehr Tote gegeben hat. Und vielleicht noch welche geben wird ...«

Er schwieg.

»Wir sind schon ein Pärchen! Soll ich Ihnen was sagen? Als ich Sie anrief, habe ich mir was Ähnliches überlegt. Ich habe mir gesagt, daß es wegen dieser Scheißkerle noch mehr Tote geben wird. Und jetzt kommen Sie daher und legen mir gleich zweihunderteinundsechzig auf den Tisch.«

»Zweihunderteinundsechzig«, wiederholte er, »die nichts wollten als Urlaub machen und wieder nach Hause fliegen.«

Er durfte jetzt Fakten und Gefühle nicht durcheinanderbringen. Er ließ das Anja-Thema unberührt. Vielleicht gab es noch einen Grund? In den letzten Stunden, sogar in den letzten Tagen war in ihm das Gefühl stärker geworden, daß Anja sich von ihm entfernt hatte, so als betrachte sie ihn von irgendwo, sehr gelassen, vielleicht ein wenig amüsiert, wie man den Verrenkungen eines anderen zusehen mag, der sich mit etwas beschäftigt, wovon er nicht allzuviel versteht.

Sie nickte wieder. Ihr Mund war schmal geworden.

»Jeder kann sich vorstellen, was das heißt, wenn zwei

Flugzeuge aufeinandertreffen«, fuhr er fort. »Zwei Jets mit Frauen, Kindern, Männern. Die einen auf dem Weg in den Urlaub, die anderen auf der Gegenstrecke.«

Sie trank ihren Tee, ließ sich eine Zigarette geben und sog den Rauch in die Lungen. Er sah, daß die Finger, die die Zigarette hielten, leicht bebten.

»Ich weiß nichts von Global Wings«, sagte sie langsam. »Ich weiß nichts, weil ich nichts wissen darf. Mein Mann weiß davon. Und wahrscheinlich eine ganze Menge. Er besorgt in der Firma den, na, sagen wir mal, den Auslandsverkauf. Doch der wird nicht in Miami, sondern auf den Bahamas und den Kaymans abgewickelt.«

»Über Deckadressen?«

»Klar. Was dachten Sie denn? Sie haben dort auch ein paar Werkstätten, soviel ich weiß. Alles perfekt getarnt. Das besorgt mein Mann. Denn darauf versteht er sich, er ist ein Genie der Tarnung. Aber wie gesagt, ich weiß nur, daß es so etwas gibt. Ich habe das ein paarmal mitgehört. Er hat mir auch davon erzählt. Aber ich wollte keine Schwierigkeiten.«

»Und jetzt? Jetzt scheinen Sie welche zu haben.«

Sie nickte. »Weil ich die Sonnenbrille trage, was? Na ja, sagen wir, ich bin gegen eine Mauer gerannt. Vielleicht hätte ich drum herumlaufen können, aber ich wollte die Mauer los sein, wirklich, richtig los. Wenn Sie verstehen, was ich meine.«

»Vielleicht«, sagte er. »Vielleicht verstehe ich.«

Sie sah auf ihre Uhr, nicht gerade gehetzt, aber deutlich genug.

»Es dauert nicht mehr lange, Mary. Wäre es nicht einfacher, Sie Frau Rosario zu nennen?«

»Nennen Sie mich, wie Sie wollen. Aber was wollen Sie wirklich wissen?«

Er beugte sich ein wenig vor. »Sagen wir mal, daß alles,

was ich Ihnen erzählt und beobachtet habe, genau in den Rahmen der Geschäfte paßt, die Mr. Lidell treibt. Mit der tatkräftigen Hilfe Ihres Mannes.«

»Vielleicht. Wahrscheinlich.« Sie rückte wieder an ihrer Brille herum. »Aber machen Sie es mir nicht so schwierig. Zum Teufel, ich weiß ohnehin nicht, warum ich Sie angerufen habe und jetzt mit Ihnen hier herumsitze. Vielleicht, weil ich naiv bin. Oder beknackt ... Vielleicht auch, weil ich etwas loswerden wollte, und Sie nun mal der erste Kerl waren, der mir in die Quere lief und von dem ich den Eindruck hatte, daß er die richtige Adresse sei. Vielleicht, weil Sie mir so nett beim Stoßstangenreparieren geholfen haben. Vielleicht wegen Ihrer hübschen, blauen, deutschen Augen ...«

»Danke«, grinste er. »Aber immerhin sitzen wir im selben Boot. Ich weiß auch nicht, ob Sie mich aushorchen.«

»Und warum tun Sie's dann?«

»Instinkt«, sagte Brückner. »Vibrations. Irgend so etwas muß es wohl sein.« Er sog an seiner Zigarette, und so, mit den zusammengesteckten Köpfen und den sich ineinander verschlingenden Rauchschwaden hätte jeder im Teeraum des »Omni« sie für ein Liebespaar halten können. Doch nun sah sie wieder auf ihre Uhr.

»Noch eine Frage: Haben Sie den Namen Ahmed Saad schon mal gehört?«

Ihre Augenbrauen bildeten nun eine einzige flache Linie. Sie gab keine Antwort.

»Es gibt eine Firma«, drängte er weiter, »eine Firma in Tripolis. Sie heißt ACP, Agence du Commerce et Participations. Ist Ihnen dieser Name vielleicht schon einmal untergekommen?«

Sie schüttelte den Kopf. Ihr Gesicht behielt denselben sinnenden, fast kindlichen Ausdruck – das Gesicht einer Schülerin, die sich krampfhaft an etwas zu erinnern versucht. Und gerade diese Anstrengung war es, die sie noch hübscher machte, als sie ohnehin schon war.

»Es gab da mal eine Geschichte«, begann sie schließlich zögernd. »Und die hatte irgendwas mit diesem Tripolis zu tun. Wo liegt das überhaupt?«

»In Libyen.«

»So, Libyen. Doch das war vor einem Jahr. Damals kamen so ein paar komische Typen zu uns in die Firma. Und später faselte mein Mann herum, daß, wenn diese Geschichte hinhaute, sie den Laden in Miami dichtmachen und wir mit den Kindern auf die Kaymans oder sogar nach den Bahamas ziehen könnten. In eine Villa, versteht sich. Mindestens eine Villa.« Sie lachte kurz und bitter. »Jedenfalls, bei ihm und damit auch bei Lidell lief das Geschäft unter dem Namen ›Tripolis-Story‹. Moment mal, ja, ich weiß sogar, worum es sich dabei handelte. Um irgend welche Marietta-Ersatzteile.«

»Marietta? Das ist doch ein Rüstungsausstatter.«

»War es ja auch, Rüstung. Die ganze Geschichte drehte sich um Raketennavigation. Jedenfalls, aus unserer Bude in der Tamar Street sind wir nicht rausgekommen. Nichts mit Bahamas oder Kaymans. Ich hab' auch keine Villa. Und was ich als letztes vorhätte, wäre eine Villa zusammen mit Antonio zu bewohnen.«

Sie stand abrupt auf.

»Hören Sie, bleiben Sie doch! Wie kann ich Sie denn erreichen?«

Sie schüttelte den Kopf. »Das geht nicht.«

»Noch eine Sekunde, bitte!«

Widerstrebend ließ sie sich in ihren Sessel fallen.

»Mary, wenn ich etwas annehme, dann das, daß Sie daran interessiert sind, daß ich etwas unternehme. Dazu brauche ich Beweise. Zumindest eine Aussage. Selbstverständlich wird diese Arbeit nicht umsonst ...«

»Oh, Mann! Auch noch – stecken Sie sich Ihre Kohle dorthin, wo Sie sie haben wollen. Aber lassen Sie mich in Frieden!« Nach kurzem Zögern zog sie einen Kugelschreiber aus der Tasche und kritzelte auf seine Serviette eine Nummer. »Ich fliege weg. Nach Sioux City. Ich fliege mit den Kindern. Ich bin vielleicht noch zwei, drei Tage hier. Kommt ganz darauf an, ob ich meine Tickets bekomme. Bringen Sie Ihren Job zu Ende. Und wenn's irgendwo noch was ganz Dringendes gibt, na schön, dann rufen Sie diese Nummer an. Eine Frau namens Mercedes wird sich melden. Es ist meine Kusine. Sagen Sie ihr, daß Sie, der Aleman, mich zu sprechen wünschen. Ich rufe Sie wieder an.«

»Können Sie mir nicht eine Adresse ...«

»Nein.« Sie schüttelte den Kopf und ging.

»Marietta-Navigationssysteme? Ja was denn noch?«

Bruno starrte über den Rand seiner Lesebrille. Er spielte mit einem roten Kugelschreiber, auf dem drei Vogelschwingen abgebildet waren. Er warf ihn in die Schreibtischschale, stand auf und massierte sich die Kopfhaut. Gerade hatte er eine Horde wirr und laut durcheinander redender Surfer zur Tür hinausgescheucht, die unbedingt zu einem Strand in Neuseeland wollten, nur daß sie weder wußten, wie er hieß, noch, wo er auf der Karte zu finden war.

»Dieser Lidell ist beknackt, sag' ich dir. Die ganze Welt ist es. Alle. Du eingeschlossen.« Und dann, nach einer Pause: »Lidell ist ein Fall für den Psychiater. Oder das FBI.«

»Soweit bin ich auch.«

»Also, dann schnapp dir dieses Mädchen und marschiere zu den Fed's. Soll ich dir auch noch die FBI-Nummer raussuchen?«

»Ich kann sie mir nicht schnappen. Ich weiß nicht, wo sie wohnt.«

»Natürlich«, stöhnte Bruno und ließ sich in den Sessel fallen. »Was sonst?«

»Sie ist die Frau dieses Rosario. Erinnerst du dich? Du hast mir doch gesagt, daß er Lidells Mann für's Illegale wäre.«

»Habe ich. Ist er auch. Wenn Sanchez einen Namen rausrückt, stimmt er meist. Okay, dann fahr halt in ihre Wohnung.«

»Sie wohnt nicht mehr dort. Sie ist ausgezogen. Außerdem habe ich versprochen, sie nicht in die Sache hineinzuziehen. Und ich will das auch nicht.«

»Na gut! Dann vergiß den Fall und reise ab. Ich sag' doch, alle sind beknackt.«

»Mit solchen Sprüchen komme ich auch nicht weiter, Bruno.«

»Na gut! Dann rück endlich raus damit. Du hast einen Plan. Sicher hast du den. Und ganz bestimmt ist es auch ein ganz groß angelegter Plan. So genial, daß ich wahnsinnig darauf gespannt bin. Na also, schieß endlich los!«

Brückner nickte. »Die Pakete im Lager. Die Pakete mit dem Aufkleber ›Global Wings‹. Ich brauch' so ein Paket. Wenn ich's in den Fingern hätte, wäre ich einen gewaltigen Schritt weiter. Aber alleine schaffe ich das nicht.«

»Und was willst du tun, um so ein Ding zu beschaffen?«

»Einbrechen. So nennt man das doch wohl?«

»Du?«

»Nicht allein. Mit irgend jemand, der sich darauf versteht.«

Bruno nahm endgültig die Lesebrille ab und legte sie auf den Tisch. Er schloß die Augen und seufzte.

»Paul, ich bin nicht ganz blöde. Ich kenne dich. Und deshalb weiß ich, daß ich dich von dieser Geschichte nicht abhalten kann. Du hast dich in sie verrannt. Und du verfolgst deine fixe Idee mit einem Fanatismus, der – aber lassen wir's. Nur eines: Weißt du, was bei Fanatikern als erstes abhanden kommt? – Der Verstand.«

»Geschenkt.«

»Richtig, geschenkt. Aber trotzdem, du bist hierher gekommen, nicht um einen alten Freund zu besuchen, sondern um einem alten Freund Schwierigkeiten zu bereiten.«

»Sagen wir lieber, weil ich von einem alten Freund Hilfe erwartete.«

»Das läuft aufs selbe raus. Aber du sagst dir halt, Freund bleibt Freund, was?« Bruno seufzte. »Na gut, ich hab' vielleicht jemand, der dir helfen könnte.«

Das Seewasser hatte den verdammten Filter völlig mit dem Stutzen verbacken, und es hatte zwanzig Minuten gedauert, bis Kevin Wilson das Ding endlich locker hatte. Er wollte den »Engländer« nochmals ansetzen, eine kleine Drehung noch, ganz vorsichtig. Aber gerade als das Instrument faßte, hörte er den Motor.

Er nahm den Kopf hoch.

Der Sandstreifen, der zur Straße führte, war etwa vierzig Meter breit und um diese Zeit, kurz nach neun Uhr vormittags, wirkte er noch unappetitlich feucht und dunkel. Ein paar von Dans Jungen waren dabei, Cheeseburger-Packungen, weggeworfenes Papier, alte Zeitungen, Präservative und den sonstigen Müll der Nacht in Plastiksäcke zu verstauen. Zwei Liegestühle waren besetzt, dazu noch von einem alten Ehepaar, obwohl das Segeltuch von der Nachtfeuchtigkeit durchtränkt sein mußte. Oben, vor Dans Erfrischungsstand, diesem rot-grünen Plastikpavillon, der die ganze Gegend verschandelte, parkte ein Wagen. Burgundermetallic. Cabrio. Durchgegammelt ... Kevin erkannte ihn sofort: Dies war Konietzkas Le Mans. Am Steuer saß nicht Bruno, sondern ein dunkelhäutiger, schmaler Mann: Johnny, der Bruder von Konietzkas Freundin.

Kamen früh, die Jungens.

Kevin Wilson tauchte die Hände in seinen Wassereimer, wischte sie mit Werg sauber, zog das Boot so nahe an die Mole, daß ihm sein steifes, rechtes Knie beim Übersetzen keine Schwierigkeiten machte, stand nun auf dem Pier und wartete.

Er sah, wie Johnny zu ihm herüber deutete. Dann sah er, daß neben ihm ein zweiter Mann saß. Mußte der Typ sein, von dem Bruno gesprochen hatte. Johnny winkte, ohne daß er Anstalten machte, auszusteigen. Der andere stieg aus und kam auf ihn zu. Kevin versuchte ihn einzuschätzen. Sah vernünftig aus. Selbst wenn das nicht so wäre, er war Bruno einen Gefallen schuldig.

Er machte ein paar Schritte. »Ich bin Kevin. Sind Sie der Mann, den mir Bruno auf den Hals schicken will?«

Der andere grinste. »Ich heiße Paul. Trinken wir da oben einen Whisky zusammen?«

»Die Bude hat noch nicht auf. Erst in 'ner Stunde. Die machen spät auf, um sich den Schrott von gestern nacht vom Hals zu halten. Werfen zuviel Pillen ein am Strand, saufen zuviel, tun weiß der Teufel was. Kapiert?«

Brückner nickte.

»Wir können's auch hier besprechen?«

»Können wir. Aber ich hätt's Ihnen gern ein bißchen verdeutlicht. Mit einem Stück Papier und Bleistift.«

»Dann gehen wir doch in meine ›Kiste‹.«

Kevin schwang sich wieder an Bord der Alicia. Er tat es mit der üblichen Routine, überraschend gewandt, und hatte dabei den prüfenden Blick des anderen aufgefangen.

»Keine Sorge, bei der Arbeit hat mich mein Knie noch nie gestört.«

»Vietnam?«

»Ja. Ein Granatsplitter.«

»Bruno hat es mir erzählt.«

Bruno hatte Brückner noch mehr erzählt: Daß Kevin Wilson früher Tauchlehrer war und jetzt die Motoren für die Boote der Tauchschule nur deshalb flicken mußte, weil ihm die Lizenz entzogen worden war, nachdem er einen Touristen aus Milwaukee, der ihn einen »hinkenden Idioten« genannt hatte, mit dem Schraubenschlüssel die Kniescheibe zertrümmert hatte.

An Bord der Alicia lagen die Leinen aufgeschlossen. Überall herrschte peinliche Ordnung. Sie betraten den Salon. Kevin deutete auf die Eckbank. »Was zu trinken?«

Brückner schüttelte den Kopf. Er zog eine Stadtkarte von Miami aus der Tasche und breitete sie auf dem Tisch aus.

»Können Sie sich sparen«, sagte Kevin. »Ich kenne Lidells Bude. Ich bin gestern abend, nachdem Bruno nach mir geschickt hatte, sogar noch mal rausgefahren, um mir die Situation anzusehen.«

»Und?«

»Das Problem ist die Alarmanlage«, erklärte Kevin. »Aber schließlich – machbar ist alles ...«

Sie trafen sich am nächsten Morgen um drei Uhr.

Als Treffpunkt war das »La Caretta« vereinbart, ein durchgehend geöffnetes Speiselokal in der Calle Ocho. Nicht nur die Bar, auch die Tische waren trotz der frühen Stunde noch von Nachtschwärmern besetzt. Kevin betrat das »La Caretta« zehn Minuten nach Brückner. Er entdeckte ihn an der Bar und hinkte auf ihn zu.

Brückner deutete auf sein Whiskyglas.

Kevin schüttelte den Kopf. »Den Drink nehmen wir nach der Arbeit. Kommen Sie! Lassen Sie Ihren Wagen stehen. Wir nehmen meinen.«

Er führte ihn zu einem kleinen GM-Kastenwagen und öffnete die Tür.

»Ich hab' schon vorgearbeitet«, sagte Kevin, als er den Motor anließ.

»Wieso vorgearbeitet?«

»Die Alarmanlage. War gar nicht so einfach. Aber ich habe den Verteilerkasten doch gefunden und Lidell den Saft abgelassen.«

Brückner zündete eine Zigarette an. Er spürte, wie seine Nervosität wuchs. Bruno hatte anscheinend recht gehabt: Kevin schien sich auf diese Sorte Arbeit zu verstehen.

»Wir müssen ein bißchen aufpassen. Wenn einer Alarmanlage der Saft ausgeht, löst das bei manchen Bewachungszentralen Alarm aus. Aber wir werden ja sehen.«

Sie rollten über den Dixie Highway.

Brückner konnte schon die Peitschenlampen erkennen, die den kleinen Platz vor dem Lidell-Building erleuchteten. Kevin verlangsamte die Fahrt und bog nun in einen mit Schotter bestreuten, schmalen Weg ein, der auf einem Baugrundstück endete. Er parkte den Lieferwagen neben einer Bauhütte. »Den Rest gehen wir zu Fuß. Dort drüben, von der anderen Seite des Grundstücks, kommt man auch zum Platz. Ich geh' voraus, gucken, ob die Luft rein ist. Sie halten sich etwa fünfzig Meter hinter mir, okay?«

Brückner nickte. Wilson verschwand in der Nacht. Er ging etwa fünf Minuten über den kleinen Trampelpfad, als Kevin, wie von der Nacht ausgespuckt, plötzlich vor ihm stand.

»Alles sauber. Wir gehen von hinten ran. Von der Straßenseite ist das mit den Scheiß-Lampen unmöglich.«

»Aber hinten ist doch keine Tür. Ich habe mir den Bau auch von hinten angesehen.«

»Tür nicht, aber ein Entlüftungsschacht. Und der muß ins Erdgeschoß führen.«

Brückner konnte sich nicht erinnern, in der Backsteinmauer eine Öffnung gesehen zu haben. Er folgte Kevin, der trotz seiner Behinderung und des kleinen Rucksacks, der von seiner rechten Schulter hing, überraschend schnell vorankam.

»Dort«, flüsterte er. »Die Pinie.«

Es war nicht nur eine Pinie, sondern auch Piniengestrüpp – und damit ein Glücksfall. Der Dixie Highway wurde jetzt zwar wenig befahren, trotzdem – die Zweige deckten sie vor jeder Sicht. Die Häuser auf der Westseite standen dunkel wie Schatten. Das Risiko, daß sie trotzdem von dort beobachtet werden konnten, mußten sie in Kauf nehmen. Aber die Entfernung betrug mehr als sechzig Meter.

Brückner vernahm ein metallisches Geräusch.

Kevin kauerte am Boden, nun hob er die Hand. Es hatte keine vierzig Sekunden gedauert. Der Schnitt im Maschendraht hatte eine Länge von etwa einem Meter. Kevin zog den Draht zurück und winkte Brückner, durchzukriechen.

Es ging los. Sie waren im Firmengelände. Kevin ließ den Sack mit der Drahtschere an der Schnittstelle und lief wieder voraus, lief wirklich, auf die sonderbare, geradezu groteske Art, mit der es behenden Krüppeln möglich ist, ihre Behinderung zu überwinden.

Nun das Rückgebäude. Ab und zu huschte der Abglanz der Scheinwerfer auf dem Highway über die Mauer, Kevin keuchte. Auch Brückner wartete, bis sich sein Atem beruhigt hatte und fragte: »Und jetzt?«

Kevin hob nur die Hand.

Nun erkannte auch Brückner das Rechteck über ihren Köpfen. Eine blechverkleidete Öffnung. »Sie hat einen Holzrahmen«, flüsterte Kevin. »Das weiß ich von heute mittag, da war ich nämlich zum ersten Mal hier.«

»Und wie hebeln wir die aus?«

»Paß auf, ich wiege keine siebzig Kilo. Für dich ist das gar nichts. Du nimmst mich auf die Schultern. Nachher läuft's umgekehrt. Mit diesem Scheißknie schaff' ich den Einstieg durch das Loch nicht.«

Umgekehrt? dachte Brückner. Na, und? Dann läuft's nachher halt umgekehrt.

Er kauerte sich nieder, streckte die Hände zur Wand aus, hievte Kevin hoch und lauschte, ob außer dem leisen Kratzen und Schaben von Kevins Schraubenschlüssel noch ein anderes Geräusch zu vernehmen war. Das Herannahen eines Wächters, der anschwellende Sirenenton eines Alarms, der schließlich auch von einer batteriegespeisten Anlage ausgehen konnte.

Nichts.

»Nimm mal!«

Brückner bekam ein massives Stück Holz in die Hand gedrückt, und dann eine verbogene Blechtafel.

»Jetzt du«, sagte Kevin. »Schaffst du schon. Weißt du, für dein Alter ist das ein ganz prima Fitneßtraining.«

Er hatte die Beine breitgestellt und die Hände verschlungen, so daß er Brückners Fuß hochstemmen konnte. Brückner sandte ein Stoßgebet zum Himmel, setzte den Fuß in Kevins Hände – und es ging! Ging besser, als er es erwartete hatte. Er war oben, kroch durch den Mauereinschnitt. Stockdunkel dort drin. Er krümmte die Beine ein, schob sie in das Innere des Raums und zog die Bleistiftlampe aus der Brusttasche. Der schmale, grelle Strahl des winzigen Halogenfocus wanderte über Regale. Es würde nicht schwierig sein, nein, wirklich nicht: Die Regale waren aus gestanzten, stabilen Winkelstreben montiert. Das nächste stand direkt neben ihm an der Wand.

Er steckte sich die Lampe zwischen die Zähne, wollte gerade den Arm ausstrecken, als er hinter sich zunächst Geräusche vernahm. Dann: »Nicht rühren!«

Es war eine ebenso gelassene wie energische Männerstimme. Seine eigene Lampe brauchte er nicht länger. Ein Lichtkegel hatte ihn erfaßt, so stark, daß er die Decke des Lagerraums erleuchtete.

»Tut mir leid, Junge«, sagte die Stimme in seinem Rücken. »Aber ich bin nun mal von der Polizei. Du weißt ja, was Polizisten in solchen Situationen tun: Sie ziehen ihre Dienstwaffe. Also, was immer du vorhattest, laß es mal sein und komm schön wieder runter. Wie ist das jetzt mit uns? Oder glaubst du, ich hätte Bock darauf, dir nachzuklettern?«

»Laß ihn doch, Harry. Vielleicht macht es ihm Spaß.«

Der landesübliche ölig-harte Männerhumor. Er war wie ein Idiot in die Falle getrampelt. Brückner bewegte sich nicht, atmete puren Zorn, so viel schoß durch seinen Kopf: Es gab einen Tag in seinem Leben, gerade achtzehn war er gewesen, da hockte er, hilflos wie jetzt, auf dem Dachreiter des Garagenbaus seines Internats, weil er von dort wiederum in das Zimmer eines Mädchens klettern konnte, das auch noch Eleonora hieß. Derselbe Versager, nur daß es damals der Turnlehrer mit seiner Taschenlampe und seinem Gebrüll war, der ihn niedergemacht hatte. Turnlehrer mit Taschenlampen gibt es überall, worldwide.

All das verdammte Licht!

Er hatte sich umgedreht. Nichts zu sehen. Dieses Lampenmonster wirbelte rote Schleier vor seine Augen. laß dir was einfallen! Er ließ los, landete passabel, federte in die Knie, riß die Arme hoch – warum wußte er nicht –, stieß gegen irgend etwas, stieß es weg, wußte wirklich nicht, was er tat, mit all dem Zorn im Bauch. Und dann erwischte es ihn. Was immer ihn erwischte, eine Faust, ein Stoß oder der Kolben einer Pistole, es geschah mit der Kraft einer Detonation. Er ging zu Boden. Keine Stimmen mehr, kein Lichtnebel. Nur Dunkelheit. Nicht einmal die Handschellen, die sie ihm anlegten, spürte er.

Als Paul Brückner wieder zu sich kam, saß er in einem Streifenwagen. Er saß neben einem bulligen Mann, dessen Schweißgeruch ihm in die Nase stieg.

Draußen glitten Lichter vorbei. Vor ihm saßen zwei weitere Männer, alle trugen Uniform.

Wo, verdammt noch mal, steckt Kevin? Es war das erste, was er dachte. Er schloß die Augen und lehnte sich zurück. Und dann kamen die Schmerzen, brandeten in seinem Kiefer hoch. Er hatte es versucht, und sie und alles, was geschehen war, erschien ihm von einer geradezu lächerlichen Konsequenz. Er hatte es versucht, okay, und sich dabei wirklich zum Lachen danebenbenommen. War es seine Schuld? Nein, er hatte sich einfach im Job vergriffen.

Eine Hand fuhr über sein Gesicht, tätschelte, nicht stark, eher sanft.

»Da wären wir wieder. Und? Wie geht es?«

Brückner tastete über seinen geschwollenen Kieferbogen – das Gefühl von tausend Wespenstichen. Er öffnete den Mund, schloß ihn, es ging – ja, es tat weh, aber es ging. Und die Zähne schienen heil geblieben zu sein.

»Deutscher, was? Old Germany? Ist wohl nicht so Ihr Tag, oder?« kicherte es neben ihm. »Will einen kleinen, netten Einbruch hinter sich bringen. Und wer sammelt ihn auf, wie das liebe Fallobst? – Die Bullen.«

Im fahlen Abglanz der vorüberfließenden Neonbeleuchtung erkannte er ein dunkles, fleischiges Gesicht und einen grinsenden Mund.

»Quatsch nicht so viel, Sam!« sagte der Mann auf dem Beifahrersitz.

»Tu ich das? Ist mein Fehler, Sarg, ich weiß ... Aber bei dem muß man einfach. – Was, Mister? Ein Pilot, ein ganz feiner Pinkel also, und was fällt ihm ein, wenn er nachts in Miami ausgeht? Einen Bruch zu machen.«

»Hören Sie mal ...«

»Und ob ich höre! Haben Sie eine Ahnung, Mister, wie gespannt ich bin.«

Die Kanten der Handschellen schnitten in seine Gelenke, als er den Versuch machte, mit seinem schmerzenden Kiefer so etwas wie eine Erklärung zustande zu bringen. »Sie sehen das falsch. Es ist ... es ist so ...«

»... daß Sie in einer fremden Stadt Zäune durchschneiden und Mauern hochklettern?«

Wieder kamen die Stiche. Den Kopf wenigstens konnte er drehen. Es folgte kein zweiter Streifenwagen. Und das konnte nur bedeuten: Sie hatten Kevin nicht geschnappt.

»Hören Sie, Sie können mich zu Ihrem Vorgesetzten bringen. Dort ließe sich alles aufklären. Wir können nach Frankfurt telefonieren. Sie haben doch sicher von dieser Flugzeugkatastrophe in Mallorca gehört oder gelesen?«

»Mallorca. Und? Was ist das?«

»Eine Insel«

»Sagen Sie mir lieber, wo Sie hier wohnen, ehe wir von Inseln anfangen.«

»Coral Gables.«

»Feine Gegend für feine Pinkel. Seit wann?«

»Seit drei Tagen.«

»Zuvor?«

»Dupont Palace.«

Er dachte an Winter, den Empfangsmanager des »Dupont«. Winter könnte wenigstens seine Identität bestätigen. Doch es war bald drei Uhr morgens. Irgendein Nachtportier würde Dienst haben, kein Winter.

Der Cop auf dem Beifahrersitz, anscheinend der Streifenführer, griff nach dem Hörer und sprach in sein Telefon.

»Herrgott noch mal«, stöhnte Brückner. »Ich kapier' ja, daß das alles sonderbar klingt. Aber wenn Sie mir meine Geschichte schon nicht abnehmen wollen, meine Identität können Sie doch wenigstens überprüfen. Rufen Sie einfach den Chef der Lufthansa-Niederlassung in Miami an. Sein Name ist Hollmann, Theo Hollmann. Der ist sicher zu Hause. Holen Sie ihn meinetwegen aus dem Bett!«

Der Streifenführer hatte sich zu ihm umgewandt. Er hatte ein mageres, junges Gesicht. Mit den schwarzgefaßten, ovalen Brillengläsern wirkte er eher wie ein älterer Student als ein Polizist.

»Jetzt passen Sie mal auf: Diese Stadt ist voll von Komikern, wie Sie einer sind. Und es mag ja durchaus sein, daß Sie der größte Komiker sind, dem wir heute nacht begegnen. Der größte. Aber mit Sicherheit nicht der wichtigste. Bill, halt mal! Los, fahr rechts ran.«

Der Wagen stoppte vor einem von unzähligen, farbigen Glühlampen erhellten Eingang. Es war eines der Rocklokale in der Vierundzwanzigsten. Eine Gruppe rauchender Teenis in grellen Klamotten lungerte herum.

»So, jetzt noch was. Wie ich schon sagte, wir haben eine Menge anderer Dinge zu tun, als einem verrückten Piloten auf der Spur zu bleiben, der in der Nacht mit einer Drahtschere herumtobt. Aber ich werde Ihren Paß als Souvenir behalten. Den können Sie abholen. Hier.« Er zog eine Karte heraus und überreichte sie Brückner. »Da haben Sie die Adresse drauf. Dade County-Revier 14. Dort können Sie morgen als Geschichtenerzähler aufkreuzen. Und wenn ich Ihnen einen Tip geben darf: Kommen Sie gleich mit Ihrem Anwalt. – Los, Sam, schließ ihn auf.«

Die Handschellen fielen.

»Raus jetzt!« sagt der junge Mann mit der Brille.

Im Erdgeschoß waren noch immer die Fenster des Wohnzimmers erleuchtet, doch Brunos Tür war geschlossen. Endlich wurde der Riegel zurückgeschoben: Bruno erschien. Zu seinen Pyjamashorts trug er ein schwarzes

Netzunterhemd. Die Augen, die Brückner anstarrten, waren verdrossen, die Lider rötlich geschwollen.

»Na ja, wer schon? Man soll sich nicht beklagen. Mir war schließlich von Anfang an klar, daß ich mir mit dir nur Theater einhandle.«

Brückner grinste mühsam.

»Sie haben dich also wieder laufenlassen, nachdem sie dir eine ans Kinn verpaßt haben.«

»Woher weißt du das?«

»Woher schon«, knurrte Bruno und ging ins Wohnzimmer voraus. Dort saß Kevin im Schaukelstuhl und hob müde die Hand. Eine Zigarette glomm in seinem rechten Mundwinkel.

Brückner sah ihn an. »Darauf brauche ich was zu trinken.«

»Bedien dich«, sagte Bruno. »Der Whisky ist alle, aber Bier gibt es noch immer.«

Brückner ging in die Küche, wusch sich den Mund aus und legte ein nasses Handtuch auf die schmerzende Stelle an seinem Kiefer. Auf das Bier verzichtete er. Er ging zurück und blieb vor Kevin stehen. »Wo, zum Teufel, hast du gesteckt?«

»Das kannst du hören. Das kann ich dir erklären. Aber zuerst will ich die fünfhundert Piepen hier auf dem Tisch sehen. Und sag mir bitte nicht, sie wären nicht fällig, nachdem alles schiefgelaufen ist.«

Die fünfhundert Dollar waren der Preis, den er Kevin für seine Mitwirkung versprochen hatte. Und Kevin hatte recht, sie waren fällig. Außerdem, vielleicht konnte er Kevin noch brauchen. Er mochte diesen sonderbaren, hinkenden Typ, der jedes Wort einmal durchkaute, ehe er es entließ.

»Also?«

»Erinnerst du dich an die Pinie?«

Brückner nickte.

»Das war die unglaublichste Pinie, die mir je im Leben untergekommen ist. Die muß sich vor einem Jahr ein Baby zugelegt haben, einen Ableger. Hab' mich da reingeschmissen. Zwischen Baby und Mama. War wie im Theater. Na ja, vielleicht kein gutes Stück, aber spannend.«

»Wie schön für dich.«

Kevin grinste. »Okay. Aber Arbeit hast du ihnen gemacht. Nachdem sie dir das Licht ausgeknipst haben, mußten sie dich nämlich bis zu ihrem Streifenwagen rübertragen.«

Brückner hatte keine Lust auf solche Einzelheiten. Er griff nun doch nach Brunos halbvollem Bierglas, das auf dem Tisch herumstand, und trank es aus. »Und wie kam es, daß die ausgerechnet in dem Augenblick auftauchten, als wir rein wollten?«

»Das fragen wir uns die ganze Zeit«, sagte Bruno.

Kevin schwieg.

»Da gibt es nur zwei Möglichkeiten«, überlegte Bruno. »Entweder war's reiner Zufall, daß sie so schnell aufgetaucht sind, oder ...«

»Oder was?«

»Oder sie haben den Auftrag, alle zehn Minuten um Lidells Bude herumzukurven, weil sie auf seiner Gehaltsliste stehen.«

Der Wind war weich geworden, wie eine zärtliche, angenehme Berührung. Der Mond lasierte das Wasser des Atlantiks mit seinem blauen Glanz, als Brückner den Maine Highway hinabglitt, um an der 72. Straße die Rechtskurve nach Coral Gables zu nehmen. An das Zucken in seinem Kiefer hatte er sich inzwischen gewöhnt. Am liebsten wäre er einfach weitergefahren, die US One entlang, über diese ganze bescheuerte, gottverfluchte Floridahalbinsel bis hinauf nach Jacksonville oder quer durch die Everglades, irgendwohin – einfach nur weg!

Doch das ging nicht. Und er wußte es. Die Zeit der pathetischen Vorsätze, die alle mit dem Satz begannen: »Keine Sorge, Anja, du wirst schon sehen, wir schaffen das!« war vorüber. Vorsätze wurden nicht länger gebraucht. Die Wirklichkeit – und auch Anja gehörte dazu –, sie war so unwirklich geworden wie die Gegenwart. Fragen zu stellen war überflüssig, er wußte Anjas Antworten im selben Herzschlag. Und daß er sich allein fühlte ... Er hatte sich oft genug allein gefühlt, als sie noch lebte. Es war die Sorte von Einsamkeit gewesen, die zu jeder Beziehung gehört, zu jeder guten Beziehung jedenfalls, weil sie etwas akzeptiert, was ohnehin nicht zu ändern ist.

Er parkte Johnnys VW-Kombi neben der Garage von Mr. Murray, stieß Murrays Gartentür auf und ging langsam über den Plattenweg auf das Haus zu. Daß er auf seine Schritte nicht recht acht gab, daß er weder Haus noch Garten richtig wahrnahm, lag nicht an der Erschöpfung – er war einfach irgendwoanders. Und so fiel ihm auch erst auf, daß er die Haustür nur anzustoßen brauchte, um einzutreten, als er bereits im Korridor stand.

Er blieb stehen und überlegte. Aber du hast doch abgeschlossen?

Er lauschte. Irgend etwas störte ihn. Im Vorraum gab es diese grauenhafte, mit roten Kitschrosen und krummen Dackelbeinen versehene Barockkopie eines Schranks, in dem Mr. Murray sein Angelzeug aufzubewahren pflegte. Es gab nochmal Rosen. Die gehörten zu einer gleichfalls mit Dackelbeinen ausgestatteten Kommode.

Brückner schaltete das Licht an.

Er konnte es nicht glauben: Die Schubladen der Kommode waren herausgerissen, ihr Inhalt – Papiere, ein Mobiltelefon, Bürsten, Schals, Schuhputzzeug, Fotoalben, Bücher und Prospekte –, alles lag wild durcheinander auf dem Parkett verstreut. In der anderen Ecke bildete Murrays Angelzeug einen wirren Haufen. Auch im Wohnzimmer sah es aus, als hätte eine Bombe eingeschlagen: heruntergerissene Diwankissen, der Fernseher umgekippt, nicht einmal der Plattenschrank war verschont geblieben. Die Compaktdiscs bildeten einen phantastisch schimmernden Silberhaufen zwischen ihren aufgerissenen Behältern.

»Sie können schon jemand im Haus unterbringen«, hatte Mr. Murray Bruno angeboten, »aber nur Leute, die Sie kennen, nur Leute aus Ihrer Familie.«

Das würde er wohl nie mehr sagen.

Brückner rührte sich nicht. An seinem Handgelenk fühlte er einen scharfen, heißen Schmerz. Es war die Stelle, an der die Handschelle die Haut aufgescheuert hatte. Er schüttelte langsam den Kopf. Im Grunde gab es nicht nur einen Brückner, der den Kopf schüttelte, nun waren es zwei: Der eine, der hysterisch losbrüllen wollte, der andere, der nichts fühlte als eine absurde Form von Heiterkeit und im Grunde nichts war als abgrundtief müde.

Er ging zum Fenster, öffnete es, lehnte sich hinaus. Die Luft war noch immer warm und von leichtem Blütenduft erfüllt. Am Himmel schwamm noch immer der Mond zwischen seinen Silberwölkchen. Alles lag so still. Kein Schatten. Kein Automotor, der aufrauschte. Die, die sich hier amüsiert hatten, waren schon lange weg. Er rauchte eine Zigarette, war versucht, zum Telefon zu greifen. Doch wieso? Warum sollte er auch noch Bruno um seinen wohlverdienten Schlaf bringen?

Er ging zum Barschrank, wo seine Flasche JB wartete. Er nahm einen tiefen Schluck. Und dann einen zweiten. Der half wenigstens weiter bis zum Schlafzimmer, dem Gästezimmer des Mr. Murray. Dort das selbe. Umgestürzte Regale, das Bett zerwühlt. Na und? Nacht für Nacht werden in dieser Stadt Hunderte von Türen aufgebrochen, tausend und mehr Fensterscheiben eingeschlagen. Du selbst warst gerade noch in der Einbruchbranche aktiv gewesen … Doch wer hier war, der hatte weder Koks, Heroin, Pillen noch das Geld gesucht, um sich das Scheißzeug zu beschaffen. Keine Drogenidioten waren das gewesen, o nein – selbst seine Nikon hatten sie ihm gelassen: unberührt stand sie dort drüben auf dem Spiegelbord.

Er schob die Matratze wieder zurecht, zündete sich eine Zigarette an und legte sich aufs Bett.

Er schloß die Augen.

Er spürte, wie es sich in ihm ausbreitete, langsam, unaufhaltsam, wußte, daß es dieses Mal keinen Widerstand gab, er konnte, wollte sich auch nicht länger wehren. Er überließ sich einfach den Tränen, die in seine Augen stiegen.

Für Antonio Rosario wurde es ein übler Tag.

Zwei Stunden lang, bis kurz vor Mittag, hatte er sich mit einem Kartonagen-Fritzen in der 34. Straße gestritten, der nicht nur seine Lieferung verschlampt, sondern auch minderwertige Herstelleraufdrucke für die Ersatzteilkartons geliefert hatte. Das ›P‹ und ›W‹ für die Pratt-und-Whitney-Triebwerksschaufel-Ringe, die später in den Kartons verpackt würden, war nicht nur völlig verwaschen, auch die Nummern stimmten nicht. Schaufeln und Ringe aber mußten spätestens in drei Tagen zur Walcott-Werft. Dort wurden die Triebwerke der alten MD-10 der »Eastern Wings« überholt. Die Eastern Wings stand kurz vor der Pleite, eine Luxussanierung konnten die sich nicht leisten. Und was wichtiger war, das Management wußte Bescheid. So gesehen war es kein Beinbruch, wenn die Teile in schlampigen Kartons angeliefert wurden, Hauptsache, das Material war einigermaßen in Ordnung. Falls es das war …

Um zwölf Uhr dreißig betrat Antonio Rosario die Nassau-Bank in der Brickell Avenue, wo er die übliche Konten-Diversifizierung der Eingänge vornahm. Als er dann endlich um ein Uhr wieder in der Firma anlangte, erwartete ihn ein Lidell, den wieder mal einer seiner Paranoia-Anfälle am Wickel hatte. Der versuchte Einbruch in der vergangenen Nacht hatte ihn ohnehin schon die letzten Nerven gekostet. Aber was war nun mit ihm los?

»Verdammt, wo hast du gesteckt?« flüsterte Lidell.

»Wieso?«

»Wieso?« Lidell schob ihm den Kopf entgegen, so nah, daß er seinen Atem spürte. Er roch nach Pfefferminz. »Wanzen, Tony«, flüsterte Lidell, »Wanzen.«

Tony sah ihn nur an.

»Ich mache mit dir jede Wette, die schneiden unsere Telefongespräche mit. War schon mal so. Erinnerst du dich nicht? Vor zweieinhalb Jahren.«

Antonio erinnerte sich nicht.

»Am Morgen war ich zweimal bei der Polizei. Meinst du, die rücken damit heraus, was heute nacht wirklich los war? Kein Protokoll, keine Namen. ›Wir konnten den Einbruchsversuch noch rechtzeitig verhindern, Mr. Lidell‹, und damit hat sich's. Ich habe Tencroft zur Staatsanwaltschaft geschickt. Der soll ihnen mit einer Dienstaufsichtsbeschwerde einheizen.«

Tencroft war Lidells Anwalt. Ein Mann mit Kontakten.

»Aber wenn das alles wäre ...«, flüsterte Lidell. »Bei ›Decker and Bond‹ in Charleston sind sie aufgetaucht. Und genauso bei Marton. Dann die Sting-Werft in Fort Pierce. Ja, überall dasselbe: komische Typen mit komischen Fragen. Und ihre beschissenen Fragen beziehen sich auf die Dinge, über die nur zwei Leute Bescheid wissen.«

»Sie und ich? Ist es das?«

»Ja, richtig. Wir. Wie viele Erklärungen gibt's da? Zähl die mal durch. Halten wir uns erst mal an das Einfachste: Überprüf die Telefone!«

Lidell lief plötzlich knallrot an. »Die Telefone!« zischte er. »Die beschissenen, verdammten Misttelefone, was sonst?«

Antonio wünschte sich nach Nassau, es konnte auch Andros sein, alles könnte es sein, nur das nicht. Ruhe. Palmen. Anschließend ein Drink und ein kleines Kundengespräch, ein bißchen Schwimmen, ein bißchen Telefonieren – und der Tag war gelaufen. Aber hier, mit diesem Irren aus der Psychiatrie? Wanzen?

»Okay«, sagte er. »Wo ist Garry?«

»Er ist nicht da. Der ist beim Ausliefern. Die Weiber sind auch weg. Und das ist verdammt gut so. Aber um vierzehn Uhr ist das Sekretariat wieder besetzt. Wird das reichen?«

Antonio nickte. Er ging hinab ins Lager A, schloß den Stahlspind auf und entnahm ihm das Detektorgerät, das Lidell vor Jahren, bei seinem ersten Wanzenanfall, besorgt hatte. Er setzte die Sonde auf die Stabhalterung und begann damit, an den Telefonen Hör-, Sprechmuscheln und Bodenplatten aufzuschrauben. In den Büroräumen und im Lager A gab es elf Anschlüsse. Nach einer Stunde war Antonio halb tot vor Hunger und mit der Arbeit fertig.

»Nichts«, meldete er Lidell. »Alles sauber.«

Lidell nickte, ganz so, als habe er genau das erwartet.

Im Büro wurde inzwischen wieder gearbeitet. Sie standen am Eingang. Antonio beobachtete, wie Mary Lou kurz den Blick hochnahm, den Kopf schüttelte und weitertippte. Er dachte an Maria und die Kinder, und der alte, wohlvertraute Zorn schoß hoch. So heftig kam er, daß er Mühe hatte, ruhig zu atmen.

»Laß uns raus hier, Tony. Machen wir eine kleine Spazierfahrt. Frische Luft ist das beste. Du weißt doch, die haben ihre Richtmikrofone.«

Na klar, dachte Antonio. Richtmikrofone. Was sonst?

Sie setzten sich in Lidells brandneues De-Ville-Cabriolet. Antonio schloß die Augen und ließ den Wind um seine

Nase streichen, was den Vorteil hatte, daß er Lidells Gebrabbel nicht mitbekommen mußte. Doch der drückte jetzt einen Knopf und das Verdeck senkte sich über sie.

Antonio blickte zum Rückspiegel hoch.

»Hast du irgendein Fahrzeug gesehen, das uns gefolgt ist?« fragte Lidell.

Er schüttelte den Kopf. Sie umrundeten das Universitätsgelände. Der Rasen war bunt betupft mit jungen Leuten. Lidell wurde ihm noch unerträglicher. Was er nun fühlte, war nichts als Haß. Er wußte, daß er ihn schon lange begleitete, nur, daß er ihn bisher erfolgreich verdrängt hatte.

»Paß auf, Tony, du fliegst morgen zuerst nach Georgetown. Und dann auf die Bahamas.«

Antonio nickte. Es kostete ihn Mühe, zu fragen, wozu dieser Flug gut sein solle.

Doch Lidell walkte weiter seine Zigarre mit den Lippen durch, wie er es bereits eine Stunde lang tat. Er zündete sie nicht an. Wie auch? Der Rauch konnte den Lungen schaden. Was wollte er, verdammt noch mal?

»Du fliegst zuerst nach Nassau. Und dann auf die Kaymans. Und zwar fliegst du mit Walt Hunter. Ich hab' ihm schon Bescheid gegeben.«

Hunter besaß einen Dassault-Privatjet. Er besaß ihn natürlich nur formal, der wahre Besitzer war ein Kolumbianer namens Ortega, einer von den Leuten, die in der Lidell Aircraft Corporation mitmischten, weil sie Anteile besaßen. Jedenfalls hatte der Dassault Ortega nicht nur bei der Geldwäscherei, die er mit Hilfe seiner Briefkastenfirmen auf den Bahamas und den Kaymans betrieb, hervorragende Dienste geleistet, er wurde, wie man munkelte, auch zum Kokaintransport verwendet. Und natürlich für die kleinen, sehr dringenden Geschäftsflüge.

»In Georgetown und Nassau löst du alle unsere Konten

auf. Den Computer schmeißt du ins Meer. Unsere Disketten sind schon weggebracht. Ich lasse heute nachmittag auch die Festplatten austauschen.«

Paranoia hin und her – nun wurde Antonio Rosario doch aufmerksam. Der Alte schien ernst zu machen.

»Anschließend gehst du zu Anthony Bilkins. Er soll seine Bude dichtmachen. Alle Teile auslagern. Aber alle. Kein Schräubchen darf davon übrigbleiben.«

»Dazu braucht er mindestens drei Lkws.«

»Na und?« schnaubte Lidell. »Ich wiederhole nochmals: Keine Schraube darf gefunden werden! Ich habe Bilkins schon einen Brief geschrieben. Darin steckt auch ein Scheck für seine Ausgaben. Er soll für drei Wochen auf Tauchstation. Am besten verschwindet er ganz von den Bahamas. Ist das klar?«

»Ja.«

»Auf den Kaymans gilt das gleiche. Was André Masson angeht, kann er weitermachen wie bisher. Dort haben wir nur saubere Ware.«

Sie hatten die Washington Avenue erreicht. Das Postgebäude. Nun das Cameo-Theatre. Der De Ville glitt daran vorbei. Antonio hatte sich wieder in der Hand. Sein Gehirn arbeitete zügig, aber ruhig und präzise. Bei den Kunden waren FBI-Agenten aufgetaucht? Er glaubte es nicht. Wahrscheinlich handelte es sich um irgendwelche Steuertypen, die sich um ihre Routinefragen kümmerten. Und die Steuer gehörte schließlich zum Geschäft, auch wenn Lidell das nur widerstrebend einsehen wollte. Aber vielleicht hatte er recht? Vielleicht sah er nicht nur Gespenster, obwohl er seit vier oder fünf Jahren eindeutig vom Verfolgungswahn geplagt war. Doch wenn es diesmal konkrete Anhaltspunkte gab?

»Was hat die ganze Aktion ausgelöst, Charles? Was meinen Sie? Wie bekamen Sie überhaupt Nachricht davon?«

»Wie? Gestern nacht rief Forster an. Ein alter Kumpel aus dem FAA. Forster steht natürlich auf meiner Gehaltsliste, Tony. Und weißt du, was er sagt? Ihr seid im Focus. Focus, das hatte ich und Andrew Forster vereinbart, Focus bedeutet FBI.«

Antonio hielt den Atem an. Blitzschnell versuchte er die Konsequenzen auszuloten, die dies für ihn selbst haben konnte. Es gelang ihm nicht. Es waren zu viele.

Lidell warf ihm einen kurzen Blick zu, nahm endlich die Zigarre aus den Lippen und warf sie auf die Straße.

»Da wäre natürlich noch eine Frage zu überlegen, Tony. Wie kommt man in einen Focus? – Interessante Frage, könnte man sagen. Was macht dich zur Zielscheibe?«

Antonio schwieg.

»Von unseren Internas weiß keiner was. Zumindest keiner im Laden. Nicht einer. Wir haben das oft genug kontrolliert. Wochen-, nein, monatelang habe ich die Leute abgehört. Sagte mir: Laß sie stänkern, macht nichts, stänkern gehört zur seelischen Hygiene. Hauptsache sie wissen nichts.«

Antonio nickte.

»Sie wissen auch nichts, Partner. Es gibt nur uns beide.«

Pause. Und dann scharf wie ein Messerschnitt: »Du und ich. Nun, ich zum Beispiel habe den Vorzug, daß meine Frau in Maine lebt. Wollte sie so. Soll sie auch. Deine Frau aber lebt hier ...«

Wieder sah Lidell in den Rückspiegel. Nun nahm er den Blick wieder geradeaus und fuhr etwas schneller.

»Was ist mit ihr, Tony? Was ist mit Maria?«

»Wir haben uns getrennt«, sagte Antonio. »Das heißt, sie hat sich von mir getrennt.«

»Wie schön. Und mir hat sie gekündigt. Schon ein Sonderfall, deine Maria. Bemerkenswert. Schon dadurch ein Sonderfall, daß sie sich trotz ihrer Kündigung bis zur letzten Arbeitsstunde auszahlen lassen wollte. Was meinst du?«

»Sie wissen doch, Charles, daß ich keine Einwirkungsmöglichkeiten auf Maria habe.«

»Ja, das weiß ich. Und das ist auch genau der Punkt, auf den ich hinauswill. Du hast sie nie gehabt, deine ›Einwirkungsmöglichkeiten‹. Und erspar es mir, die Gründe zu nennen. Es kotzt mich an. Maria war immer stärker als du. Und du weißt das ganz genau. Und du weißt auch so gut wie ich, daß sie gefährlich werden kann. Sehr gefährlich.«

»Aber ich hab' doch nie ...«

»So? Du hast nie? Sie ist clever. Sie braucht keine Storys. Verdammt clever ist sie sogar. Und sie hat genug mitbekommen, um sich einen Reim darauf zu machen. Und sicher gab's auch die eine oder andere Bemerkung, die du in ihrer Gegenwart fallen ließt. Komm, wir brauchen uns nichts vorzumachen. Das ist nicht die Stunde, um sich in die Tasche zu lügen, bei Gott nicht.«

Wieder der Blick zurück. Der Wagen fuhr weich, das Geräusch unter der Motorhaube war fast unhörbar. Nur ein leises Vibrieren.

Antonio starrte geradeaus. Ob unglaublich oder ungeheuerlich – er wußte, was jetzt kommen würde.

»Sie und dieser verpißte Deutsche, der Lufthansa-Typ, Tony. Beiden trau' ich nicht. Ich habe nachchecken lassen, es stimmt, er ist bei der LH. Ortegas Leute haben sogar seine Wohnung auseinandergenommen und nichts Besonderes gefunden. Aber trotzdem, ich trau' ihm nicht. Kein Risiko, Tony. Der Deutsche. Und sie. In dieser Reihenfolge. Sie auch, jawohl!«

Antonio Rosario hatte den Eindruck, als würden Dinge und Lebewesen alle Farbe verlieren: Verkehr, Passanten, die Reklamen, wie ausgelaugt. Grau wurden sie, wie die

Bilder eines billigen Schwarzweißfernsehers. Er spürte, wie ihm der Schweiß im Nacken ausbrach.

»Tut mir leid«, hörte er Lidell, »tut mir wirklich leid, Tony. Aber das geht nun mal nicht anders. Es ist die einzige Lösung. Außerdem, ihr seid nicht seit kurzem, ihr seid schon lange auseinander.«

»Und die Kinder ...«

»Den Kindern geschieht nichts. Das versprech' ich dir. Die bleiben draußen.«

Die bleiben draußen?

Es war für ihn, als stehe er an der vordersten Kante einer tiefen Schlucht, während hinter ihm irgendein Typ den Baseballschläger hob, um ihn ihm ins Kreuz zu stoßen. Doch dann sah er wieder Maria. Nackt. Auf dem Bett in der verlassenen Wohnung. Sah ihr verzerrtes Gesicht, hörte Haß und Verachtung aus ihrem Geschrei, sah, wie sie nach der Schaufel griff ...

Vielleicht war es wirklich die einzige Lösung.

Das Mobiltelefon meldete sich. Lidell nahm es aus seiner Halterung und preßte es ans Ohr. »Ja. Ja. Bin ich.«

Dann eine lange, eine endlose Pause. Er hatte das Gas weggenommen und der Wagen rollte langsamer. Dennoch hätte er um ein Haar den Abfallcontainer gerammt. Noch ein Hammer, vermutete Antonio. Muß nicht angenehm sein, was er da zu hören bekommt.

Wieder ein Ja. Dann sagte Lidell: »Das ist auch meine Meinung. Nein, Sie haben recht, ich sehe keine Alternative. Ja. Ich nehme Kontakt auf. Wir sind bereits dabei, die Geschichte so rasch wie möglich aus der Welt zu schaffen.«

Er fuhr nun rechts an den Bürgersteig heran und scherte sich den Teufel darum, daß er den De Ville genau unter dem Halteverbotsschild parkte.

Er schaltete den Motor ab, warf wieder einen seiner

gehetzten Blicke in den Rückspiegel und sagte: »Der Libyen-Deal ist aufgeflogen.«

Die Eröffnung fuhr auch Antonio in die Glieder. »Aufgeflogen? Was heißt aufgeflogen?«

»Ich sag's doch, ich wußte es ja, ich hab's gerochen. Dieser Scheißdeutsche, der mich besuchen kam. Der gleiche Mann hat diesen Schweizer, den Crossair-Ingenieur, vor einer Woche in die Mangel genommen. Er ist in sein Haus eingedrungen und hat die Unterlagen entdeckt.«

»O Mann«, stöhnte Antonio.

»Ja, o Mann! Deshalb war er bei uns. Nur deshalb. Der Typ hat nicht nur 'nen Faden, sondern ein ganzes Stück Tauende in der Hand. Wenn er den Libyen-Deal kennt, kennt er auch den Namen Saad. Und von Saad ist es nicht mehr weit bis zu der Marietta-Geschichte.«

»Was wollen Sie unternehmen?«

»Du stellst vielleicht Fragen. Ich? Wir beide werden gottverdammt noch mal was unternehmen, falls wir die nächsten fünfzehn Jahre nicht auf der Pritsche liegen wollen!«

»Woher kam die Information?«

»Von den Libyern. Saad hat einen Kontaktmann in der ägyptischen Botschaft.« Er drehte ihm das Gesicht zu, und Antonio sah, daß es nicht nur seine Farbe, sondern sogar die Form geändert hatte. Es wirkte nicht mehr oval, es war hager geworden, hager und schmal. »Wenn die Feds uns in die Mangel nehmen, ist es vorbei, Tony!«

»Und der Deutsche?«

»Ortega wird die Sache für uns erledigen. Für Ortegas Leute ist er kein Problem. Die machen so was mit links. Schließlich ist das ihr Job. Aber, Herrgott noch mal, mit wem hat er geredet? Wen kennt er? Vielleicht ist das FBI längst von ihm unterrichtet?«

»Dann wäre er doch nicht zu uns gekommen.«

»So? Meinst du? Das ist nichts als eine Annahme, nichts als eine kleine, verpißte Theorie.« Lidell schlug mit der Faust auf das gepolsterte Steuerrad des Wagens. »Hau ab auf die Kaymans, Tony! Ruf Walt an, daß er den Flug vorverlegt. Jetzt zählt jede Minute, verstehst du, jede einzelne!«

»Basket, Basket, Basket ... Natürlich gibt es das in Sioux. Was fragst du? Überall gibt's Plätze zum Spielen. An jeder Ecke. Auch gleich bei unserer neuen Wohnung. Und nette Freunde findest du schon in der Schule.«

Maria wußte, daß sie zu ihrer vollen Form auflaufen mußte, wenn sie den bohrenden Fragen ihres Sohnes standhalten wollte. Ob es bei der neuen Wohnung einen Basketballplatz geben würde? Sie hatte keine Ahnung. Wie auch? Und warum eigentlich hatte sie immer nur mit dem Jungen das Problem? Conchi saß ganz gemütlich in einem Sessel und blätterte eines der Reisemagazine durch, die die Agentur auf dem Tisch liegen hatte, nur Tony löcherte sie. »Aber das Meer ...«, fing er wieder an.

»Das Meer? Was bringt denn das Meer? In Miami doch immer wie Fleischbrühe. Und dann das elende Klima. In Sioux ist es angenehm trocken. Und Moskitos gibt's auch nicht.«

Mein Gott, was bete ich ihm für eine Litanei von Lügen herunter. Dabei glaubt er mir ohnehin nicht.

Maria Rosario war froh, als drüben am Ticketschalter Anita die Hand hochhob. Sie war dran. Sie rannte, denn es begann sich bereits eine neue Schlange zu bilden.

»Hier.« Anita schob ihr einen Umschlag zu. »Dein Eastern-Wings-Ticket für Sioux City. Ich hab' dir noch mal zehn Prozent runtergehandelt.«

»Ist ja prima.«

Maria bezahlte die vierhundertzwanzig Dollar, den Preis

der Tickets, und warf einen kurzen Blick auf das farbenprächtige blauweißrote Signum an der rechten Ecke des Kuverts. »Eastern Wings? Was ist denn das für ein Laden? Hab' ich noch nie gehört.«

»Sie fliegen Miami auch nur einmal in der Woche an. Eine Regionallinie. Champagner werden die dir wahrscheinlich nicht servieren. Aber was soll's, billiger ist der Trip nicht zu haben.«

Anita lächelte. Sie hatten sich schon als Kids gekannt, hatten beim Calle-Ocho-Festival in derselben Rumba-Gruppe zusammen getanzt. Wie lange war das her?

»Ich kann's immer noch nicht glauben. Bei allen Heiligen, was willst du bloß in Sioux City?«

»Leben«, sagte Maria, ganz einfach. »Nichts als leben ...«

Es war sechzehn Uhr dreißig, als Brückner zusammen mit Bruno das Café »Boatspeople« verließ. Eine Endlosdebatte über das Thema »Wird Mr. Murray nun Bescheid gesagt oder nicht?« lag hinter ihm. Schließlich, Einbrüche gibt es in Miami am laufenden Meter. Und viel zu Bruch war auch nicht gegangen. Eine Spiegelscheibe, einige Teller, ein paar Schubladenkanten, zwei oder drei verkratzte Schlösser. Natürlich wollte Brückner bezahlen, doch Bruno, Pragmatiker wie stets, hatte die Ansicht vertreten, daß, wenn schon nichts verschwunden wäre, Murray auch nichts merken würde. Und falls doch, konnte ja die Versicherung aufkommen. Johnny jedenfalls würde das Haus schon wieder auf Vordermann bringen.

Nur, war es für Paul nicht zu gefährlich, in Coral Gables zu bleiben?

Als sie bei diesem Problem angelangt waren, überquerten sie gerade die Zufahrt zum Dixie Highway. Gleich links mündete die Mango Street.

»Mein Gott, wieso denn? Was haben sie schon gefunden? Meine Unterlagen liegen Gott sei Dank bei dir. War doch eine Fehlanzeige für sie. Warum sollten sie also noch mal zurückkommen?«

Bruno schüttelte den Kopf und starrte unter zusammengezogenen Brauen mißbilligend auf die Straße.

Die Ampel wechselte. Sie gingen weiter. »Ich hab' zwar keine Ahnung, was in letzter Zeit in dich gefahren ist, Junge, aber daß du jetzt auch noch Selbstmordgelüste aufweist? Mensch, überleg doch! Falls deine Theorie stimmt, falls das tatsächlich irgendwelche Profis sind, die dir auf den Hals gehetzt werden, weil die Gegenseite Lunte riecht, ja dann ...« Er blieb plötzlich stehen: »Mein Gott, warum haust du nicht ab zum Flughafen? Du brauchst dir noch nicht mal ein Ticket zu besorgen. Irgendein LH-Kapitän, der dich im Cockpit mitnimmt, wird sich schon finden. Mann, ich versteh' überhaupt nicht, wieso du hier bleibst und ich dich noch länger ertragen soll.«

»Nun beruhig dich mal!«

Sie gingen weiter. Sie gingen auf der rechten Straßenseite. Eine Autokolonne kam ihnen entgegen, und so nahmen sie den Bürgersteig, der an den Alleebäumen vorbeiführte. Das erste der Fahrzeuge war ein grüngestrichener Lieferwagen, dahinter folgte eine Limousine, dann kam erneut ein Pick-up und hinter ihm ein dunkelblau lackierter brandneuer Volvo-Kombi. Der Kombi hielt jetzt an und wartete, bis die anderen Wagen die Straße geräumt hatten. Brückner sah noch, wie die getönten Scheiben herabsanken und ein Mann mit Sonnenbrille den Kopf zum Fenster herausschob und sich umblickte, als suche er eine Hausnummer.

»Das erste, Paul, wenn du noch einen Funken Verstand hast, ist, daß du dich aus Coral Gables verziehst. Du könntest ja runter zum Strand nach ...«

Das war es, was er noch von Bruno hörte. Die Räder des

Volvos kreischten, als der Wagen jäh nach vorne schoß, die Mitte der Fahrbahn einnahm und auf sie zuraste.

»Paß auf!«

Brückner erhielt einen Stoß in die Seite, der ihn taumeln ließ, und so wäre er zu allem Unglück beinahe auf der Fahrbahn aufgeschlagen. In der letzten Sekunde riß er sich herum und warf sich instinktiv hinter einen der Baumstämme. Und dann war es wieder wie an dieser Fabrikmauer in der Ziegelei am Comer See, nur aufdringlicher, gemeiner, näher, lauter, tödlicher. Und daß er diesmal die Gesichter sehen konnte. Und die Stummelläufe ihrer Waffen. Und daß ihm diesmal das Geknatter in den Ohren sang und er die Einschläge der Kugeln neben seinem Ellbogen vorüberflitzen sah. Dicht? Zehn, vielleicht sogar nur fünf Zentimeter...

Stimmen. Irgend jemand brüllte, nein, mehrere Leute brüllten.

Der Volvo war an ihnen vorbeigerast, in östlicher Richtung, die bullige Schnauze dem Highway zugewandt, aber dort oben an der Kreuzung, vor der Auffahrt zur Le Jeune, vollführte er mit Gekreisch eine Wendung und raste erneut die Straße herab.

»Der kommt wieder!« schrie Bruno.

Er kam nicht.

Aus dieser Seitenstraße der Mango Street, vor der großen Kreuzung, schoß eine schwere graue Limousine. Der Volvo versuchte auszuweichen. Es gelang ihm beinahe, die Limousine erwischte ihn am Heck, warf ihn herum. Wieder gab der Fahrer Gas. Wieder heulte der Motor, sangen die Reifen, Menschen sprangen zur Seite. Andere hatten sich auf die Straße gekauert, versuchten verzweifelt aus der Gefahrenzone zu kriechen, der Volvo donnerte über den Bürgersteig, haarscharf an den Bäumen vorbei, hatte jetzt wieder die Kreuzung erreicht und verschwand in Richtung Le Jeune.

Die graue Limousine, ein Lincoln, setzte ihm nach.

Ein zweiter Lincoln hatte am Bordstein angehalten. Nicht grau, sondern sandfarben.

Der Beifahrer stieg aus. Er war groß, hatte kurzgeschorenes graues Haar, und die Bewegungen unter seinem dünnen Popelineanzug wirkten straff und trainiert.

»Mr. Brückner?«

»Ja.«

Auch der Fahrer stieg jetzt aus. Brückner erkannte, daß er die Hand in den Ausschnitt seiner geschlossenen Anzugjacke schob. Die Fluchtreflexe schossen wieder hoch. Zuerst die Schüsse, nun diese Typen. Doch die Furcht war gedämpft, gedämpft von der distanzierten Heiterkeit des Was-denn-noch-Gefühls.

»Mr. Brückner, mein Name ist Lopitz.« Er schlug einen ledergebundenen kleinen Ausweis auf und hielt ihn Brückner unter die Nase: »FBI – Ich muß Sie bitten, mitzukommen.«

»Und warum?«

»Mr. Brückner, ich bin zu Ihrem Schutz abgestellt. Und Sie haben ja gerade hoffentlich erkannt, wie nötig das ist. Also bitte.«

Brückner warf einen Blick zu Bruno. Dessen Miene war völlig ausdruckslos. Nun drehte er den Kopf und betrachtete die hellen Streifen, welche die Kugeln aus den Uzis des Killerkommandos in die Rinde geschlagen hatten.

»Nun kommen Sie schon«, sagte der FBI-Mann.

Draußen, vor den herabgelassenen Plastiklamellen des Büros, wurde es dunkel.

Die Sekretärin brachte eine neue Ladung Kaffeebecher und Cola-Büchsen und dieses Mal auch drei große Club-Sandwiches. Die Salatblätter darin waren schon ziemlich verwelkt. Brückner griff sich eines und biß mit Heißhunger in das Brot. Conolly, der FBI-Hengst, der die Vernehmung führte, aß mit bloßen Händen so sorgsam, als führe er ein Fischbesteck. Sauber zerteilte er das Sandwich in seine Bestandteile.

Wo sie diese Typen nur immer herkriegen? dachte Brückner. Irgendwo muß eine Fabrik stehen. In Washington vermutlich. Diese Gesichter, an die sich kein Schwein erinnern und deren Alter niemand schätzen kann. Immer die gleiche Frisur. Die Brille randlos ohne Horn. Und natürlich die Kragen – schneeweiß.

Er spülte die Bissen mit Kaffee hinunter und verbrühte sich beinahe die Lippen dabei. Bisher hast du sie nur als Figuren kennengelernt, auf Fotos oder in Filmen, nie in der Realität. Jetzt hast du's mit ihren Gehirnen zu tun. Oder zumindest mit der Technik, die diesen Gehirnen beigebracht worden ist.

Nimm diesen Conolly – wie er dich anguckt! Wie er lächelt. Geh zur Hölle, dachte Brückner und lächelte zurück.

»Also«, sagte Conolly, zog sein Taschentuch und tupfte sich die Mundwinkel ab, »ich will ja gern versuchen, dies alles nachzuvollziehen, was Sie uns da erzählen, Herr Brückner. Daß das nicht ganz einfach ist, müssen Sie mir schon nachsehen.«

Er lächelte.

Brückner schwieg.

»Wenn ich Ihnen so zuhöre, machen sich bei dem, was ich verstanden habe, alle meine Probleme an einem einzigen Punkt fest: Wieso, zum Teufel, sind Sie nicht gleich zu uns gekommen?«

»Das habe ich Ihnen schon ein dutzendmal gesagt.«

»Sie haben sehr viel gesagt, das stimmt. Aber es schien mir darunter kein einziges Argument zu sein, das mir einleuchtend schien. Alle Ihre Geschichten, bis zu dem mißlungenen Einbruch bei Lidell, sind geradezu haarsträubend! Aber lassen wir das. Jedenfalls hätten Sie sich von Anfang an bei der FAA Unterstützung holen können.«

»Das sagen Sie! Ich war dort. Und obwohl ich nachweisen konnte, daß ich zu der Mallorca-Untersuchungskommission gehöre, stieß ich auf – na, nennen wir es höflich mal Desinteresse. Dabei brachte ich handfestes Material mit. Wissen Sie, was ich von denen gehört habe? Einen Vortrag über das Unverständnis der Medien gegenüber der FAA, über das Aufbauschen des Bogus-Parts-Problems. Und außerdem, bringen Sie doch Beweise ...«

»Und damit Sie die bekommen, sind Sie über den Zaun geklettert?«

»So ungefähr.«

»Was ist mit Ihnen los, Mr. Brückner? Haben Sie einen Rambo-Komplex? Sehen Sie sich als den verlorenen, tollkühnen Einzelkämpfer, oder was?«

»Ihre Witzchen interessieren mich nicht, Mr. Conolly. In einem Punkt haben Sie vielleicht recht: Ich bin Pilot und sonst nichts. Das ist mein Job. Und es ist ein Job, in dem Sie oft genug eine einsame Entscheidung zu treffen haben.«

»Mr. Brückner! Brückner ist für mich schon ein äußerst komplizierter Name, ich meine, was die Aussprache angeht, ich sage jetzt Paul zu Ihnen. Wenn Sie wollen, nennen Sie mich Howard.«

»Und wenn ich nicht will?«

»Jedenfalls, Paul, eines ist doch nun offensichtlich: Sie sind in Gefahr. In höchster Gefahr. Und wie die Dinge liegen, sind Sie für uns ein extrem wichtiger Zeuge. Und was bedeutet das? Daß wir Sie möglichst lange und bei guter Gesundheit am Leben erhalten wollen ...«

Wieder öffnete sich die Tür. Ein Agent trat herein. Brückner nahm zunächst kaum Notiz von ihm, doch nun drehte sich sein Kopf und die Augen wurden schmal.

»Hallo«, sagte der Mann, der an Conollys Schreibtisch getreten war. Er hob kurz die Hand. Er war breitschultrig, sehr groß, er trug unter seinem verknitterten, leichten, eierschalenfarbenen Baumwollanzug nichts als ein schwarzes T-Shirt. Die Haut war milchkaffeebraun, der Kopf kahlgeschoren und das Lächeln dasselbe sanfte, überwältigend freundliche Lächeln, das er auch damals aufgesetzt hatte, als Brückner zum ersten Mal in die Mango Street gekommen war und derselbe Mann einem jungen, sehr hübschen Mädchen, das auf einem Stuhl vor Brunos Agentur saß, mit Hingabe die Schultern massiert hatte.

»Das hier ist einer meiner Mitarbeiter, Jan Glass«, stellte Conolly vor. »Vielleicht erinnern Sie sich an ihn?«

Brückner konnte nur nicken. Zu einem »Ja« brachte er es nicht. Aber dann sagte er doch: »Sie haben also auch Bruno Konietzka beschatten lassen?«

»So ähnlich.«

»Wieso?«

»Sehen Sie, Mr. Konietzka ist wirklich ein netter Mann. In der Gegend um den Coconut Grove ist er sogar etwas wie eine Institution, könnte man sagen. Wie viele alte Piloten besitzt er auch heute noch eine große Leidenschaft für Flugzeuge. Na schön, alles ganz normal ... Was uns nicht so normal schien, waren seine Kontakte zur Ersatzteil-Szene. Und so begannen wir uns ein wenig für ihn zu interessieren. Wir erkannten bald, daß wir uns bei Mr. Konietzka geirrt hatten. Aber ausgerechnet zu diesem Zeitpunkt mußten auch noch Sie aufkreuzen. Wir wunderten uns, was Sie an diesen Ersatzteil-Geschichten so schrecklich heiß fanden. Wir fanden heraus, daß Sie zu der Kommission gehören, die den Mallorca-Fall untersucht. Auch das war interessant. Und so waren Sie bereits bei uns im Computer gespeichert, als Sie noch im ›Dupont‹ wohnten.«

»Wie schön.«

»Nicht wahr?« Conolly lächelte dünn. »Beklagen sollten Sie sich trotzdem nicht. Unserem Interesse haben Sie es zu verdanken, daß Sie hier auf diesem Stuhl sitzen und eine Zigarette nach der anderen rauchen können.«

Brückner drückte die Zigarette, die er in der Hand hielt, im Aschenbecher aus. Er rieb sein Handgelenk. »Ich kann mir auch selbst ein Versteck suchen, da brauche ich Sie nicht dazu, Howard. Was ist also, wenn ich mich weigere? Können Sie mich zwingen?«

»Ich fürchte schon. Irgend was ließe sich nach Ihrem großartigen Einbruch ohne weiteres konstruieren. Das ist wohl auch Ihnen klar. Ich könnte Sie auch in Abschiebehaft schicken.« Er lächelte wieder und setzte hinzu: »Wenn ich das wollte. Aber ich will jetzt etwas ganz anderes, und da können Sie mir dabei helfen. Diese Frau, diese Maria Rosario interessiert mich.«

»Kann ich mir denken.«

Conolly sah ihn nachdenklich an, während er mit seinem Bleistift spielte. »Wahrscheinlich gibt es wirklich so etwas wie Berufsblindheit. Auf Lidell wären wir nie gekommen. Ein ehemaliger FAA-Mann? Der schien uns sauber.«

»Wie man sich täuschen kann, nicht wahr?«

Der FBI-Agent überhörte die Ironie. »Passen Sie auf, als Sie zum ersten Mal den Namen Maria Rosario erwähnten, habe ich sofort einen meiner Leute beauftragt, herauszufinden, wem die Telefonnummer gehört, die sie Ihnen gegeben hat. Es handelt sich um einen Anschluß in Little Havana. Der Inhaber ist ein gewisser Xavier Torona.«

»Und da schicken Sie jetzt natürlich gleich zwei Ihrer Agenten hin, um Maria abschleppen zu lassen. Ist es das?«

»Ganz im Gegenteil. Wir werden sie rund um die Uhr überwachen lassen. Schließlich ist sie vermutlich genauso in Gefahr wie Sie. Aber was ich vor allem will, ist, daß sie redet. Das wird sie, wie ich es sehe, nur einer Person gegenüber tun, der sie vertraut. Und zu Ihnen scheint sie ja Vertrauen gefaßt zu haben. Sonst hätte sie Sie nicht angerufen.«

Brückner nickte.

»Sie haben erzählt, daß sie beabsichtigt, Miami zu verlassen und mit ihren Kindern nach Sioux City zu ziehen. Wissen Sie, mit welcher Maschine sie fliegt?«

»Keine Ahnung.«

»Na, wir werden versuchen, es herauszufinden. Wichtig ist, daß Sie wieder Kontakt mit ihr aufnehmen. Und ich sehe eine verdammt gute Gelegenheit zu einem solchen Kontakt.«

»Und die wäre?«

»Der Trip nach Sioux City«, sagte der Mann mit dem blassen Gesicht und dem dünnen Lächeln. »Sie können ja dann mit ihren Kindern spielen. Vielleicht erzählt sie Ihnen dabei noch etwas mehr, als wir bereits wissen ...«

Es war kurz nach vierzehn Uhr. Mit der Klimaanlage in dem alten, klapprigen Taxi, das Brückner hinunter zum Coconut Grove an den Strand brachte, stimmte irgendwas nicht. Die Hitze war unerträglich. Als er den Fahrer bat, die Scheiben herunterzulassen, wurde es noch schlimmer. Er drehte den Kopf und blickte durch das Rückfenster. Einen oder zwei Agenten hatte er mindestens im Nacken, doch in welchem der Fahrzeuge sie ihm folgten, war nicht auszumachen. Es interessierte ihn auch herzlich wenig.

Er ließ den Fahrer am alten Yachthafen des Coconut Grove halten, bezahlte und stieg aus. Nicht ein einziger Lufthauch. Der Atlantik grau und glatt wie eine gefüllte Ölwanne. Die Menschen, die um diese Stunde den Beach bevölkerten, drängten sich unter ihren Sonnenschirmen zusammen. Er ging an der Erfrischungsbude vorbei, versuchte möglichst wenig von dem Gestank aus den Abfalltonnen in die Nase zu bekommen und lief über die Betonrampe der Hafenmole entgegen. Die »Alicia« war als letztes Boot zwischen Wellenbrechern und Pier vertäut.

Er drehte sich um. Vielleicht, daß die FBI-Leute in ihrem Auto Badezeug angezogen hatten; eine Figur, die nach Agent aussah, war jedenfalls nirgends zu sehen. Er zog das Boot an die Pier und sprang an Bord. Er sah sich um. Das Deck blitzte vor Sauberkeit.

Conolly hatte am Ende nachgegeben. Er konnte sein Versteck selbst aussuchen. Hier hatte er das Meer auf Armeslänge. Es mochte heiß sein, aber: »Kevin hat eine richtige Luxuskabine«, hatte Bruno gesagt. »Leg ihm ein paar Dollars auf den Tisch, und du kannst sie haben. Da bin ich mir sicher.«

Keine üble Idee. Besser jedenfalls als irgendeine FBI-Zementhöhle irgendwo in dieser verrückten Stadt.

»Kevin?«

Nichts. Ein paar Möwen strichen flach über den Strand und pickten nach Abfällen.

»Kevin!«

Er schien nicht hier zu sein. Doch, die Schiebetür zum Salon stand einen Spalt offen. Brückner schob sie ganz zurück und trat in das lichtdurchflossene Dämmern. Irgendwo im Schiff tuckerte ein Motor. Eine Pumpe, vielleicht das Lichtaggregat? Er bewegte sich nicht, rief den Namen nicht nocheinmal, stand einfach da, erfüllt von dem unnennbaren Gefühl, daß hier etwas nicht stimmte, daß sich etwas geändert hatte, etwas, das gar nicht gut war. Die Pin-up-Girls, mit denen Kevin die rechte Salonseite tapeziert hatte, lächelten ihn über ihren entblößten Brüsten an.

Ein Aschenbecher lag am Boden. Na und? Aber hier – die dunklen Punkte zwischen den Einschnitten der Verkleidung aus Teakholzleisten? Vier. Dort wieder zwei. Wie gestanzt.

Er machte noch drei Schritte. Sie genügten. Der Salontisch hatte ihm die Sicht genommen. Nun konnte er sehen: eine halb geöffnete Tür. Sie führte zum Kabinengang. Und auf dem freibleibenden unteren Teil des Rahmens – zwei weiße, längliche Formen. Sohlen. Die geriffelten Gummisohlen zweier Turnschuhe. Vorsichtig, ganz vorsichtig schob er die Tür zurück.

Kevin! Sagte er es?

Er dachte es nur.

Da lag er, die Arme friedlich über der Brust gekreuzt, den Kopf seitwärts, lag da wie ein schlafendes Kind. Der dunkle Fleck auf der Sisalbespannung des Korridors war Blut. Kevin schlief nicht ...

Brückner bückte sich, berührte die Halsschlagader, zog die Hand zurück. Und als er nun aufstand, waren Knie und Beine schwer wie Blei. Kevin Wilson war tot.

Das Funktelefon, das an der Wand neben dem Salontisch hing, rührte er nicht an. Er wußte, er hatte weder seine Gedanken noch seine Stimme genügend unter Kontrolle, um die Polizei oder Conolly anzurufen. Er ging zurück ans Heck, setzte sich auf die Holzbank und schloß die Augen. Wie lange – er wußte es nicht. So lange jedenfalls, bis sich eine Hand auf seine Schulter legte.

»Brucker!«

Er schlug die Augen auf. Es war Jan Glass, der kahlköpfige FBI-Agent. Das Licht glänzte auf seiner braunen Glatze. Und wie damals, als er ihn zum ersten Mal gesehen hatte, baumelte irgendein wildes afrikanisches Amulett von seinem muskulösen Hals.

»Sie machen aber keinen besonders frischen Eindruck, Brucker.« Er sagte »Brucker«. Warum auch nicht? Er lächelte freundlich. »Ist irgendwas?«

»Gehen Sie doch rein«, sagte Brückner matt.

Nach einer Minute kam Glass zurück. »Kevin. Diese abgefuckten Dreckschweine!«

»Kannten Sie ihn?«

Glass nickte. »Wir haben gelegentlich mit ihm zusammengearbeitet. Ein guter Typ im Grunde. Und jetzt ...«

Brückner sah ihn an.

»Weil er Ihnen bei dieser Lidell-Sache geholfen hatte, was? Das meinen Sie doch?«

»Was soll ich denn nach Ihrer Ansicht meinen?« fragte Brückner. »Dabei hatte er mit der ganzen Geschichte überhaupt nichts zu tun.«

»Die gehen auf Nummer Sicher«, sagte Glass. »Das sind sehr gründliche Leute. Kommen Sie. Gehen wir zum Wagen.«

Und dann, ehe er zum Polizeifunkgerät griff, sagte er noch: »Conolly läßt Ihnen bestellen, daß die Rosario mit ihren Kindern morgen früh um zehn Uhr zwanzig nach Sioux City fliegt. Ihr Ticket, Brucker, liegt schon bereit.«

Es war neun Uhr zehn an diesem Morgen, als Tom Walker den Raum 242 im Westflügel des Terminals D des Miami International Airport betrat. Hinter den Türen, die von dem neonerhellten Raum ausgingen, liefen die eingehenden Wetterdaten zusammen. Bei Langstreckenflügen oder auch für den Fall heikler Wettersituationen stand den Piloten natürlich jederzeit ein Stab von Meteorologen für detaillierte Auskünfte zur Verfügung. Für den Normalfall jedoch, wie zum Beispiel einen Flug von Miami hinauf nach Sioux City, Iowa, tat es der Computer.

Tom Walker war froh um diesen neuen Service. Er ersparte das Herumstehen und Warten, ersparte auch ausschweifende Facherklärungen über Dinge, die man ohnehin wußte.

Er schob die Codekarte in das Gerät, tippte die Flugnummer ein – »Eastern Wings, Flight 610« –, und es dauerte gerade zwanzig Sekunden, dann spuckte das Gerät ein Blatt aus, auf dem die zu erwartenden Wetterverhältnisse für die ganze Achtzehnhundert-Meilen-Strecke hinauf nach Sioux City notiert waren.

Flugkapitän Tom Walker packte das Blatt zufrieden in seinen Pilotenkoffer und machte sich auf den Weg zur Lounge, wo ihn die anderen Mitglieder der Cockpit-Crew, Copilot Frank Heller und Flight-Engeneer Hal Terney erwarteten. Er ging langsam, fast beschwingt. Sie hatten bei der Walcott-Werft das Triebwerk Nummer zwei überholen lassen müssen, der Turbofan mußte ausgewechselt werden. Eine Vierundzwanzigstunden-Angelegenheit, hatte man ihnen versprochen, aber dann waren doch drei Tage daraus geworden. Und es waren drei Tage, in denen er es sich so gut gehen ließ, wie dies in Miami möglich war: ein bißchen Fischen, und Hal hatte versucht, ihm das Surfen beizubringen. Doch bei diesem Experiment hatte sich Walker wenig Freude, dafür aber um so mehr blaue Flecken geholt. Abends taten sie sich ein bißchen in den einschlägigen Beach-Lokalen um. Dort wiederum war das Publikum entweder langweilig oder völlig verrückt. Nun, wenn Tom Walker aus diesem Aufenthalt einen Gewinn gezogen hatte, war es die Erkenntnis: Fahr nie nach Miami, um Urlaub zu machen!

Er freute sich auf Iowa, sehnte sich nach seiner Frau Joan, den Kindern, dem Golfplatz, dem See, dem Klima, nach allem. Er war in Iowa auf einer Farm zur Welt gekommen. Und weil es ihm dort am besten gefiel, hatte er nach der katastrophalen Pleite der PanAm das Angebot der Eastern Wings angenommen, obwohl dieser Provinzladen nun wirklich nicht den besten Ruf besaß.

Nun, man würde sehen. Genügend Geld hatte er auf der

Kante, um jederzeit aussteigen zu können. Dieser Flug würde keine Probleme machen.

Den Pilotenkoffer in der rechten Hand, die linke in der Hosentasche, steuerte Tom Walker die Lounge an. Der Tag war herrlich. Selbst der Computer hatte es bestätigt. In vier Stunden würde er zu Hause sein. No problem, wirklich nicht – no problem at all.

Geschirr und Töpfe, Bettwäsche und Bücher, alles, was schwer oder sperrig war, hatte Maria Rosario mit Carl im Lastwagen vorausgeschickt. Und so marschierten sie an diesem Morgen zu dritt, die Umhängetaschen an den Schultern, so beschwingt in das Gebäude des Miami International Airport, als gehe es darum, einen Kurzurlaub anzutreten.

Tony hatte schon wieder den Walkman über den Kopf gestülpt, Conchi trug ihre feinsten Lackschuhe und ihr dunkelblaues Seidenkleid mit dem weißen Kragen. Schließlich war dies ihr erster langer Flug. Einen guten Eindruck wollte sie dabei schon machen.

Es war auch Conchi, die an einem der Andenkenstände in der Halle dieses grauenhafte Geschenkmonster entdeckte: ein handtellergroßes Cello aus goldfunkelndem Plastik, das obendrein noch eine Uhr in seinem Bauch trug. Die Uhr hatte ein rubinrotes Zifferblatt!

Conchi bekam runde Augen.

»Mami, das kaufen wir! Ein Cello! Wir haben doch kein Geschenk für den Opa.«

»Du spinnst ja, Conchi, dieses Cello würde er uns an den Kopf knallen.«

Und Tony? Herrgott noch mal, der war schon wieder zwanzig Meter weiter! Dort drüben. Ein Glück, daß er seine giftgrüne Baseballjacke trug. Ging, einfach so, den Walkman auf dem Kopf, eingehüllt in seine Welt aus Tönen.

Maria schob ihre beiden Kinder energisch an eine spiegelverkleidete Säule und befahl ihnen, stehenzubleiben und sich nicht von der Stelle zu rühren.

»Ich hol' mir noch ein paar Zeitungen.«

»Und Kartoffelchips!«

»Keine Chips.«

Gott sei Dank, am Zeitungsstand herrschte kein Gedränge. Nur zwei ältere Frauen standen dort, die sich Bonbons und Kaugummis in eine Tüte packen ließen. Zur selben Sekunde, als Maria sich neben sie stellte, löste sich aus einer Gruppe wild durcheinander schreiender Touristen mit Blumenhemden und Miami-Hüten auf dem Kopf ein Mann. Auch er im grellen Touristenfummel: schmal, dunkel, eine Sonnenbrille auf der Nase.

Maria beachtete ihn nicht.

Und sie sah auch nicht den anderen Mann, einen braungebrannten blonden Hünen, der halb links hinter ihr, etwa fünf Meter entfernt, gerade den Reißverschluß seines blauen Racketbags zuzog.

Maria dachte an Zeitschriften. Der Flug dauerte drei Stunden. Nichts mit Mode, Kosmetik, Erziehung, Krankheit oder Liebe hatte sie im Sinn – ein ordentliches Einrichtungsmagazin wollte sie kaufen, etwas über Wohnungsdekoration. Lieber Gott, wie freute sie sich darauf, endlich eine Wohnung einrichten zu können, ohne daß ihr jemand dazwischenredete. Eine Wohnung nach eigenem Geschmack – ihre Wohnung!

Die Verkäuferin wandte sich ihr zu.

»Haben Sie ›House and Garden‹? Oder ›Oase‹? Zeigen Sie mir bitte ein paar Wohnzeitschriften.«

Sie beugte sich über den farbigen Glanzdruck, betrachtete den efeuumrankten Eingang eines Landhauses, vor dem zwei Liegestühle standen – den Mann, der hinter ihr aufgetaucht war, bemerkte sie nicht. Sie wußte auch nichts von dem Messer, das er plötzlich in der Hand hielt. Sie sah auch den anderen nicht, der sich auf ihn warf und ihn mit schwingender Handkante ausschaltete.

Es ging allos so schnell, so lautlos.

Antonio Rosario stand im Waschraum und zog den Reißverschluß seines Hosenschlitzes hoch. Ausgepumpt und müde fühlte er sich, dazu noch dieses Prickeln in der Harnröhre. Er hatte zu viel getrunken, zu scharf gegessen letzte Nacht, oder sich womöglich ... Nein, bloß nicht! Dios mío! Was für ein Start in einen neuen Tag! Und dann wirft dich deine Tochter mit der Mitteilung aus dem Bett, daß sie dich zwar liebt, aber leider nach Sioux City fliegen müsse ...

Er ging zum Spiegel und starrte melancholisch auf die bräunlichen Ringe unter seinen dunklen Augen.

Die Tür öffnete sich. Es war Hardy McCore, der Werkmeister der Triebwerke-Abteilung der Lidell Aircraft Corporation. Untersetzt, mit diesem rotgrauen Haargestrüpp auf dem Kopf, strahlte er meist gute Laune aus, heute jedoch schien McCore in einer milden Form von Panik.

»Mr. Rosario!«

»Was ist denn, Hardy?«

»Fragen Sie bloß nicht! Trouble. Oh, verdammt, ich war schon beim Chef! Aber der ist gerade beim Diktieren. Wir haben doch vorgestern zur Walcott-Werft eine Lieferung von Turbofan-Ringen geschickt.«

»Und?«

»Die Dinger sind auch eingebaut worden. Aber die Verschlußriegelungen ...«

Antonio Rosario hatte keine Ahnung von Verschlußriegelungen an Turbofan-Ringen. Aber er erinnerte sich an das Kartonproblem. »Und? Was ist damit?«

»Die sind von einem anderen Triebwerk. Auch ein P- und W-Triebwerk. Aber das nächste Muster ...«

»Und? Was heißt das?«

»Was das heißt? Mann – Mr. Rosario! Die Ringe mußten geändert werden, damit sie paßten. Der Unterschied ist zwar so minimal, daß er nicht einmal den Monteuren bei Walcott aufgefallen ist, und es handelte sich auch nur um drei Ringe, das habe ich überprüft. Aber wir mußten sie hinfummeln, richtig neu bearbeiten ... Und die verdammte Scheiße ist, die Maschine ist raus.«

Sioux City! Die DC-10 der Eastern Wings? Das Flugzeug, mit dem Maria und die Kinder flogen ...

Antonio Rosario stand ganz steif. Irgend etwas schoß in ihm hoch. Es war das Gefühl, als habe ihm jemand eine Ladung heißes, flüssiges Blei durch die Wirbelsäule gejagt.

Ringverschlüsse? dachte er. Ringverschlüsse ...

Seine Lippen waren ganz steif, als er fragte: »Und was bedeutet das, dieser kleine Unterschied?«

»Wie soll ich das sagen? Es kann durchaus gutgehen, meiner Meinung nach«, hörte er McCore. »Aber überlegen Sie doch selbst! In so einem Triebwerk entwickeln sich Temperaturen bis zu viertausend Grad. Und am Ring bestimmt zwölfhundert. Und das Ding rotiert und rotiert. Ist zwar alles Molybdänstahl, aber bei einer Rotation von fünfzehntausend Umdrehungen, da muß die kleinste Kleinigkeit einfach hinhauen, sonst ...«

»Sonst was?«

»Sonst ... was weiß ich? Eine Turbinenschaufel kann sich selbständig machen und den Motor ruinieren.«

»Wie ruinieren?«

»Wie soll ich das sagen, Mr. Rosario? Das Gehäuse durchschlagen, davonfliegen. Ist ja oft genug passiert.«

»Und dann?« flüsterte Antonio.

»Dann?« Er zuckte mit den Schultern.

»Sie sagten, es ist schon oft genug passiert.«

»Klar. Triebwerksausfall beim Flug kommt immer wieder

mal vor. Und bei der DC-10 ist es ja nicht so schlimm. Schließlich haben die drei Triebwerke ...«

Doch Antonio Rosario hörte das nicht. Er sah nur, wie sich McCores Lippen bewegten. Und er dachte immer nur an einen einzigen Satz, an Conchi dachte er und daran, wie ihre fröhliche Stimme klang, als sie sagte: »Wir fliegen mit der Eastern Wings, Papi, und Mami hat gesagt, ich kann dich auch von Sioux City wieder anrufen ...«

»Ich nehme diese Zeitschrift hier. Was kostet sie?«

Die Verkäuferin gab Maria Rosario keine Antwort. Starr blickte sie an Marias Schulter vorbei. Maria drehte sich um: Am Boden lag ein Mann. Ein zweiter kniete über ihm. Da war etwas, das in seiner Hand funkelte. Handschellen, dachte sie.

Tony kam angerannt. »Mami, die haben sich geprügelt.«

»Ist ja gut, Tony.«

Sie wollte weg, nichts wie weg. »Also, wieviel?«

»Zwei Dollar fünfzig«, sagte die Verkäuferin. Sie schüttelte den Kopf. »Ewig diese Besoffenen hier. Mich kostet das noch den letzten Nerv.«

Maria nickte mitfühlend, machte einen vorsichtigen Bogen um die beiden Männer und sammelte ihre Kinder ein. »Los schon! Gleich wird der Flug aufgerufen.« Sie kontrollierte ihre Tickets: Gate 19.

»Der ist einfach auf den anderen zugerannt und hat ihn umgeschlagen. Einfach so.«

»Ist ja gut, Tony.«

»Eastern-Wings-Flug 610«, kam die Ansage. »Wir bitten die Passagiere nach Sioux City, sich über Flugsteig 19 an Bord der Maschine zu begeben.«

Sie nahm Tony bei der Hand und zog ihn weiter.

Als sie mit allen anderen das Innere des mächtigen Flugzeugs betraten, empfing sie Musik. »Rowing, rowing,

rowing over the river ...« Elvis, seine Version des alten Südstaatenliedes, zart klang es, zart und melancholisch.

»Reihe 16, B, C, D ... Kommen Sie bitte.«

Die Stewardeß war jung, hübsch und dunkel. Zu der dunklen, glatten Haut ihres geschminkten Gesichtes paßte ihr karmesinrotes Kostüm, als sei es farblich auf sie abgestimmt. Sie legte die Hand auf Tonys Schulter und strahlte ihn an: »Darf ich Sie bitten, Sir ...«

Etwas weiter vorne blieb sie stehen: »So. Hier wären wir.«

»Aber da ist ja der Gang dazwischen.« Tony blickte anklagend auf den Passagier am Fenster. »Und rausgucken kann ich auch nicht.«

Maria wandte sich um. Ihr Gesicht straffte sich, die Augen wurden schmal. Der Passagier hatte sich erhoben.

»Guten Morgen!«

»Kennst du ihn?« Conchi blickte von einem zum andern.

»Wir könnten die Plätze ja tauschen«, meinte der Mann lächelnd. »Du setzt dich ans Fenster, deine Schwester daneben. Damit sie auch ein bißchen Aussicht erwischt. Dann deine Mutter. Und ich nehm' den Platz in der mittleren Reihe. Was meinst du?«

»Für mich okay«, sagte Tony.

»Wenn man sich kennt, ist manches einfacher«, meinte die Stewardeß.

»Richtig«, sagte der Mann. »Und Zufälle sollte man nutzen.«

Bisher hatte Maria beim Anblick Brückners keinen Ton herausgebracht, solche »Zufälle« machten sie zornig: »Zufall? Von wegen Zufall.«

»Immerhin habe ich Tony auf diese Weise einen Fensterplatz ergattert, nicht wahr? Du bist also Tony? Ich heiße Paul. Komm, setz dich. Ich verstau' schon mal deine Tasche im Fach.«

»Danke«, sagte Tony. Conchi lächelte kokett. Maria warf Brückner einen wütenden Blick zu. Weitere Passagiere drängten sich an ihnen vorüber. Abwarten, dachte sie. Vielleicht ist die Maschine nicht ausgebucht? Man wird sehen. Falls Plätze freibleiben, ziehen wir hier wieder aus. Aber ob sie ihn damit loswerden konnte? Und die Kids hatte er auch schon vereinnahmt.

»So«, sagte Brückner, als Tony und Conchi Platz genommen hatten. Fürsorglich legte er Conchi den Sicherheitsgurt zurecht. Er sah Maria an. »Da wären wir wieder.«

»Und Sie scheinen das für furchtbar witzig zu halten, nicht wahr?«

»Witzig?« Brückner schüttelte den Kopf. »Wichtig wäre vielleicht das richtige Wort.«

Charles Lidell war denkbar schlechter Laune: Es gab Zeiten, da schob sich eine Pleite paßgerecht in die nächste. Seine Frau Elisa, die es mit der Astrologie hielt, pflegte dann von »Saturn-Einflüssen« und »schlechten Bestrahlungen« zu faseln. Lidell war sich sicher, daß hinter dieser »schlechten Bestrahlung« ein Haufen cleverer Leute steckte, die sich verschworen hatten, ihn abzuschießen. Sie würden keinen Erfolg haben. Bisher hatte er noch jede Krise wieder hingebogen. Eine Lösung gab es immer – noch immer ...

Er verfaßte ein Memo an Tencroft, den Anwalt. Was ihn am meisten ärgerte: Er mußte es mit der Hand schreiben. Nun, in dieser Situation war auf niemand Verlaß. In dieser? Eigentlich in jeder. Das hatte immer gegolten, nur, Herrgott noch mal, er hatte diese Leitregel vergessen. Und nicht nur im Fall Tony Rosario.

Die Tür öffnete sich, richtiger, sie flog auf. Und da war er, Tony. Und hinter ihm tauchte auch noch McCore auf.

Hatten die beiden nichts Besseres zu tun, als um diese Zeit bei ihm hereinzustürmen?

Lidell hob den Kopf und kniff die Augen zu einem Spalt zusammen.

Im allgemeinen genügte es. Diesmal nicht.

»Charles, tut mir leid, aber es ist eine Sache, die keinen Aufschub verträgt. Eine ganz und gar dringende Angelegenheit. Wir müssen sofort handeln!«

Lidell ließ den Kugelschreiber sinken. »Was heißt das, keinen Aufschub?«

»Die DC-10, Charles. Die DC-10 der Eastern Wings. Sie haben bei Walcott eines ihrer Triebwerke überholt. Mit unserem Material.«

»Ja, und?«

Tony gab keine Antwort. Er machte die paar Schritte von der Tür zu Lidells Schreibtisch und griff zum Telefonhörer.

»Was soll der Quatsch? Was glaubst du eigentlich, was du dir hier leisten kannst? Laß das! Wen, zum Teufel, willst du anrufen?«

»Airport Control. Die Flugsicherung. Die müssen den Start verhindern.«

»Den Start verhindern? Hast du den Verstand verloren?!«

Lidell beugte sich nach vorn und schlug mit der Faust Antonio Rosario den Hörer aus der Hand. Das Gerät baumelte. Er zog es hoch und legte es auf die Gabel. »Ich hab' dich etwas gefragt. Ich will jetzt eine Antwort. Was ich nicht will und in jedem Fall verhindern werde, ist, daß du hier durchdrehst und irgendwelche Dinge unternimmst, ohne meine Erlaubnis zu haben! Core, was ist mit der DC-10?«

Mit kurzen, stockenden Worten verschaffte ihm der Werkmeister eine annähernde Übersicht über das, was geschehen war.

»Und Sie halten die Lage deswegen für kritisch?«

»Das kommt darauf an, was Sie unter kritisch verstehen, Mr. Lidell«, sagte McCore.

»Das ist doch keine Antwort, Herrgott noch mal! Kann das verdammte Ding fliegen oder nicht?«

»Eine DC-10 kann immer fliegen. Schließlich hat sie drei Triebwerke, Mr. Lidell.«

»Hat sie. Völlig richtig.« Lidell starrte Antonio Rosario an. »Außerdem ist sie eine der zuverlässigsten und gutartigsten Maschinen, die es überhaupt gibt.«

»Sie wird am Boden bleiben. Sie wird nicht starten, Charles«, bestand Antonio hartnäckig.

»Was hast du da gesagt?«

Lidell lehnte sich zurück. Unter seinen Backenknochen spannten sich Muskeln und Haut derart, daß Höhlungen entstanden, die dem mageren Gesicht einen totenkopfähnlichen Ausdruck verliehen.

»Ich sagte, daß diese Maschine bleibt, wo sie ist. Und zwar so lange, bis diese ganze beschissene Geschichte geklärt ist.«

Schweigen. Der gleiche Blick hinter den Brillengläsern. Eine Sekunde, zwei Sekunden ... Antonio erwiderte ihn. Nicht nur das, er ging zu Lidells Schreibtisch, stemmte beide Fäuste darauf und starrte von oben auf ihn herab. »Ich hab' die Schnauze voll, Charles! Ich steig' aus diesen dämlichen Risikospielchen aus. Ich mach' nicht mehr mit! Ich mein' das ernst.«

Er warf einen kurzen Blick zu McCore, der steif wie ein Holzklotz mit verlegenem, unbehaglichem Gesichtsausdruck neben ihm stand.

»Diesmal ist alles anders, Charles. Soll ich Ihnen sagen, warum? Diesmal sind meine Kinder an Bord!«

Er spürte, wie ihm seine Stimme zu entgleiten drohte, hoch war sie, zitternd und hoch. »Jawohl! An Bord dieser

Scheiß-DC-10 sind meine Kinder! Und die Abflugzeit ist zehn Uhr zwanzig.«

Er sah auf seine Uhr: Zehn Uhr fünfzehn.

Noch fünf Minuten ...

»Sie werden nicht fliegen!« schrie er. »Ich werde das stoppen.«

Im Cockpit der DC-10, NB 37 CW, Eastern-Wings-Flug 610, Miami–Sioux City, steckte Flugkapitän Tom Walker den Verladeplan weg, den er gerade noch einmal studiert hatte. Die NB 37 CW schleppte in ihrem großen Frachtraum nicht nur das Passagiergepäck mit, sondern auch zwei Werkzeugmaschinen von jeweils neun Tonnen Gewicht. Doch da bei einem Flug nach Sioux City die Tankkapazität von einhundertsechzigtausend Liter nicht gebraucht wurde und auch von den dreihundertfünfzig Passagiersitzen nur zweihundertacht besetzt waren, bildeten die Maschinen wirklich kein Problem, vorausgesetzt, sie lagen in Schwerpunktnähe, waren also an den richtigen Stellen untergebracht, so daß die Maschine, sowohl was Hebel- und Schwerpunkt anging, ausbalanciert und stabil in der Luft liegen konnte. Doch Walker hatte dieses Problem noch kurz mit Elliot Bakers, dem zuständigen Mann der Verladeabteilung, durchgesprochen. Er kannte Elliot noch aus seiner Zeit bei den United Airlines. Und Elliot war ein As. Kein Problem also.

Er sah Frank an, den Copiloten, und hob leicht die Hand: Achtung, hieß das. Dann lauschte er wieder den Anweisungen im Kopfhörer, die von der Bodenkontrolle kamen.

Nun streckte er den Daumen hoch. Das APU-Aggregat, das die DC-10 während des Anlassens mit Strom versorgte, verstärkte sein Summen: Triebwerk eins lief hoch. Heller regelte die Standleistung. Jetzt die Nummer zwei, das

Triebwerk am Heck, das im Seitenleitwerk angebracht war, und schließlich die Nummer drei ...

Hinter dem Copiloten beobachtete Flugingenieur Hal Terney die Betriebsanzeigen. Alles in bester Ordnung. Na also. Gestern noch, nachdem die Walcott-Mechaniker fertig geworden waren, hatten sie über Miami und dem Atlantik ihre Test- und Abnahmekurven gedreht.

Er widmete sich erneut der Frischluftabstimmung für die Passagierkabine. Bei den neuen Flugzeugen war dies nur noch ein letztes Ausjustieren. Die Vorarbeit leistete der Rechner. Bei der DC-10 hier wurde allerdings noch hübsch mit der Hand am Rädelknopf gemischt. Gute alte Tante ... Mehr als zwanzig Jahre alt. Die Flugstundenzahl kannte Terney nicht, aber es dürften wohl an die fünfzigtausend sein. Wie immer, wenn er sich in einem solchen Cockpit umsah, fühlte er das gleiche rein emotionelle Wohlbehagen – die Auslegung der Instrumentenanzeigen, die Hebel, die Knöpfe – Stallgeruch!

Hal Terney war der Senior der Crew, und seine Vorliebe für Flugzeuge älteren Baumusters wie beispielsweise die DC-10 hatte einen ebenso überzeugenden wie einfachen Grund: seine Arbeitsstelle, der Job des Flugingenieurs, war bei den hochelektronisierten Nachfolgemodellen der nächsten Generation wegrationalisiert worden. Dort gab's nur noch Zweiercockpits.

Ihn traf es nicht. Noch ein Jahr, dann war er sechzig und würde ausscheiden. Tom Walker wiederum, den Hal noch aus gemeinsamen Zeiten bei der PanAm kannte, hatte noch acht Jahre vor sich. Hal Terney zweifelte, ob Tom sie bei einem Saftladen wie der Eastern Wings verbringen würde. Dazu hatte Tom als Pilot einfach einen zu guten Ruf. Schließlich hatte er jahrelang bei der »United« als Instrukteur gearbeitet. Auf der anderen Seite – Tom mit seiner Farmersohn-Anhänglichkeit an Iowa? Daß eine große Gesellschaft sich ausgerechnet Sioux City zum Sitz wählen würde, war nun wirklich nicht zu erwarten. Aber dies blieb der einzige Punkt, wo Hal Terney für seinen Freund Tom Walker Probleme sah.

Lidell hatte sich hinter seinem Schreibtisch hochgeschoben. Das Kinn kantig, die Stimme eiskalt: »Ich habe eine Menge Geduld, Rosario. Jetzt reicht's. Und es reicht für lange. Raus! Und wagen Sie nicht, das sag' ich Ihnen in Ihrem eigenen Interesse, wagen Sie es bloß nicht, irgendeinen Blödsinn abzuziehen.«

Chef/Abhängiger, Herr/Hund, das alte Rollenspiel. Antonio hatte es zu lange verinnerlicht. Aber hatte er wirklich? Einen Augenblick sah es so aus, als wäre er bereit, seinen Part wieder zu übernehmen, doch nur einen Augenblick – nicht länger als eine Sekunde.

Er brüllte: »Nicht wagen? Ich soll nicht wagen?«

»Raus!« Diesmal schrie Lidell. McCores Gegenwart schien er nicht länger zu bemerken. »Sofort!«

»Charles, du Scheißhund, meine Kinder ...«

»Jetzt kommt er schon wieder damit – meine Kinder, meine Ki-inder ...«

Vielleicht war es Lidells Gesicht, eher wohl seine Worte, der Hohn in ihnen, die Art, wie er Antonios Aufschrei nachäffte. Antonio Rosario machte eine Drehung nach rechts, McCore wich vor ihm zurück, nicht vor dem Mann, vor dem, was in den dunklen Augen glühte. Krach unter den Chefs? Natürlich hätte er längst Lidells Büro verlassen müssen. Aber er sah sich nicht in der Lage dazu. Er blieb, wie von einer abwegigen Faszination gebannt, und später, als man McCore befragte, hatte er zwar mit den Dialogen Schwierigkeiten, doch an Rosarios Augen würde er sich immer erinnern, solange er lebte, genauso wie an die blitzschnelle Bewegung, mit der Rosario nach der schweren Bronzeplastik griff, die auf dem Rauchtisch vor dem Besuchersessel stand: ein Ikarus. Ein geflügelter, nackter, messingglänzender Mann. Im Betrieb nannten sie ihn »Lidells little Oskar«.

Und nun hatte dieser Verrückte »little Oskar« am Kopf, hob ihn wie eine Keule, machte dabei einen Satz auf Lidell zu, schwang ihn über Lidells Kopf. »Los! Du Hurenbock! Du miese Ratte! Los, ruf an! Du hast das doch alles auf dem Gewissen, du Dreckschwein. Los, sag' ich! Sonst ...«

Tatsächlich, Lidell griff zum Telefon, zog es zu sich heran, doch als er sich umdrehte, hielt er nicht nur den Hörer in der Hand, den hatte er in der linken, die rechte hielt eine schwarze Pistole.

Es geschah alles gleichzeitig: Rosario, der den Oskar nicht etwa fallen ließ, sondern jetzt zuschlagen wollte – Lidell, der schoß. Nicht nur einmal schoß – zweimal, dreimal.

McCores Trommelfelle sangen. Seine Glieder waren wie aus Eis.

Rosario fiel um. Die Plastik kollerte in eine Ecke.

Lidell legte die Pistole auf die Schreibtischplatte genau in die Mitte, nahm den Hörer wieder auf, lauschte mit gerunzelter Stirn, drückte die Gabel nieder, um das Freizeichen zu erhalten, und tippte eine Nummer.

»Hier ist Charles Lidell. Lidell Aircraft Corporation, Bergson Street 204. Wir hatten ... wir hatten hier einen Unfall im Betrieb. Wie? – Ja. Mit Todesfolge. Ich mußte einen Mann in Notwehr erschießen. Leider. – Okay. Danke.«

Er legte wieder auf und sah McCore an. »Gehen Sie an Ihren Arbeitsplatz, McCore. Und halten Sie sich zur Verfügung. Die Polizei wird sofort eintreffen. Und übrigens, McCore, über diese Ringgeschichte – kein Wort! Klar? Er ist durchgedreht. Er ist verrückt geworden. Sie haben's ja selbst erlebt.«

28. September

Flugfläche 330-Luftstraße I-324

Atlanta–St. Louis

Ortszeit: 11 Uhr 10

In einem strahlenden Morgenhimmel hielt die DC-10 ihren Kurs nach Nordwesten. Atlanta war überflogen, unter den Tragflächen schoben sich die Gipfel der Appalachen hoch.

Bereits eineinhalb Stunden waren vergangen, seit sie in Miami abgehoben hatten. »Wir haben jetzt unsere Reisehöhe von dreiunddreißigtausend Fuß erreicht«, hatte sich der Kapitän über den Lautsprecher gemeldet.

Dreiunddreißigtausend Fuß? Und die Städte winzige, helle Kleckse mit Spinnenfüßchen darum. Und die Flüsse nichts als blaue Striche. Dreiunddreißigtausend Fuß, dachte Tony, da kann er ja gleich zum Mond fliegen. Da unten wird's langweilig. Bleibt doch immer dasselbe …

Gerade wollte er sich wieder die Hörmuscheln des Walkmans über die Ohren schieben, da sagte das nette Mädchen in der roten Uniform: »Gleich gibt's was zu futtern.« Essen an Bord war natürlich noch besser als Michael Jackson im Walkman.

»Mami! Klapp den Tisch runter!«

Aber sie hörte nicht. Sie sprach weiter mit dem Mann, der ihm den Fensterplatz überlassen hatte, so wie die ganze Zeit.

»Hör doch, Mami!«

Maria hob abwehrend die Hand und drehte sich Brückner zu: »Ich glaube, daß ich Sie nicht verstanden habe.«

»Sie haben mich nach meinem Motiv gefragt, Maria. Also

nach dem Grund, warum ich hier neben Ihnen sitze und so viele Fragen an Sie stelle.«

»Sie haben gesagt ...« Ihre Hand rieb nervös die Schläfe. Die verletzte Stelle hatte sie nicht mehr zugepudert, nun klebte ein Pflaster darauf. Sie starrte ihn aus ihren tiefen, dunklen Augen an. »Ihre Frau? Das sagten Sie doch? Sie sagten, daß Ihre Frau in diesem Flugzeug umgekommen ist? In diesem schrecklichen Feuer, von dem Sie erzählt haben? Daß sie – daß sie verbrannt ist ...«

Er antwortete nicht. Und auch die Art, wie sie ihn ansah, war schwer zu ertragen.

»Es waren zwei Flugzeuge.« Die Antwort kam beinahe lehrerhaft, als müsse er irgend etwas berichtigen. Zwei Flugzeuge, dachte er und das eine war eine DC-10.

»Sie war nicht meine Frau, Maria. Wir waren nicht verheiratet. Wir haben zusammengelebt.«

»Was spielt das schon für eine Rolle? Ihr habt euch geliebt.«

Nein, er ertrug ihn nicht länger, ihren fragenden Blick. Er sah geradeaus – über all die Köpfe hinweg – und sprach trotzdem weiter: »Natürlich. Aber vielleicht spielt es doch eine Rolle. Wir haben zusammengelebt, ja, das stimmt, aber vielleicht war es eine Form von Zusammenleben, die sie nicht länger aushielt.«

»Sie sind Pilot. Sie war also viel allein? Ist es das?«

»Auch.« Er blickte an ihr vorbei, hinüber zu ihrer Tochter, diesem Mädchen, zu dem sie so zärtlich war und das ihr trotz seiner Jugend so sehr ähnelte.

»Sie wollte so gerne ein Kind.«

»Sie nicht? Ich weiß nicht, warum ich Sie dies alles frage, Paul. Es ist so schrecklich. Und für Sie belastend. Ich glaube, ich frage Sie nur, weil die ganze Situation verrückt ist. Bisher mußte ich das gleiche von Ihnen ertragen.«

Er nickte.

»Es ist furchtbar. Und daran zu denken, daß er auch damit zu tun hat.«

»Wer?«

Sie ging nicht auf die Frage ein. »Mein Vater hat immer gesagt: Das Böse, das richtig Böse, ist ein Kreis. Und wer da hineingerät, kommt nie mehr heraus.«

»Meinen Sie Ihren Mann?«

»Wen sonst?«

Flugfläche dreihundertdreißig, dachte er. Miami–Atlanta–Saint Louis. Luftstraße I-324, wenn du dich noch recht erinnerst. Und das Ende der Reise: *»Der Kreis des Bösen, aus dem man nicht entrinnt.«* Sie hatte ihm alles gesagt, was sie wußte. Und es war so viel gewesen, daß er aus Furcht, all die Fakten und Bilder würden ihm durcheinandergeraten, nicht mehr nachhaken wollte.

Aus der Galley näherten sich leise die Servicewagen. Conchi hatte sich erhoben, umgedreht und beobachtete erwartungsvoll die Stewardessen, die mit der Essensverteilung begonnen hatten. So hübsch wie ihre Mutter, tatsächlich, und dazu haftete ihr der Zauber des Kindes an.

»Es sind Mörder, Paul.«

Über den Korridor hinweg griff Maria Rosario nach seinem Arm. Er spürte den Druck der Finger, harter, kräftiger Finger. »Mörder – ich hab' das immer geahnt. Und gewußt. Vielleicht habe ich es verdrängt, weil ich's nicht wissen wollte. Aber es ist so.«

Er schwieg lange. Dann sagte er langsam: »Auch ich gebe mir die Schuld. Und – es gibt Stunden, da komme ich kaum damit zurecht.«

Sie sah ihn nur an.

»Sie wollte so sehr ein Kind. Aber dann ...«

»Ja?«

»Dann«, sagte er leise. »dann trennte sie sich von mir, flog nach Mallorca und kam nicht mehr zurück.«

In der Pilotenkanzel der DC-10 schaltete der Flugkapitän Tom Walker das Funkmikrofon ein. »Guten Morgen, Saint Louis!« Sie hatten den neuen Flugsicherungsbereich erreicht. Er gab die Flughöhe an und bat den Copiloten, auf einer der Wetterfrequenzen die neueste Lage einzuholen.

Dann schob er sich die Sonnenblende zurecht, um seine Augen zu schützen, prüfte die Einstellung des Autopiloten und wandte den Kopf in Hal Terneys Richtung, der sich gerade eine seiner grauenhaften Zigarren leistete.

»Eines sag' ich dir, Hal. Dieses Mal gibt's keine Entschuldigung. Ist ja nicht wegen mir. Von mir aus kannst du in Sioux rumtanzen, wo du willst, aber Joan wird einfach nicht länger akzeptieren, daß du ständig ihren verdammten Plumpudding verschmähst.«

Terneys Eltern waren Briten. Da Walkers Frau Joan den Begriff »British food« mit Plumpudding verband, hatte sie sich ein Kochbuch gekauft und in mühsamen Stunden und nach vielen gescheiterten Experimenten so etwas wie einen Plumpudding zusammengebracht. Daß Hal noch immer nicht gekommen war, um ihn zu kosten, war ein ständiges Thema bei den Walkers.

»Ich schäme mich, Tom, du kennst mich doch. Mit einem Ignoranten wie mir ist nun mal schwer auszukommen. Aber dieses Mal, das versprech ich dir ...«

Terney unterbrach sich.

Neben dem schmalen Arbeitsbord, das Terney als Ingenieur zustand, meldete sich ein Summer. Zur selben Zeit funkelte vor ihm ein Lämpchen auf. Jeder im Cockpit wußte, was das bedeutete: die Geschäftsleitung. Terney schaltete um. »Eastern-Wings-Flug 610«, sagte er. »Terney.«

»Hallo, Hal«, meldete sich Mike Prestler, der Eastern-Wings-Vertreter, Miami. »Passen Sie auf, da ist eine ziemlich haarsträubende Geschichte passiert. Was heißt ziemlich? Haarsträubend und haarig ...«

»Noch was? Nun machen Sie es doch nicht so dramatisch.«

»Und wenn es das wäre – dramatisch? Könnten Sie mich bitte mit dem Kapitän verbinden?«

Terney stellt die Verbindung her und schaltete gleichzeitig den Lautsprecher über seinem Kopf ein, um mithören zu können.

»Mr. Walker, hier spricht Mike Prestler. Ich will versuchen, mich kurz zu fassen, obwohl das verdammt schwierig ist. Sie haben doch gestern das neue Triebwerk, die Nummer zwei, die bei der Walcott-Werft überholt worden ist, probegeflogen?«

»Ja, warum?«

»Ist Ihnen irgend etwas aufgefallen?«

»Nicht das geringste.«

»Und während des Fluges?«

»Alles okay.«

Walker schielte zu Hal Terney zurück. Der nickte und wechselte einen kurzen Blick mit Heller, dem ersten Offizier.

»Ohne Vorkommnisse«, sagte Tom Walker.

»Nun, Kapitän, das wird sicher so bleiben. Hoffen wir, daß es so bleibt.«

»Was soll das? Was ist mit Ihrer haarsträubenden Geschichte?«

»Ich weiß nicht, ob Sie die Lidell Aircraft Corporation kennen.«

»Müßte ich das?«

Eine kurze elektrostatische Störung überdeckte Prestlers Stimme. »Nein, bei Gott nicht, besser wär's wohl, wir hätten sie nie kennengelernt. Jedenfalls, es handelt sich um einen Ersatzteilladen in Miami. Einen Grossisten.«

»So?«

»Der Besitzer, ein gewisser Lidell, ist heute morgen von einem seiner Angestellten angegriffen und beschuldigt worden, an Walcott unbrauchbares Material geliefert zu haben. Es handelt sich um Schaufelringe. Genauer gesagt, um die Verschlüsse, und zwar Turbofan-Ringe des IT9D von Pratt und Whitney. Die sollen fehlerhaft sein. Oder vom falschen Muster.«

Bisher hatte Tom Walker sich lässig in seinem Sitz gerä-kelt. Nun saß er mit einem Mal aufrecht und äußerst gespannt. Auch Frank Heller, der keinen Kopfhörer trug, starrte zu dem kleinen Lautsprecher über Hal Terneys Platz hoch.

»Und weiter? Woher wissen Sie das?«

»Das ist es ja. Der Mann hat seinen Chef tätlich angegriffen. Der hat ihn erschossen. Polizei und FBI haben inzwischen herausgefunden – oder glauben herausgefunden zu haben – dies ist noch nicht sicher –, daß diese Ringe ausgerechnet in das Triebwerk zwei Ihrer Maschine eingebaut worden sind.«

»So? Polizei? FBI? Und Sie glauben herausgefunden zu haben … was heißt denn glauben, Mann? Das ist doch Wahnsinn. Was ich jetzt brauche, sind präzise Informationen, Mr. Prestler.«

»Ist mir auch klar. Aber die Vernehmungen sind ja noch im Gange. Die haben mich gerade telefonisch von der ganzen Sache in Kenntnis gesetzt, und ich hielt es für richtig, sie sofort an Sie weiterzugeben …«

Alle starrten jetzt auf die Anzeigen des Triebwerks zwei. Sie zeigten, genau wie die anderen, normale Leistung. Nichts, was auffällig gewesen wäre. Alles lag genau im Parameter.

Die Vernehmung fand nicht im zuständigen Polizeirevier statt, sondern im Dade Country Building, dem Sitz der

Staatsanwaltschaft. Dave Feinstein, ein junger Staatsanwalt, der in seiner Abteilung wegen seiner runden Brillengläser und der üppigen Locken »Einstein« genannt wurde, leitete sie. Er gehörte zu dem Sonderstab von Beamten, der ins Leben gerufen worden war, um dem FBI in besonders dringenden Fällen behilflich zu sein. Bürokratische Hemmnisse oder langwierige Prozeduren sollten dadurch vermieden werden.

In Feinsteins kleinem Büro im siebten Stock des Gebäudes saßen fünf Männer auf unbequemen Stühlen um seinen Schreibtisch herum: Howard Conolly, der Chef der Ermittler der vom FBI gestarteten Kampagne gegen den Bogus-Handel, Andy Spencer, einer seiner Agenten, Don Baird, der Leiter der Mordkommission, und schließlich Charles Lidell und Hardy McCore, um die sich der ganze Aufwand drehte.

Conolly blickte ungeduldig auf die Uhr: Formalitäten, nichts als Formalitäten, dachte er. Beinahe zwei Stunden saßen sie hier schon rum. Die Basisangaben mußten überprüft werden. Vor allem, ob richtig war, was Lidell da behauptete, daß nämlich der Erschossene sich seit Wochen geradezu neurotisch, labil und dienstlich völlig unzuverlässig gezeigt hätte. Wie Lidell ihn schilderte, war er ein Fall für den Psychiater. Der Hintergrund das Übliche: Zerrüttete Ehe, er bisexuell, Drogen, Trennung von den Kindern, etc., etc.

Feinstein hatte versucht, diese Angaben telefonisch zu verifizieren. Einiges war ihm dabei gelungen und schien Lidell zu bestätigen: psychisch angeschlagen; die Frau hatte sich von ihm getrennt. Na gut, aber das war noch lange kein Grund, mit einem schweren Ding von Bronzefigur auf den Chef loszugehen. Der andere wiederum, dieser Mechaniker? Conolly war überzeugt, daß er mehr wußte, als er zugab. Sein papageienhaftes »Es war, wie Mr.

Lidell sagt ... Ja, Mr. Lidell hat vollkommen recht« wirkte geradezu peinlich.

Staatsanwalt Feinstein nahm einen Notizzettel hoch, den ein uniformierter Beamter gerade gebracht und zunächst dem Chef der Mordkommission zugesteckt hatte.

»Gut, also im wesentlichen scheint zuzutreffen, was Sie zuvor ausgesagt haben, Mr. Lidell. Die Ehe von Rosario war vor Monaten schon zu Bruch gegangen. Er hatte sich in einen Bungalow verzogen, während die Familie in der Tamar Street geblieben ist. In diesem Bungalow soll er mit wechselnden Männern zusammengewesen sein. Auch das scheint laut der wenigen Zeugenaussagen von Nachbarn, die wir erreichen konnten, zu stimmen.«

Conollys Ungeduld wuchs. Lieber Gott, als ob es jetzt um die Strichjungen des Rosario ging! Wieso nimmt er ihn nicht in die Zange? Hätte Feinstein doch wenigstens einen Blick auf das Lidell-Material geworfen, das ich ihm vor der Sitzung zugeschoben habe.

Spencer stieß ihn leicht mit dem Knie an. »Howard?« flüsterte er. »Kann ich Sie einen Augenblick sprechen?«

Conolly nickte und erhob sich. »Verzeihung«, sagte er. »Ich bitte Sie, uns aus dienstlichen Gründen für ein paar Minuten zu entschuldigen.«

»Sie kommen doch zurück, Mr. Conolly?«

»Natürlich«, sagte Conolly. »Natürlich kommen wir zurück. Und ob!«

Auf dem Gang packte er eines seiner Eukalyptus-Chiclets aus und begann wütend darauf herumzukauen. »Mensch, was ist das bloß für eine Vernehmung? Wenn das so weitergeht, erzählt er uns noch, daß Rosario in einem Anfall von Eifersucht über ihn hergefallen ist. Oder aus Schwachsinn.«

Spencer zündete sich hastig eine Zigarette an. Feinstein hatte die Männer in seinem Büro mit Rauchverbot belegt.

Er nahm einen tiefen Zug. »Schwachsinnig sind wir, daß wir uns das bisher haben bieten lassen. Die Sache stinkt bis oben.«

»Das riech' ich nicht nur, das weiß ich! Aber wieso kommen Sie jetzt erst drauf?«

»Weil ich mir mit diesem Mechaniker oder Werkmeister, oder was immer er ist, vorhin hier draußen am Automaten eine Tasse Kaffee geholt habe.«

»Und?«

»Wenn einer durcheinander ist, dann er. Ich hab's bei ihm auf die Kumpeltour versucht. Ich sagte zu ihm: ›Kommen Sie, McCore, bei dem Streit der beiden ging's um Ersatzteile, um Bogus-Parts ...‹ Da fing er sofort an zu zittern und wurde ganz weiß. ›Hören Sie, Core‹, machte ich dann weiter, ›Sie sind verheiratet, Sie haben zwei Kinder, warum reden Sie bloß nicht? Wissen Sie, was für Sie auf dem Spiel steht? Wollen Sie denn wegen einem wie diesem Lidell in den Knast?‹ Ich schwör Ihnen, Howard, der bekam Tränen in die Augen. Nicht nur, weil er Schiß hat, sondern weil er völlig mit den Nerven runter ist.«

Conolly nickte. »Was sagte er?«

»Das ist es ja, zunächst dummes Zeug. Aber als ich ihm wieder vorhielt, daß Rosario wahrscheinlich triftige und reale Gründe hatte, auf Lidell loszugehen, sagte er plötzlich: ›Es ist wegen der Maschine.‹ Ich fragte ihn: ›Welche Maschine?‹ Und wissen Sie was er da brachte? ›Die Maschine, mit der Rosarios Frau und Kinder abgeflogen sind. Heute. Nach Sioux City.‹ Auch noch Sioux City!«

»Zum Teufel, Andy!« erregte sich Conolly. »Präsentieren Sie mir diese Information in einer präzisen, kurzen Aussage.«

»Gut, in drei Sätzen: Lidell hatte Falschteile an irgendeine Werft geliefert – den Namen wollte McCore nicht nennen. Rosario attackierte ihn daraufhin aus Angst um seine Kinder und wollte ein Startverbot für das Flugzeug erreichen.«

»Startverbot erreichen? Ist die Maschine in der Luft?«

»Genau damit rückte er nicht heraus. Das ist es doch. Zitterte herum, hielt aber seine Kiefer verschraubt. Er hat Angst, der Typ. Tierische Angst hat der.«

»So? Ach ja? Und wir hocken hier rum, um die Psyche des Mr. Rosario zu analysieren und zu erfahren, ob er's von hinten oder von vorne mochte?«

Howard Conolly riß die Tür des Vernehmungszimmers auf, achtete nicht auf den verblüfften Blick des Staatsanwalts Feinstein, sondern ging sofort auf McCore los: »Stehen Sie auf!«

»Wie bitte?«

»Sie haben's gehört.«

McCores breites Gesicht war grau, die blauen Augen vor Schrecken weit geöffnet. Sein Mund zitterte.

»Aufstehen!«

McCore erhob sich, als habe ihn dieser gebrüllte Befehl in die Realität zurückgebracht: »Jawohl, Herr, Herr ...«

»Lassen Sie den Herrn. Hier rüber! Stellen Sie sich in die Ecke!«

»Mr. Conolly ...«

»Herr Staatsanwalt, ich möchte Sie bitten, nicht zu intervenieren. Ich habe meine Gründe. In die Ecke, hab' ich gesagt, McCore!«

Und er stand in der Ecke. Das Gesicht steinern, der Blick starr. Hatte die Knie durchgedrückt. Man sah ihm an, wieviel Mühe ihm dies bereitete.

Conolly trat auf ihn zu. »McCore! Was bisher gelaufen ist, war nichts als ein kleines, dämliches Spielchen. Jetzt wird es ernst. Ernst für Sie. Wissen Sie, was ›Transportgefährdung mit Todesfolge‹ bedeutet?«

Hinter ihm war Lidell hochgeschnellt. »Das ist unglaublich, Sie können doch nicht zulassen, Sir, daß Mr. McCore von diesem ... diesem Polizisten auf derartige Weise ...«

Auch der Chef der Mordkommission hatte sich erhoben, blitzschnell, sein Griff zwang Charles Lidell auf seinen Stuhl zurück. »Sie sind hier nicht in Ihrem Betrieb, Lidell. Also, bleiben Sie ruhig. Sehr ruhig, sonst ...« Er brauchte das »sonst« nicht zu erklären, der eisenharte Druck um Lidells Handgelenk war deutlich genug.

»Also, McCore?«

Conolly nahm einen zweiten Anlauf. Er wußte, es war der endgültige. »Jetzt spucken Sie's endlich aus. Sie haben lange genug diesem Herrn die Stange gehalten. Damit ist's vorbei, und wollen Sie wissen, warum?«

McCore stöhnte.

»Sie wissen es, McCore.«

Conolly flüsterte nicht länger. Er gab Gas, setzte die Stimme ein, brüllte: »McCore! Sie werden uns jetzt und hier genau erklären, was Sie zuvor Agent Spencer draußen auf dem Flur angedeutet haben. Genau und in jedem Detail, verstanden? Falls nicht, werde ich Sie hier auseinandernehmen, McCore! Und das gründlich. In Anwesenheit des Staatsanwalts. Und wissen Sie, warum ich mir das erlaube? Weil da anscheinend ein Flugzeug durch die Gegend schaukelt, vollgepackt mit Menschen, unschuldigen Menschen, McCore – Frauen und Kindern und Männern –, Leute, deren Tod Sie riskieren, weil Sie Ihren Chef decken wollen!«

McCore nickte. Seine Augen füllten sich mit Tränen. Die Lider zuckten, dann kam ein Schluchzen: »Ich will das auch nicht, Mister, ich will das doch nicht! Aber ...«

»Nichts aber! Was ist heute morgen geschehen? Was war wirklich los?«

Und McCore berichtete.

Spencer war der erste, der die Tragweite und die Konsequenz der Aussagen, die McCore herausstammelte, begriff.

»Ich geh' mal telefonieren«, sagte er.

Liz Myers, die erste Stewardeß des Eastern-Wings-Flugs 610, hatte die Tür zum Cockpit geöffnet. »Was ist los mit euch? Will hier keiner Kaffee? Wie ist das, Kapitän?«

Copilot Frank Heller drehte den Oberkörper und legte den Arm über die Rücklehne. »Bei mir ist der Kaffee gestrichen. Aufputschmittel entfallen. Wir bekamen die gerade durchs Telefon geliefert.«

»Und was soll das heißen?«

»Nichts, Liz«, sagte Walker. »Aber lassen Sie uns jetzt bitte in Frieden!«

»Probleme?«

»Lassen Sie uns in Frieden, Liz!«

Die Tür schloß sich.

Heller und Terney schwiegen. Terney kaute an seiner kalten Zigarre. Beide sahen sie Walker an, erwarteten eine Entscheidung. Doch Walker hatte den Oberkörper seitwärts geschoben und blickte durch die Kanzelverglasung, als gäbe es nichts Wichtigeres als die grüne Niederung des Tennessee Valleys mit ihren blitzenden und funkelnden kleinen Stauseen und Flüssen.

Sie flogen jetzt die I-239. Und dann, hundert Meilen voraus, würden sie auf die UP-118 hinüberwechseln, die geradewegs hoch nach Des Moines und Sioux City führte.

Die meteorologische Wetterlage war ideal. Keine Turbulenzen. Nichts als blauer, sanfter Himmel. Und daran würde sich während des ganzen Fluges nichts ändern. Das Hoch erstreckte sich über dem ganzen Westen.

Was war mit Prestler? Herrgott noch mal! Wann meldete er sich endlich?

Hinter ihm griff Terney zum Hörer. Walker hatte die Hörschalen dicht über den Ohren. Auf diese Weise konnte er sich sowohl mit der Besatzung unterhalten als auch mitbekommen, was über Funk hereinkam. Doch nun schob er den Kopfhörer tiefer.

Ein Knacken. »Kapitän Walker?«

»Mr. Prestler? Hier Walker. Was ist jetzt?«

»Leider genau das, was ich befürchtet habe.«

»Und?«

»Der Verdacht hat sich bestätigt. Ich habe es gerade durchbekommen. Die Schaufelringe sind in Ihrer DC-10 montiert. Was ist mit dem Triebwerk?«

»Was soll sein? Läuft tadellos. Wie bisher.«

»Und wie schätzen Sie die Lage ein?«

»Seien Sie nicht naiv, Mr. Prestler, das kann ich genausowenig wie Sie.« Walker machte eine Pause. »Haben Sie mit Sioux City schon Kontakt aufgenommen?«

»Ja, Käpt'n. Aber die sagten mir, Sie sollten entscheiden, ob Sie einen Zwischenstopp einlegen.«

»Okay, Mr. Prestler. Danke.«

Der zweite Offizier nahm die Streckenkarte und reichte sie Walker. Walker schüttelte nur den Kopf. Er hatte den Abschnitt im Gehirn gespeichert, mit all seinen Einzelheiten. Noch flogen sie über dem Staat Missouri. Fünf Flugplätze kamen in Frage: Sie konnten nach Saint Louis zurückkehren oder in Jefferson City, Guincy oder Springfield landen. Oder bis nach Des Moines weiterfliegen – der nächste Flughafen war Quincy.

Tom Walker drehte sich um, sah seine beiden Besatzungsmitglieder an und sagte: »Was soll das eigentlich? Wenn die ›Zwei‹ uns Probleme macht, schalten wir sie ab. Wir haben an die zwölf Knoten mehr Rückenwind, als berechnet. Damit werden wir noch nicht mal eine einzige verdammte Minute verlieren. Schließlich, bei diesen Wetterverhältnissen landen wir auch mit nur zwei Triebwerken auf die Minute genau in Sioux City ...«

28. September

Flugfläche 330 – Luftstraße UP-118

Des Moines–Sioux City

Ortszeit: 13 Uhr 40

Die große Maschine mit ihrem hellblau und gelb glänzenden Rumpf neigte gerade die linke Fläche, um ihren Backbordschwenk zur Luftstraße UP-118 einzuleiten, als es geschah ...

Es war ein achtunddreißigjähriger Passagier, der als erster die Anzeichen der nahenden Katastrophe registrierte. Al Buchmann war Grafiker. Seine Werbeagentur in Miami sandte ihn nach Sioux City, damit er vor der bevorstehenden Präsentation einer Anzeigenkampagne an den Entwürfen noch einige Korrekturen vornehmen konnte. Er hatte eine der Toiletten am Heck des Flugzeuges aufgesucht. Zum einen, um sich nach dem Essen zu erleichtern, zum anderen, um noch mal mit dem Taschenrasierer das Gesicht in Form zu bringen. Ein Kundengespräch war für den Nachmittag um achtzehn Uhr angesagt. Daß er es nie wahrnehmen würde – wie sollte Al Buchmann dies wissen?

Er wollte gerade den Rasierer einschalten, als er über seinem Kopf, hinter der Abdeckung, ein sonderbar sirrendes Geräusch vernahm. Es dauerte den Bruchteil einer

Sekunde, dann folgte ein ohrenbetäubendes Krachen, so unvermittelt, daß Buchmann den Mund aufriß. Nun ein Scheppern – und wieder etwas wie eine Explosion. Dann das helle, singende »Klong« zertrümmerten Metalls.

Aus! Das war alles, was Buchmann denken konnte. Der Vogel bricht dir unter den Füßen auseinander. Und du segelst gleich runter. Mit der ganzen Toilette und allem, was drin ist! Er schloß die Augen.

Der Boden trug ihn noch.

Er mußte sich am Waschbecken festhalten, so stark legte sich die Maschine zur Seite.

Buchmann riß die Tür auf und hielt sich am nächsten Sitz fest. Es war schrecklich, es war absurd, es war unerträglich: Ganze Gruppen von Passagieren hatten sich erhoben. Sie alle starrten mit aufgerissenen Mündern – sie starrten auf ihn, so, als trage er die Schuld. Entsetzte Gesichter, helle Flecken mit kreisrunden Mündern und dunklen Augenlöchern. Schreie. Dann wieder neigte sich das Flugzeug mit einer abrupten Bewegung. Diesmal zur anderen Seite. Sie hielten sich an ihren Sitzlehnen fest. Vor Buchmann stand eine große, dunkelhaarige, ältere Stewardeß. Auch sie klammerte sich an eine Lehne, aber ihr Gesicht war das Gesicht eines Menschen – eines Menschen, der um Ruhe und Fassung kämpft.

Sie hob die Hand. »Ruhe bitte! Bitte, setzen Sie sich. Schnallen Sie sich doch an. Hören Sie, anschnallen!«

Sie taumelte zu dem Sprechapparat, der im kleinen Vorraum, der zu den Toiletten führte, angebracht war, und schaltete die Lautsprecheranlage ein.

»Meine Damen und Herren, ich bin Liz Myers. Ihre erste Stewardeß. Bitte setzen Sie sich und schnallen Sie sich unverzüglich an. Anscheinend haben wir ein kleines Problem. Ich bin mir sicher, daß Kapitän Walker Sie sofort darüber aufklären wird.«

Das schreckliche, detonationsartige Geräusch am Heck war bis in die abgeschlossene Welt des Cockpits gedrungen. Frank Heller, der erste Offizier, war gerade *Flying Pilot*. Er hatte die Führung über die Maschine. Die DC-10 wurde zwar vom Autopiloten geflogen, Heller oblag jedoch die Kontrolle. Er zuckte zusammen, so wie die beiden anderen in der Kanzel. Und wie sie zeigte er den gleichen ungläubigen, konsternierten Ausdruck. Gut, sie waren darauf vorbereitet, daß auf diesem Flug etwas schieflaufen konnte, aber das doch nicht! Dies war kein normaler Triebwerksausfall. Das mußte noch etwas ganz anderes sein …

Dekompression, hatte Heller zuerst gedacht. Eine Tür ist rausgeflogen. In der Kabine oder im Frachtraum. Und das heißt, nichts wie runter!

Oft genug hatten sie im Simulator derartige Situationen geübt und in den Lehrgängen darüber gesprochen. Doch der gefürchtete Windsturm, der bei einer Dekompression durch die Kabinen fegen sollte, begleitet von einem Nebel von Kondenströpfchen, blieb aus. Auch der Innendruck hatte sich nicht verändert. Die Klimaanlage arbeitete.

In der Sekunde, als Heller den Detonationskrach vernahm, was ihm sagte, daß etwas Schlimmes geschehen war, hatte er mit dem Daumen den Knopf an seinem Steuerhorn gedrückt, der den Autopiloten abschaltete.

Jetzt sah er es.

Sie sahen es alle.

Die mittlere der schmalen Säulen der Digitalanzeigen, die im Zentrum des Instrumentenbords die Motorleistungen angaben, war zusammengebrochen.

Das Triebwerk Nummer zwei. Also doch!

Kapitän Walker kannte den Satz der Checkliste auswendig, der für derartige Situationen galt: Er lautete: *Engine damaged – Close the throttle!* Maschinenschaden – Throttle auf Leerlauf.

Er legte die Hand auf den Schubhebel der Nummer zwei und zog.

Er zog vergebens. Der Hebel klemmte.

Im Trainingscenter der »United« und bei unzähligen anderen Gelegenheiten hatten sie Vorgehen, Handlungsweise und Schadenbehebungsstrategie in dem unmöglichsten und extremsten Situationen durchgesprochen. Daß ein Gashebel klemmen würde, war nie Thema gewesen. Vergiß es!

Der nächste Schritt nach Checkliste: *Treibstoffzufuhr abschalten!*

Walker griff zum Hebel der Treibstoffzufuhr und wollte ihn nach unten ziehen.

Klemmte.

Zum Teufel! Nicht einmal dieser Hebel läßt sich bewegen, bleibt eisern blockiert! Walker holte tief Luft, um seine Konzentration gegen das Hämmern seines Herzens zu verteidigen. Was war mit der Scheißkiste los?

»Hal! Ich krieg' die Throttle nicht zu, auch das Treibstoffventil ist blockiert!«

Terney schob sich in den Raum zwischen den beiden Sitzen. Er hatte die Unterlippe zwischen die Schneidezähne gezogen und überlegte fieberhaft: Wenn der Schubhebel klemmte, ließ sich wohl nichts machen. Mit der Treibstoffzufuhr war es etwas anderes. Ihr System war mit der Löschanlage kombiniert. Bei Aktivierung der Löschanlage wurde die Treibstoffzufuhr automatisch gestoppt.

»TRW-2, Feuerlöscher aktivieren«, sagte Heller. »Probier's mal. Den Hebel.«

Walker probierte. Tatsächlich, der Hebel ließ sich ziehen. Die Anzeige meldete: Der Kerosinfluß war unterbrochen, die Feuergefahr damit gebannt.

Es war eine Minute seit dem Geräusch vergangen, das

die Katastrophe ansagte. Es waren lange, vor allem unbegreifliche Sekunden.

In der dreizehnten Sekunde meldete Frank Heller: »Tom! Die Maschine ist außer Kontrolle! Sie läßt sich nicht fliegen.«

Walker warf den Kopf herum. Er fühlte, wie es über seinen Rücken kroch, etwas, das wie eine eiskalte, vibrierende Hand war. Ihm wurde sofort klar, was geschehen war: Frank Heller hatte mit dem Querruder die erste unvorhergesehene wilde Bewegung der DC-10 auszugleichen versucht. Die Steuersäule lag voll im Backbordanschlag. Und dazu hatte er instinktiv ihr Abtauchen zu korrigieren versucht und das Höhenruder so weit zurückgezogen, wie es ging. Er hatte das Horn praktisch im Schoß. Doch die Maschine befand sich in einer steilen Abwärtskurve nach Steuerbord! In seiner dreiundzwanzigjährigen Praxis hatte Walker so etwas nie gesehen, in keinem Alptraum nie geträumt. Die DC-10 hatte eine Neigung von achtunddreißig Grad eingenommen. Sie war dabei, sich auf den Rücken zu legen.

Was nun kam, geschah aus purem Instinkt. Zeit zu überlegen gab es nicht. Walker handelte blind, aus der Erfahrung seines Fliegerlebens. Seine Hand schoß zum Schubhebel des Backbordtriebwerks Nummer eins. Er ließ sich bewegen. Er zog ihn zurück, brachte die Leistung herunter, hatte bereits den Schubhebel Nummer drei umklammert, gab ihm volle Power. Die Steuerbord-Flügelspitze hob sich an, der Bug folgte, die DC-10 kam wieder in etwas wie eine gerade Lage.

Sie sahen sich an.

»Mein lieber Mann«, flüsterte Frank Heller.

Es blieb der einzige Satz, der gesprochen wurde. Sich damit abzufinden, daß sie in einem Flugzeug saßen, das in zehntausend Metern Höhe mit neunhundert Kilometer

Stundengeschwindigkeit über das Land jagte und keinem einzigen Steuerimpuls gehorchte, war beinahe zuviel. Es war mehr, als sie ertragen, als sie denken konnten. Es war eine neue Wirklichkeit. Und sie mußten sich ihr stellen ...

Wie bei allen modernen Großflugzeugen und manchen anderen älteren Maschinen ihrer Bauzeit, wie zum Beispiel der *Lockheed L-1011* oder der *Boeing 747*, wurde auch bei der DC-10 auf eine Kabelführung vom Cockpit zu den Steuerorganen verzichtet. Schon die Ausmaße der Maschine hatten diese Technologie verboten. Stahlkabel waren durch ein kompliziertes System hydraulischer Leitungen, Ventile und Überwachungssysteme ersetzt. Hydraulischer Druck, von Pumpen erzeugt, aktivierte die zahlreichen Steuerflächen nach dem Willen des Piloten oder stellte sie in Mittellage. Die Folge war: Im Gegensatz zu den früheren Flugzeugen hatte der Pilot bei Ausfällen keine Möglichkeit, manuell einzugreifen. Doch ein Totalausfall der Hydraulik erschien den Konstrukteuren schon deshalb unproblematisch, weil die Wahrscheinlichkeit einer Situation, in der alle drei Systeme versagten – so hatte Kapitän Tom Walker oft genug gehört, auf eins zu einer Million errechnet worden war.

Bei einer DC-10 verlaufen die hydraulischen Leitungen der verschiedenen Systeme strikt getrennt, so daß ein eventueller Flüssigkeitsverlust keine Folgen für die Ersatzsysteme haben kann. Als ob dies alles nicht reichte, waren auch die Steuerflächen in ihrer Kraftversorgung nochmal unterteilt, um weitere Aktionsmöglichkeiten im Fall eines technischen Fehlers zu schaffen.

Eins zu einer Million.

Der Fall war eingetreten!

Noch immer war im Cockpit die Situation zu hektisch, zu verwirrend, als daß man darangehen konnte, die Gründe zu analysieren. Walker und Frank Heller hatten bei dem

Versuch, die Maschine in eine stabile waagrechte Lage zu bringen, alle Hände voll zu tun. Noch wußte keines der Crew-Mitglieder, daß es aus ihren Halterungen gelöste Turbinenschaufeln waren, die die Katastrophe auslösten. Es waren Schaufeln aus Hochleistungsstahl. Sie hatten nicht nur die im Heck gebündelten Hydraulikleitungen der Steuerung durchtrennt und damit das große Flugzeug seiner Nervenbahnen beraubt, sie hatten dazu noch in das Höhenleitwerk ein sechs Quadratmeter großes Loch geschlagen ...

Terroristen! war der erste Gedanke, der Paul Brückner nach dem Detonationsgeräusch im Heck durchfuhr. Mehr als der Krach setzten ihm die wilden Gierbewegungen der Maschine zu, die nach wenigen schreckhaften Sekunden in einen Roll over zu münden drohten.

In der Kabine herrschte die erste Panik. Die acht Mädchen der Kabinen-Crew kämpften heldenhaft dagegen an. Sie taumelten über die Zwischengänge, drückten Menschen in ihre Sitze zurück, sprachen beruhigend auf sie ein, legten Sicherheitsgurte an, trösteten schreiende Kinder. Brückner wußte: Bald würde es ruhiger werden, dann, wenn der Fatalismus des gemeinsamen Schicksals um sich griff. Er hatte ein halbes Dutzend derartiger Situationen hinter sich gebracht. Gewitterflüge. Blitzeinschläge. Die schlimmste war ein Motorbrand bei einer DC-6 über den Gipfeln der Cordilleren.

Maria sah ihn nur an.

Sie hielt Conchis Hand. Tony hatte sich am Fenster zusammengekrümmt, das Gesicht in beiden Händen. Den Walkman trug er noch immer auf dem Kopf.

»Und jetzt?« Sie sprach die Worte ganz ruhig.

»Die da vorne verstehen ihr Geschäft. Das geht schon in Ordnung.«

»Wie wunderbar.«

»Machen Sie sich keine Sorgen, Maria.«

»Sorgen?« Sie schüttelte den Kopf, als habe er den Verstand verloren. »Keine Sorgen?«

Er konnte ihr den Arm nicht um die Schultern legen. Der Gang trennte sie. Er konnte auch die Kinder nicht streicheln, wie er es gern getan hätte. Sein Gehirn arbeitete fieberhaft: diese Instabilität? Einmal nahm die DC-10 die Nase hoch, um sie dann anschließend wieder um so tiefer zu senken, einmal kam die linke, dann die rechte Flügelspitze hoch. Sie taumelte wie ein Besoffener. Dann die Motorengeräusche. Einmal fauchte das Triebwerk Nummer eins auf, wurde zurückgenommen, dann war es für die nächsten Sekunden die Nummer drei. Die Piloten unternahmen offensichtlich den Versuch, die Gierbewegungen mit wechselnden Schubleistungen zu unterbinden und so auf Kurs zu bleiben.

Und die Folgerung? Nun, der mittlere Turbofan, die Nummer zwei am Heck, unter dem Seitenleitwerk, war infolge eines Defektes ausgefallen. Das war der Krach gewesen. Nach dem Lärm zu urteilen, war er völlig ruiniert. Soviel stand fest. Doch wieso dieses Auf und Ab? Und was sollten die *Dutch Rolls?* Was machten die Querruder? Nicht einmal der Kurs schien stabil. Wieso setzten sie die Querruder nicht ein?

Es gab nur eine einzige Erklärung, und alles in ihm weigerte sich, sie zu akzeptieren: Nicht nur das Hecktriebwerk, auch die Steuerung war ausgefallen! So verrückt es auch erscheinen mochte, die Männer in der Kanzel versuchten, mit den Motoren zu steuern.

Die Landung, dachte er. Himmelherrgott, wie wollten sie sie auf diese Weise heil runterbringen? Mit mehr als zweihundert Menschen an Bord …

Eine der Stewardessen kam vorbei. Es war eine großgewachsene, ältere Frau. Die erste Stewardeß, erinnerte er sich. Sie trug das schwere Haar zu einem Knoten zurückgebunden. Sie war blaß, das ja, doch die grünen Augen waren wach und schienen ohne Furcht.

Er hob die Hand. Sie kämpfte gegen eine neue, wilde Schlingerbewegung an, indem sie sich an zwei Sitzen festhielt. Sie brachte sogar etwas wie ein Lächeln zustande. »Bitte?«

»Hören Sie«, sagte Brückner. »Wenn Sie wieder Kontakt mit dem Cockpit haben, ich bin Lufthansa-Kapitän. Ich kenne die DC-10. Ich habe sie sechs Jahre geflogen. Ich wollte nur sagen, falls meine Hilfe gebraucht wird, stehe ich zur Verfügung.«

»Das ist sehr freundlich von Ihnen, Kapitän.« Jetzt lächelte sie sogar. »Ich werde es Kapitän Walker mitteilen.«

Was für eine Frau! dachte Brückner und drehte sich wieder Maria Rosario zu. Auch von ihr kein Wort, keine Geste der Furcht, auch ihr Gesicht vollkommen beherrscht. Sie hielt Conchis Arm auf dem Schoß, streichelte unentwegt die Hand ihrer Tochter, drehte sich manchmal ihr zu und sprach flüsternd auf sie ein.

Als er nun »Maria« sagte, in das Aufdonnern des Triebwerks Nummer drei hinein, wandte sie sich ihm zu, und er wußte, daß dieser Glanz in ihren Augen nichts war als wilder, entschlossener Überlebenswillen.

»War wohl doch keine so besonders gute Idee mitzufliegen, Paul?« Sogar Ironie brachte sie auf.

»Weiß ich noch nicht.«

»Wie man sich doch täuschen kann, nicht wahr?«

»Wieso?«

»Wieso? In Miami dachte ich noch, ich hätte alles hinter mir. Er wollte nicht, daß wir wegfliegen. Jetzt zeigt sich, er hatte die längere Leine ...«

Er ahnte, was in ihrem Kopf vorging. Zuvor noch hatten

sie darüber gesprochen, daß auch die Walcott-Werft, die in Miami die Maschinen der Eastern Wings betreute, von Lidell mit miesen Ersatzteilen beliefert worden war. Nun sah man das Ergebnis. Zwecklos, darüber nachzudenken. Oder sich aufzuregen. Es war passiert. Es war, wie es war.

»Maria, ich habe eine Bitte: Tauschen Sie doch für eine Minute den Platz mit mir. Die Kinder könnten vielleicht die Beine hochziehen, so daß ich einen Blick hinauswerfen kann. Vielleicht sehe ich irgend etwas.«

Maria nickte nur und erhob sich. Die beiden Kinder hockten mit angezogenen Knien und angstvoll geweiteten Augen in den engen Flugzeugsitzen. Sie wirkten wie aus dem Nest gefallene Vögel. Und er? Er wollte nicht daran denken, was passieren konnte. Schuld? Verantwortung? Große Worte. Und doch stand fest: Falls es geschah, hatte ihr eigener Vater die Hand mit im Spiel gehabt.

Er streichelte Tonys Kopf, dachte an Christine, seine eigene Tochter, und war froh, daß sie nicht bei ihm war.

Er brachte seine Nase dicht an Tonys rundes, verzerrtes Gesicht und lächelte.

»Du?« flüsterte der Junge. »Muß ich jetzt sterben?«

»Was redest du denn da?«

»Aber der Flieger ist doch kaputt.«

»Wenn er kaputt wäre, würde er dann fliegen? Und er fliegt doch.«

»Aber trotzdem ... Warum schreien die Leute so?«

»Das tun Leute immer, wenn sie aufgeregt sind. Weißt du doch?«

»Ich muß doch nicht sterben, bloß weil ich meinen Opa sehen wollte, nicht wahr?«

»Aber Tony, hör mal, du bist oft genug mit dem Auto gefahren. Sagen wir, mit dem Auto deiner Mutter.«

»Aber da war mir nicht so schlecht. Speiübel ist's mir. Sieh mal, ich hab' sogar gekotzt!«

»Auch im Auto passiert so was. Und wenn da mal was wackelt oder scheppert, dann fährt's doch auch weiter. Heißt doch nicht, daß es kaputt ist.«

»Schon.« Tony wischte sich den Schweiß von der Stirn. »Wenn mir bloß nicht so schlecht wäre ... Und außerdem, im Auto ist's doch was anderes. Da führt man auf der Straße. Da kann man einfach rechts ran und anhalten.«

Da hatte er allerdings recht.

Brückner preßte die Stirn gegen das Kabinenfenster. Er hatte sich ohnehin keine großen Hoffnungen gemacht. Die Sitzreihe lag zu weit vorne. Was er sah, waren Pylon und Triebwerksöffnung des Triebwerks Nummer eins. Und was er weiter feststellte: Die DC-10 schien sich noch immer, trotz dieser verrückten Schlingerbewegungen, auf ihrem Kurs zu halten. Schäden oder Ölspuren auf der Außenhaut waren nicht festzustellen. Höhenleitwerk und Seitensteuer befanden sich ohnehin außerhalb seines Sichtwinkels.

Es war ein freiwilliger Entschluß gewesen, nun wurde es zum Zwang. Das Navigationssystem zeigte es an: Der nächste Flughafen konnte nur Sioux City sein. Schön, dachte Tom Walker. Immerhin der beste Friedhof der Gegend! Und wenn wir es positiv sehen wollen – die Krankenhäuser dort sind nicht schlecht ...

Die havarierte DC-10 hatte ihren Kurs beibehalten können. Alle mit dem Notfall des Eastern-Wings-Flugs 610 betrauten Flugsicherungseinrichtungen der Region verfolgten ihren Weg auf den Radarmonitoren. Kapitän Walker hatte den Transponder zur automatischen Identifizierung längst auf die Notfrequenz 7700 geschaltet.

Wieder, zum dritten Mal, betätigte er das Intercom für die Kabine:

»Meine Damen und Herren! Hier spricht Kapitän Walker. Ich möchte mich bei Ihnen für das Maß an Disziplin und Verständnis bedanken, mit dem Sie auf diese ... hm ... etwas außerordentliche Situation reagiert haben. Ich sagte ›außerordentliche‹, mehr nicht. Ich kann Ihnen versichern, wir haben sie genügend unter Kontrolle, um bald und glücklich in Sioux City zu landen. Das werden wir schon deshalb, weil ich in Sioux City zu Hause bin. Außerdem hat mir meine Frau für heute abend ein tolles Essen versprochen. Es handelt sich um Rindsrouladen. Ich kann Ihnen dazu nur eines sagen: Ich beabsichtige, meine Rindsrouladen in Ruhe zu genießen. – Ich danke Ihnen.«

»Rindsrouladen!« knurrte Hal Terney hinter ihm. »Als ob's denen nicht schon ohne speiübel wäre. Außerdem, warum nicht Plumpudding, Du Alibaba ...«

Terney beugte sich wieder über sein Manual, Seite 302: »Tail-Section« – die Detailzeichnungen des hydraulischen Steuerungssystems im Heck, ein spaghettiartiges Durcheinander von Röhren, Ventilen, Kabeln. Hal Terney hatte erhebliche Mühe, herauszufinden, was er suchte, denn die Bewegungen der Maschine waren die eines Fischerboots bei Windstärke zehn. Dutch Rolls, dachte er, holländische Rollen. Die werden sich da hinten zu Tode kotzen ... Aber die ganze verdammte Hydraulikflüssigkeit kann doch nicht ausgelaufen sein? Irgendeine Möglichkeit muß es doch geben, eines der Systeme wieder in Ordnung zu bringen ...

Liz Myers meldete sich im Lautsprecher: »Bist du das, Hal? Könntest du Tom mitteilen, daß wir unter den Passagieren einen LH-Piloten haben. Er sagte, er habe eine DC-10-Lizenz. Er ist sechs Jahre mit der Maschine geflogen.«

Terney überlegte nur kurz. Er blickte zum Sitz des Kapitäns. Tom Walker schien die Durchsage gar nicht mitbekommen zu haben, so sehr war er beschäftigt, zusammen mit Frank Heller die Schubhebel der beiden intakten Triebwerke auf eine Weise zu bedienen, daß die DC-10 einigermaßen ihre Lage und den Kurs halten konnte. Einigermaßen ...

»Schick ihn her!« sagte Terney.

Es dauerte keine zwei Minuten, dann öffnete sich die Cockpittür. Ein Mann kam herein. Terney fixierte ihn. Machte einen ganz ordentlichen Eindruck, wenn man davon absah, daß auf seinem leichten, zerknitterten Baumwollanzug Spuren von Erbrochenem zu sehen waren. Der Anzug war blau. Blau waren auch die Augen unter dem grauen, kurzen Haarschnitt.

»Ich heiße Paul Brückner.« Er deutete auf die Flecken. »Stammt übrigens nicht von mir. War ein kleiner Junge in meiner Reihe.«

Terney grinste. Der Typ gefiel ihm.

»Sie kennen die DC-10, Paul? Sehen Sie sich mal um, dann wird Ihnen auch sofort klar, was hier läuft.«

Brückner nickte.

Terney hatte recht. Ein einziger Blick auf das Flying Panel reichte. Überall funkelten rote Warnlampen. Auch der Autopilot meldete *off*. Er sah die beiden Piloten, sah ihre Hände. Die rechte Hand des Kapitäns lag auf dem Schubhebel des Backbordtriebwerks, die linke des ersten Offiziers auf dem des Triebwerks Nummer drei an Steuerbord. Sie saßen gebückt, verloren in ihre Konzentration. Die Anzeige des Steuerbordtriebwerks zeigte eine höhere Leistung. Vermutlich, um irgendeinen Schaden auszugleichen, der auf der Backbordseite Luftwirbel verursachte. Schweißtropfen standen auf ihren Stirnen. Manchmal sahen sie sich kurz an, so wie es ein Pianistenduo tut, das die Einsätze abstimmt. Manchmal auch wechselten sie kurze Worte. Und sie flogen das Flugzeug tatsächlich mit den Motoren! Es mußte eine teuflische Anstrengung sein.

»Sie könnten mir helfen«, sagte Terney. »Ich kann hier nicht weg, wir hatten noch keine Zeit.«

Er klappte den Werkzeug-Kit unter seinem Arbeitstisch auf und reichte Brückner einen Schraubenschlüssel.

»Gehen Sie doch mal ans Heck und schauen Sie nach, wie's dort aussieht.« Wieder wandte er die Augen zu den Instrumenten, die die Wand vor seinem Sitz bis weit über seinen Kopf tapezierten. »Ich komm' hier von den Kontrollen nicht los. Und es kann jede Sekunde was Neues auftreten.«

Brückner nickte stumm und nahm den Schlüssel.

Es dauerte fünf Minuten, dann war er zurück. Er hatte zwei tiefe Falten um die Mundwinkel. Terney brauchte ihn nur anzusehen, um die Antwort zu wissen.

»Hoffnungslos, was?«

»Ja, die Hydraulik ist völlig zerschlagen. Es müssen Schaufeln gewesen sein. Nichts zu machen. Und noch was: Im Elevator, im Höhenleitwerk, haben wir ein Riesenloch.«

Terney ächzte: »Das also? Deshalb ist sie so schwer auf Kurs zu kriegen. Deshalb juckt sie auch mit der Nase so blöde herum.«

»Anzunehmen. Dürfte ich übrigens Ihren Namen wissen?«

»Terney, mein Freund, Hal Terney«, sagte Terney. Und dachte: Wenn schon dasselbe Massengrab, wieso nicht neben einem Deutschen? darauf kommt's schließlich auch nicht mehr an ...

»Und der Kapitän?«

»Walker. Der ›Erste‹ heißt Heller. Noch was?«

»Ja. Mir ist da was eingefallen.« Brückner deutete auf das blutgetränkte Taschentuch, das Frank Heller um seine Hand gewickelt hatte: »Macht seine Arbeit auch nicht einfacher, nicht wahr? Dabei geht es hier doch um Koordination, nach meiner Ansicht – genauer, um die Frage, wie man das Feeling für die Maschine am besten koordinieren könnte.«

»Mach's mir leichter, Kumpel«, sagte Terney.

»Gleich ... Sie arbeiten zu zweit. Und müssen bei diesem Job jetzt eine ganze Menge Gefühl aufbringen, wie Sie die Rotation einsetzen. Jeder guckt dabei noch auf den künstlichen Horizont oder nach draußen. Bei jeder Schubänderung müssen Sie sich irgendwie verständigen. Tun Sie auch, klappt einigermaßen, sonst wären wir längst abgeschmiert. Trotzdem, ich finde, wenn die Koordination in einem einzigen Gehirn stattfinden würde, wäre es einfacher.«

»In einem einzigen Gehirn? Walker hat das versucht. Aber um an beide Hebel ranzukommen, mußte er immer übergreifen. Das war das Problem.«

»Der Mann, der diesen Job hat, muß in der Mitte sitzen.«

»Und wo?«

»Hinter der Mittelkonsole.«

Terneys Augen wurden jäh hellwach. »Und wer ist der Mann? Du?« Zu den tiefen Falten in seinem schmalen, braungebrannten, schweißbedeckten Gesicht kamen noch ein paar neue. »Hat was für sich, Paul. Hat wirklich was für sich.«

Er schaltete das Mikrophon ein und sprach mit Walker. Der Kapitän drehte den Kopf, nickte und bekam wachsame Augen.

»Sie?«

»Ja.«

»Und trauen Sie sich das zu?«

Er nahm den Kopf wieder geradeaus und warf einen Blick auf den künstlichen Horizont. Die Maschine hatte sich geneigt.

Frank Heller gab Gas an Steuerbord. Die DC-10 pendelte sich ein.

»Wieso nicht? Ich kenne sie. Ich habe das Geschäft bei dieser Dame sechs Jahre betrieben. Außerdem ...«

»Ja?«

»Außerdem ist es logisch.« Brückner kauerte sich nieder, dann streckte er die Arme. »So. Ich könnte beide Schubhebel bewegen. Sie überwachen vorne die Lage und den künstlichen Horizont und geben entsprechende Orders. Ihre Aufmerksamkeit wäre frei, Kapitän.«

Tom Walker zögerte. Schließlich warf er einen kurzen Blick zu Frank Heller. »Probieren wir's, Frank?«

»Warum nicht?«

»Gut.«

Die aus der Notlage erfundene neue Improvisation schien zu funktionieren. Bereits nach vier Minuten nickte Kapitän Walker anerkennend. Die Maschine wurde ruhiger, der ewige Rechtsdrall war abgefangen, die Kursanzeige bewies es. Und er hatte den Kopf frei für die anstehenden Aufgaben. Ein neues, das wichtigste Problem, das auf ihn wartete, war der Abstieg zum Landeanflug. Er wollte die Bezirkskontrolle Chicago rufen, da knackte es im Hörer bereits: »Eastern Wings 610. Sind Sie sprechbereit? Hier Chicago.«

»Sprechbereit.«

»Was den Kurs angeht, da liegen Sie ziemlich gut. Wegen der Flugfläche brauchen Sie sich keine Sorgen zu machen. Wir haben den Luftraum für Sie geräumt. Ihr Kurs ist gut für den Endanflug. Vielleicht sollten Sie Steuerbord fünf Grad zulegen. Meinen Sie, Sie schaffen das?«

»Warum nicht?« sagte Walker.

»Um so besser. Da wäre noch etwas: Wir haben mit McDonnell Douglas, Long Beach, Kontakt. Die ganze Zeit schon. Die Douglas-Leute haben einen Expertenstab zusammengerufen. Wie ist das, funktionieren die Querruder jetzt wieder?«

»Nicht mehr. Anfangs ging das noch. Damit ist's auch vorbei.«

Die Stimme dort unten, tausend Meilen von ihm entfernt, versuchte Ruhe zu bewahren. Die Enttäuschung war ihr trotzdem anzumerken »Bedauerlich. Sehr bedauerlich.«

»Und der Expertenstab?«

»Das ist es ja. Die haben alle möglichen Versionen durchgesprochen. Unsere Techniker hier meinen, sie taugen alle nichts. Das Problem ist eben noch nie aufgetaucht, Sie verstehen?«

»Und ob!« sagte Walker. »Ende.«

Erneut bestimmte er seine Position. Sie hatten die Höhe von dreizehntausend Fuß verlassen, flogen jetzt in etwa viertausenddreihundert Meter und lagen noch im Luftstraßenbereich. Die Herrn Experten aus Long Beach? Na ja, in einem hatten sie wohl recht: Das Problem war noch nie aufgetaucht ...

Er schaltete die Frequenz auf Sioux City, Approach Control. Dort gab es eine Stimme, die helfen konnte, zumindest war's die einzige, zu der Tom Walker Vertrauen hatte. Die mochte jetzt, wo auch immer, auf ihre Radarschirme starren. Der einzige, der mit seinen Daten etwas anfangen konnte, war Phil Hopkin.

»Eastern Wings 610. Sioux City Approach! Bitte kommen. Hier Walker.«

»Hallo, Tom!« Phils Stimme.

»Wir werden mit dem Abstieg beginnen. Das heißt, zu beginnen versuchen.«

»Ja, Tom.«

»Phil, du kennst doch die Formel bei der DC-10: Für jeweils dreihundert Meter, die du absteigst, hast du drei Meilen zurückzulegen. Für uns gilt das leider nicht. Bei uns kann noch jede Menge passieren.«

»Ist uns allen klar. Denk darüber nicht nach, Tom. Mach einen Schritt nach dem anderen.«

Es waren die weichen, behutsamen Worte eines Arztes, der einen Kranken durch die Krise begleitet. Irgendwie, schien es Walker, traf der Vergleich zu. Phil Hopkin, Leiter und gleichzeitig bester Mann der Anflugkontrolle Sioux City, galt nicht nur unter den Freunden, zu denen auch Walker gehörte, sondern bei allen, die ihn kannten, als Mann des unerschütterlichen Ausgleichs. Groß. Dick. Schweigsam. Walker sah ihn plötzlich am Rand des Flusses stehen, den Strohhut auf dem Kopf, die Pfeife im Mundwinkel, die Rute in der Hand. Sah ihn an einem von Phils Geheimplätzen am Missouri, die er niemand preisgab. Unbeweglich. Ruhig wie ein Stein.

Er war froh, sehr froh, daß es ihn gab.

»Noch eine Frage, Phil.«

»Ja?«

»Die Notdienste sind bereit?«

»Darüber wirst du dir doch nicht den Kopf zerbrechen, Tom? Natürlich sind sie das.«

28. September

Sioux City

Ortszeit: 14 Uhr 10

Diesen Tag, diesen herrlichen Tag würde er ganz gemächlich angehen. Dazu hatte sich Alejandro García entschlossen. Die Orchesterprobe war abgesagt. Von seinen Schülerinnen stand für den Morgen nur eine einzige auf dem Programm: Olga Lebedew. Anders ging das auch nicht. Schließlich, um raus zum Flughafen zu fahren, benötigte er bei dem Mittagsverkehr mindestens dreißig Minuten. Also waren vierzig einzuplanen. Und die Maschine aus Miami mit Maria und den Kindern würde sicher pünktlich landen.

Er sah auf die Uhr: elf Uhr zwanzig. Wie immer war Olga zehn Minuten zu früh erschienen. Na, um so besser.

»Stellen Sie Ihr Cello dort in die Ecke, Olga. Dann trinken wir noch eine Tasse Kaffee. Was halten Sie davon? Trinken Sie eine mit?«

»Das ist sehr liebenswürdig von Ihnen, Maestro.«

»Nun lassen Sie doch den ewigen ›Maestro‹ endlich mal sterben! Wahre Maestros gibt's nur ein Dutzend auf dieser Welt. Und ich gehöre bestimmt nicht dazu. Kommen Sie schon!«

Entzückend sah sie aus in ihrem dunkelblauen Kleid mit dem weißen Kragen. Hübsch, wirklich. Ihr breites Lachen im Gesicht ... Die Lebedews waren russische Einwanderer, und er selbst war es gewesen, der während der Reagan-Hysterie Olgas Vater, Victor Lebedew, davon abgehalten hatte, sich in Dewy umzunennen. Olga Dewy? – Undenkbar!

Er rückte ihr in der Küche einen Stuhl zurecht. Hübsch, ja, aber wenn Conchi mal in ihrem Alter sein würde! Mit Conchi konnte sie schon jetzt nicht mehr konkurrieren. Ach Gott, Conchi und der kleine Toni – ganz warm wurde ihm ums Herz.

Er schaltete den Fernseher an. Nachrichten. Er achtete nicht darauf, stellte zwei Tassen und zwei Untertassen auf den Tisch, brachte Zucker und Milch und nahm die Thermosflasche, um Kaffee einzugießen. In seinem Rücken hatte der Nachrichtensprecher mit seiner Ansage begonnen.

Doch was war das? Was brachte der Mann da?

So hart setzte Alejandro García die Kanne auf den Tisch, daß der Kaffee herausspritzte. Er schloß die Augen. Er drehte nicht den Kopf zum Schirm. Es war zuviel. Jedes dieser Worte war eine Keule.

»... Wie wir bereits zehn Minuten zuvor in einer Sondermeldung berichteten, befindet sich die schwer havarierte DC-10 der Eastern Wings noch immer in stetigem Anflug auf den Flughafen Gateway von Sioux City. An Bord des Flugzeuges, das in Miami gestartet ist, befinden sich zweihundertacht Passagiere und elf Besatzungsmitglieder. Wie Kapitän Tom Walker, der in Sioux City ansässig ist, meldete, hat er infolge einer Triebwerksexplosion die Steuerkontrolle über die Maschine verloren, durch das Einsetzen der Triebwerke als Steuermittel gelingt es der Besatzung jedoch, den Kurs einzuhalten, so daß sie zur Notlandung ansetzen kann ...«

Notlandung? Triebwerke als Steuermittel? Maria! Die Kinder! Die Kinder!

Die Angst war wie ein unerträgliches Gewicht. Mühsam drehte sich Alejandro García um und sah zum Schirm hoch: der Gateway Airport. Die Wagen der Platzfeuerwehr, die an parkenden Flugzeugen vorbeirasten. Andere Flugzeuge, die offensichtlich aus der Gefahrenzone abgezogen wurden und einen neuen Platz zugewiesen bekamen. Soldaten in Uniform, die von olivbraunen Fahrzeugen sprangen.

»... Die Notfall- und Chirurgenteams des Marion Health Center und des St.-Lucas-Krankenhauses stehen in Bereitschaft. Weitere Ärzte, vor allem Chirurgen, sind von der Rot-Kreuz-Organisation Sioux City für einen extremen Katastrophenfall alarmiert worden. Mobilisiert ist auch die 124. Brigade der Nationalgarde, die bereits mit Räumfahrzeugen, schwerem Gerät und Sanitätseinheiten am Flugplatz eingetroffen ist. Es wird damit gerechnet, daß die Piloten in etwa vierzig Minuten die Notlandung versuchen werden.«

Alejandro Garcías Unterlippe zitterte. Er versuchte aufzustehen. Es gelang ihm nicht. Seine Knie gaben nach.

»Was ist, Herr Professor? Ist Ihnen nicht gut?«

»Meine Tochter«, murmelte García. »Meine Tochter ist in diesem Flugzeug. Sie ist an Bord, Olga! Hören Sie? Sie haben doch Ihren Wagen dabei?«

»Natürlich.«

»Olga ...« Er versuchte es erneut, und diesmal stand er. »Sie bringen mich doch raus zum Flughafen, ja? Ich muß doch ... Bitte, ich kann doch nicht hier rumsitzen. Das verstehen Sie doch?«

»Aber natürlich«, sagte Olga Lebedew, erhob sich und streichelte seine Schulter. »Aber natürlich versteh' ich das ...«

28. September

Flugfläche 460 – Luftstraße UP-118

Des Moines–Sioux City

Ortszeit: 14 Uhr 30

Welch ein Abstieg!

Der Irrsinn ging weiter.

In der Kabine hielt Liz Myers das Mikrophon in der Hand und erklärte zum dritten Mal zweihundertacht furchterstarrten Menschen, wie sie sich zu verhalten hätten, wenn das Flugzeug irgendwo dort unten aufschlug.

Selbstverständlich sagte sie nicht »aufschlug«, obwohl Liz bei dem Verhalten des verdammten Vogels davon überzeugt war. Sie wählte das beruhigendere Wort »Notlandung«.

»Ehe das Flugzeug zur Notlandung ansetzt, möchte ich nochmals denjenigen unter Ihnen, die Prothesenträger sind, sagen, und ich kann Ihnen das nicht dringend genug nahelegen: Bitte legen Sie, soweit das irgendwie möglich ist, Ihre Prothesen ab. Dies gilt auch für Zahnprothesenträger. Selbst Sehhilfen – Gläser, Brillen, Haftschalen und Ähnliches –, bitte entfernen Sie diese Dinge vor der Landung. Ich schätze, daß sich die Zeit, die uns noch verbleibt, auf etwa zwanzig Minuten beläuft. Daher ergreife ich noch einmal die Gelegenheit, Ihnen zu sagen, worauf es dabei besonders ankommt: Die Sitzlehnen sind schon alle geradegestellt. Das ist gut so. Kurz vor dem Aufsetzen beugen Sie sich bitte, soweit es irgendwie geht, nach vorne und verschränken die Hände im Nacken. Schützen Sie mit möglichst geschlossenen Ellbogen Gesicht und Oberkörper.«

Die Mädchen der Kabinen-Crew eilten zwischen den Sitzreihen auf und ab wie wachsame Schäferhunde, die das Verhalten ihrer Herde zu kontrollieren haben. Die Menschen aber saßen steinern und blickten aus blassen, ergebenen Gesichtern auf die große Stewardeß mit den dunklen Haaren. Nur das ewige, nervenzerreißende Auf- und Abebben der Triebwerke unterbrach die lähmende Stille. Und das Weinen eines Kindes.

Der Irrsinn wollte kein Ende nehmen. Er stellte jede Regel auf den Kopf. Das Unmögliche war zum Normalfall geworden.

Im Cockpit kauerte Paul Brückner noch immer über den Schubhebeln. Die kantige Konsole drückte in seinen Magen.

Sein Hemd war klatschnaß. Seine Augen tränten vom permanenten Starren auf den künstlichen Horizont. Es war ihm, als könnte er auf diese Weise auch die kleinste Reaktion des großen, verletzten Flugzeugkörpers in sich aufnehmen.

»Wie hoch, Frank?« hörte er Walker fragen.
»Viertausendsechshundert«, antwortete Frank Heller.
Viertausendsechshundert Fuß? Das war etwas mehr als eintausendfünfhundert Meter. Lange konnte es nun nicht mehr dauern. Und lange würde er es auch nicht mehr durchstehen. Er spürte, wie die DC-10 erneut die Nase hochnahm. Seine ganze zwanzigjährige Erfahrung sagte ihm Gas wegnehmen, um sie wieder in Abwärtsrichtung zu bringen. Doch was halfen zwanzig Jahre in diesem Fall, was half seine Routine, auf die er so stolz gewesen war? Nichts. Schmeiß alles weg!
Aus dem Lautsprecher über ihm drang die leise, beruhigende Stimme des Controllers: »Ausgezeichnet, Tom! Haut hin. Jetzt liegt ihr fast genau auf Kurs. Exzellent. Wirklich! Und nochmals: Wir haben nicht nur die Bahn 23, wir haben den halben Platz für euch leergeräumt. Alles ist für euren Empfang vorbereitet. Ihr habt jetzt bald den Outer-Marker vor euch. Alles wunderbar.«
Alles wunderbar?
Über ihr Anflugprofil verlor er kein Wort.
Schon wieder hatte es sich die DC-10 in den Kopf gesetzt, zum Himmel zu steigen, ließ sich nicht davon abbringen. In den letzten vierzig Minuten war jeder Versuch fehlgeschlagen, in einer solchen Phase auf sie einzuwirken, genauso wie alle Mühe, sie in etwa stabil zu halten. Gab er links zuviel Schub, wollte die Kiste nach rechts unten wegtauchen, nahm er das Gas wieder weg, zart nur, sank sie ab, nahm die Nase tief und drohte in eine unkontrollierbare Fluglage zu geraten. Und als ob das nicht reichte, mußte Brückner, statt die Geschwindigkeit nun zu drosseln, noch mehr Gas geben, bis sie sich herabließ, ihre verdammte Nase wieder hochzunehmen.
Wie jetzt!
Im Cockpit kannte jeder den Grund für dieses Verhalten:

Die beiden intakt gebliebenen Triebwerke lagen hinter dem Schwerpunkt. Und jede Möglichkeit, diese Fehlbelastung durch Steuer und Klappen auszugleichen, war ihnen genommen. So half nur, was in der normalen Fliegerei als verrückt gelten würde: statt die Geschwindigkeit zu drosseln, erst recht Gas zu geben. Solange Gas, bis der Luftstrom sie zwang, die Nase wieder hochzustellen und damit die Fahrt zu verlangsamen. Die Folge war eine Abstiegsbewegung in Form einer mehr oder weniger geradlinigen Achterbahn. Hoch – runter – hoch, eine ständige verrückte Wellenbewegung, aus der sie nicht mehr herauskamen. Hoch, runter ...

»Viertausendzweihundert!« rief Frank Heller.

Lange würde es nicht mehr dauern.

»Ihr müßt etwas nach Steuerbord halten.«

Die Controller-Stimme. »Ein Freund«, hatte Walker zuvor gesagt. Er schien wirklich »ein Freund«. Vorsichtig, zentimeterweise bewegte Brückner den Regler.

»Gut so, Paul. Reicht«, lobte der Kapitän.

Nun drehte er den Kopf. »Paul, bisher war es eine klasse Leistung. Aber jetzt, jetzt sieht die Sache ein bißchen anders aus ... Derjenige, der den Schub regelt, braucht auch Sicht. Wir werden also übernehmen. Ich denke, wir haben noch drei, vier Minuten Zeit. Und ich denke noch was: Die Bude hier vorne ist eine erstrangige Gefahrenzone. Schließlich bist du heute nicht Pilot, sondern Passagier. Tu mir den Gefallen, geh zurück an deinen Platz und schnall dich an. Nochmals, Paul, thanks! Wenn Gott will, trinken wir nachher ein Bier zusammen, ja?«

Brückner erhob sich, besser, er versuchte es. Doch Kreuz und Muskeln waren derart verkrampft, daß er es kaum schaffte.

»Ja dann«, sagte er und hob die Hand. »Macht's gut!«

Nun erlebte er, wie es für die Passagiere in der Kabine war.

Alle bisherigen Krisensituationen hatte er in der Kanzel durchgestanden, den Blick nach draußen oder auf die Instrumente, die ihm sagten, was schiefgegangen war und was man noch tun konnte.

Doch als er in die Kabine kam, die endlosen Reihen der Gesichter vor sich sah, Gesichter von Menschen, von denen jeder einzelne damit beschäftigt war, sich auf den Tod vorzubereiten, den eigenen, urpersönlichen Tod, war es Brückner, als würde ihm ihre Ohnmacht, ihr schreckliches Ausgeliefertsein durch die Poren unter die Haut bis ins Herz dringen.

Vielleicht war dies der schlimmste Augenblick ...

Eine der Stewardessen, auch sie festgeschnallt, machte eine wilde Handbewegung.

Brückner wußte, wo er Platz nehmen würde.

Wenn schon, dachte er, dann bei ihnen.

Maria saß wie zuvor zwischen ihren Kindern. In der rechten Hand hielt sie Tonys linke, in der linken Conchis rechte Hand umklammert. Er sah, wie sie sich einmal zu dem einen und dann zum andern Kind beugte. Er sah, wie sie Conchi küßte. Im Gegensatz zum Rest der Passagiere war noch immer lebendige Wachsamkeit auf ihrem Gesicht. Sie will durchkommen, wußte er in dieser Sekunde. Und wenn es irgendeine Chance gibt, wird sie's auch schaffen. Sie und ihre Kinder ...

Er setzte sich in dem absoluten, kaum erträglichen Schweigen und schnallte sich fest. Er beugte sich zu ihr, um die Notfallinstruktion herunterzubeten.

»Ist ja gut, Paul«, sagte sie. »Die Stewardeß hat das schon zehnmal erzählt. Wie war's da vorne?«

»Ziemlich schlimm.«

»Und wie wird's werden? Geh'n wir drauf?«

»Aber wieso denn? Wir müssen nur raus, falls was schiefgeht. Dort. Der Notausstieg. Dort müssen wir hin!«

Irgend jemand hüstelte, als hätte Brückner das feierliche Schweigen während eines Konzerts unterbrochen.

Er ließ seinen Blick schweifen. Beschissener Platz! Keine Möglichkeit zur Orientierung. Aber wenn das Flugzeug nicht gleich explodierte, wenn Walker etwas hinlegte, das auch nur entfernt nach einer Landung aussah, kamen sie auch raus. In den Notausstiegen befanden sich kleine Druckflaschen, die sie in weniger als einer Sekunde öffneten.

Er versuchte wenigstens einen winzigen Ausblick aus den Fenstern zu gewinnen, um zu erfahren, wie hoch sie noch waren.

Nichts. Blauer Himmel.

Aber nun!

Die DC-10 hatte wieder zu einer ihrer üblen Gierbewegungen angesetzt. In dem kleinen Fensterrechteck erschien der Horizont. Ein Horizont im Westen. Endlos. Davor aber stand ein Haus. Und das Haus schien Brückner verdammt groß. Nach der Perspektive, die sich ihm bot, flogen sie bereits sehr tief. Walker und Heller vorne mußten bereits den Anfang der Piste vor sich sehen. Und die Feuerwehr natürlich. Und die Krankenwagen.

Als er an die Krankenwagen dachte, fühlte er, wie die Maschine wieder hochzog.

Ausgerechnet jetzt! Er war wie gelähmt vor verzweifeltem Zorn. Kann sie doch nicht bringen! Doch nicht jetzt – bei der Landung? Was nun? Er hing wieder im Geiste im Cockpit über den Schubreglern. Was jetzt? Gas geben? Rechts? Links? Backbord? Was jetzt, verdammt noch mal? Sie nimmt die Steuerbordfläche runter! Und wie! Sie sackt, sackt, sackt ohne Ende. Jetzt! Krach. Ein Stoß. Ein Schlag wie mit einem Hammer. Schreie. Er fühlte sich hochgehoben. Schluckte. Die Gurte! Sie dreht sich, sie dreht! Bloß kein Feuer! – Lieber Gott, bloß kein Feuer! Anja hat es erlebt, meine arme Anja.

Dunkelheit.

28. September

Sioux City – Gateway Airport

Ortszeit: 14 Uhr 42

Und es war so ein schöner Tag! Es kann doch nichts passieren. Nicht an einem Tag wie Milch und Honig. Es darf einfach nicht ...

Alejandro García befand sich im ersten Stock des Flughafengebäudes, draußen auf der Terrasse, ganz vorne. Es gab noch viele andere Leute, die erregt aufeinander einschrien. Kameramänner des Fernsehens. Reporter. Eine ganze Meute. Er nahm sie kaum wahr. Für ihn existierte nur ein einziges Geräusch: das sonderbare Auf- und Abfauchen von Turbinen über den Bäumen.

Dann kamen sie ...

Er sah die stumpfe schwarze Nase der Maschine, die blitzende Kanzelverglasung, hinter der die Piloten saßen, die Tragflächen. Sie schwankten. Und wie sie schwankten. Laß es gutgehen, lieber Gott! Das Flugzeug war jetzt schon über der Stelle, wo die Feuerwehrautos warteten. Nun huschte sein Schatten über die Lastwagen der Armee. Sie bringen es fertig, sie schaffen es! Doch nun war es Alejandro García, als ströme alles Blut aus seinem Leib. Die Maschine nahm plötzlich den Bug hoch, höher, zeigte ihre Unterseite, die Unterseite der Flügel, so als breite sie in einer hilflos flehenden, beschwörenden Geste die Arme aus. Zu spät. Umsonst. Das Heck traf die breite Betonpiste. Brach ab!

Da sitzen doch Menschen drin! dachte Alejandro García. Menschen, viele Menschen – meine Maria, die Kinder.

Nun kam der ganze Rumpf herab, knallte das Fahrgestell auf.

»Gott!« schrie Olga. »O Gott, sehen Sie nicht hin, Professor! Sehen Sie nicht hin!«

Doch er sah hin. Alejandro García mußte hinsehen. Und so sah er, wie die rechte Flügelspitze den Boden berührte, eine Fontäne von Dreck und Staub aufriß, abbrach und wie jetzt – ein entsetzliches Wunder – der verbleibende Rest sich erneut in die Luft erhob, die linke Tragfläche, der Stummel auf der anderen Seite, alles machte einen gewaltigen Satz, glich einer waidwunden Heuschrecke, brach wieder herab, schlitterte in einer funkenstiebenden Bahn über die Piste und pflügte sich endlich in das Kornfeld neben dem Runway, kam zum Stehen.

Alejandro Garcías Beine gaben nach. Um ihn nichts als Schweigen. Dort draußen aber hörte man Sirenen, Kommandos, aufdröhnende Motoren.

Alejandro García saß an der Betonbrüstung der Terrasse und hielt seine Knie umklammert. Er weinte wie ein Kind.

Schmerzen. Welche Schmerzen! Oh, Herrgott noch mal! Der linke Arm, was war mit dem linken Arm?

Es waren diese beinahe unerträglichen Feuerstiche, die ihm die Benommenheit nahmen. Er hörte Stöhnen. Ein Schrei. Wieder dieses ächzende, röchelnde Stöhnen. Er wollte das Auge öffnen. Es war verklebt. Er rieb daran. Blut. Und erst jetzt brach die Realität über ihn herein.

Die Maschine, die noch mal hochwollte?

Der Aufschlag.

Der Arm schien gebrochen. Und weiter? Er versuchte sich zu orientieren. Er konnte auch das rechte Auge öffnen und erkannte: Die Kabine lag auf der Seite. Sie alle lagen auf der Seite. Körper, Gepäckteile, Polster und abgerissene Sitze – alles bildete ein undurchdringliches Durcheinander. Die Sitze in der Reihe vor ihnen hatten sich aus der Halterung gelöst. Wo waren die Kinder? Und Maria?

»Maria!«

»Ja?« hörte er sie. »Bist du verletzt?«

»Ich glaube nicht.«

So schlimm die verkeilten Sitzreihen auch aussahen, sie schienen Maria, Tony und Conchi Schutz gewährt zu haben. »Was machen die Kinder?«

»Leben.«

Es war die kürzeste, aber auch wichtigste Antwort, die sie geben konnte. Er versuchte sich loszumachen. Der linke Arm hing schlaff herab. Er biß die Zähne zusammen, um sein Stöhnen zu unterdrücken. Da lag ein Männerkörper, die Augen weit aufgerissen, den Kopf unnatürlich zur Seite gedreht. Tot. Mit gebrochenem Genick. Der Notausstieg! dachte er. Der Passagier neben ihm hing schräg aus seinem Sitz. Er bewegte den Arm. Brückner löste die Gurtschnalle.

»Hören Sie? Können Sie mir helfen? Wir müssen den Notausstieg öffnen.«

Der Mann nahm ihn nicht wahr. Seine Lippen bewegten sich. Sie formten drei Worte: »Meine arme Frau ... Meine arme Frau ...« Er wiederholte die Worte unablässig wie ein Gebet.

Brückner kroch mit seinen herabbaumelnden Arm zwischen geborstenem Metall, Polstern und stöhnenden Menschen in Richtung Notausgang. Durch eines der Fenster sah er, daß draußen Korn wuchs. Ein Kornfeld? Sie waren in einem Kornfeld gelandet. Die Halme waren wie abgemäht. Dazwischen glühte es und züngelten kleine Flammen.

Feuer!

Das Glühen hatte die Form eines Kreises. Es konnte Sekunden dauern, und sie würden alle in die Luft fliegen. Es konnte dieser kleine Kreis dort sein, der das Ende einleitete …

Er holte Luft. Vergiß die Schmerzen! Er starrte wie gebannt. Und dann fiel ihm der Satz ein, den Maria gestern gesagt hatte: *»Dem Kreis des Bösen kann man nicht entrinnen …«*

Vielleicht war dies die Wahrheit? Der Kreis des Bösen. Vielleicht hatte er sich geschlossen? Vielleicht war es nur eine Illusion gewesen, zu glauben, ihn aufbrechen zu können.

»He, Mister! Könnten Sie mir behilflich sein?«

Er drehte den Kopf und blickte in ein dunkelhäutiges Mädchengesicht: Die Stewardeß, die sich so nett um die Kinder gekümmert hatte.

»Natürlich. Nur, mein verdammter Arm – leihen Sie mir Ihr Halstuch?«

Sie nickte. Sie hatte ein verschwollenes Auge und rote Striemen quer über der Stirn. Als sie das Halstuch aufknüpfte, sah er, daß ihre Bluse zerrissen war und sie darunter einen blauen Büstenhalter trug.

»Der linke«, sagte er. »Der Oberarm. Wenn Sie mir den bitte unterhalb des Gelenks an den Leib binden könnten.«

Sie tat es rasch und geschickt.

Er stöhnte. Sie mußten raus. Nichts wie raus! Die Kinder?

Er sah, daß der Nothebel bereits betätigt worden war, aber der Aufprall hatte die Türführung wohl verzogen. Nur ein Spalt war geöffnet.

Er bückte sich und zog an der Halterungsschiene eines Sitzes.

»Das elende Beil«, sagte sie, »ich konnte es nicht finden.«

»Versuchen wir's damit.«

Zu zweit gelang es ihnen, das Stück Metall zu lockern und schließlich herauszuziehen. »Dort. In die Ecke. Schieben Sie's da rein!« Sie gehorchte. Sie zogen mit vereinten Kräften. Die Tür ließ sich an der Unterkante öffnen.

Sie sahen sich an. Sie richtete sich auf und brüllte: »Hierher! Hier! Schnell! Hierher!«

Der Schmerz war unerträglich, als er versuchte, mit seiner gesunden Schulter die Sitzreihe zurückzudrücken, die Maria und die Kinder gefangenhielt. Endlich, sie bewegte sich. Eine Hand streckte sich ihm entgegen. Ein Arm. Maria! Ihr Haar hatte sich gelöst, aus einem kleinen Schnitt an ihrem Hals sickerte Blut. »Maria, warte! Ich schaff' das schon. Jetzt!«

Sie kroch auf den Knien heran. »Was ist mit deinem Arm?«

»Frag nicht. Raus! Hol die Kinder!«

Und sie kamen. Conchi zuerst, dann Tony.

»Was ist mit deinem Arm?« beharrte sie.

»Tony, los! Hilf deiner Mutter!«

Sie hatten kalkweiße, verstörte Gesichter. Aber sie reagierten. Sie krochen über Sitze und Flugzeugtrümmer, über leblose Körper, hatten die Luke erreicht, waren draußen! Er sah eine ältere Frau, die mit hocherhobenen Armen wie eine betende Priesterin auf einem Polster kniete.

»Schluß mit dem Quatsch!« schrie er sie an. »Kommen Sie! Den rechten Fuß zuerst. Hier gibt's nichts mehr zu beten. Rutschen Sie auf dem Hintern hinaus. Und schnell!«

Dann war auch er draußen.

Aus dem Kornfeld stank es. Der Boden war mit Kerosin

getränkt. Es stank nicht nur nach Flugbenzin, nicht nur nach Rauch und Trümmern – es stank nach Tod.

Ohne einen Blick zurückzuwerfen, lief er los. Hinter ihm waren Schreie. Vor ihm auch. Das waren Kommandos. Uniformierte rannten durch die meterhohen Ähren. Ein Mann in einer blauen Sanitäteruniform kam direkt auf ihn zu.

Er wollte den Arm hochnehmen. Das ging nicht. Dann wollte er ihm zuschreien, daß es in den Trümmern noch jede Menge Leute gab, die Hilfe brauchten, und daß die verdammte Kiste gleich in die Luft gehen konnte. Auch das war unmöglich. Er sagte nur »Hallo« – und kippte um.

Der Mann hatte hellbraune, aufmerksame Augen. Er trug einen grünen Mantel und eine grüne Kopfbedeckung. Als Brückner sich aufrichtete, bemerkte er, daß sein linker Arm eingegipst war.

»Geht's so?«

»Ja. Und was wollen Sie von mir?«

»Das haben wir ja schon hinter uns. Wir haben Ihren Arm eingerichtet. Und weil Sie sowieso bewußtlos waren, brauchten wir auch keine Narkose. Ganz praktisch.«

Brückner grinste, ohne zu wissen, warum. Er fühlte sich hundemies. Er lag auf einer Art schmaler Trage in einem geschlossenen, ebenfalls ziemlich schmalen Raum. Männer in grünen Chirurgenmänteln gab es noch mehr. Auch Frauen. Und Verletzte.

»Was ist das hier? Ein Krankenhaus?«

»So was Ähnliches.« Der Mann lächelte. »Ein mobiles Krankenhaus. Ein Spezialgroßraumwagen für Erstversorgung.«

»Erstversorgt bin ich doch. Dann kann ich ja aufstehen.«

»Auf Ihre Verantwortung, lautet in solchen Fällen die Antwort«, erwiderte der Mann mit einem Lächeln.

Erst jetzt begann Brückners Gehirn wieder richtig zu arbeiten, nahm es Dinge, Schärfe und Konturen wahr. Maria? Die Kinder? Die betende Frau, der er aus dem Notausstieg geholfen hatte. Wo waren sie? War die Maschine explodiert? Hatte sie Feuer gefangen?

»Hat ... hat es gebrannt?«

Der andere schüttelte den Kopf. »Nein, sie haben das Feuer noch rechtzeitig löschen können.«

»Und – gab es viele Tote?«

Das Gesicht wurde ernst. Der Mann blickte ihn abschätzend an. Dann nickte er.

»Wie viele?« drängte Brückner.

»Etwa vierzig – nach den ersten Schätzungen.«

Brückner versuchte sich vorzustellen, was diese Zahl an Drama und Schmerz bedeutete.

»Die meisten traf es in der ersten Klasse. Beim zweiten Aufprall. Denn nachdem die DC-10 weiterschlitterte, brach auch das Cockpit weg. Und so waren die Leute im vorderen Rumpfteil völlig ungeschützt. Dort haben wir allein zwölf Tote.«

»Und das Cockpit?«

»Soweit ich weiß, hat es von der Crew nur einen erwischt. Den Bordingenieur.«

Terney. Hal Terney. Hal, der ihm gesagt hatte, daß die Fliegerei für ihn nächstes Jahr aus und vorbei wäre.

»Hören Sie, hier haben Sie eine Jacke. Die können Sie sich über die Schultern legen.«

Es war ein weites, rehbraunes Feldjackett der Armee. »Ich habe Ihnen ein Schmerzmittel verpaßt. Das wird etwa eine Stunde vorhalten. Unser Fahrer wird Sie gleich in die Klinik bringen, damit die Ihren Kreislauf und den Rest untersuchen können.«

»Aber natürlich, natürlich«, murmelte Brückner und

ging auf wackligen Beinen an drei weiteren Verunglückten vorbei zur Schiebetür.

Es gab eine Treppe mit drei Stufen.

Er blieb auf der ersten stehen.

Er blickte auf die vier Menschen, die sich dort versammelt hatten. Und dann sah er über ihre Köpfe hinweg, über die Rollwege, Fahrzeuge und Menschen zu dem goldbraunen Kornfeld, aus dem einzelne dunkle Rauchfäden in den klaren Himmel stiegen.

»Paul!«

Wie er selbst trug auch Maria eine Armeejacke. Auf ihrer Stirn klebte schon wieder ein Pflaster. Dennoch glaubte er noch nie ein so klares, liebevolles Frauengesicht gesehen zu haben. Und noch nie einen Blick von solcher Intensität. Sie hielt die Hände um die Schultern ihrer Kinder. Und auf ihrer Schulter wiederum lag die Hand eines Mannes. Er war grauhaarig, hatte einen schmalen Schädel und ähnliche Augen wie sie.

»Da bist du ja«, sagte Maria Rosario. »Paul, welches Glück, daß es dich gibt!«

Der Mann löste sich von ihr und kam auf ihn zu.

»Sie haben meine Tochter gerettet.«

»Das ist nicht wahr.«

»Doch, doch! Sie haben sie gerettet. Und die Kinder auch. Eigentlich müßte ich sie jetzt umarmen. Aber bei Ihrem Arm kann ich das ja nicht. Deshalb ...« Er griff nach Brückners Hand und küßte sie.

Brückner war zu verblüfft, um sich zu rühren.

Wieder sahen sie sich an. Ein Glück, daß es dich gibt, dachte Brückner. O Gott, ja!

30. Oktober

Miami International Airport

Ortszeit: 10 Uhr 30

Auf die Sekunde genau betrat Alf Fohrer den Crew-Aufenthaltsraum. Die Sonnenbrille hatte er sich hoch über die Stirn in die dunklen Locken geschoben, das braune Gesicht strahlte, die Zähne waren weiß und von den breiten Schultern hing lässig umgehängt die blaue Kapitänsjacke mit den vier goldenen Streifen.

»Hallo, Herr Brückner!«

Na ja, dachte Brückner und erhob sich. So sind sie halt, die jungen Leistungsträger. Sie werden's auch noch lernen. Sie schüttelten sich die Hände.

»Und? Wie war der Trip?« Fohrer nahm Platz. »Mies, oder?«

»Nordwest. Die ganze Zeit. Erst vor Florida hörte das auf.«

Brückner holte die Mappe mit der Einsatzdokumentation aus dem Pilotenkoffer und schob sie Fohrer zu. »Bitte! Der Vogel ist übrigens okay. Mit den Checks werden sie nicht viel Mühe haben.«

Fohrer würde den Airbus 340-200, mit dem Brückner gestern abend in Miami gelandet war, in drei Stunden wieder zurück nach Frankfurt am Main fliegen.

»Danke, Herr Brückner.« Er verstaute die Mappe in seinem Koffer. »Was macht übrigens Ihr Arm?«

»Sehen Sie doch. Nagel rein und fertig. War nach drei Wochen völlig ausgeheilt.«

Fohrer nickte und lächelte. »Schon der reinste Wahnsinn, den Sie da hinter sich haben, was?«

»Ja«, sagte Brückner.

»Und wissen Sie, was so total irre ist, daß es ja wirklich dem Affen das Auge aus der Rübe haut? Das ist doch, daß die in Frankfurt Ihnen statt eines Ordens und einer Prämie ein Dienstverfahren anhängen wollen! Und das trotz des ganzen Presserummels. Selbst die Amis hatten nur ein Thema. Das ging von der *Washington Post* bis zur *Time.* Alle haben Sie als den Helden des Sioux-City-Desasters gefeiert. Und nicht nur das. Auch noch als den Mann, der den Bogus-Part-Sumpf trockenlegte.«

»Naiv so was. Ein dämlicher Blödsinn.«

»Was?«

»Das wissen Sie doch so gut wie ich, Fohrer. Wir haben einen aus dem Verkehr gezogen. Dafür wachsen drei andere nach.«

Fohrers Strahlen erlosch. »Das ist ja der verdammte Mist, Kapitän, daß Sie auch hierin recht haben.«

Zehn Minuten später suchte Paul Brückner im Gewühl der riesigen Halle nach einem Zeitungsstand, wo er sich eindecken konnte.

United-Flug 421, Miami – Sioux City. Dep: 13.00.

Da stand es. Und die weißen Buchstaben auf dem schwarzen Grund der Anzeigentafel übten eine merkwürdige, morbide Faszination auf ihn aus.

Rasch ging er weiter. Am Kiosk gab's Ansichtskarten. Er betrachtete sie, aber seine Hand, die schon zugreifen wollte, um einen besonders hübschen Delphin, der aus einem besonders blauen Pool sprang, herauszuziehen, hielt inne. Eine neue Karte? Eine einzige Tochter über die Jahre mit so vielen Karten einzudecken, was hatte es gebracht? Diesmal fühlte er sich von jeder Schuld frei. Geradezu angefleht hatte er Christine, ihn zu begleiten. Aber logisch, es gab irgendeinen Ronny oder Robby, und der machte gerade das Vorexamen, und es wäre dann doch zu »ätzend«, ihn in einer solchen Situation allein zu lassen.

Und du? dachte er. Was suchst du hier?

Was eigentlich?

Und wie willst du Christine erklären, daß ein einziger Satz genügte, dich um den halben Erdball in eine kleine Stadt des Mittleren Westen der USA fliegen zu lassen?

Ein Glück, daß es dich gibt, Paul! lautete der Satz.

Ja, Maria, dachte er, das gilt auch umgekehrt!

»Wir bitten die Passagiere des Fluges Miami–Sioux City, sich an Bord ihrer Maschine zu begeben«, klang die Lautsprecherstimme durch die Halle.

Sioux City. – Brückner blieb stehen. Das zweite Mal nun. Sioux City – als ob einmal nicht reichte. Außerdem: Welch ein Name für eine Stadt! ... Aber sie lag am Missouri. Und er hatte zwei Wochen Zeit. Am Missouri konnte man angeln und mit den Kindern baden gehen. Vielleicht erwarten sie, daß du ihnen Geschenke mitbringst? Er sah sie wieder aus den Trümmern kriechen: zunächst Conchi, die Augen aufgerissen, dann der Junge mit blutenden Lippen. Geschenke sind gestrichen, beschloß er. Er haßte es, auf Flughäfen einzukaufen, er hatte es zu oft getan, außerdem, dachte er, könnte ja sein, daß ich ihnen reiche. Also was soll's?

Er nahm seinen Pilotenkoffer wieder auf und ging dem Flugsteig entgegen ...

Seine erfolgreichen Titel in Neuausstattung

10607

10678

10893

11180

11214

11377

BASTEI
LÜBBE

Band 12166

Konsalik

Die Blutmafia

Aids durch Blutkonserven:
Der brandaktuelle Thriller des Bestsellerautors

Diplom-Ingenieur Dr. Dieter Reissner, Abgesandter eines großen Münchner Konzerns in Sachsen, bricht während einer Betriebsversammlung zusammen. In der Praxis seines Freundes Jan Herzog erfährt er kurz darauf, daß er AIDS hat. Vier Jahre vorher war er nach einem schweren Autounfall operiert worden. Der Familienvater läuft Amok... Rio Martin, Chefreporter des »News Kurier«, beginnt wie besessen zu recherchieren, denn auch er hatte einen schweren Unfall und befürchtet, daß er Reissners Schicksal teilt. Bei seinen Nachforschungen gerät er in die Fänge der Blutmafia. Martin will Rache üben, doch es ist ein Wettlauf gegen die Zeit...

BASTEI
LÜBBE